聚是一团火 散是满天星

王熙远 ————著

广西师范大学出版社
GUANGXI NORMAL UNIVERSITY PRESS
·桂林·

图书在版编目（CIP）数据

聚是一团火　散是满天星 / 王熙远著．—桂林：广西师范大学出版社，2018.6

ISBN 978-7-5598-1005-2

Ⅰ．①聚…　Ⅱ．①王…　Ⅲ．①回忆录－中国－当代　Ⅳ．①I251

中国版本图书馆 CIP 数据核字（2018）第 129637 号

广西师范大学出版社出版发行

（广西桂林市五里店路 9 号　邮政编码：541004
网址：http://www.bbtpress.com）

出版人：张艺兵

全国新华书店经销

衡阳顺地印务有限公司印刷

（湖南省衡阳市雁峰区园艺村 9 号　邮政编码：421008）

开本：787 mm × 1 092 mm　1/16

印张：24.5　　字数：400 千字

2018 年 6 月第 1 版　　2018 年 6 月第 1 次印刷

定价：98.00 元

我与历史系七七级

我在广西师范大学工作近 40 年，每年都要参加同学聚会，其中，参加历史系 1977 级的聚会是最多的。这一次在柳州参加纪念中国恢复高考 40 周年暨 1977 级毕业 35 周年聚会，自己觉得无论如何都要写些东西，很强烈的一种感觉，尽管期末工作繁忙，力不从心，但一定要写的冲动不可遏制。

为什么会有这种感觉？一时说不清楚。不过有两点非常明确：一是因为自己与七七级同学很有缘分，当缘分积淀得越来越深厚的时候，文字的记录就必不可少了。没有文字的历史总是有缺陷的，学历史的人，都明白这一道理。二是因为感觉现在大家都已上了年纪，能在一起相聚的机会不多了，若不抓紧时间写出来公开表达，也许机会就会永远失去。

一

七七级同学入学的那年，我正好大学毕业留校工作。当时，我们三位留校的同班同学中，只有我一人从事教学工作，由钟文典老师负责指导我。钟老师要求我以进修为主，中心任务就是读书、听课、写讲稿、帮助老教师批改作业等，这些任务多为独立进行，因此，与七七级没有交集。

其实，那时，要说与七七级同学没有联系也不完全正确。曹小瑾与我同在一个部队大院长大，彼此很熟。但是，20 世纪六七十年代，男生与女生之间是不怎么说话的，所以她进入王城后，我们俩就算偶尔碰面，也装作不认识。

后来，系办公室安排了几次集体劳动，全系师生大都参与其中，我与七七级同学有了一些实质性的接触。在此过程中，一些同学称我“老师”。我们的年纪大致相仿，能被称为“老师”，我确实有种自豪感。但是，我很快就意识到“工农兵学员”所面临的挑战与窘境。由于“文革”的影响，我们这批大学生没有学到多少专业知识。随着教学、科研逐渐步入规范化轨道，任教资格问题摆在我们这批青年教师面前。

1979 年底至 1980 年初，全校各系对我们这批工农兵学员出身的青年教师进行了一次十分严格的专业考核，校领导明确指出，要根据考核的情况，重新安排工作。那次考核，虽然我取得了较好的成绩，但是，看到许多系尤其是理工科系的同伴被调离教学岗位，或者被迫到其他部门发展，我的情绪受到很大影响，认为自己迟早也会与大学教师的教学岗位无缘。1980 年 2 月，当系领导通知我接替蓝宝铭老师担任七七级辅导员的时候，我的心情十分沮丧，认为这是调整我工作岗位的第一步。钟文典老师虽然反复劝我放下思想包袱，以实际行动证明自己的能力，但是，我对工作的自信却未能真正树立起来。

翻开七七级的个人信息表，发现一半以上的同学年纪比我大，有的已经当了多年的干部或教师，我的心里就更发虚了。第一次在全班同学面前讲话，虽然事前写了发言稿，站在讲台仍是颤抖不已。

七七级班委也许察觉到我的困境，极力维护我的教师形象，打消我的顾虑。班长袁荔生每周都会带着班委会的一些干部，如陶荣豪、陶士然、李建忠等，到王城后门城楼我居住的地方，向我“汇报”、“请示”工作，我清楚地意识到，他们的社会阅历比我丰富，工作经验也比较成熟，他们这样做，完全是出于对辅导员的尊敬及其工作的支持，所以，每次我都对他们表示衷心感谢。对于班委提出的工作方案，基本都是认可。我把这种工作方式称为“无为而治”。

不久，我发现采取这种“无为而治”的管理班级的方法非常明智，因为当时担任辅导员的另外几位年轻教师，每天都与学生商量工作，出现不同意见往往还要反复沟通，不断调整工作方案，非常辛苦。而七七级班委，却帮我分担了大量的工作，我曾对一些辅导员说，我们的身份虽然是教师，但是论管理经验，不少学生比我们强，为什么不放手让他们工作呢？事实上，当时几个年级中，七七级的状态是最好的，大家团结合作，齐心协力，各项工作开展得很有声色，得到系里和学校的认可。

我担任辅导员的这一年，也曾遇到过一些棘手的问题。例如，随着招生人数的逐年增加，学生宿舍需要调整。原来住在王城墙外的部分"走读生"，必须分别安置在不同的宿舍。这部分同学的年纪普遍较大，要他们与年龄比自己小许多的同学住在一起，确实很不情愿。记得我多次到宿舍做思想工作，均未能奏效，甚至有个宿舍的同学还与我争吵起来。我把自己遇到的困难告诉了班委，没想到，两天之后，这些"走读生"思想转变了，有的搬到了新的宿舍，有的在学校允许的范围内，自己进行了一些调整，符合有关规定，与我争吵的同学还主动向我道歉。我知道，班委做了大量的工作，同时，走读的同学识大局、顾大体，放弃自己的利益，服从集体的利益，用实际行动支持学校办学，当然，也支持我这个辅导员的工作。

评奖、评优涉及同学的切实利益，由于资源有限，评定过程中难免出现一些矛盾。班委非常了解实情，本着公平、公正、公开的原则，帮助我制定实施方案。同时，他们本身也具有高姿态，主动谦让，所以，七七级的评奖、评优工作比较顺利。当我看到一些年级的学生班干到其辅导员那里不断提出诉求，甚至吵闹的时候，就深深为七七级同学的朴实、厚道而感动，为优良的班风而自豪，也为自己不被烦心事打扰而庆幸。

工作当中，我常常感受到七七级同学之间的深厚情谊。记得何同学的母亲去世后，全班同学均以各种方式表示慰问。治丧期间，袁荔生、韦乃扬、莫毅等同学一上完课，就立刻赶到何同学家里，参与守灵，直至深夜也不归。我曾反复劝他们注意休息，不要影响学习，他们则说："虽然帮不上什么忙，但这种时候，多陪陪何同学，他的心里会好受些。作为同学，应该这样做。"韦乃扬还告诉我，以前在村里，无论哪家有人去世,他都争着抬棺材。因为他认为:尽孝道是中华传统文化之一。多尽些力,实际上就是多积善。几十年过去了,他的这些话我记忆犹新,终生难忘。

我在担任辅导员一年的时间里,虽然能力有限,但也尽力为大家解决一些问题,印象较深刻的是为李培礽同学结婚的事奔走。老李在七七级学生中属于年纪较大的一个,入学后不久在桂林城郊谈了对象,女朋友家里催着尽早完婚。根据当时的校规,不允许学生结婚。后来,发现老三届学生数量较多,不允许结婚的规定不利于社会稳定与学生的身心健康及学业发展,于是开始放松了限制,但是仍规定需要从严掌控。老李打了结婚报告,呈交系领导,很久没有得到答复。老李再催,系领导派我到老李女朋友家进行调查,了解有关情况,我向系领导如实汇报,认为应该同意他们结婚,可是不知什么原因,结婚报告还是迟迟批不下来。有一天,老李到我宿舍,非常坦诚也非常具体地介绍了他与女朋友相识、相处的过程,尤其是女朋友家长的意见,虽然语气很平静,但是我感受到他内心的焦虑与痛苦,因为我到过他女朋友家,对情况比较了解。当他说这事解决不了,女朋友会因家庭的反对而被迫分手的时候,我大为震惊。意识到,这事若处理不好,轻则影响老李的学业,重则影响到其一家人的幸福,所以,我后来多次向系领导阐述自己的看法,系领导也多次与学校有关部门协商,最后同意了老李的结婚请求。老李给我送来喜糖的那天,我真正理解成人之美的意义,也第一次认识到辅导员工作的意义。七七级在求学期间申请结婚的还有几位同学,我在此过程中,始终贯彻以人为本的观念,协助系领导和学校有关部门客观处理相关问题,总的来看,该解决的都及时解决了,暂时未能解决的,也做通了思想工作,没有出现不良反应。

二

1981 年,七七级进入大四学习阶段,谭肇毅老师接替我担任了辅导员,我则回归教学岗位。

不久,根据系里的安排,我与七七级的一个组到平乐县中学开展为期一个半月的教育实习工作。由于这是恢复招生后第一届本科生的正规教学实习，系里十分重视，由主管系行政工作的黄荫荣老师领队，我则充当黄老师的助手。当时，我们住在平乐中学一栋尚未完全竣工的宿舍楼里。我和黄荫荣老师共住一间房。他过去带领我们这个班的同学到永福县“开门办学”，曾因胃大出血动过手术，身体比较虚弱，我和他住在一起，便于生活上予以照应。旁边的一间空房，摆了几张课桌椅，架上一块黑板，作为平时大家试教的场所。当时该校历史教研室负责人没有大学的学历，但是历史教学与研究的水平很高，无论是给我们上示范课还是与我们交流教学经验，都展现出非凡之处，启发性很强，让我们佩服不已。所以，每位实习的同学都不敢掉以轻心，唯恐让学生失望，给学校丢脸。按照规定，实习生上讲台之前，都必须把讲稿给指导教师审查签字，同时，还必须至少试教一次，得到指导教师的认可后方可上讲台，而事实上，多数同学都试教两三次。一个半月的教学实习，七七级同学用实际行动充分证明了自己的实力，受到广泛好评。在我的印象中，蒋元发的课设计简洁、精妙，语言生动；陶荣豪和欧薇薇的课逻辑严谨，知识丰富；江淳的课思路开阔，创新性强；赖向东和黄冲的课慷慨激昂，令人振奋；黄乘英、王缨、周伟光的课亲切平和，感染力强……

平乐县城是三条江（桂江、荔江和茶江）的汇合处，历史上是著名的水运交通枢纽。实习期间，每到星期日，我就和周耀全、黄冲、宁崇富等同学到周边的古街、古村落开展社会调查，这是历史系一直倡导及坚持的教学之道。在一个半月的时间里，我们的调查几乎没有中断，先后去过的地方，除县城老街外，还有几个古码头、县城教堂遗址、教会医院遗址、县文物陈列馆等。可惜当年没有数码相机，许多调查资料无法及时记录、保存。

实习后期，张一民老师来到平乐中学接替黄荫荣老师的工作。张老师在1981年平反恢复公职不久，就参与七七级的教育教学实习工作。他对学术的追求尽心尽力，矢志不渝。实习期间，经常看到他做资料卡片，无论是阅报、听广播，还是听课，只要发现有价值的线索，都及时记录下来。与我们参加完社会调查，他一回到宿舍，立刻开展资料卡片的整理工作。我和不少实习同学都非常敬佩他做学问的严肃认真。确实，做学问不是一句空话，优秀的习惯是常年形成的，体现在细节上。

平乐中学虽然是历史悠久的名校，但是，当时的办学设施还是比较简陋的。平时我们吃饭，多坐在伙房旁边的木柴堆上，一边吃饭，一边聊天，交流每天实习的感受与体会，所以也省了不少开教学研讨会的时间。艰苦的环境造成许多不便，却又在无形中创造一些意外的优势。生活的辩证法就是如此。想必现在的教学实习已很难再找到边吃饭边研讨课堂状况的情景了。

我们住的宿舍与学生宿舍相距较远，厕所建在一柚子林旁。女生晚上如厕很不安全，不得不打着手电筒，结伴而行。男生为避免尴尬，只好舍近求远，到建在坡下主要供学生使用的厕所方便。一个半月，这种状况没有改变。在这种情况下，能够坚持下来，没有抱怨与责怪，真是很不容易。用“思想觉悟高”“意志坚强”“能吃苦耐劳”等词语形容，一点都不过分。

我在七七级只上过一次课，那就是根据钟老师的建议，传达“文革”之后在南京召开的第一次“太平天国史国际学术研讨会”的情况。这次会议规格很高，影响很大。钟老师为我争取到这次难得的学习机会，我非常珍惜。回校后，我用半个月的时间对会议的成果进行了学习与研究，之后，在全系教师会上做了一次以呈现学术动态为主题的汇报，得到老教师的普遍赞赏。钟老师为了培养我的教学能力，增强我的自信，希望在七七级再传达一次。严格说来，这是我第一次在大学进行专业教学活动，由于准备工作做得比较充分，加上有过一次汇报的经历，所以也得到了大家的认可。课后，黄明光同学对我说：“不错，简明扼要，信息量大，对我们有所启发。”

回想起来，自己的大学教学起点，实际上开始于七七级。虽然只有很少的工作量，意义却十分重大，因为在实践中得到大家的理解和支持，不仅初步掌握了工作方法，更重要的是，获得了专业发展的信心与勇气。所以，这段经历，印象特别深刻。

三

1985年，我考上研究生，继续跟随钟文典老师学习、研究，与我同时考上的，还有七七级的何龙群、朱杰军、王缨等同学。在此前一年，欧薇薇、梁颖、黄明光等同学也考上了不同专业的研究生。于是，我与他们之间由原来的师生关系变成同学关系，欧薇薇、梁颖、黄明光等同学还成为我的师兄、师姐，因为入研究生这个门，他们比我早。

对此，我心里很坦然。我清楚地意识到，要想在大学立足、发展，都要争取获得研究生学历及学位。现代社会，人的社会角色会随着形势和地位的变化而改变，与人及事业的发展需要相比，身份改变所带来的不适是微不足道的。因此，我迅速调整心态，与这些同学全身心地投入到研究生的学习与研究之中。这三年，我们共同经历了学术修炼的艰难与痛苦，也体会到进步与成功的快乐。略微不同的是，他们住在集体公寓，我作为在职人员，住在青年教工宿舍里。他们和我一样，已经成家，但是由于家在外地，家务事无法承担；而我的家在桂林，必须承担必要的家务。

当时，我和七七级几位同学由于年纪偏大，更因为初中和高中时逢“文革”十年，在需要学习的青少年时代，学到的知识很少，英语的基本语句、语法、时态的运用，始终是稀里糊涂的。进入研究生阶段，面对高标准的英语学习，显得比较吃力，每次上英语课，尤其是口语课，我都尽量坐在后排，实在抢不到后排位置，就坐在前排靠边的位置，以免被教师提问。我们深知学习任务必须完成，困难必须自己克服，唯有发奋努力，才能摆脱困境。所以，第一年，我们几乎把大部分的时间和精力都投入在英语学习当中。当最后通过英语考试时，我和七七级的几个同学都如释重负。进入论文写作阶段后，我们的优势开始得到发挥，研究问题的深度和广度都比年轻同学要强些。毕业答辩时，普遍取得较好的成绩。

20世纪80年代中期，交谊舞风靡全国各高校，被认为是社会交往必备的能力之一。研究生的数量很少，备受青睐。当时担任研究生党支部和学生会的干部多为七七级的同学，他们看见我不愿接受交谊舞训练，先是思想动员，继而示范，最后警告，均未奏效，无奈只得宣布我为“无可救药者”，被迫将我抛弃。

我与七七级同学共同攻读硕士学位，这是一种特殊的缘分，因为我们有共同的追求目标，有共同的经历，还有共同的学科平台及导师。在广西师范大学历史系师生中，这种缘分具有唯一性。

四

七七级同学毕业后，走上不同的工作岗位，有的经常见面，有的很少见面。时光在不断流逝，缘分仍使我们保持密切的联系。无论于公于私，缘分处处以各种方式显现。

七七级留校工作的同学较多，常年在一起工作，交集甚多，仅以若干碎片铭之。

潘香华老师担任系主任期间，曾派我和梁颖到环江县的一个小村庄购买一套毛南族的傩具。那次旅程，翻山越岭，困难重重，充满艰险，虽然在傩具制造者家里吃到原汁原味的香猪，味道鲜美无比，却没有勇气再次进山，所以只能委托他把傩具挑送到拔贡车站，由系领导另派人到车站取回。每次在学院博物馆看到这套傩具，都要感慨一番。

黄健荣常年在外进修，回系工作期间，正值修订各门课程的“三基方案”，他主持修订的“世界中世纪史”最翔实，也最有新意。我当时担任主管教学的副系主任，经常拿这份方案让其他课程的老师参考。

徐学莹、李露、王缨和黄琦工作认真，不计个人名利，在自己的岗位上勤奋工作，一步一个脚印地向前迈进，树立了大学巾帼的形象。

吕启翔担任系副主任，先是协助潘香华主任，继而协助我开展行政管理及创收工作。在中国高校“二级分配”体制下，为了稳定教师队伍，促进学科发展，各系在组织教学、科研活动，完成人才培养任务的同时，还要积极创收，争取社会效益及经济效益。

朱杰军从广西壮族自治区组织部调回学校后，也曾担任主管行政及创收的系副主任。他积极引进一些项目，虽然带来一些麻烦，但促进了王城资源的开发与利用，开拓意义无法否认。

……

七七级不在学校工作的同学，同样以各种方式支持系及学校的发展。

历史系原来只有中国近现代史一个硕士点，中国古代史硕士点是20世纪80年代中后期才获得的。我担任系主任及学院院长之后，学科的建设成为工作重点。何龙群曾作为广西民族大学的校长及自治区学位委员会的成员，对我们申报民族学、民俗学、人类学、中国少数民族史等硕士点予以很大支持。

黄苹担任广西民族委员会副主任期间，根据工作需要，拨付一定科研经费，支持学院开展民族经济的调查与研究。

平时系里的教师和学生到博物馆、档案馆参观学习，在这些部门工作的同学如唐奇岭、杨柳等都会尽力予以关照。

当然，对系里及学校工作支持最多的是在各中学和各教科所工作的同学，可以这样说，无论在什么地方，什么学校，历史专业的师生只要有见习、实习的要求，大家都尽力满足。而且，每次与大家见面，都会受到热情接待。记得有次到柳州地区民族高中联系工作，陈藻玲在上课很忙的情况下，仍抽空看望我们，并把我们送出很远，与她挥手告别的情景，我至今仍然清晰地记得。黄志开在钦州、合浦陪同我考察的情景，也时常出现在我的记忆中，尤其是面对历史遗址的时候，这种记忆更加深刻。

欧薇薇长期在广西出版部门工作。《北洋〈政府公报〉中的广西资料》（三卷本）是钟老师和我带领青年教师及研究生历时三年收集整理完成的一部资料书。由于市场有限，出版过程曲折复杂，欧薇薇从中斡旋，积极争取各方支持，使其最终面世。10年前，《广西大百科全书》开始编写。历史卷部分，广西师范大学历史系师生是核心力量。在编辑出版过程中，欧薇薇、朱杰军等同学发挥了重要的作用。一批青年教师和研究生通过参与编写工作，逐渐成长起来。欧薇薇在自己的工作权限内,将不少史料贡献给学校和学院资料室,为史学教学与研究提供了很大的帮助。

就我个人的科研成果出版而言,更是得到江淳的大力支持。江淳博士毕业后回到学校出版社工作,颇受重用。1991年,我是历史系的一名讲师。在一些史学前辈的指引下,开设了历史年代学这门选修课,受到学生的欢迎。之后,系领导支持我将讲稿发展为教材。江淳看到后,觉得有出版价值,认为是国内第一部历史年代学的教材,具有创新及探索意义,于是积极予以推动。学校教材建设委员会经过评审,同意资助出版。江淳亲自担任编辑,而且以精装本的形式出版发行。用今天的眼光来看,这本教材不少内容还不够科学、完善,质量还有待提高。但是,作为讲师,能够独立出版教材,而且被出版社重点推介,这在当时是很不容易的。后来,该教材获得广西高校优秀教材一等奖。在这样的基础之上,我的专业发展道路就逐渐开阔起来。接着,钟文典老师主编,我作为重要成员参与编写的《20世纪30年代的广西》一书,也因江淳的大力支持得以顺利出版。当然,江淳对书中存在的问题,也毫不客气,严厉批评。钟老师曾应学校出版社邀请,担任"我的祖国丛书"主编,我和梁颖、朱杰军等参加了这套丛书的编写。其中,我和另一位军校教员负责编写的是《中流砥柱》一册。由于当时我在武宣县中学带实习生,而那位军校文化教员的工作也很繁忙,所以写出的初稿比较粗糙。江淳看后,当着众人面直言不讳地说,这套丛书是团中央提供给全国青少年的历史读本,你们这册书,既不通俗,新意也不足,根本不符合要求。那一刻,我们无地自容。回来后,我们全部推翻原稿,精选内容,尤其是在文字表述方面下了很大的功夫,最终通过了审查,顺利出版,并获得了社会的好评。这本书虽然只有十多万字,却耗费了我们大量的心血,因为其体例、内容及呈现方式,均与传统的史书编写不一样。通过锻炼,我们的写作观念发生了改变,写作能力得到了加强。江淳调到广西教育出版社担任领导后,我承担的一个国家教育委员会的教学改革项目"新概念近代史研究"也在她的支持帮助下顺利出版。我的许多科研成果,都凝聚着江淳的辛勤劳动,所以我对她非常感激。

作为历史教育工作者,七七级同学在学术研究方面给我及学生的启发更有意义。莫世祥、李向平等都是全国较有影响力的教授,他们的研究成果我经常拜读,并推荐给学生学习、研究,因为他们均从王城独秀峰下走向辉煌,其成功的经验,对后来者有很大的激励作用。王熙远来自少数民族地区,几十年来在传统文化研究、传播方面取得了骄人的业绩。他的勤奋、才华给我留下很深刻的印象。他送给我的《真水无香》《神巫毛拜陀》等书我都曾认真拜读过,他用散文表现历史的文风文采让人感觉与众不同,别有风味。文章不长,寓意却很深刻。在农村生活的点点滴滴,通过他的描写与反思,给人无限遐想。我当过知青,对农村有较深刻的认识,他书中的许多片段,都唤醒了我的知青回忆。以记录大学生活为主的《独秀擎天情》,结构篇章虽然随意,提供的素材却异常生动、具体。在深圳,我拿到的当天晚上就阅读到深夜三点钟,回来后,又推荐给一位博士生,作为教育人类学的标本。

生活方面,我的家人也得到七七级同学的许多帮助。

2003 年 10 月,我在新疆参加广西壮族自治区组织部安排的疗养,突然收到岳父去世的噩耗,急忙赶回。当天,只有一个航班从乌鲁木齐飞南宁,到达南宁的时间是次日凌晨两点左右。由于事情紧急,我向韦乃扬同学求助,他满口答应。从南宁机场走出来,乃扬在门口迎接我,深秋的夜晚,他穿着单薄的衣服,没有说过多的话,只是提醒我节哀、保重,并派车将我送到柳州岳父母家中,一股暖流顿时涌上我的心头。一路上,我都为他的这种深情厚谊而深深感动。

2005 年,我女儿在东北师范大学文学院获得推荐免试攻读硕士学位的资格,由于通信环节出了问题,她的材料没有及时送达华东师范大学研究生招生办公室,影响到她的录取。我得知消息后,立刻打电话给李向平,那天,向平恰巧外出办事忘记带手机了,联系不上。当时,黄乘英在华东师大研修,于是我又急忙找到她,希望尽快联系向平。黄乘英深知此事对我女儿至关重要,所以不停地打电话寻找向平,时间先后有两三个小时。正当绝望时,向平回到办公室,最终,通过他的沟通协调,女儿的录取障碍被排除,成为华东师范大学文学院的一位硕士研究生。由于有这样的基础,她后来才能继续攻读博士学位,成为大学教师。回顾这件事情的前前后后,我很感慨地说道:这真是天意。若没有与七七级同学的这种缘分,我相信女儿的这次机会很可能会丧失。也许她可以通过另外的方式继续深造,但道路肯定会曲折艰难一些,这是毫无疑问的。

我与历史系七七级相识已近40年,缘分一直延续至今。以上所记,只涉及很少的部分。挂一漏万,敬请谅解。

唐　凌

2017年8月15日

自　序

作为一名普通的1977级大学本科毕业生，我始终对这个称号充满自恋的光荣感，觉得我是那个时代的天之骄子，没有错过人生最美好的时光，搭上了人生最美丽的一趟驰向幸福彼岸的列车。回顾这段大学生活，心里充满了甜蜜。这是一段激情燃烧的岁月，在这里，我与同学们结下了纯洁的友谊，与老师留下了依依不舍的感情。那时的同学意师生情宛如清清山溪，是一曲难忘的欢乐小曲。

随着岁月的流逝与苍老的逼近，对美好的记忆越来越感到珍贵，我生怕哪一天自己撒手西去，没有记录下这段日子，那将是一个作家的失职。于是我用几个时段的公休假，写下了这本书。

在我眼里，大学同学每一位都比我优秀，四年学习，我从每一位同学身上都学到了不少东西，或为人处世，或学习研究，或应对社会，我像一个饥渴的行者，从他们身上找到了我需要的东西。

我很敬重这个班的每一位同学，他们人人都是“独秀峰”，非常挺拔和优秀，他们都用自己的聪明才智为社会工作，服务大众，在不同岗位上各尽其才。

正如王缨同学形容的，这个班的同学：

“聚是一团火，散是满天星。”

这个集体是一个时代的标本，它反映了1977年恢复高考后，一代大学生在一所普通大学的表现。他们没有惊天动地，但他们在各自的工作岗位上做出了诸多突出贡献。

我想用社会学的眼光，去打量这个群体，为中国人类学研究提供一个历史的横切面，因为我班无疑是优秀的标本。

更重要的是，我想用文字，记录下我与同学的友谊，尽管我不具富贵优势，但我有热情与真诚，对一个从山村走出来的人来说，把敬意拿出来待客，已是虔诚如僧。

2015 年 10 月 7 日初稿于深圳宝安

2015 年 10 月 10 日定稿于广西黄姚

目　录

上编

聚是一团火

第一章　我的大学

考上大学

1977年农历腊月底，一个属于广西田林县浪平乡的赶场天，我到场坝打听我的高考情况，听邮电所的人说，我有一封录取通知书，哪个学校发的不清楚，被塘合大队第五片关龙村代课教师唐子茂拿去了，他会转交给我。

我高兴坏了，拼命想是哪所学校录取了我。没见过世面的我，不敢往大学想，凭在浪平公社混出的高中毕业证，我能考上百色师范或田东师范就不错了，若是考上田林县两年制简易师范，我也愿意去读，这毕竟是跳出农门呀！

我三步并成两步，立马向关龙村赶去。这是我妈的外婆所在村，有十几户人家，唐子茂是这个村低年段学生教学点的代课教师。高小生要到江洞小学去读，也就是我任民办教师的那个学校，关龙村的唐文军老师曾在这个学校教过我。

当我在暮冬的傍晚时分赶到唐子茂家时，已到晚饭时间，唐老师从一堆报纸、杂志和传单中找出我的录取通知，我吓了一跳，想如果今天不来，他把我的通知书搞丢了怎么办。打开一看，喜出望外，是广西师范学院史地系历史专业，学制三年半，本科。虽然后来广西师范学院改成广西师范大学，学制也改为四年。但当时我觉得这个学校的名字和专业特别美，那里有鲜花和美女等着我。

妈妈的外婆早已去世，但她的孙子唐文章十分好客，他又是我一个弟弟的寄爷（干爹），我到关龙村要录取通知书的事他早已知悉，便打发家人来请我去他家吃饭,说是杀了年猪。

自小我经常跟我外婆和妈妈到关龙村玩,因为唐文章的两个儿子唐思铺和唐思环是我的好朋友,唐思环还是我小学和初中同学。朋友加亲戚,大家都为我考上大学高兴,喝酒吃肉,格外尽兴。不觉已是晚上八九点钟,腊月二十几的冬夜伸手不见五指。寄爷一家要留我住下来次日再回我家所在村毛拜陀,我坚决不留,说这么大的喜事,我一定要当晚告诉我的父母。

走了一里地,火把就熄灭了,面对漆黑的夜空,我没有恐惧与惊慌,有的只是喜悦和大胆,因为对我来说,人生命运因高考而改变,从此我可以告别连饮水问题都没解决的村子,告别每个月五块钱、每年 800 斤苞谷籽的民办教师待遇。

凭着平时多次来关龙村的经历,十几里的高山路程,在我默念了百余遍毛主席语录"下定决心,不怕牺牲,排除万难,去争取胜利"后,终于跌跌撞撞地回到家里。当夜我伤处无痛,家人高兴无眠,因为王家出了第一个大学生,因为浪平乡第一次出了一个大学生。当教师的父亲连说几声感谢邓小平,农民妈妈连说谢谢菩萨和祖宗保佑。

接下来家里为送我上大学,杀了鸡,请了几桌客,大舅杨再江和姨丈谭飞各自给了我 10 元钱,那时的钱很值钱,为此我感恩一辈子,每次到他们家,我都会给老人一些钱。

想起当时浪平公社就有好几个高考考场,多届高中生聚在一起为改变命运而战。派出所的民警可以挎着手枪进考场巡视,公社书记也来巡考,我能成为中国恢复高考后的浪平公社第一个大学生,真是不易。记得考试回到家后,我把当年广西高考作文题之一《谈艰苦奋斗》重写一遍交给父亲,他看完后连说不错不错,我也想起了一句话:山里的野百合也有春天。

那年我的一个中学老师与我同考,被录取到一所师专;一位同事,已经是公办教师,与我同桌高考,可惜名落孙山。整个公社大中专一起,录取人数不超过五人。我有幸成为当年中国录取率为 4%的大学生。

入学路上

1978 年 2 月，我扛着一个装过炸药的木箱子，提着几件简单的行李，去上大学了。

先去塘合道班等从乐业县开往百色的班车。春节刚过不久，人们外出的很多，我从毛拜陀走了十几里，才到等车地点，可惜每次都人满，挤都挤不上，一连等到第三天，我才在塘合道班插竹笋进背篓一样挤进班车。

为了省钱，不住旅馆，父亲叫我去找他的一个表哥，离百色码头不远，因为坐船去南宁比坐车便宜，我打算住表伯家，两头省钱。

千辛万苦找到表伯，虽然从未见过面，但亲情还在，表伯也还热情，当晚住下，我摸了船票几十次，心想千万别误船，当晚无论我如何数数，都睡不着，没有手表，更无闹钟，只有数鸡叫的遍数，好在表伯家有电灯，在鸡叫第三遍时，我轻手轻脚出了门，不带走半点云彩。

好不容易来到南宁，知道浪平公社书记的儿子黄尚胜在读中专，他是低我一届的高中校友，通过他，我省了住旅馆的钱，并托他买到去柳州的火车票。

我为何要去柳州？因为父亲是柳州姑妈王化艳带出来工作的，姑妈是新中国成立前的初中肄业生，早年随亲戚出来参加革命，嫁了当过新四军的姑丈，新中国成立后成了革命干部，是柳州一个区的中层。父亲说如果没有你姑妈，我就是地主仔一个，处境堪忧。

我走街串巷，好不容易找到长青路四十几号，没到过大城市的我，得到姑丈一通表扬，说你不笨嘛，没被人骗。

大表哥小林曾经在小时候跟父母去过毛拜陀，并住过一段日子，所以对我天然亲近。二表哥在一个大厂当厂长，很忙。大表姐热情，但在单位家里都是顶梁柱，无暇招呼我。小表姐当过知青，生活有过挫折，精神上有些毛病，在家养病。姑姑姑丈都是领导，整天早出晚归。我像刘姥姥进大观园，什么都觉得新鲜。或许是20岁到了思春的季节，我在柳州逗留的几天里，画了好几张仕女图，古代的美女在我这初学者的画笔下，竟然也栩栩如生，小表姐拿去看，傻乎乎地说像她。我愕然，她哪里是我喜欢的类型?!

到桂林的时候已是黎明，接新生的同学中有卢仲维，他后来是我们寝室的老大，一切有他招呼照应，我顺利入读大学。

当年入读大学，路上几乎花掉近十天时间，想想现在，去美国也两个来回了。不过毛拜陀至今尚未通车，2008年我回去了一趟，与老张、老朱、司机小贾从塘合道班走了两个多钟头才到。

黄卷青灯

我上大学最主要的目的是看书，当年最理想的职业是在浪平粮所当销售员，工作闲，每天只有几个人来买米、苞谷籽、谷子，有大把时间看书。冬天看见他们烤着火看《林海雪原》，羡慕得直流口水。大学报志愿，把武汉大学图书馆系报作第一志愿，广西师范学院历史系报第二，广西大学新闻系报第三。结果录了第二志愿，也好，不用改作文，改作文是天底下最无聊的劳动，很累。

但对中文的喜欢永远抹不掉。入学第一天自己在心里计划，历史系课程四年下来要70分，中文系课程自修70分，到毕业时总成绩是140分，总比单专业如历史99分或中文99分强。

想要双科70分，谈何容易！总觉得时间不够用，于是我自制了一盏煤油灯，每晚10点熄灯后，我就点亮自己的灯，用纸卷一个灯罩把散光挡住，不去打搅别的同学。好在39号寝室的兄弟们很宽容，没一个去投诉我灯扰其眠，在下给你们作揖了，谢谢！

如此四年下来，我在灯下自修了中文系的主要课程，大量的古今中外文学作品，我都是在青灯下读完，读《古文观止》，我为韩愈《祭十二郎文》中的亲情感动得流泪，为李密《陈情表》中的孝心而激动，为诸葛亮的《出师表》而击节叫好。在这里，我认识了巴尔扎克、歌德、托尔斯泰、普希金，了解了什么是文艺复兴，什么是新文化运动，什么是伤痕文学。走到东部的山林，我会想起“蝉噪林逾静，鸟鸣山更幽”，想起“明月松间照，清泉石上流”。去到北方的农村，我会想起温庭筠的“鸡声茅店月，人迹板桥霜”。到达西北，我会吟诵“大漠孤烟直，长河落日圆”。孤身在旅途，我会想起“枯藤老树昏鸦……断肠人在天涯”。虽不能说我可以思接千载，但触景生情、感时溅泪的情怀，皆由四年的文学修为而得。

我像一匹饿狼，每天啃食着大量的书本，以至我图书馆的借书卡每周都要更换几次。感谢这些精神食粮，它们和着我的煤油灯光，照亮了一个从毛拜陀小山村走出的小青年的心灵；是这里的黄卷青灯，让这个20岁才见过省城的毛头小伙子在以后的日子里出了10多本著作，发表300余万关于文史及宗教、教育的文字。

我的读书岩

我嫌白天教室和寝室太嘈杂，阅览室又要早去占座位，于是四处观察，终于找到一处属于我的领地，它在独秀峰南面小平台上面不远，攀爬才能上去，一个仅能容下一人的凹进去、日晒不着、雨淋不到、滚石也无可奈何我、行人也很难发现的地方。就像一个狙击位置，我可以看见所有人，所有人难看见我，只要我不咳嗽。这里离南朝刘宋时期颜延之读书岩很近，它就在我发现的地方的左山脚。

据学者黄国清考据，颜延之，南朝时琅琊临沂人，官至金紫光禄大夫，史载其"文章华美，冠绝当时"，与同时代著名诗人谢灵运并称"颜谢"，又与谢灵运、鲍照一起，被称为"元嘉三大家"。虽其诗有评曰"如错彩镂金"、"如铺锦列绣，雕绘满眼"，留下过于堆砌辞藻、浸沉典故的诟病，但毕竟在我国古代文学史上占有重要一席。他恃才放旷，多罪权贵，又因朝争失利终被贬谪。任始安郡太守后，他不改闲时好读诗书的习惯，在今天独秀峰的南麓，借山下石洞中天然呈现石窗、石床、石凳的妙处，辟出一块读书、写作的地方，后人称为"读书岩"。

时移至唐，颜公读书岩前建起了广西第一座官办学校——桂林府学；至宋，又在原址上建起一座"五咏堂"，将颜延之名篇《五君咏》刻于堂内，时桂州太守孙览还于元祐五年命人刻写"宋颜公读书岩"在岩口上方，今天依然清晰可见；清代，岩边旧馆被用作"广西贡院"，开科取士，会集精英，计出四位状元、一位榜眼。1932年，广西省立师范专科学校在此建立，其后数度更名、迁址（抗战时迁西南，欧阳予倩等人在我校任教、任职，被誉为“西南民主堡垒”）、调整，八十载岁月峥嵘后，终于成长为今天的自治区属重点大学——广西师范大学。读书岩，实在无愧“桂林文教发源”的评价。

我当然不能与颜公比高低，但沾一点读书岩的灵气，这或许是我的幸运。今人办了一张诗报，就叫《读书岩》，广东诗人徐东曾在此报发过一首诗：

寄《读书岩》诗友

相从情合意相投，独秀峰前几度秋？

吟断漓江三尺水，新朋旧雨足风流。

我在自己发现的读书岩发奋读了四年，除非大雨天和严寒，几乎每周必去。看书累了，就把过往的游客当风景，见识了很多外国人，见识了无数对情侣，见识了1976级、1977级、1978级、1979级、1980级、1981级的学生，他们一届比一届年轻，但我的心思还是放在读书上，风花雪月的事，在当时的确不在我心灵领地占据一点位置。我得感谢这个地方，《史记》《资治通鉴》《中外文学史》《宗教学》《美学概论》《古代笔记小说》和《笑林广记》之类的书，我都是在此读完的。我在此天马行空，与莎士比亚交流，与歌德谈诗歌，与乔达摩·悉达多谈佛教，与耶稣谈天主教、基督教，与司马迁评《离骚》，与司马光谈武则天的智慧与残忍，与王朝闻、朱光潜论美学，与刘心武谈伤痕文学。有时间读书和有好地方读书，对读书人来说就是人生第一大美事。

那个给过我无限快乐和智慧的地方，是我心灵的宗教圣地，每次桂林之行，只要有空进王城，我一定会去做朝拜式的看望。这其中原因，一是它为我遮风挡雨四年，将人类的人文知识与文化养料一并赠予我；二是广西师大出版社总部就设在附近，我曾在母校的出版社出过两本书，即53万字的《桂西民间秘密宗教》、300多页的社会学散文《神巫毛拜陀》。在我眼里，广西师大出版社是中国一流的出版社，主要出版教育、学术、社科、人文、珍稀文献等图书。

在网上，我的《桂西民间秘密宗教》被人复印成保存本，卖 289 元一本，有朋友叫我打官司维权，我说算了，我本是无名之辈，当作他是为我传递宗教文化吧。此书在美国、澳大利亚、日本、加拿大及马来西亚学者中均有很好反应，国内友人多次求书未果，我自己也是从网上花 108 元叫司机购回一本孤本。《神巫毛拜陀》则是我写的一个文化点，我无时间和能力写一个文化圈，但我写了我生长了 20 年的村子毛拜陀，它是中国一个落后小村的真实记录，我不敢期望此书像责任编辑罗财勇说的想让它成为传世之作，但我有信心证明它将是广西师大历史系 1977 级 39 号宿舍喜欢文学的毕业生力作中的一部。

39号宿舍

大学的宿舍在独秀峰西侧、月牙池南边的那栋楼，3楼39号，一住四年，留下很深印象。

那是长条杉木板做地板的房间，8个床位住7个人，有一个床位供放杂物，老大卢仲维与老七郭振彬上下床，老三李健忠与老四我上下床，老六陈标与老二韦乃扬（最初是韦武壮）上下床，老五盘美昌独住上架，下面放大家的东西。

有次老大从窗口倒烟灰，惹了楼下化学系的同学，他们找上门来算账，老大腿长，一溜烟不见了。找不到当事人，我们也不出卖，老大相安无事。老大很勤奋，晚上回来颇晚，后来又与老三各自找到心上人，他们每晚都谈恋爱到很晚才回。老大草书写得很好，得过书法奖。英语与论文都很棒，是我们心目中学习的榜样，后来他能定居美国，与他的聪明和英语好不无关系。

老二在家乡已有心上人，他感兴趣的是政治话题，连叫人让路，都是政治术语"麻烦你帮个忙"，别人问"什么事"，他说"让一下"。众笑。怪不得后来他能当上副厅长，这与他的修养有关。老二正直，肯帮人，身边常围一帮人聊天，比如1978级的何平，还有他的外系老乡，搞得39号宿舍常常高朋满座，来的大多是老二的客。

老三是陆川客家人，有时他的话我听不太懂，我说你不要共麻盖（讲客家话），他笑笑。偶有老乡来，他们的谈话可以作间谍用语。1979年对越自卫反击战，我说用客家话作间谍语，保证越南人听不懂。同学说你孤陋寡闻，广东人很多讲这种话，世界上很多人讲这种话，你的建议在 39 号保密，免得人家说 39 号学生没文化，搞得我脸红了好久。老三是副班长、党员，在我眼里正统而古板，但他学习认真，做事有板有眼，字写得规范而小巧，什么都搞得整整齐齐，我想这人治家肯定妥妥帖帖，不用他老婆操心。

老三爱打呼噜，我每晚 12 点看完书，必须用脚顶床板拱起来，让他翻身，否则我无法入睡。他睡得很沉，哪怕把他抬去卖掉，他也不知道。

一次老三从老家带来一个大大的波罗蜜，吃完果肉，我把板栗大小的果核拿去厕所丢掉了。他回来不见了果核，急问我们丢哪里去了。我以为他开玩笑，说不劳你大驾，我已把它们丢到厕所去了。他二话不说，拎起他的铁桶，赶去厕所回收果核。他把果核搓得白净，想办法煮熟了拿给我们吃。呀，那味道，如同板栗，粉面香甜，十分好吃。我这辈子做的蠢事之一就是好心办了件坏事，至今想来，啼笑皆非。

老四是我。小时在农村长大，卫生习惯不太好，加上我们村缺水，穿的袜子不经常洗，一脱，哎呀，那臭味连我自己也想作呕，兄弟们没少笑我，便洗得勤了些，臭味就慢慢随着我年龄的增长而减少。可怜兄弟们被熏了两三年，惨呀！

我喜欢拉二胡、吹笛子，但水平不咋地，用我们家乡话说是像淘锯子，你想用锉刀在锯齿上打磨的声音能好听吗。我尽量在室内无人时演奏，但有时情绪高涨时顾不了那么多，免不了人前秀两下。兄弟们起先也没说什么，好玩嘛，可以理解。但我没什么长进，吹拉了几年还是像阉猪时的叫声，我也觉得不好意思了，想吹拉了，就到学院办公大楼后面高台树林里去，那里嘈不了别人。好在我们宿舍的兄弟很宽容，否则他们以后就见不到一个葫芦丝造诣颇深的人，那就是当年的老四，一个吹葫芦丝像磨锯声音的人。所以，宽容是培养人才的方法之一呀！

我总是宿舍最后一个睡觉，我的煤油灯肯定会影响兄弟们睡眠，但他们能理解一个农村孩子对知识的渴望。刚进大学那会儿，我连一个歌星、一个电影明星的名字都叫不出来，特别是老大，谈起这些东西如数家珍，我对他佩服得五体投地，我想多看书，在知识上少些缺陷，也别拉39号宿舍大学生素质的后腿。

我来上大学，通知上说棉被可以向学校申请，于是我真的申请到一床被子。可是这被子的质量的确不敢恭维，刚盖了一个学期，棉花就向两边分开了。就像壮族做的搭梁粑，睡下后我就是梁，棉花被我驮在身子两侧。冬天桂林冷得要命，我只好咬牙挺过，不想给家里添麻烦。

问题的关键是我住在靠门第一床，是39号寝室面子工程的重中之重，我的被子根本无法折叠，棉花在套里乱跑。有人来宿舍开小组会，我就只好先把臭袜子收好，再把被子滚成条状靠墙，别人是看不出它坏了，兄弟们也看不出，我丑不外扬嘛。

老五的下架没人住，放着弟兄们的杂物。所以他上下床基本无故事。但我与他关系较好，一是他是我的小组长，二是他也喜欢文学，三是我们同年——1957年，四是有共同语言。

外系一个姓刘的老师教我们作文课，同学李露的文章被夸得像一朵花，刘老师声情并茂地诵读，的确文章写得好，有琼瑶的范儿，可是老五不服，说老子的文章也不错，为了证明他的文章的确不错，他把它拿到小组会上给我们传看。我们看了，也觉得确实可以。后来我也写了一篇关于延安灯塔之类的散文，很长，很抒情，可是刘老师那里没什么动静，我本想被好好表扬一下，这次我也有了老五那种怀才不遇的感觉，我们的心更近了。

当时老五已活得相当滋润，入学前他已是梧州一个皮革大厂的干部，有丰富的生活经验，虽然我们年纪相当，但为人处世，我差一大截。比如那时他就懂得去拜访有身份地位的老乡，懂得搞好关系，我是懵懂仔一个，只晓得帮他打饭。

老五也是知书识礼的人，见我帮他打饭，过意不去，反过来又帮我打饭，我们彼此都照顾着对方，我们的友谊不断加深。

之后我们一起外出搞小组活动，去钻桂林尚未开发的山洞，一起实习，一起去伏波山下的漓江里游泳。

一次我与老五唆使老大请我们吃饭。说老大你家在桂林，父亲又是厂里的骨干，我们没到过你家，不如请我们宿舍的兄弟们到你家吃一顿。老大说好。于是七兄弟浩浩荡荡开进老大家，吃了饭，喝了酒，坐公交车回到学校，刚走到大礼堂附近，老三突然倒下，把我们几个吓坏了，扶回宿舍，又喝水又按摩，方才好些。后来我们才知道老三有心脏病，动过开胸大手术。老天，如果那天喝酒过量，老三驾鹤西去，我们怎么对得起何龙群呀！她是我们的三嫂，广西民族大学校长呀！

我与莫世祥同学借了一个扩胸器，39 号的弟兄没有一个不玩它。更好玩的是这东西成了比赛的工具，整个班的男生几乎都想晒晒自己的体能。输了的要么做俯卧撑，要么喝酒。有一次我看见梁颖在我们宿舍与同学打赌，把一瓶葡萄酒一口气喝完，面不改色心不跳，我佩服得要命，心想这家伙今后必成大事。

老六这家伙很有个性。喜欢逻辑学，看了无数这方面的书，辩论起来我完全不是他的对手，老大、老二、老三说他胡搅蛮缠，我不这么看，这家伙骨子里不服人，课想上就上，觉想睡就睡。老师的话想听就听，不想听就在课桌下看他感兴趣的书。我曾与他同桌，想从他那里抄点有用的来提高分数，没门，他也不在乎成绩，但也不会考不及格。

他喜欢与人辩论，这或许是他学逻辑学的动力。我有时也会与他争几句，特别是语言学方面的。我不得不承认我的文化基础没打好，有的字词小学老师乃至中学老师都没教好，往往读音有误。为此我多次与老六争，但结果往往是我错。寝友笑我们是鸡犬不宁，我属鸡，他属犬，可我俩关系还不错，他喜欢与我玩，我喜欢跟他耍。我们一起去尧山，一起在三里店开运动会时逃跑去中文系图书馆看书。他后来考上北京大学读研究生，没两把刷子是不行的。

他有点懒，每当值日，这位仁兄不是去打太极，就是去晨练，反正不打开水不扫地，我们背后笑他老铁，不知毕业后会不会有人告密，今天写出来，还望标老弟海涵。

老七最爱练书法，颜体字、柳体字均写得相当漂亮。每天都会花点时间，不管多忙，我想如果他不去参加书法大赛，就有点亏了。但老七很淡定，好像他练书法与大赛一点关系都没有,完全大家风范。

老七做事不紧不慢,一副成竹在胸的样子。我想起老家一句话:你忙我不忙,八月谷子一路黄。床,总是收拾得干干净净;衣服,总是叠得整整齐齐,连中山装的衣服扣子,也扣得一颗不剩;头发,总是梳得妥妥当当,相当特立独行。他脸上除了微笑,从未见他发过火,给人宠辱不惊的感觉。成绩不好不坏,行事不急不缓,风头不出,尾巴不当,我觉得他冷静过了头。

毕业那年,1982 年 1 月底 2 月初,完成了所有的课程,39 号兄弟完全放松自己,无所事事的我们比赛猜码,我竟然得了总分冠军,吵得数学系物理系的同学找到我们系告状,说我们吵他们。但比赛已结束,老大卢兄不服,说你虽然是冠军,但我打败过你。我说卢兄你那么优秀,就让一回老四,让我尝尝第一的滋味吧!

39 号弟兄发展应当算不错,老大去了美国定居,老二当了副厅长,老三是大学系主任,老五也在 2009 年当上副厅级干部,老六北大研究生,老七是县官,七人出二厅,我与老三勉强算个处级,看来不比其他宿舍差多少,可以啦!

2011 年 10 月 4 日上午此文写成后,我怕陈标不高兴写他那段,就将原文用邮件发去,下面是他的回复:

老四:

大作拜读。真佩服你的记忆,有好多事情我一点印象都没了,当然你的脚臭是个例外,那是一辈子都无法忘记的。我们一起去买了猪皮鞋垫,妄想那东西对你有点帮助,谁知不但没用,反而更臭,最后你干脆把那双鞋垫卖给我了(不知折价了没有),此文物我至今保存完好。

还有一点印象也深刻的是,我曾经与你们争个不休,有一晚跟老大还争到很晚,但论题是什么,双方的论据是什么,我一点都记不得了,其中一个似乎是"一分为三"的事吧?老兄记忆力强,不妨帮我回忆一下。

老六

不久，陈标言犹未尽，写了一篇关于39号宿舍的文章给我，我稍作删减，作为附件录于此文之后，以供同学一笑，同时也希望标老弟体谅老四删去部分秘闻的苦衷。

39号宿舍秘事

陈 标

看了王熙远发来的《39号宿舍》一文,不禁回想起一些往事,不妨来个狗尾续貂吧。有些事情如果不说,别的同学肯定不知道,因此可称之为“秘事”。

39号宿舍的同学有哪些?

先到为王,39号宿舍也不例外。第一个入住者是卢仲维。他入学前就在学校的饭堂搞采购,有此地利,才能占据本宿舍最好的位置——里边靠窗右边的上床。他当时还参加接待新生,我就是他带到宿舍的,我选择了他对面的床位——里边靠窗左边的上床。

第三个入住者是莫世祥,他选择了靠门右边的上床。下床是放东西的,我放被子的樟木箱和放衣物的皮箱都放在那里。

第四个入住者是李健忠,他选择剩下的唯一上床——靠门左边的上床。

晚来的只能选下床了。蒋元发选卢仲维的下床,宁崇富选我的下床。最晚来的王熙远别无选择,只能睡在李健忠的下床,这个床位最不好,门一开,寒风就吹到他;李健忠一开拖拉机(即打呼噜),受冲击最厉害的当然也是他。这种“天灾人祸”,让他受够了。现在回想起来,我感到有点奇怪的是:这个床位这么差,为什么王兄不换到放行李的床位去呢?

我们历史系1977级是一个大班(连后来的走读生共80人),按座位分成八个学习小组,我们七人和女同学欧薇薇、江淳最初是一个学习小组的。各小组实行三同:同吃(在一个饭桌上,同吃一盘饭和一脸盆菜,轮流值日分饭菜)、同住(当然男女分开)、同学习(分组讨论时,都到39号宿舍,此时不分男女)。

后来由于学习小组做了调整,莫世祥搬到36号宿舍,盘美昌代替他;蒋元发和宁崇富搬到37号宿舍,郭振彬和韦武壮分别代替他们。最后韦武壮也搬到37号宿舍,韦乃扬住到我的下床。

由于学习小组不断变动,大概是同学们对搬来搬去有意见吧,宿舍就不调整了。因此到最后一学期,住在39号宿舍的只有我和卢仲维是同一学习小组的。

卢仲维

卢兄是我见到的第一位同学。我们有六同:一、同吃。二、同住。三、同组。不管学习小组如何调整,我和他以及江淳三人始终都在同一个学习小组,最后一个学期的"组座"是38号宿舍的李绛亮(2004年已经英年早逝)。四、同跑。第一个学期跑"万里长征",我每晚和他一起围绕王城跑一圈。五、同实习。到荔浦中学实习,我们也在同一组,我和他以及袁荔生同住一起,还一起合照了一张三人都穿背心的照片。六、同导师。我们两人一起去共同的论文指导老师曹佐治家请教与毕业论文有关的事宜。曹老师鼓励我们大胆投稿,说他在大学时就在《光明日报》上发表文章了。卢兄在临近毕业时,在《广西师范学院学报》发表了文章,说来惭愧,我的处女作即在北大读研时投的稿《关于梁武帝舍身同泰寺的几个问题》,直到1990年毕业后才在《北京大学研究生学刊》同年第四期上发表。

我们之间的差异是很大的。我是1958年生的,在县城长大;他是1952年生的吧,原在上海长大,后来又在本校食堂工作,这种天时地利,让他有机会读很多书,尤其是外国小说,什么大仲马、小仲马,《三个火枪手》《茶花女》,讲起来头头是道。我呢,上大学之前,外国小说只看过苏联的《卓娅与舒拉》《钢铁是怎样炼成的》《叶尔绍夫兄弟》等,觉得这些书没有什么吸引力;中国小说看过家藏的中国古代四大名著，还有一些中国当代小说，如《山乡巨变》《征途》《野火春风斗古城》《艳阳天》，此外就是自己买的一些连环画，如《杨门女将》等。

卢兄是倾向于现成观点的，而我喜欢标新立异，因此我们经常争论。有一天晚上，我就“一分为三”问题，跟他争到很晚，我举左中右、正负零、赞成反对中立、超过不及中庸等例子说明事物不是“一分为二”，而应当是“一分为三”的。在他看来，这当然是异端邪说，他反对我，同宿舍的同学也没有一个赞成我说的，都认为我是强词夺理。后来看到一些文章，论点论据都跟我的相同。要是我当初不跟他争论，而写成文章拿去发表就好了。

我当时练草书，他根据书法界的成见，说应当从楷书学起。我可不管这一套。我没有当书法家的野心，练字是实用主义的，一是为了记笔记，只要能快就行（速记太难学，否则就学速记了）。二是为了看得懂碑文。桂林的许多风景区的碑文是用草书写的，不懂草书的话，那就斗大的一个字都不识得，简直是个文盲。为了看得懂碑文，还学认篆书（因为篆字笔画太多，所以只认不写，免得浪费时间）。

卢兄长得很帅，个头高，笑起来露出整齐雪白的牙齿，甚是迷人。他毕业时考上钟文典老师的研究生，毕业后留校，在系里当官（主任还是书记，记不得了）。

1986 年我考严沛老师的历史文献研究生，到系里复试时，见到卢兄，还直呼其名，欧薇薇（严沛老师的研究生，毕业后留在系里任教）当时刚好也在场，听到后马上纠正说：“叫卢××。”（××是官衔）我心想，同学嘛，叫官衔岂不见外？我在北大研究生毕业后还见过卢兄一次，说找单位很难，他说我是“良禽择木而栖”。不知是哪年，他这只“良禽”飞到美国去择木了，从此天各一方，不知何时才能见到他了。

莫世祥

莫世祥绰号“莫老爷”（至于是哪个同学首先叫起来的，这就无从考证了），他对这个称呼非常满意，似乎还有点得意，他的毕业二十年感言的题目就叫“独秀峰下莫老爷”。

老爷自然过着优裕的生活,虽然他也跟我们吃同一桌不要钱的饭菜,但他是带薪读书的,有经济实力另外买些营养品吃,其中就有麦乳精、罐头之类。我的家境不怎么好,虽然父母都拿工资,但是家庭人口多至七人(外婆、父母、姐姐、我、妹妹和弟弟),因此算是困难学生,学校每月发点困难补助(5 元还是 10 元,记不太清楚了)买牙膏、肥皂等日常用品。食堂每天早上要么吃米粉,要么吃一个馒头加二两粥,轮换着来,每周二、周五两天的晚饭才有肉吃。吃米粉那天还好,吃馒头那天,每到 10 点左右,我就饿得手发抖、心发慌。于是我学莫老爷,也买麦乳精和白糖,每到 10 点就用来冲开水吃。因为看书时间长,睡眠不足,经常头痛,于是我还买了桂花茶,头痛时喝茶提神。下午接近吃饭时间,喝茶不能解决问题,只能练毛笔字了。也许是看到我这困难学生竟然跟莫老爷一样过奢侈生活,同学有意见,于是班干找我谈话,想取消我的困难补助,我说明了情况,结果没有取消。

莫老爷健身的器具是扩胸拉力器,我们都跟着他拉。除此之外,他似乎也不爱好其他运动。上体育课时,我们两人在老师点名之后,乘老师不注意时,偷偷溜到图书馆看书去了。对我们这种半逃课,有几位体育老师并不介意,还是给我们合格的成绩。但有一个学期,学双杠,像猴子似的在双杠上翻跟斗,我觉得此举根本起不到强身健体的作用,而且虽然有老师在旁保护,危险总是有的,弄不好扭着头、伤着腰,那不知要受多少苦,于是就不上去练习。老师似乎有点恼火,因此课程结束后要我们补考。好像补考的还不止我们两个,那些不逃课但是在双杠上翻得不合要求的几个同学也要补考。于是我们只得到双杠上翻啊翻,翻啊翻,最后总算翻合格了。

莫老爷的父亲是广西有名的历史学家,老师来宿舍看他,还问候他父亲。受其父影响,他的史学功底雄厚。第一学期,他就向钱宗范老师交了一篇论文,是关于宗法制度的吧。钱老师是北大毕业的,在学术上是喜欢较真的,岂能苟同?于是在课堂上批驳了莫老爷的观点。

莫老爷毕业后考上了硕士研究生,后来又读了博士,成了大学教授。

宁崇富

蒋元发的年纪比较大，又比较早搬走了，我跟他几乎没有什么交往。韦武壮年纪比我小，因为九百多度的近视眼而从生物系转过来的，但在我床下住的时间不久，因此也很少交往。

宁崇富的年龄比我大几岁，虽然后来搬走了，由于我们两个都爱好古典小说，因此谈得来，他搬走后，我还经常去找他。我似乎被他牵着鼻子走。他说两人一起买布给裁缝做裤子，可省一点布，于是我就跟他去买了。他读过的好书，就介绍给我，我必读之，例如《何典》《宋人小说笔记》等。我们经常一起上街，特别是到书店买书。我们都买了《阅微草堂笔记》，我还买了《史记》《春秋左传集解》等。他当时在家乡已经有女朋友了，一谈起他的女朋友，脸上就发光。他说过一句我至今难忘的话是："搂着女朋友的腰真舒服。"

宁兄是广西合浦人，"孔雀东西飞"时，到了珠海。

韦乃扬

韦兄睡在我的下床，他天热时喜欢赤条条睡觉，一来凉快，二来也可减少内裤的磨损。尽管如此，他经常早上起来时，得意地说："昨晚又画地图了。"

韦兄的年龄较大，老说"愚兄虚长几年"。他在家乡也有女朋友，但是我没有听他欢快地谈过他的女朋友，倒是经常听到他在唱一首歌："爱情的海洋上，谁说只是顺风快帆，顺风快帆"，似乎他的爱情之路并非一帆风顺；"爱丝千万缕，哪缕是苦，哪缕是甜"，我也弄不清他的爱情是苦还是甜；"爱的烦恼莫拨乱心弦"，我感觉到他的爱是有烦恼的，不然怎么唱得这么伤心忧愁？（今天在网上查了，他唱的是李谷一演唱的《离别了，朋友》。）

李健忠

字如其人,李兄的字正正规规,毫不马虎。其为人也一本正经,不苟言笑。因此我不常跟他玩。李兄是讲客家话的,我回乡插队时也讲过一年半载的客家话(王兄说"共麻盖"是"讲客家话"之意,非也。"麻盖"者,"什么"之意也),但似乎我们没有用客家话交谈过,其实用普通话似乎也没有交谈过什么印象深刻的内容。

李兄也当了官。有两次到桂林开会,都约我到他住的旅馆聊天。第一次,他问我在北大学的是什么专业,我说是"中国革命史",他说"我还以为你学的是哲学"。原来他还记得我在宿舍经常看的是哲学方面的书。第二次,正在聊着,三嫂打电话来查岗了,问他跟谁在一起。李兄回答说"是陈标"。三嫂才放下心来。

王熙远

王兄和我的第一个共同点是跟着兴趣走,大部分时间是不务正业的。他的兴趣是中国文学,买的、借的、看的书和后来的夫人都是这方面的,向刊物投过有关文学的稿,毕业时还参加中国文学专业的研究生入学考试(未录取)。我的兴趣广泛,文史哲不分,尤其喜欢逻辑学,向刊物投过逻辑学方面的稿,毕业时曾想参加逻辑学专业的研究生入学考试(最后还是没有参加)。

我们的第二个共同点是都是困难生,因此都穿学校发的棉衣。当然他比我更困难,因此还多发了棉被。虽然困难,我们还是买了皮鞋。当时皮鞋很贵,记得是24 元一双,而 10 本一套的《史记》书价是 10 元。但是再贵,省吃俭用也得买一双:第一,穿皮鞋的脚没有穿解放鞋那么容易臭;第二,皮鞋不用洗,脏了用鞋刷刷一下就行,这对于懒洗东西的男生来说,是最有利的;第三,牛皮鞋耐穿,我的皮鞋穿到毕业后几年还没有烂。

王兄的脚臭那是一辈子都无法忘记的。在宿舍里,我的书桌在他的对面,看书时,闻到的不是书香,而是他的脚臭。我的头痛应当说跟他的脚臭不无关系。我们一起去买了猪皮鞋垫,妄想那东西对他有点帮助,谁知不但没用,反而更臭,最后他干脆把那双鞋垫卖给我了(不知折价了没有),此文物我至今保存完好。

王兄跟我不同的是,胆子比较大(受其喜爱的文学影响吧),我望尘莫及。但是我在逃课方面比他胆子大。当然并非所有的课都逃之夭夭。除前述体育课之外,似乎只有英语课列入了逃课范围。因为我在中学时学过英语,并且成绩还算好。而在大学,由于有的同学以前没学过英语,因此从头学起,从音标开始,就像学加减法一样,岂不浪费我的宝贵时间?专业课当然不能逃,但是听老师照本宣科,也浪费时间。对付之法,毛主席说的"打瞌睡"当然是好办法,可就是有些对老师不敬。因此我不取此下策,而采用三心二意之策:一边听课,一边记笔记,一边看我喜欢的其他书。

王兄说我"铁"(所谓"铁",据我理解,应当不是"铁哥们"的"铁",而是指"铁公鸡——一毛不拔"),大概是指下面这件事吧。不知是从哪个学期开始,不吃大桌饭了,改为发饭菜票给同学自己打饭,爱吃什么就打什么。一天,我们不知是去哪里做什么(是不是我和盘兄等三人在月牙池照相?不太记得了),中午回来晚了。王兄又不知是什么原因没有跟我们一起去,到了吃饭时间,还不见我们回来,担心我们回来时饭堂关门了,就好意帮我们打了饭菜。我是不吃肥肉和内脏的,对于前者,王兄是知道的,因为以前吃大桌饭时,我通常都把肥肉给他,他把瘦肉给我。但对于后者,王兄可能不知道,因此这次他帮我打的菜是猪肠。我一见猪肠,就不高兴地说:"我不吃猪肠,你怎么帮我打猪肠?你自己吃吧。"不想给他打猪肠的菜票。他好心没好报,眼看还要遭受经济损失,自然感到很冤枉,也很愤怒。盘兄劝我说:"人家帮你打饭菜,你不吃也得给钱,不然以后谁还会帮你?"我想他说得也在理,于是给了王兄菜票,相当于请他吃了一餐。其实,过完年回校时,我带过我们家乡的糍粑给39号宿舍的同学吃,王兄也应当吃了。因此,我应当不是很"铁"吧?

王兄还说我"懒",并举值日和打扫卫生为证。其实,那是偶然有之,并非常事。有一天早上锻炼(练习军体拳,有时也打太极拳)回来晚了,打不上开水,心里感到很惭愧,只得中午补打。有一天回来时,盘兄还是谁已经帮打了。扫地还是扫的,尽管当时看过陈蕃“大丈夫处世,当扫除天下,安事一屋?”的故事。也可能扫得不怎么干净,因此看上去好像没有扫一样。

有一年春天,杜鹃花开时,我们俩一起徒步去尧山踏青。早上出发时我带了半斤饼干和一壶(插队时发的军用水壶)开水,晚上回来时只背着空水壶了。路过的一所地质学校,就是我现在工作的桂林理工大学。

2002 年毕业二十周年聚会时,作为怀旧,我们又一起去尧山。但是这次“今非昔比,鸟枪换炮”,不再徒步了,是坐他开的私家车去的,而且他还带着夫人一起去。昔日的班长袁荔生在这次全班同学聚会的致辞中,把王兄和我作为同学中富和穷分化的例子。王兄当场流露出不高兴的表情,说:“怎么能这样说呢?”我则一笑了之。其实,王兄应当不是全班同学中的首富,只是因为“孔雀东南飞”到深圳后,有车有房,又长得肥头大耳、大腹便便,显得富态一些罢了。我呢,应当也不是全班同学中的最穷的,只是仍然保持当年读书时的清瘦身材和艰苦朴素的生活作风罢了。

去年(2010 年)11 月 10 日,我们又到尧山,这次是参加钟文典老师的追悼会。会毕,几个同班同学合影时,1978 级师弟的照相机照完后,轮到王兄的照相机,一位当大官的同学就耐不住了,准备离开,急得王兄(属鸡)一鸣惊人:“等等!官当得大也不能这样嘛!”这位同学只好留下再照了一张。

盘美昌

盘兄比王兄小几个月,来自梧州市,我则来自梧州地区的钟山县,因此我们是梧州老乡。尽管如此,由于没有共同的爱好,我们的交往不多。有一次,我三叔来,帮我、盘兄和施居宾三人在月牙池照了一张合影。这张合影收入《岁月如歌》中。

郭振彬

郭振彬比我小,我跟他的交往也不多。记得他有一个什么亲戚,好像是姓李的,武功挺厉害的,据他自己说,能敌七八人。一次李师傅来桂林,郭振彬约我一起去李师傅住的旅馆学武术。李师傅教的套路我都忘了,只记得一招连环腿。

惨痛的学英语的教训

如果有什么要立遗嘱给后代的话,我想叫他们吸取我学英语的教训,这一辈子,它耗费了我太多的时间。

我有一个伯父在国外,我上大学后,他托香港的朋友给我寄了 300 元港币,我用这些钱买了一块上海产的双菱牌手表,当时人民币 120 元。以为伯父会送我出国留学,便张罗大学一通英语。本来基础就差,连 24 个字母都念不好,就想看英语小说。盘老弟与我同样雄心勃勃,两人牵手上阳桥附近书店买英语书。突然看见有《格林童话》,喜不自胜,两人不加辨别,买起就回宿舍。就着灯仔细一看,老天,这是本德语版的《格林童话》! 两人哭笑不得,相约把真相瞒住,以防丢人。

英语分班,同学自报快慢,我不知天高地厚,报了个快班。每次上课,囫囵吞枣,根本赶不上趟。可是为了面子和虚无缥缈的留学梦,我竟然坚持在快班,学我的哑巴英语。

最后悔的是我使错了劲。我没有掌握学英语的真谛,舍本求末,把大量时间用来学语法。那个叫张什么真的语法大师把我害惨了,我是日也读夜也读,读的都是语法。他的书都被我翻烂了,可成绩还是上不去。考南京大学古代文学研究生,专业课 80 多分,英语不及格!

可气的是留学根本无望,莫说伯父不送我去,真的送,我的英语也拿不出手。那年我与几个朋友去北欧,在冰岛机场,我想秀几句英语,便与前排的老外套近乎,我问这对年轻的夫妇,说你们孩子的机票要多少钱,不想出了洋相,他们回答说:我们的孩子不卖!当朋友中有英语专业水平的把这几句翻译给我听后,我恨不得找个地缝钻进去。

我想如果大学我多花点时间学其他,或许我不会浪费时间。换句话说,如果我学英语得法,或许我的出路又不同。但人生没有假如,一切都是按规律运行。我的小孩不见她背过语法,不见她背过单词,甚至不见她在家读过英语,可她照样把 120 分的新托福考试攻下,考了个 100 分,顺利入读美国纽约大学,读了研究生,还搂草打兔子,考了个美国律师牌照,现在香港中环一家美国律师事务所工作。她学英语的特点就是像学母语一样,不管什么语法,看的是《生存大挑战》的英语原片、原版电视剧、电影及原版演讲。我伯父的儿子要与我用英语对话,我叫女儿应对,不想她的英语比她堂叔还棒!

逃体育课

我自认为在农村长大，身体很好，能吃能喝能睡，所以大学四年对上体育课不感兴趣，总觉得那是浪费时间，一有机会，我就会逃课。

教我们班体育课的是体育系张老师，有点像张飞，个子没那么大，对学生态度不错。

我常常在做完准备动作后悄然离去，最好别让任何人看见。一般会溜到图书馆去看书，尤其是文学方面的，这些书容易入迷，时间过得快。

我的身体的确好，单腿挂在单杠上，我可以前滚翻两三次，引体向上，那时我107斤，可以十次；现在88公斤，一次也不行了。

久而久之，我逃课可能被张老师发觉，考试给了我比较低的成绩。我想不应该呀，我的动作还是可以的呀，比起分高的同学，不差呀。于是申请补考。可是哪怕我的动作做出花，张老师也不加分，我这才知道，逃课的副作用是不尊重老师，没搞好关系就乱来逃课，后果是自找的。

索性逃课到底。我也破罐子破摔了。去三里店分部开运动会，我就和陈标同学偷偷逃去中文系的图书馆看书，几天下来，我们像神仙一样舒服，因为我们一没报项目，二不关心谁第一，三是运动场上那些女生也不会把目光投向我们两个身上，四是有空还可以去看看老乡——中文系的马树春、物理系的刘玉星，吹吹大牛。

虽然逃体育课，但锻炼身体还是不放松。每天起来跑步，按照当时的记录，我应该早就跑到北京又回来桂林了。

一次体能测试,背着背包跑一万米,累得直喘气,好在过了关。后来听说游泳100米也可算作跑1万米,我大呼亏了。因为我游100米是小菜一碟。

每天晨跑的习惯直到大学毕业后几年我都保持着,有一次把热得快放进大口盅去煮粥,自己去公路跑步了,回来发现窗口冒烟,是粥煮糊了,邻居以为发生火灾,差点就报警了。

现在想起来觉得对不起张老师,谁不希望自己的学生听话呢?

满意的饮食生活

我是从别人认为不适合人类生存的石山区云贵高原喀斯特地形区桂西岑王山下毛拜陀村考进大学，所以大学的一切在我眼里都是那么的美好和令人满意。

首先是每月有伙食费发，标准是 18.5 元，我每个月还有 4 元补助，这些钱已经完全够用了。

吃饭先前是分，一个长方形饭盆，八块饭，菜是一个盆装。我觉得很好吃，在家一年到头吃不了几次猪肉，在这里可以天天吃。陈标不吃肥肉，我就主动把瘦肉与他交换，我觉得肥肉也好吃，别人用异样的眼光看我们交换，我仿佛做了件好事，心里甜滋滋的。

早餐我是二两桂林米粉加一个馒头，吃得饱嗝连天，力气无穷，整天精力充沛，浑身有使不完的劲。

一次到育才校区开运动会，看见中文系的同学在食堂贴大字报，说食堂伙食不好，尤其是卫生差，我还记得一句话：苍蝇在饭盆上跳着华尔兹舞。我心骂：这些人真是没吃过苦，这么好的饭菜还要写大字报！

后来食堂改革，发饭票、菜票。吃多少打多少，我更高兴了。我是过惯了苦日子，饭菜票总是有计划地用。同学谢世湖是发了票就大吃大喝，末了吃干饭。有次我们在月牙池边吃饭边看鱼，他的碗里没有菜，我说为何不吃菜？菜票用完了！他可能见我比较老实，缺钱了敢开口向我借。我当然也乐意借给他，反正钱不多，他又不是赖账的。

周末我会出去打打牙祭，到十字街附近的北方饭店吃一碗九分钱的素面。那面量绝对够份，吃得我满头大汗，连呼快哉快哉。

有时请同学或朋友，我就会带他们到阳桥附近去吃干捞马肉米粉，那味道的确天下一绝。花生、黄豆、葱花、锅烧、卤水、马肉薄片，混捞后入口，叫你不忍下咽，太香了，你恨不得这些混合物在嘴里多打几个滚。

王城南门外有桂林汤米粉，也是我们常常光顾的好去处。桂林四年读书生活，对米粉的牵肠挂肚已是不可更改，这东西全世界的人都喜欢。我的一个朋友辞去桂林八中的工作，七八年前到深圳找我问工作，几年后自己开了几家桂林米粉店，现在买房买车买别墅，生活很富裕。

或许我对饮食生活没什么抱怨，一直以阳光心态看待一切，所以生活也给了我很多乐趣，我喜欢美食，每到一个地方，我就会打的去特色食街吃小吃，我喜欢做啤酒鸭、炒通心菜，我喜欢拉二胡、吹笛子、吹葫芦丝、吹巴乌、吹口琴，还喜欢写草书。我成不了专家，但我可以成为一个热情的爱好者。

三里店小插曲

当年三里店是母校的分部，距本部王城有近五公里路。现在叫育才校区。记得有英语、中文、物理、生物、体育等几个系先从本部搬过去，据说市里想把全部院系都搬过去，一帮德高望重的老教授反对，此事才未办成。否则，师大王城本部早就不保。

本部还有历史、政治、化学、数学几个系。我们的学农活动和每年的校运动会都会在三里店举行。

每次去三里店，都是步行。李复波是走读生，家里有自行车，我曾与他同桌过，去时他会把我捎上。他当时约 80 公斤，相当我现在的重量，两人一起，起码也有 140 公斤，车当然顶不住多久。一旦车没气了，我就主动帮推，有时为了聊天，干脆推着车走。

李复波相当能侃，他古典文学尤其是戏剧文学的修养很高，我又是文学爱好者，与他聊天，有胜读十年书的感觉。漫长的十里路，在李大侃的话语中很快走完。

记得那次去三里店的学农基地挖花生，大家刚开始纪律严明，秋毫无犯。也就是说假装不吃那刚拔出的花生，哪怕口水直流。不久，不知是那位同学顶不住了，剥开壳就吃，一下子大家也心照不宣，边干活边吃，也没见人出头反对，其实也吃不了多少，毕竟是生吃，这些大学生也怕肚子疼。

有一次要两三个同学去犁田，这活要求会使唤牛，当然犁田功夫也必须有。我报了名，梁颖也报了名，还有谁我不记得了。我在家乡使的是黄牛，这次是水牛。此外，我家乡的犁与这里的不同，要小巧些、短些。所以我犁起田来有些吃力。梁颖不愧是插过队，干起活来还像模像样，十分利索。无怪他后来能当到正厅级干部，这与他能文能武大有关系。

三里店在航道下面，飞机起降声音很大。开运动会时，我同陈标往往趁别人不注意，溜去松树下看书或聊天，如果太阳太大，就溜进中文系图书馆看书。

有时我们会提前绕到桂林冶金地质学院回王城本部，顺道参观兄弟学校。我一个老乡叫吴世提，与我同年高考，当时是以中专生身份招进来，学院后来才改成大学，他很刻苦，每次去看他，他都在做题。可惜他命不长，四十多岁就因病去世。这个学校风景很好，地势平坦，绿树成荫，鸟语花香。后来陈标去这个学院工作，不知他是否当时就打好了算盘。

我县一个才子也在三里店中文系读书，他就是马树春，毕业后曾当过百色学院人事处长，现在是百色市委党校常务副校长。我有机会去三里店，就会去看他，别看他个子比我还小，也是能侃的料，写得一手好文章，出过专著，得过大奖，我曾想把他弄去深圳，但人各有志，留下来发展也挺好，现在过得十分滋润。还有一个老乡李荣权也在三里店物理系读书，我父母与他父母是老熟人，他舅舅还是我的启蒙老师，我也少不了去看他，这家伙一表人才，毕业后在百色高中教过书，然后调来南宁三中。

我爱人在职读本科，是我帮她报的名，学校也是我帮她选的：广西师大中文系。这样她与三里店也有了不解之缘。同学李复波早已调到中文系做教授，我爱人还是他的古典文学学生。

大学首任班主任蓝宝民也早调到中文系。我这个来自贫困山区的大学生，没少给班主任添麻烦，但蓝老师对我很关心，曾主动叫我申请困难补助，我当时碍于面子，没有申请，想来有点傻，也有点对不起蓝老师的关怀。大约 2002 年，我们班搞毕业 20 年聚会，我开车回去，散场后专门把蓝老师送到三里店他家，这是离别 20

多年后重返三里店，已是不见当年的空旷和辽远，四周密密麻麻全是房子。蓝老师的房间装修得不错，实木地板，也宽，看到老师过得好，我心情也很舒畅。

当年的三里店还有一道风景，那就是英语系的女生爱找体育系的男生，我们曾有同学对此大惑不解：体育系的四肢发达头脑简单，英语系的女生哪根神经错乱，怎么会看上他们呢？其实我也见证了传说不虚。那第一次开运动会，暮秋时光，天有点冷，体育系的男生披着大衣在球场一站，就是比我们帅，人高，魁梧，英语系的女生又多罗曼蒂克，女人的心理是潜意识里寻求力的保护，同时也幻想男性力的美，像我不到1.69米，何德何能取得她们芳心？这天，只见英语系女生往体育系男生处靠，很自然就形成了传说中的风景。美女加帅哥，天生的机缘，我想起了萨特的话：存在的就是合理的。比我个子更小的马树春也说，对对对！

独秀擎天情

我想写一本关于大学生活的书，书名叫“独秀擎天情”，我在山下住了四年，对独秀峰很有感情，下面是我了解的独秀峰史料。

桂林独秀峰位于桂林王城内，它是王城景区不可分割的部分。

最早的“桂林山水甲天下”的诗句就刻在独秀峰上。“桂林山水甲天下”800年来一直作为点评桂林山水景色的不朽名句，但在20世纪80年代前，此语出自何人之口却悬而未决。有的说它最早起源于宋朝末年李曾伯“桂林山川甲天下”诗句的一音之转，也有的说它是来自清代金武祥诗中的词句。

20世纪80年代中期，桂林市文物工作者对独秀峰石刻进行全面调查清理，发现一块自明清以来就没有被人知道的摩崖石刻，上面一字不差地刻有“桂林山水甲天下”的字句，书写者是南宋庆元嘉泰年间担任过广西提点刑狱并代理静江知府的四明（今浙江宁波）人王正功，从而结束了百年的不休争论。王正功的诗句极好地凸现出桂林的山青、水秀、洞奇和石美，确立了桂林作为风景旅游城市在中国乃至国际上的地位。

独秀峰与叠彩山、伏波山三足鼎立，是桂林主要山峰之一，相对高度66米。由3.5亿年前浅海生物化学沉积的石灰岩组成，主要有三组几乎垂直的裂隙切割，从山顶直劈山脚，通过水流作用，形成旁无坡阜的孤峰。独秀山体扁圆，东西宽，端庄雄伟，南北窄，峭拔俊秀，有“南天一柱”美誉。山上建有玄武阁、观音堂、三客庙、三神祠等，山下有月牙池。晨熹夕照，披上太阳的光辉，俨然一位紫袍玉带的王者，故又被称为“紫金山”。南朝宋颜延之诗“未若独秀者，峨峨郛邑间”，唐张固诗“孤峰不与众山俦，直上青云势未休”都突出写它介然兀立的气势。

我要说的是这个独秀峰山底原来是空的，“文化大革命”时期用来当防空洞。我进去过两次，第一次是集体参观，第二次是带老乡吴世提进去看稀奇。

我们读书那个年代旅游开发才刚刚起步，独秀峰山上的卫生很差劲，不时会碰到“地雷”，所以每上山一次，都要恶心一阵子，往往把良辰美景的欣赏降低一个层次。

同学爬山愿叫我陪，我比较好说话，农村孩子，没架子也无资历摆架子。但次数多了也烦，我说整天吃苞谷面面你不腻吗，对方不知道我说什么，我解释说，一件事干多了也烦，我在桂西老家爬山太多，那山更美，又没地雷，你自己去好不好？

拗不过死搅蛮缠，不管我喜不喜欢，还得陪同学上去。心想既然抗拒不了，就当享受。于是舒缓心情，一路高歌，果然有“欲穷千里目，更上一层楼”的味道。

倒是山脚风光无限。南来北往的游人如织，外国人、靓女、帅哥、老头、老大妈、小孩、旅行团、参观者，数不胜数，这或许是市政府想叫学院搬走的原因。这本是一个游人如织的景点，我们能在世界闻名的风景区读四年大学，这是前世修来的福分呀。

我常常围着独秀峰转圈，目的是多看看游客。我老家的人不多，大山深处半年不见一个陌生客人。我在一本诗集里说过，我堂大舅娘的骂人声，是我那个村子毛拜陀有生命有生气的表现。她病得要死的那些日子，村子死一样的寂静，外人会毛骨悚然，人太少，是一种悲凉。

我喜欢热闹，有时会在山脚与一些外国人交流，尽管我外语不行，但我可以用普通话交流，我自认为我的普通话比 39 号宿舍老三、老二、老五强。

碰到讲西南官话的，我就更来劲，我家乡就是讲这种话的。我有时临时当起他们的导游，虽然不收钱，但锻炼了胆量。

父母说，小时候我三天不讲两句话。自从在独秀峰下与外人交往后，我的胆子大了起来，内向的性格，因独秀峰的出现而改变。

独秀峰的石刻令我陶醉，特别是它的草书，我喜欢龙飞凤舞的字体，它们刚柔并济，收放自如，狂放处似天马行空，委婉处如行云流水，与我的性格相似。近年我练草书，也是得益独秀峰石刻的启示。

独秀峰给我一个读书岩，给我做人的勇气与为人的宽宏，使我成为一个相对敢于担当的男人，我永远怀念这座山，我永远记得独秀擎天情！

王城依旧在，几度夕阳红

我在桂林王城待了四年，但当时只埋头读书，对了解这个古城没兴趣，它的历史，我后来才知道。

王城位于桂林市中心的独秀峰下，是明代靖江王府，宋代时这里是铁牛寺，元代改为大国寺，后又称万寿殿。明太祖朱元璋封其重孙朱守谦为靖江王，此处是藩邸。

王城有承运门、承运殿、寝宫，左建宗庙，右筑社坛，亭台阁轩，堂室楼榭，无所不备，红墙黄瓦，云阶玉壁，辉煌壮观。城开东南西北四门，分别命名为“体仁”（东华门）、“端礼”（正阳门）、“遵义”（西华门）、“广智”（后贡门）。坚城深门，气势森严。

桂林王城先后经历了14代靖江王，后来被清朝定南王孔有德所占而成为定南王府。农民军李定国攻克桂林后，孔有德纵火自焚，使有250多年历史的王城化为焦土。现在王城尚完好，还有承运门、承运殿的台基、石栏和云阶玉陛供人游览。现广西师范大学王城校区就坐落于此。

靖江王府的正门，其实就是我读书时师大的校门，我们每有重大的照相活动，都会选这里，它古色古香，很有文化底蕴，仿佛与它照相，品位就是要高些。

小时候在连环画上对城市的理解，就是王城这种模式，有正儿八经的城门，有坚固的城墙，有墙垛，节庆日城墙上还要挂旗子。

师大的办公大楼就建在王府当年的主殿台基上，可惜当年连学院院长与书记在哪间办公室也不知道。我去得最多的是办公楼后面的树林，那里有空地、石栏石凳，我经常去那里背该死的英语语法。

师大礼堂也是我经常去的地方。1978 年 10 月 12 日，中国科学院副院长钱三强做“关于国际科技发展情况和我国的四个现代化”报告。1980 年 12 月 19 日，我聆听过经济学大师千家驹教授的报告，他早年曾经在师大工作过，我们上学那会儿他已是北京著名教授。那次他讲的是“经济与教育的关系”，我记得他说的一件事。他说人人都在讲要提高教师地位，我认为别说那么多，只要把教师工资提到每个月 100 元，你看谁还看不起教师？这句话带来雷鸣般的掌声。要知道当时大学毕业转正后，在我家乡才 54.5 元，我上大学时，我父亲是田林县浪平乡资历最老的教师，从土改工作队调去的，工资也是小学中最高的，才 47 元。不过后来国家还是提高了教师的待遇，在深圳和不少地区，教师工资与公务员已无区别。1980 年 6 月 17 日，英国伦敦大学柯文南博士给我们做报告。

此外，校内外名师也经常在此为我们讲学，如本校的有黄现璠、陈伟芳、钟文典、潘香华、严沛、何应忠、朱淑瑶等，外校有张舜徽、荣孟源、王庆成、蔡美彪、罗元真、石钟健、戴继贤等。

这些老师的人文修养与见识，仿佛把我脑中的懵懂拿走，输进了智慧与才学，我如梦初醒，知道如何在学海泛舟，去打捞知识的珍珠。

在师大礼堂我最感兴趣的是看电影，记得当时学校还叫广西师院，但已申请改为广西师大，校方迫不及待把电影票印成广西师大的，我们拿着它也感到光荣。可一直到毕业，改名的事尚未落实，我们不免心有失落。1983 年批下来时，我们已走上各自的岗位。

在礼堂我还听了历史系 1978 级高老头等人的演讲，当时好像是竞选什么干部，他讲得眉飞色舞，大有气势。还听过历史系 1978 级周正女士的歌。她的名字正好与我班的男生“周正”相同,可她的名气大得多,因为她的歌可以令我等不懂音乐的人都陶醉。

历史系的办公大楼也古色古香,门口还有两门大炮,走进去很有历史感,我写毕业论文的时候,指导老师叫我在系里的资料室查阅过唐代的有关资料,除此我基本没去过这栋楼。

我去得最多的是图书馆和阅览室。每次借书,都一大叠,抱都抱不过来,有管理员问:看得过来吗?我说:翻翻。我入学视力1.5,毕业下降到1,现在又近视又老花,去天虹配了一个既能对付近视又能对付老花的眼镜,花了几千块,心疼呀。本来有个5英寸的小电脑,我曾经用它写完300多页的书稿《神巫毛拜陀》,之后妻子与女儿坚决反对我再使用,我的眼睛再不注意就要废掉了。

阅览室是我了解当代文学的窗口。这里有许多新潮的杂志。我喜欢读当代名家的作品,他们紧扣时代,讴歌变革,那时我怀揣梦想,有朝一日,当个作家,当时在我眼里,作家是神圣的,王蒙、铁凝、刘心武、李准等都是我崇拜的人。我对韦元刚能从历史系转到中文系,很是羡慕与佩服。

在阅览室我对报纸上的副刊也特别感兴趣,它们对文艺的风向反应最快,许多文坛新秀就是从这些媒体走出的。

大学四年我没上过王城城墙。毕业后有一年考中央民院历史系郭毅生教授的太平天国史研究生,正好郭教授到桂林开太平天国史学术讨论会,叫我到桂林复试,两来便利。当时同学黄明光正在读研究生,他说我住在王城北门边,你来我可以回家住,把地方腾出来让你住几天。我十分感激明光在我需要的时候帮了一把。当年我考上了郭教授的委培研究生。遗憾的是当年我太无社交能力,拿着合同书不敢去找委培单位,因为我当时还在田林中学当高中历史老师,中学不可能送一个老师去读研究生。就这样,命运与我开了一个玩笑,如果当年我找到委培单位,或许我就是一个干到老的大学教授或研究员,我相信我有这个能力。

王城四年生活的价值取向决定了我成不了正教授与研究员,最后成了广东作协批准的一名作家，小小的。

去年钟文典教授去世，我先到钟老师家里凭吊，次日再到王城坐车去尧山开追悼会。进到城内，发现人太多，好不容易与王乘英、徐雪莹、黄柒、陈标等同学会合，王乘英叫了她学校的一部车，我们就不用挤学院的大巴了。这是我继 2002 年毕业 20 年聚会以后再次进王城。

我们的老师一个一个走了，我们也在悄悄地老去。不久，我又听到潘香华教授辞世的消息。王城已是不敢再去，每一次，都会想起当年老师们风华正茂的讲课风采。

甚至我们的同学李绛亮、黄辉龙、白正骝都已离我们而去。

生命是脆弱的，也是重要的，对我们来说，已不属于自己，它是亲人的、朋友的、一切关心你的人的。

王城依旧在，几度夕阳红。

三上尧山

我到过尧山三次。第一次是与陈标走路去，目的是去看靖江王陵；第二次是开车与妻子带着陈标去，目的是去看尧山的风景；第三次是去参加钟文典老师的追悼会。

先是在有关资料上知道尧山不是一般的地方，它是靖江王陵所在地。

靖江王陵是明王朝分封在靖江（桂林）历代诸王的陵园，位于桂林市东郊尧山西麓，距市区约五公里。1368 年，朱元璋创建明朝，先后分封 24 个儿子和一个侄孙到各要塞重地建藩为王。洪武三年（1370）朱元璋封其侄孙朱守谦为靖江王。靖江王从册封到灭亡共存 280 年，先后承袭王位的有 14 人，其中有十一王葬于尧山，这十一王的陵园加上其他藩戚王室墓葬，构成一个气势磅礴、极富江南特色的墓群。

陈标与我同样喜欢到郊外踏青。听我说想去尧山看王陵，一拍即合。那天我们一路讲着笑话，一路争着问题，一路赏着风景，不觉得累就走到了尧山。我爱讲农村荤段子，陈爱讲《笑林广记》，两人臭味相投，一路欢声笑语。当我们把主要王陵景点看完，已是下午。回来就累了，毕竟 10 公里的路程。好在年轻，有的是精力，这点路算不了什么。

第二次是 2002 年 8 月暑假，我们班以毕业 20 年为由相聚。我开了一辆丰田佳美小车回去，目的想带妻子去看尧山美景。妻子早在网上知道尧山是桂林第一福地，国家 AAAA 级风景区，“不上尧山顶，不见桂林景”，它是俯瞰桂林全景的最佳位置，也是欣赏桂林喀斯特地形地貌的最佳境地。上到山顶，可以观云海、赏卧佛、看漓江田园、瞧乡村农舍。

车路过陈标所在的大学，我说把他带上，这是我同寝室的好友。于是找到他家，见了他的公子与妻子，公子长得很帅，成绩也很好。妻子很贤惠，人也漂亮，我说陈标你有福呀。他笑笑。同意与我们前行。

尧山的确风光无限。

尧山冈峦起伏，气势磅礴，植被丰茂，杜鹃遍野。冬季山顶时有积雪，明亚震直《尧山冬雪》诗云："朔风从东来，吹落遥空雪。洒向尧山顶，相看最奇绝。"尧山以变幻莫测、绚丽多彩的四时景致而闻名。

春天，满山遍野的杜鹃花将大山打扮得姹紫嫣红；夏天，满山松竹，碧涛阵阵，山川竞秀，郁郁葱葱；秋天，枫红柏紫，野菊遍野，金黄碧绿；冬天，雪花纷扬，白雪皑皑，冰花玉树，别有一番情趣。站在尧山顶极目四望，山前水田如镜，村舍如在画中，千峰环野，一水穿城的景色必会使你心中生出"一览众山小"的豪情。

我们看到的是夏秋的景色。本想把车开到山顶，但妻子胆子小，怕山顶路不好走，又好像要下雨，便在半山转头回城。

第三次去尧山是 2010 年 11 月 10 日，这天是钟文典老师追悼会。钟老师是 2010 年 11 月 5 日去世的，我当时正在北京大学学习，这是我第二次走进北大。2004 年我曾在北大学习两个月，完成诗集《北大诗绪》的创作。这次是在南开大学学习结束后转来北大听讲座，主要学经济转型期的社会管理。接到我大学同学何同学的电话，我算了下时间，可以在学习完成回深圳后，安排时间去参加钟老师的追悼会。

2010 年 11 月 9 日，我从深圳出发，同行的还有钟老师的研究生李先富，他后来又去南京大学读了博士，目前在深圳宝安区人事局当副局长。当天去钟老师的木楼辞灵，见了师母及其家人，劝他们节哀顺变。

10 日是师大永远值得纪念的日子。在尧山，在王陵边，大师级的钟老师，享受了师大知识分子最高规格的待遇:灵堂装不下太多悼念的人,一半多人只好在灵堂外与钟老师告别。我有幸站在第三排,目睹了整个追悼会过程。师大党委书记在念悼词时已泣不成声。我也哭了,为钟老师高尚的人格与渊博的知识,为他对我的关心与提携,为我曾几次到他家与他几次到我家,为我的近代史研究取得的成绩,为钟老师那句鼓舞了我一辈子的话:“站着能说,坐着能写。”钟老师,您安息吧,我会照着您的话去继续做人做事。

尧山,因为钟老师在此安息,它将是我永远魂牵梦绕的地方。

亦真亦幻的雁山

大学期间,与同学们去过雁山植物园。

那时觉得那园子很大很大,何龙群同学的家好像就在园中,或者在附近。我想她真幸福,能有一个背景这么漂亮的住家,这是前世修来的福气。这福气会罩她一生一世。现在从网上知道这个植物园可了不起,比我当年想象的伟大多了!如今连名字都改了,叫桂林植物园,其内容已今非昔比。

经过几代科学家的努力,园内现已建成植物标本园、濒危植物园、棕榈苏铁园、杜鹃园、竹园、桂花园、金花茶园、奇珍植物精品园以及花卉园艺中心和经济植物园区(白果园、猕猴桃种质保存园区)等,规划建设的专类园有民族药园、银杉园、新西兰园、奇花异卉园、广西特有植物园及中亚热带典型常绿阔叶林示范园等。园内现已引种植物近3000种,其中包括迁地保护的国家珍稀濒危植物近300种,被誉为"壮乡植物王国",重点植物都挂有标牌,介绍植物的名称、产地、科属和用途等。桂林植物园现已成为我国较大的植物迁地保护基地,并将在今后的几年内再引种2000种,使园内的植物种类达到5000种以上。

园内广泛收集世界各地及国内部分省区的植物,共2100多种!其中有研究价值较高的银杉、金花茶,有特种经济植物八角、苦丁茶,还有许多药用植物和观赏植物,尤其引人注目的是美国总统尼克松送给我国象征友谊的北美红杉和久负盛名的"雁山四宝",方竹、红豆、丹桂、绿梅。

此外，该园的植物标本馆有馆藏标本40多万份，数量位居华南、华中第二位，收集的植物标本以产于广西及邻近省区的植物为主，丰富的石山植物标本是该园标本馆的主要特色之一。桂林植物园内花木繁茂，空气清新，优美的环境中弥漫着大自然的气息，丰富多彩的植物王国充满了奇趣与神秘，是理想的科普教育基地，也是休闲度假、观光旅游的理想场所。

目前，桂林植物园有一个生物博览馆，内容包括海洋生物、陆地植物以及昆虫、动物等，系统地介绍生命的起源和进化，重点展示生物多样性和人与自然的关系。目前，桂林植物园已被列为全国科普教育基地、广西青少年科技教育基地、桂林市青少年科技教育基地和桂林市旅游定点单位。

后来师大在雁山又新设了一个校区，几年前我带了深圳宝安督导系统的人到桂林，本想去看看雁山校区，但遇上雪灾，只好在网上看看了。

广西师范大学雁山校区（含广西师范大学漓江学院雁山校区）坐落在桂林市雁山区雁山镇雁中路，筹建于2005年12月，2007年9月正式投入使用。雁山校区定位为包含全校绝大部分学院的本科生、硕士生 、博士生以及学校行政机关在内的主校区。经过5—7年的努力，有计划有步骤地把雁山校区建设成为布局合理、基础设施齐全、环境优雅、建筑新颖、有利于教学科研和师生员工学习生活的花园式校园。

广西师范大学的前身广西省立师范专科学校就创办于雁山。雁山镇云集了中科院广西植物研究所、桂林农业科学研究所、广西艺术学院桂林分校、桂林旅游专科学校、桂林理工大学、桂林农校等多家科研机构及高校，人文优势日趋彰显。同时，新校区东临桂林至阳朔的黄金旅游通道，吸引着来自全国乃至全世界的观光游客的目光，这也将为学校搭起走向世界的金桥，为学校的对外合作与交流提供了更便捷的地理优势。

什么时候有时间和机会，我想再游一次雁山植物园，何龙群同学，你还记得那次同学们在园里欢呼喊叫的情景吗？

二游灵渠

大学时代去游灵渠，只是看热闹。既不懂事先做点功课，也没照相机，只是傻乎乎地跟在同学身后，喊你看这里、你看那里，回去连一篇像样的游记都没有，真是愧对老师的带领。

雪灾那年，我带了十多位同事从深圳去参观灵渠，由于有了网络，我事先对灵渠做了功课，了然于胸后，再去现场。关于灵渠，我从网上得知如下信息：

灵渠在今广西兴安境内，也叫兴安运河或湘桂运河，由于是在秦朝开凿的，又叫秦凿河。秦统一六国后，为了进一步完成统一局面，在北击匈奴的同时，又南征岭南。公元前 219 年，秦始皇出巡到湘江上游，他根据当时需要解决南征部队的粮饷运输问题，派杰出的水利家史禄，率秦朝军士和当地人民一起，付出了艰苦劳动，劈山削崖，筑堤开渠，把湘水引入漓江，终于修成了这条运河。这条运河成为打开南北水路交通的要道。

中国长江流域与珠江流域之间，隔着巍巍的五岭山脉，陆路往来已很难，水运更是无路可通。但是，长江支流的湘江上源与珠江支流的上源，恰好同出于广西兴安县境内，而且近处相距只 1.5 公里许，中间的低矮山梁，也高不过 30 米，宽不过 500 米。灵渠的设计者就是利用这个地理条件，硬是凿出一条水道，引湘入漓，蜿蜒行进于起伏的丘陵间，连接分流南北的湘江、漓江，沟通了长江水系与珠江水系。

灵渠长 30 多公里，宽约 5 米，开凿灵渠，先在湘江中用石堤筑成分水铧嘴和大小天平，把湘江隔断。在铧嘴前开南北两条水渠，北渠仍通湘江，南渠就是灵渠，和漓江相通。湘江上游，海阳河流来的水被铧嘴一分为二，分别流入南渠和北渠，这样就连接了湘江和漓江。铧嘴类似都江堰的鱼嘴。当海阳河流来的水大时，灵渠可以通过大小天平等溢洪通，把洪水排泄到湘江故道去，保证了运河的安全。灵渠选择在湘江和漓江相距很近的地段，这里水位相差不大，并且使运河路线迂回，来降低河床比降，平缓水势，便于行船。灵渠的设计和布局都很科学。在世界航运史上占有光辉的地位。

灵渠的渠道工程非常艰巨复杂。南渠一路，都是傍山而流，途中要破掉几座拦路的山崖。尤其是在跨越分水岭，即太史庙山时，更要从几十米高的石山身上，劈开一条河道。这样的工程，在一无先进机械、二无炸药的条件下，全凭双手和简单工具，充分表现了当时人的智慧。

灵渠工程体系完整，设计巧妙，在技术上利用了都江堰的先进经验，充分显示了人民群众的创造才能。

灵渠修成后，在历史上起过重大的作用。秦始皇就在渠成的当年（公元前214年），平服岭南。汉武帝在平定吕嘉的叛乱中，也曾利用这条交通线。

灵渠的畅通，还为南北经济文化交流创造了条件。

这就是我备课后的灵渠。准备与同事吹牛，说自己对灵渠了解不少。可是老天没给我详细解释的机会。当我们从乐满地来到灵渠时，见到历史上也罕见的一幕。

那天灵渠附近的居民因为百年一遇的雪灾，断电缺水，纷纷用大桶小桶来灵渠取水，真是车水马龙，络绎不绝。天气很冷，我们的脸被风吹得缩进脖子里。景点再美丽，也扛不过天寒地冻的干扰。我们草草看完，本来是住乐满地酒店，但断电缺水，导游与我们商量，立即返回桂林住宿。

我本想回一趟灌阳老家，父亲的出生地，爷爷奶奶的坟墓所在地。当我准备从兴安县城打的去灌阳时,司机说灌阳的路已经结冰,走不了了。高兴而来,败兴而归,惨!

也许老天爷是在帮我们,回到深圳,才知道许多人被冻在路途,苦不堪言。这或许是灵渠给我的运气。因为灵渠离我老家灌阳不远。

青狮潭随想

30 多年前在大学时游历的地方，已是别梦依稀，难于找回太多的印象，于是去网上再做一番精神的旅游。

青狮潭位于漓江上游，距桂林市区 28 公里，与灵川县城相距 19 公里，景区由东湖、西湖和公平湖组成，总面积 170 平方公里，湖水面积约 30 平方公里，陆地面积 141.7 平方公里，湖水容量 6 亿立方米，号称“华南第一湖”，是离桂林市最近、最大的原始生态自然保护区。

青狮潭因湖畔一座酷似狮子的青山而得名。湖水清澈如碧，20 多种鱼类嬉戏其中，湖内小岛星罗棋布，乘船游览湖面，碧波万顷，一望无际；峡谷幽深，曲折迂回。湖区内的原始森林，藤蔓缠绕，万顷竹海，苍翠欲滴，30 多种野生动物出没其间，原始生态保护良好。湖畔散落着苗族、瑶族、侗族、壮族等少数民族村寨，民风淳朴，习俗迥异，风情万种。

景区有青狮潭水库，是广西最大的以防洪、水源地为主要目的的水库，也是漓江的主要水源地。

1994 年被广西区人民政府批准为“省级旅游度假区”。

回想那四年的大学生活，似乎一切都是为了看书看书看书，上面这么优美的风景，自己也观赏过，但如果不是在网上查出这些资料，自己的记忆还有那么好吗？

没有了。几乎一片空白。岁月太无情了，它会把你的青春抹去，让你一切重新开始，我们的记忆就像过时的磁带，现在已没有用了。当时是跟谁去的青狮潭？在哪儿吃的饭？照相了吗？与谁照的？全记不得了！但我的确去过！

大学四年我在吸收知识的同时，也失去许多有趣的生活，比如欣赏桂林的山水，欣赏周围的良辰美景，欣赏与我有关的人的德艺双馨。

好在我还健康地活着，可以用网络来帮助回忆，可以用文字与远方的同学、与朋友交流，这就是幸福。

也许不管不顾当时的良辰美景，是为了看更多的美丽河山。事实上，如果当年不认真读书，我或许到不了深圳，去不了几十个国家，也出不了十几本书，成不了作家与副教授。

特立独行

读大学几年下来，想想自己也有不少特立独行的事。

一是班上入团最迟的人。

想来也给班上抹了黑，自己是班上最后一批入团的。讲起来自己并非是落后之人，早在读高中时就要求进步，当时的表现和成绩也是班上最好的之一。尤其是自己的作文在全县也当过范文。全班团员同学也同意我入团，并叫我写申请书。可是当时我的父亲刚刚被解放，“文革”时被打成“反革命”，去五七干校改造了几年才回来做小学老师。主要的问题在于我父亲的家庭成分是地主。我填家庭成分时，不知怎样填才好。高中的班主任比较“左”，他对家庭成分不好的学生有点歧视，我入团就是他不首肯。当然也不怪他，当时整个中国都“左”，形势如此，谁叫我的家庭成分不好呢？

大学期间我只想好好读书，长点真本事，对政治进步也不怎么放心上。但全班党团员活动时，发现我已是少数几个非党非团的人。在这种既不是党员也不是团员的情况下，发展我等人入团成为班团支部工作的重中之重。

二是抄何同学的复习资料。

我要修中文系与历史系的课程，自然时间不够用。每到考试就会手忙脚乱。何同学的位置在我附近，我见他整理的复习资料十分整齐和到位，字也写得认真、工整，于是与他相借，抄完还回给他。他倒也大方，从不说个不字，几次三番下来，我省了不少时间去学其他的东西。太感谢了,何同学!

三是疯狂买中文系的书。

要自修中文系课程,没教材不行,于是碰到有中文系的书卖,哪怕用完生活费也在所不惜。四年下来,我有了一套完整的中文系学生该有的书。

为买中文系的书,我还被白正骝同学耍了一把。他是比我们年纪大几岁的走读生,平时交流少些,或许他不了解我,有一次有人来班上卖中文系的书,我去迟了,没赶上,他就说,我把我买的让给你。我信以为真,下午把钱带上就去找他,他说,什么什么?我答应转给你?没有的事。我气得脸发青,世上有这种讲话不算数的人!

我的妻子也是中文系毕业的,结婚后家有两套中文系学生教材,妻子说卖掉一套吧,我坚决不同意,说文盲才卖书。这样每次搬家,光是书就搞得我们够呛,书又重又多,每次搬完家我都要病倒在床。从广西搬家到广东时,妻子趁我不在家,收拾了几百斤书拉去卖了,好在不是中文系教材。去年,妻子又收拾了七箱书准备偷偷卖掉,我又拦下来,妻子说现在互联网发达,哪个还像你这样保留这么多书?我见她说得也有道理,但就是舍不得卖,我说这样行不,我一个朋友是办学校的,把我们的书送给学校,让它们继续发挥作用。妻子见我同意把书清除家门,巴不得快点叫人拿走。

四是洗冷水澡。

大学的热水房在饭堂边的锅炉房附近,我每次去打热水都要排半个小时左右的队,长期下来时间浪费不少。我干脆洗冷水,下雪天也洗,冲凉房在靠近月牙池边的平房里,每当我要冲冷水时,要么高歌一曲,要么大声嚷嚷,这样会产生一种勇气,把寒气赶跑。

大学毕业后的几年,我都是这么干的,反而身体更棒,毕业30多年来,我只体检过两次,各种指标正常。

我现在已不洗冷水澡了,身体也发胖了,有脂肪肝,尿酸也有点高。

五是卖四季豆米。

我在老家最爱吃的东西是四季豆米。大学时，有一次带了几斤来宿舍，不想没锅头和灶煮。想想浪费也可惜，不如去农贸市场卖掉买点其他可吃的东西给兄弟们打牙祭。于是单枪匹马到农贸市场，找个地方坐下，把四季豆米摆在面前，在纸板上写下几个字：桂西四季豆米，每斤 0.5 元，好吃，又面、又粉、又香！等了半天，一个人都没来问，于是挪一个位置，继续吆喝，口水都喊干了，还是无人问津。一气之下，提起袋子就往桂林亲戚家走，把那袋四季豆米送了人。这次我体会到小贩不容易，那农贸市场的空气，污浊得很。

六是臭美借衣照相。

大学时不知怎么搞的，很喜欢照相。父亲信上说我品貌英俊，我是把他的话当作父亲鼓励儿子的一种心理教育方法，并非他的真心话。但问题是我骨子里也认为我长得不错，这就害人了，恶果之一就是臭美爱照相。照毕业照那天，39 号兄弟们一起去照相馆，互相勉励与打气，个个都觉得长相不错。我当时最好的衣服就是一件 40 元不到的夹克，灰白色的。老七说，我把西装借给你照一个，兄弟们也说，老四，你就照一个，挺好看的。这样我没半点推托，穿起老七的西装照了一张用来贴毕业证的免冠照，呀，好马还得好鞍配，我那张照片，是我今生最靓的！2003 年我搬新家，女儿把这张照片拿去印在一个纪念品瓷缸上，照片左边写“老爸”，右边写“帅帅”，妻子有时拿出瓷缸对来家的亲朋说，熙远现在胖得变形了，你看，当年他才 107 斤时，还看得过去。

七是服从分配。

照说这点没什么好写的。关键是我从农村考来，一切都是超出我对幸福的想象。无论分配到哪里，都是一路阳光。但这事在家人和亲朋中却产生了不同的价值取向。父亲不知是出于对党的忠诚还是思想上要表现进步，他在没有让我知道的前提下写了一封信给历史系，说我儿子王熙远一定服从党的安排，回到田林县报效田林人民。其实我从未表示过我不会回田林，他这样做在他看来十分应该，儿子就是自己的私有财产,我想怎么的就怎么的,完全不用征求儿子的意见。后来班主任表扬与同学议论,我才知道有这回事。不过我也没把这事当回事,因为回去田林工作对我来说并不是可怕的事。

但在柳州工作的二表哥却对我的分配很关心,他特意到学校找到我,说你父亲是土地改革时离开桂林地区去百色工作的,你趁毕业分配把自己留在桂林地区,这里比百色要好得多。我不以为然,倒不是我先进,而是觉得金子在哪里都发光。再说当时根本没有去搞关系的念头和想法。自己对自己的未来充满了信心,毕业回程路经南宁时,我在邕江大桥桥头坐了几个小时,凝望着滚滚江水,我写了如下诗篇:

邕江桥头感怀

辞别学府归乡魂,报效家国拼此生。
他年若成顶梁柱,撑起广厦定大城。

诗写在一张照片的背后,几次搬家已不知下落,如今已是尘埃落定,官大与官小,钱多与钱少,富与贵,贫与贱,在生命面前,都已无足轻重。其实当时野心很大,诗讲的是靠自己真本事,不信自己今后进不了大城市工作。现在想来真是少年气盛,如果去不成大城市,难道就不活了吗?

桂林省亲

大学期间，在桂林我主要走两家亲戚。

一家是李伯伯、李伯娘家。严格说来，我们两家是没有血缘关系的亲戚。这家人退休前在田林浪平供销社工作，与我爸以桂林老乡的身份相认。“文革”时，我爸与他们均遭到批判，戴高帽子游街，所以更是同病相怜。

我高中毕业回乡，参加了公社造田造地专业队，在浪平公社新寨与瞿家寨相交的土山堡挖山造平地。

父亲见我太累，就叫李伯伯一家帮忙，把我安排到食品公司开的米粉店当小工，任务就是劈柴、开打浆机、卖米粉、干杂活。从此我们两家结下友谊。

他们退休后回到桂林，住进自家的老房子，过得倒是安逸。

我每隔一段时间就会去李伯伯家打一次牙祭，因为我卖米粉时，曾经自觉或不自觉地给李伯伯李伯娘他们来吃粉的友人打多一点，他们早已把我当亲人。

另一家是父亲的表姐家，在桂林市公路局。

讲起来也是有段故事。我伯父王立权小时候被父母包办定了奶亲，对象就是这位父亲的表姐，姓范，邻村的。但这对奶亲在各自长大后走了不同的道路。伯父当了中统特务，成了国民党军官，新中国成立初逃到香港，辗转到新加坡，最后定居马来西亚。范家女子参加了桂北游击队，新中国成立后成了离休干部。

但这并不影响两家走亲戚。我姑妈参加革命，还是她范表姐引的路，某种程度上讲，范表姐是我爸我姑的恩人。我爸是姑妈引的路，没有革命的范表姨，就没有革命的姑姑，没有姑姑，就没有父亲的“土改”事业。

认了亲，走得也勤了，每次去，范表姨都很热情，有时还会讲讲当年订奶亲的事，然后哈哈大笑，革命干部的爽朗，从她那里可见。

另一个由范表姨提携起来的桂林亲戚在“文革”时被迫害，生前官至公安局局长。平反时我作为亲戚去他家参加了追悼会。

范表姨是老干部，在桂林有些人脉，柳州二表哥曾经叫我毕业分配时求她帮忙。我压根儿没有留在桂林的想法，觉得那是离我遥远的事，不是我等贫民可以搞定的，所以无欲则刚，每次去，我都没心理负担。

十分感谢这两家亲戚，在我求学阶段，一餐好饭，就是一份鼓舞的力量，一句暖心窝的话，就是一股上推的动力。

我记住你们，直到感恩的心停止跳动。

在柳州小姑妈家度假

大概是 1978 年的暑假，柳州小姑妈叫我去柳州做零工度假，挣点钱，为父亲减轻点负担。

我从来没有开口向父母亲要过钱，母亲没什么收入，父亲是小学老师，月工资 47 元，他自己身体也不是很好，常年要吃药。他给就用，不给也能撑，因为我每月还有四元补助。但我还是乖乖地去打零工，在我眼里，姑妈是革命干部，见过世面的人，她的建议一定有道理。我白天去建筑工地和砂浆、挑砂浆、挑砖、做杂工，虽然很累，但难不倒我这个从农村出来的人。晚上回到姑妈家，我就把当天的事情记下来，心想这是一次难得的经历，将来把它们发表出来，也是有意义的事。

可惜手稿被有洁癖的妻子搬家时清掉了，要不然今天把这些文字整理出来，放进这篇文章里，是多么真实的记录呀！

手起泡了又破了、好了，肩起茧了又脱皮了、好了，一个多月下来，我与那个工地的小工们几乎成了朋友。账是姑妈去结的，多少钱我不知道，父亲那段日子也来了柳州，姑妈是否给了他我也不知道。我主要在乎的是有这段经历，因为父亲也没专门给过我打工钱，在我看来，在姑妈家吃住已是大恩大德，姑妈是在有意磨炼我。那时我写字很草很歪，姑妈就不客气地说我的信内容和表达都很好，但字写得太差。我无言以对，事实如此嘛。

有空我就拿姑妈家的破单车去练，快要练成那晚，从一个稍斜一点的街道马路溜下去，不想刹车不太好，下坡刹不住，迎面撞上一个凉茶摊。摆摊的是个壮小伙，拎起一块砖头就追着我打，我一看情况不妙，踩起单车就疯狂地逃，轮子在脚下虎虎生风，我反而感觉不再摇摇摆摆，哈，我练成啦！凉茶摊又没伤到人，我心安理得又在另一条街上练起来。那个假期最大的收获是我学会了骑单车。

当时姑妈在一个区政府工作，很忙，新四军出身的姑丈也未退休，他有一个兴趣就是收藏奇石，他有一块像豹子回头的花斑石，很逼真，经常被他拿出来给我们欣赏。现在看来，那些石头会值很多钱。

大表姐夫妇在水电局上班；大表哥夫妇下海经营小生意，过得去；二表哥夫妇在工厂上班，特别是二表哥担任一个大厂的厂长，特别吃香，上下班有司机接送，比姑丈还有派头。小表姐仍在养病，好像有一定的补助。

姑妈一辈子风风火火，干事麻利，处事与人为善，所以尽管出身地主，依然入了党，她叫我要创造条件入党。

世事难料，姑妈退休后在柳江河堤练气功，不小心摔下来去世。我连最后一面也没见上。二表哥已不当厂长，到东莞发展去了。大表姐夫妇已退休，女儿顶岗入籍水电局，大表哥的小孩也工作了，患精神病的小表姐的儿子已长大，与二表哥一起在东莞发展。姑丈 90 多岁，还健在。柳州一个多月的生活也告诉我：人得意时不要忘乎所以，失意时也不要沮丧。一切顺其自然。

灌阳度假

我祖籍灌阳，读大学正好离老家近，灌阳还有大姑妈一家、二姑妈一家，我父亲“文革”时被批斗，不敢回老家，怕人家找他这个所谓的地主仔算账。

有空我就回灌阳度假，去我两个姑妈家生活一段时间。

大姑妈家住红旗公社（现在改为灌阳镇）唐家村，村子左边是小河，后面是水田和水渠，离县城很近，离我老家华山脚也近，小表姐曾带我去给我爷爷奶奶挂青和烧香。我们家距县城三公里。

在大姑妈家住的日子里，我感觉到我父亲出生地比我的出生地要好得多。

一是灌阳华山脚不缺水。一条小河从不干涸，一年四季有鱼虾，稻田里还养禾花鱼，肥美的鱼煎得出油。而毛拜陀常常干水，吃水要到几里甚至十几里外挑。

二是华山脚用大米喂猪，而毛拜陀连人吃大米都困难。华山脚田肥稻丰，毛拜陀石窝种苞谷，大片地只能收几斤。

三是华山脚水果多，特产多。田边地角是远近闻名的蜜枣、雪梨，山上种花生、油茶。毛拜陀地处高寒山区，除核桃板栗外别无他产。

四是华山脚交通方便，景色优美。一条平坦的公路从县城通到华山脚，小公交车五分钟一趟。而毛拜陀至今不通公路，从最近的公路走进去要两个钟头。

我曾写过一首诗，叫《父亲的故乡》，收入《粤桂诗情》，歌颂了华山脚，也感恩毛拜陀给我的磨炼。

大姑家与所有灌阳人家一样，有打油茶吃的习惯。用小锅把茶叶与红薯捣烂，加入豆汤，小碗里装上炒米，撒点花生米与葱花，再用滚茶汤泡上，奇香无比，十分可口。家有客人，必以此待客。几个表哥表姐轮番请吃茶，差点撑破肚皮。

二姑家在新街公社上铺村，背后是连绵不断的大山，产竹笋。这里距大名鼎鼎的唐景崧老家江口村很近，属于一个公社管辖。

唐景崧(1841—1903)，字维卿，广西灌阳新街江口村人。同治四年(1865)进士，选庶吉士，授吏部主事。光绪八年(1882)，法越事起，自请出关赴越南招刘永福黑旗军。次年，抵越南保胜，劝刘永福内附。以功赏四品卿衔，1884 年中法战争爆发，张之洞令其募勇入关，编立四营，号“景字军”，入越参加抗法斗争。中法战争结束后，率军回国。以功“赏花翎，赐号迦春巴图鲁，晋二品秩，除福建台湾道”。光绪十七年(1891)迁布政使。光绪二十年(1894)，署理台湾巡抚。

也就是说，二姑家邻村江口出了一个巡抚，这位巡抚还是桂剧的创始人。我在二姑家住了将近一个月。二姑丈是个村干部，可惜被疯狗咬伤不治，辞世时我还未到过他家。表哥唐基权在桂林找过我，我们谈得来。在二姑家，我见证了几件事，使我对一些理论与常识产生了思考。

一是唐景崧三兄弟同时考上清朝的进士，所谓一门三进士，说的就是这件事，可见偏远山区教育落后并不妨碍出人才，值得我们今天的教育工作者思考。

二是我爷爷的一个丫鬟，当时已比我父亲年纪大，听说我与父亲到了上铺村，马上派她儿子来请我们父子去做客，杀鸡、买肉、煎禾花鱼、做豆腐，待我们如上宾。父亲说，当年这个丫鬟从湖南逃荒来到华山脚，是爷爷收留了她，给饭吃，给工做，从此不离开王家。新中国成立后嫁了人，还把王家当恩人。

三是我表妹唐翠莲初中一毕业，就背着行李去柳州找我小姑，走的那一天，我与二姑、基权表哥送她到村口，她那忧伤的面部表情透露出还想读书的神情。可是几十年后证明她这次出走柳州是正确的，因为她嫁了一个柳州本地人，做了木板生意，现在生活已是小康水平。表哥后来也去投靠她生活富足。可见人挪活树挪死的古训并未过时。

大姑二姑虽然已先后驾鹤西去，但她们收留我住下的那些日子，让我思考了不少问题，尽管在别人眼里不值一提，但对我的人生启迪很大。

灌阳度假，思乐无穷。

第二章　同窗情缘

他乡遇卢兄

1993 年我从广西百色学院调到深圳宝安区松岗中学做老师,听说 39 号宿舍老大卢仲维也到了深圳,便四处打听,当时在暨南大学历史系的莫世祥同学说不知道,在深圳市委党校的盘美昌也说不知道。我就去鹿丹村找陈伟芳教授,他原是我们师大历史系的主任、教授,我们的老师。陈教授说,卢仲维在松岗潭头某某厂,但没有他的电话。

我喜出望外,因为我就在松岗工作,马上去潭头打听,也是机缘巧合,这个厂刚搬走,我问的那个人正好是厂里的品管,还没走,认识卢仲维,说他们厂刚搬到东莞的牛山加油站附近,叫生生手袋厂,卢仲维先生是人事经理。

我坐公交车到那里,五块钱车费,不费力就找到卢兄,两人喜出望外,毕竟四年同宿舍,当晚他请我吃饭,每人喝了一瓶九江双蒸米酒,他说业余还在学英语,有机会再出国。

回校又坐大巴,这次遇到狮子大开口的野鸡车,要 20 元,我给钱后,不服,说,来时 5 元,怎么回去就 20 元? 我酒有点喝高,从西装上衣口袋掏出 800 元一拍,说老子不是没钱,你们乱要钱我找人收拾你们。

说完我就坐下,一言不发。两个卖票的都是大男人,也知道松岗黑社会的厉害,其实我也是吓唬他们一下而已,根本不认识黑社会的人,但气不过乱收钱的土匪行径。

一会儿工夫,买票大汉把 15 元钱补给我,从后面塞到我右手上的,没说话,我也不计较了。

尔后与卢兄多有来往,他说别把他在东莞的事告诉其他人,不想太多人知道,我答应了。

正因为有承诺,每当其他同学问起,我都只好顾左右而言他。

后来我调到宝安区教师进修学校当校长,他也去了美国。

“9 · 11”事件那年,我参加一个省里组织的赴美考察团,本应 9 月 12 号出发,头天出了惊天的“9 · 11”事件,只好改到 9 月 20 号去美国。

这次行程是从香港到日本,再从日本到夏威夷,再到美国、加拿大,一共 18 天。要去三个国家,在美国逗留时间不长。

我与卢兄相约在美国第五大道一家餐馆见面,我住新泽西州,他住皇后区,晚上从城外入市区,小车必须两人以上,目的是尽量减少堵车。所以定在我们考察团用餐的地方见。

卢兄在纽约《侨报》当编辑,他给我带来了报纸,还给我与盘美昌同学带了领带、香水礼物,盘的那份托我转交。

他一如既往,收拾得干干净净,西装革履,十分精神,永不显老。我问有小孩了没有,他说忙,还没有。

见面时间也就只有一个多小时,我们要赶往华盛顿,从那里去加拿大。

2004 年我搬新家,花了 68 万元,还能按揭到我 60 岁,买了一套 270 平方米的房子,当时房价刚起步,我算捡了个便宜。卢兄说要送小孩回上海给父母带,从上海回香港时,来看我们。我在新家,与卢兄、盘美昌、莫世祥见了一面,卢兄偕夫人一同前来,大家相谈甚欢,我还为他们演奏了葫芦丝,临别,送了卢兄一枚印章,这是沙井荣根学校一个学生的杰作,他在全国拿过大奖。印刻的大概是“万事如意”之类的祝福语,我希望他在美国幸福安康。

后来我女儿考入纽约大学国际经济法专业读研究生，我叫她带了一个宝安观澜产的瓷器给卢兄。这个瓷器已是深圳品牌。

女儿两次到卢兄家，受到热情招待。女儿说卢兄的女儿又回到美国，十分可爱。

2008 年 8 月，女儿在获得硕士后又考到美国律师，妻子去看望她，我又叫她们娘儿俩代表我去看望卢兄。我曾问女儿：卢伯伯的夫人在唐人街开了一家律师事务所，你有意去那里工作吗？如果愿意，我可以与伯伯说一下。女儿说不愿意，他们开的所主要是为移民服务，她已经在曼哈顿找到一家与她所学专业对口的律所，但她不想在美国工作，这里要付出一代人的努力，才能融入美国社会，她不想付出太多。

女儿大了自己做主，我也不便多说，她们去到卢兄家，说房子不错，环境不错，在费城和其他地方，卢兄夫妇趁美国金融风暴房价低迷，买了不少物业。

每到新年，卢兄都会寄一张贺卡给我，搞得我有点不好意思，我没这习惯，但每读到他的祝福语，心里总是暖洋洋的。

卢兄现在已是《侨报》的副总编，我时不时在网上看看，他依然领带西装，风度翩翩。

珠三角同学

我们班有九位同学在广东珠三角工作，即袁荔生、莫世祥、江淳、赵忠诚、盘美昌、宁崇富、罗慧萍、刘格凌、王熙远。

当我知道江淳到澳门理工大学工作后，十分高兴，想为她接风。我1994年在广西师大出版社出版53万字的《桂西民间秘密宗教》就是江淳慧眼识珠，出了大力。为方便她出行，我托珠海一个朋友做东，把在珠三角的同学召集见了一面，在珠海的一家生意很旺的酒家。这次除赵忠诚回广西老家扫墓（其实是赵患了癌症，不想别人知道）没到场外，其余都来了，相见恨少，话谈不完。2011年9月底，我做东在宝安又聚了一次。又是老赵缺席。

老班长袁荔生在百色学院时与我同事，他当系党支部书记，我是系副主任。1993年5月，他先我行动，调到江门一中做老师。我稍迟一点，8月调到深圳宝安松岗中学做老师。

老班长的儿子从广东工学院毕业后考上公务员，顺利结婚生子，班长还在江门买了别墅，退休后还兼江门老年大学的教务主任。我岳父岳母在江门随小姨子生活，我经常与妻子去江门，所以与班长经常见面。

老班长的人生理念是：平淡是真，健康是福。

他在30年聚会感言中有一段话我特欣赏：

“我作为班上年纪最大的同学，经历了较长的世态炎凉，退休后看问题更客观，现在掏出我的肺腑之言。钱权乃身外之物,万不可拼命追求。我的一些亲戚、同事乃至同学,为了这些身外之物,用命去搏,情绪和血压随着地位的升迁、股市的上下、财富的聚散而波动、紧张,结果损害了健康,耗尽了心血,透支了生命。甚至于还未到退休年龄便英年早逝,留给亲人无尽的悲伤,留给朋友长久的惋惜。与其辛劳而无缘享受荣华富贵,不如过着平淡生活,知足常乐,健康快乐,为人民工作40年,平安退休,长命百岁。”

罗慧萍原来与我和班长均在百色学院当老师,我与老班长调走后不久,她与先生也调到新会,其实新会与江门早已连为一体,慧萍在新会师范,后来师范并入新会一中,她现在是中学高级教师。其先生姓郑,在新会医院,是慧萍的好伴侣、好司机,每次聚会,他都帮惠萍开车。我夫人说,看看人家,以后学着点。我们都从百色出来,大家相处很熟悉。

慧萍的生活态度也很值得学习,她说看时光是赤橙黄绿青蓝紫,过日子是柴米油盐酱醋茶,平平常常普普通通一路走来,今后也将一如既往走下去,觉得这样生活踏实、安康,所谓幸福也不过如此。

两位曾经的百色学院同事、大学同学,真正体会了生命的真谛,我深以为然。如果到死才觉得要保重身体,为时晚矣!做自己喜欢的事,一切顺其自然,才是最好地对待自己。

莫世祥在华中师大读完章开沅的博士以后,到暨南大学当教授。1993年我调到深圳后,去暨南大学看他,问他为何不往深圳走,他说那里没有研究氛围。可过不几年,他还是经不住高工资诱惑,夫妇均调来深圳,妻子陈红是历史系1978级的系花,调到深大学报当编辑。

莫兄先是在深圳大学当社科院院长,后来院系调整,他就去了港澳台研究中心,有了大把去港澳台的机会,结下广泛人脉。这样他就提前退休,领着一万五六的退休金,又在香港树仁大学找到一份月薪四五万港币的工作,真是如鱼得水,早年的辛苦付出得到了很好的回报。

老莫女儿在澳洲留学,并落户籍于此,生了两个可爱的孩子。我见过大孩子的照片,像画里的儿童,英俊可爱。2011 年 8 月,老莫夫妇还去澳洲帮女儿带了一段时间的孩子。

盘老弟毕业后考入中山大学读研究生,回广西后兴致勃勃,给我写过信,大有大干一场以慰平生的气概。他去防城港当宣传部副部长,我还在他手下人办的报纸发表过幼稚的散文诗《罅松赋》。1991 年他调到深圳市委党校,后调到口岸办,2009 年,在经过十余年正处的磨炼后升上副厅。

他的女儿留学澳洲读完研究生,回国后在香港公司上班,待遇很不错。

盘老弟是很会生活的人,工作单位又好,盘夫人善于理财,所以盘老弟可以经常四处为工作考察,几乎跑遍世界,每次打电话,不是在外国,就是在去外国的路上,或者正在国内某景点,信号不好,等等。他为人幽默风趣,又肯帮人,所以人缘极佳。我一个老乡去美国,超额带了人民币,后来就是通过盘老弟搞定。记得有一次欧薇薇同学一行出国也是出关遇到麻烦,最后找了盘老弟才解决。

我与盘老弟倒是经常见面,师大 79 级中文系一位叫邓梦忠的在深圳市电大当校长;还有一个广西人叫覃丙庚,在深圳青年学院当院长;他们三位经常聚会,也会把我叫上,常常醉到找代驾开车。

刘格凌与当医生的丈夫在广州萝岗区上班,格凌是 91 中历史教师,珠三角同学两次聚会,她都参加了。

赵忠诚与我只是电话联系,他调到珠海市金鼎中学,已好多年,至今尚未见面,问题在他,我两次做东,他都有事没来。最近一次是在 2011 年 9 月底,在宝安,他又说早已与几家同事讲好到中山玩,不好改变主意。我们的聚会是以老班长时间为准,所以我也理解老赵。

我与他电话的内容基本上是围绕小孩的。他知道我女儿去美国留学,她女儿深大毕业后也去了美国,在波士顿大学读研究生。中介还是我女儿介绍的同一个人。那段日子他经常打电话咨询美国留学的事,所以好像有经常见面的感觉。

宁崇富在珠海红旗中学当老师，小孩早已工作，是珠海的公务员。2011年9月底的聚会，他开自己的车去接江淳，现在交通方便，从珠海来深圳，两个钟头绰绰有余。

江淳提前退休受聘于澳门理工大学，主持大型书籍的编撰。我们班的同学现在在港澳工作的，都是博士，我那天聚会时对老莫和江淳说：人家要专家，为什么不找我等本科的？还是博士吃香呀。江淳把女儿也带到澳门读高中，享受全免费的教育。她的孩子也很上进，谈到小孩，她脸上闪烁着幸福的光。

江淳是典型的山东女子性格，我妻子在聚会后说，十分喜欢她的性格，直率而真诚，我说你们是老乡，妻子祖籍是山东即墨，父亲华香亭，军人出身，四野的，享受离休待遇，2006年辞世，88岁。江淳的父亲也是山东南下干部。

那年为出我的专著《桂西民间秘密宗教》，江淳顶住许多压力，我曾在另一本书的前言里表达过感谢，在此仍然要说声：谢谢！

老莫夫妇也为女儿近年的懂事高兴。他曾经有句自认为是名言的话：我们不要为别人培养太贤惠的媳妇。这句话让大家笑了半天。九个同学，当外公外婆的占了一半以上。

陈红说，女儿在澳洲结婚后，好像变了一个人，勤快了、贤惠了、懂得心疼父母了、收拾家了……

老莫一脸的得意。他曾经为女儿成绩不达他的理想而苦恼，说："我们读大学那时，一到考试，就兴奋无比，展示我们才华的时刻来到了！"我说："老莫，你是才子，不怕考试，我最怕考试，你记得我班有个同学考前吓昏倒吗？"众笑。

儿孙自有儿孙福，莫给儿孙做马牛。老莫的女儿过得很幸福，尽管她大学成绩不如她爹莫世祥。现在该老莫收获甜蜜了。

养儿才知父母艰，现在同学们的小孩将先后结婚、生子、养育儿女，人类传承的义务又落到他们头上。而我们却渐渐老去，只是近黄昏，夕阳无限好，各位做好含饴弄孙的准备吧。

2011年12月24日,由盘美昌做东,我们九位在珠三角的同学在深圳皇岗口岸聚会,这次来齐了,前两次缺席的赵忠诚也偕夫人马老师出席。我们在深圳口岸办盘副主任的办公室等所有人到齐,再去吃饭。除刘格凌从广州开车在东莞把在外学习的罗慧萍捎带来以外,各自都带家属来了。老莫和我各自把新书分发给大家,老莫写的是关于广西马君武的,我的是《神巫毛拜陀》,吃完饭,盘美昌高兴,为大家演唱了几首歌,我也即兴为大家演奏了葫芦丝和笛子,尽管水平一般,但真诚可嘉。临别,我说为了2012年的聚会,请大家务必写一篇纪念文章,珠三角同学的文章按林志杰秘书长的安排由我负责催办。

北京同学

北京同学少，只有朱杰军、王缨、郎津晶。

郎同学是我毕业至今尚未见过的人之一。

对郎同学的最大印象是她多才多艺。她跟我说过，小学时业余还去中央音乐学院附小提升自己，唱得甜美，跳得轻盈。又是毕业于北京师大女附中，是名师刘超尘、储瑞年的学生。读大学时她坐在我的前面，转过身来与我聊天，天南海北，天文地理，无所不知。她爸与国学大师顾颉刚是朋友，郎同学又是在北京出生，想没文化都不行。

郎同学的手风琴拉得可好啦！她嗓子好，唱歌动听，佐以手风琴，更是叫你拍案叫绝。2012 年 4 月，我为聚会文章与她联系，她说在北京、香港两地住，现在主要住在香港，每天都练钢琴，说钢琴是乐器之王。

大学实习，我们都被派往县里，她好像是在师大附中，毕业后又分配在此。高手才分配到这种地方，说明系领导也是慧眼识才。

1986 年，她在师大附中教的学生左中元，高考历史成绩 96 分，省状元。为此她加入省历史教育学会当理事。

后来听说她 1989 年调回北京铁路七小母校教书（直到退休）。其间，她以第一名成绩考到香港管理专业协会颁发的普通话导师文凭。不久成为香港“新移民”，为香港推广普通话做出杰出贡献：她辅导的学生多次获奖。

2012年4月中旬，我为纪念文章给她在香港的家中打电话，也是机缘巧合，打通了，聊了很久，她说自己已退休，儿子在香港买了房，娶了内地女子为妻，自己也在香港生活，不与儿子一起住，她说在有代沟的儿媳面前，自己似乎成了弱势群体，不过，有插队时的朋友为邻伴，生活也不孤独。

我与朱杰军、王缨夫妇倒是见过几次。

大概在2000年左右，杰军来中山开孙中山学术讨论会，我当时在宝安区教育科学培训中心当主任，一个副处单位，50多人，是进修学校与教研室、电教站及相关单位合并以后的新单位。我开车去中山接他。路上他很担心我开车会打瞌睡，我说不怕，我眯眼是为了养好神，其实那时我已开始发胖，开起车来真有点想打瞌睡。

宝安一面，已是十年。临别他给了一个盒子，是大会纪念品，一套指甲剪，很精美，我家现在还在用。

在北京，我与杰军夫妇见过几次。我到北大、清华进修过几次，都是短期为主，最长的那次在北大，两个多月。那次我去了杰军夫妇的新房子。当时他们搬进去不久，小孩还在上初三。

我说在北京能有自己的房子很不容易，何况位置也不错，装修也雅致大方。当时我们40多岁，房子车子孩子是主要话题。

每次他都要请吃饭，找的地方干净有特色，看来这两口子蛮会生活。

当年杰军还在人大读博士时我去看过他，他学的是戴逸的清史，我问他认识秦宝奇教授吗，他说知道，搞清代民间秘密社会研究的，又问我何以知道秦教授。

说来话长。1988年我刚调入百色学院，就因一篇论文去参加在上海开的中国党史研究会第二届年会，我的论文是《杨再江家所藏会簿考》，这是我发现的一本天地会海底，并写了考证文章。会上人大清史所秦宝奇教授对我的论文给予较高评价，并答应与美国圣母大学穆黛安教授联合把这个研究成果介绍给美国学术界。当时我并不知道外国学术界对中国的田野考察很重视，后来发现美国弗吉尼亚大学把我的《桂西民间秘密宗教》一书收录，才感觉学术第一手田野调查资料是大本钱。

虽然我已不走学术道路，但当年那些发表在北京《民族研究》《近代史资料》《广西民族研究》等杂志的文章被人引用，尤其《桂西民间秘密宗教》一书影响到外国，使我的学术研究形成自己的峰巅，也觉得开心。

几次班里聚会都不见这对夫妇，但杰军写的毕业30年感言中有首诗，我很欣赏，择几句如下：

人人都是独秀峰
一人一条轨迹
一人一种人生
我只想说
逝去的
他是曾经的独秀峰
活着的
人人都是独秀峰
人生无常
人生不易
人生不同
人生独秀

王缨也是才女，她送30年聚会一副对联：

上联：聚是一团火
下联：散是满天星
横批：仰师重友

她说在北京也度过十分艰难的岁月。杰军读博士期间，每月300元补助，自己曾打工于多家企业，直到杰军正式调入大百科全书出版社，她与女儿的户籍才落在北京市。2000年，进入《中外管理》杂志社当编辑，现在是高级记者，一干也有十几年了。

我对王缨说，在媒体工作，曾是我的梦想，但一个人的命运，只有一半掌握在手里。此生虽没做媒体人，但300万字出版，也是报刊与出版行业助我，我与传媒人士，有着天然的亲情。我感谢媒体人士，包括你。

杰军夫妇的小孩在复旦大学读书，今年上大四，2012年毕业。有一次杰军打电话给我，想问我女儿出国留学的情况，我说，我讲不清楚，女儿下班后我叫她给你打电话。

结果女儿电话刚打完，杰军就给我打电话，说，你们两口子的口才，比你们的女儿差多了。我知道他是在夸我们的小孩，但我一本正经地与妻子说，我们来数数女儿不如我们的地方，否则女儿会自傲，这会害她。一、收拾家不如你。二、待人接物目前不如你。三、勤俭节约不如我。四、在家脾气易发，忍隐不如我……一口气下来竟然数了好几条，妻子说你吃饱了撑的，哪有你这样的父亲?！我对女儿向来要求严，在她小时候没少打她，尽管至今想来有些惭愧，但严比松好，有的人送小孩出国，花了几百万，但到头来连个文凭都混不到，还是虎妈狼爸育子方式好。

2011年10月7日写这篇文章的时候，给杰军打了个电话，他说为家里已辞世老人办合葬仪式，与王缨国庆节回到南宁，女儿已在上海找到男朋友，目前在一家美国公司实习，每天还有100元实习费。近几年不打算出国了。明年如果1977级同学深圳聚会，他们会一起来。

我也与他聊了女儿的近况，说，她已到香港中环一个美国律所上班，月薪三万多港币，加班费另算，月收入是我与老婆的总和。言外之意也有点虚荣，谁叫杰军自己夸过我女儿诗华，说她比我们强。我这不是实话实说，向他报告他的判断结局嘛。

关于婚姻之事，我说，小孩大了，与谁结婚，用什么方式结婚，何时结婚，那是他们自己的事。需要我们帮什么忙，吭一声就行。

2012 年 4 月中旬，我打电话问纪念文章的事，他说他女儿将毕业，先工作，再考虑出国。我说女儿大了，一切由她们自己做主。

桂林同学

印象中桂林同学有徐学莹、刘西平、李复波、周伟光、黄乘英、李培礽、赖向东、宋平、黄琦、唐永康、马守正、陈标、汤少聪、唐奇岭、蒋元发、吕启翔、黄辉龙等。

徐学莹倒是到过深圳几次。每次她来看我，我都会请她吃饭，有时还派车送她到广州。她那爽快的性格，我妻子、小孩都喜欢，有一年她们母女去桂林旅游，住在学莹漓江边的家中，女儿说，老爸，以后我有钱了，也为咱家在漓江边买个房子，那地方太好啦！学莹的一对龙凤胎孩子都很争气，一个在德国留学，另一个也工作了。学莹有一个研究生，人很实在，很敬业，想在深圳市电大长期工作，托我找校长说情，正好校长是广西师大中文系校友邓梦中，我的老乡加朋友，在老邓的关照下，这位学生以雇员身份进了电大。

刘西平早年下海，到广东南海一家做珠宝的企业做管理，我去看过他，他还请我吃了饭，送了企业产的纪念品。

钟老师去世，他也在忙前忙后，我去吊唁时，他正在帮忙招呼同学。我很感动，人生最需要朋友出面的时候，他在你的身旁，这就是兄弟。2011 年 11 月 11 日，我从尧山开完钟老师的追悼会回到市区，刘西平就把我送到桂林两江机场，使我没有误机。

同学间无私的友谊，往往令我感动不已，所以每有同学来深圳，我只要在，就会尽力招呼，对前世修来的缘分，我也很珍惜。刘西平同学在 30 年聚会感言中对同学友谊说了一段我十分认可的话:“春雨不绿无根草,大道只遇有缘人。你我他相聚在独秀峰下,月牙池畔,同窗学习,生活四年,这是我们的幸运,这份幸运的到来,要感谢伟人邓小平,不然,我们都是人生道路上的陌路人……三十年的同学缘分,它烙上了太多太多的历史印记,它维系着身处各地一方的你我他,它记录了我们每一个人命运的改变,见证了国家三十年的巨变。让我们共同呵护这份来之不易的同学缘分,使其情系我们到永远。”

与周伟光电话联系多些,他们夫妇去过我家,他妻子也满头银发了,他儿子周佳明很懂事,从广西民族大学毕业后考入深圳民航,干得很出色,为人处世很懂礼貌,几年下来交下广泛人脉,与我家走动得较多,现在已自己开了物流公司,看来也是一个企业家的胚子。

我们大家聚会,也把周佳明和他的女友叫上,我女儿说法律上有什么需要的,无偿提供援助,佳明说好,那就请你为公司法律顾问。年轻人也在互相帮助了。

2011 年国庆节期间我封闭起来写作,通过周伟光,我找到了李复波的电话,同学说复波不好找。伟光的耐心是值得称道的。

与陈标见过两次面。第一次是 2002 年毕业 20 年聚会,我与妻子带他上尧山重游。第二次是钟老师去世,我们一起从王城坐王乘英学校的商务车去尧山参加追悼会。他在网上写了篇悼文,我也看了,写得情真意切。

悼念钟文典老师

陈　标

2010 年 11 月 6 日,惊闻钟老师已于 5 日逝世,10 日将开追悼会。特撰此文,作为悼念。我与钟老师交往不多,但印象深刻。

我们广西师大历史系 1977 级同学有 80 人之多,我又不是突出人物,因此在校时,除了先后三个班主任认得我之外,钟老师恐怕是唯一一个认识我的老师,其他老师都不知道我姓甚名谁。钟老师到我们宿舍时,能叫得出我的姓名,并且还知道我是从钟山考来的。我当时觉得奇怪,后来才知道,他是广西蒙山人,当时钟山和蒙山都属梧州地区,我们也算老乡吧。(地市合并后,蒙山属梧州市,钟山属于新成立的贺州市了。)

钟老师1946—1950年先后就学于北大历史系和政治系。我1990年从北大研究生毕业后,在北大桂林校友的聚会时,他和钱宗范老师都参加,因此又见过几次面。我们都是北大人,但书目文献出版社1993年4月出版的《北大人》第一卷收录了钱老师和我的简介,不知为何钟老师没有寄简介。

1977级同学的几次聚会时,我又见过钟老师几次面。他永远都是清瘦的样子,俗话说:"有钱难买老来瘦。"他享年86岁,并不奇怪。

2004年,钟老师搬到翊武路13号楼A座5层大女儿家的新房住,因为书多搬不完,一部分书仍在王城南区,当写作需要用到这些书时,又回王城住一阵。我想,如果钟老师一直住在王城的话,多年形成的气场恐怕对老人的身体更有利些。

我父亲也是搬到我弟新起的房子不久后就去世了。老话说:"人老不挪窝。"看来是有道理的。

第一次聚会时我问陈标毕业至今最感兴趣的是什么,他说半辈子专搞小名堂。

一搞小考证。自认为怀疑够大胆,考证也小心,成果不少。

二搞小发明。已有六项取得专利。一是利用水温调节旋钮来控制冷热水变换的低水压热水器;二是多功能挂钩;三是滑动式防盗纱窗扇;四是带镊子的多功能粉笔套;五是电动车定时充电器;六是电热水器的水电联动开关。

三开小书店。在孔夫子旧书网开了一家小店,广交书友。

四炒小股票。欲知详情,不好意思,恕不便泄露商业秘密。

我觉得陈标活得很有意思。有自己独特的价值观,他说,聊以自慰的是,"有子万事足,无官一身轻","愿做桂林人,不愿做神仙"。

其实我后来得知陈标取得专利号的小发明还有两种:一种是可折叠枕头,一种是不分左右脚的鞋子。

此外,这个北大的党史研究生,共发表了50多篇文章,可他很低调,很少与同学说。

毕业后见过两次黄乘英。2002年那次是毕业20周年聚会,我偕妻子前往,妻子说这人很不错,对人很热情,我说当然,人家是广西壮族自治区定的第一批园丁工程特殊人才培养对象,桂林中学历史学科顶梁柱。2011年11月10日我参加钟文典老师追悼会,在王城坐黄乘英从她学校带来的商务车,得知她在2006年评为广西特级教师,这在历史系1977级也是凤毛麟角。临别她说要带同事到深圳参观学习,我说会尽力接待,她还把历史系1977级QQ号给了我,可惜我至今未上过。

马守正同学毕业至今未见过,倒是记得他为1977年高考而作的一首诗:

诗言志

红日出东方,才俊入考场。
从容解难题,慷慨吐文章。
十年磨一剑,今日试锋芒。
得酬报国志,感谢党中央。

可见他的五言诗功底还是很深。别人告诉我,马兄当过桂林三职中副校长、桂林奇星艺术中心校长、桂林旅游职业中等学校校长顾问。书法也写得好,日本友人还以求到他的字为荣。后来我偶然看到一幅他写给日本籍教师北本牧子的作品——“茶道”,二字的确遒劲有力,仙风道骨,有颜柳风范。

汤少聪给我印象最深的是一张照片。大概是在漓江边照的,背景有江有山。照片名字叫“儿子随我上大学”,照片中汤少聪带着一个可爱的三四岁的男孩,是他的儿子,与曹小瑾、黄苹、杨柳、黎国振、韦乃扬、江活健、莫毅、陶士然等同学在一起。

汤兄比较低调,2008 年感言中说:“孔夫子云:三十而立,四十不惑,五十知天命。而我则三十方学,六旬仍糊糊涂涂,不知所以……但见不少同学英姿勃发,事业有成,合家幸福,前程似锦,尤感欣慰,毕竟同窗四年,海内存知己,天涯若比邻。千言万语道不尽。祈盼同学兴甚,祖国兴甚,中华兴甚!”

我与赖向东同学只见过一面,就是 2002 年的聚会。他负责会务,我多交了点钱,其实也就尽点心意而已。晚上赖兄把我与几个同学叫去吃夜宵,记得陈藻玲也在,大家离别多年,喝着啤酒,吹着大牛,摇晃而归。

大概在 20 世纪 80 年代中期我见过唐奇岭同学一次,当时我去宜山参加太平天国史研讨会。我的论文是《太平军宰制曾广依定安屠城原因初探》,那次会议上认识了广西民族学院培训部主任陆炬烈老师,他见我治学不错,回去不久就把广西民族学院调我到干训部的调令发往广西田林中学,可惜当时我不懂搞关系,县里死死不放人,我只好对天长叹。在宜山会议期间,我见到唐奇岭兄,他说正准备调往桂林博物馆,目前在办手续。我很佩服他有办法,能说服领导放人,我当时觉得那就是能人。

唐兄在大学时小提琴拉得好,我特别喜欢听他拉梁祝的曲子,他人廋,但拉起小提琴来,却是艺术家的气质,全情投入的样子,令人感动。他还懂理发,我们那时家穷,舍不得去理发店,每次叫到唐兄理发,他都不推辞。有时他会在我们宿舍那栋楼大门口为我们理发,一边理发,一边观察路过的女同学,说谁谁不错,我年不幼但无知,很乐意听他品评。

2008 年聚会时,唐兄以“长相忆”为题,赋诗一首:

飞转三十载,
天地任纵横。
光阴如星逝,
同窗宜永恒。

忆昔求学日，
思绪久未平。
千言难尽述，
拙影寄吾情。

蒋元发是我灌阳老乡，大学时生龙活虎，任体育委员。毕业从政，在灌阳当过县级领导，后调到平乐县当政协副主席，我多年没见到他。写这篇文章的时候给他打了个电话，他说他已退居二线，在县委当调研员，2013年左右退休。妻子在工商局，已退休。女儿广西大学研究生毕业后去上海打拼去了，蒋兄说在桂林买了房子，退休后会去那里度晚年。我说如果这样，我们还有见面机会，我回灌阳，会路经桂林，到时去找你。谈到写同学聚会文章，他似乎不感兴趣，说多年不写，不知如何下手。

李培礽毕业后到桂林师范高等专科学校政治与社会学系当老师去了，印象最深的是他写当年高考复习的吃苦精神。据说他还是我班曹小瑾同学的小学老师。

当时他在边陲小学当老师，“白天一整天跟着孩子们转完以后，从晚饭后6点开始就一直关起宿舍大门，拼命地蛀书本、爬格子、背子曰。连续一个多月从黄昏6点到第二天早上6点的苦战，以至于白天给孩子们上课时站在讲台前就睡着了。为此，学生还将此事告上了学校领导。身体的疲倦还不是问题，复习时间的短暂愁煞了十年未摸高中课本的我。苦熬苦战一个多月后，祖坟里冒了青烟，1978年2月的一天，一纸迟到的高校录取通知书辗转送到了一个位于祖国边陲的小学，颤巍巍地打开广西师范学院的信封，自己竟然发呆了将近半个小时”。

在30年感言中，他写了一首诗：

戏语人生

问君何时再相逢，笑指沙场火正雄。

回首感叹人生路，何必蹉跎对长空。

老骥伏枥志千里，不待扬鞭自奋蹄。

十年生聚十年战，莫言勾践侵东吴。

自毕业后就没见过吕启翔，据说先是留校，后调走，不知在何单位。当年那个慷慨陈词似乎有法学根基的人从同学眼中消失，2009年编《岁月如歌》画册，他是缺席者。

黄琦是我班最后一个留在历史系的种子。当年她坐在我的前排，每次考试每科几乎都是90分以上，成绩永远很好，我想这辈子是赶不上她了，也没想赶上她，人各有志，我从没把自己的成绩看得很重，及格以上就可以了。

2002年聚会见过一次，作为系里留校代表，我见她充满了自信和满意，胆子也比当年大了。大学时代虽说她成绩好，但为人很低调，说话轻言细语，一副小心翼翼的样子，使人想起听话的聪明的波斯猫。

钟老师开追悼会那天，黄琦也与我们同去尧山，这次说话似乎更大胆一些，没有了拘束，说我们有什么著作可邮给系里图书室，作为资料保存，趁她还在图书室。

我有一些感慨，班上81人，留级2人，余下79人，至今未留下一个站在教学一线在母校历史系当教授，这似乎有些苍凉。

与李复波见过一次，就是2002年的聚会。我知道他1982年1月毕业后同年就学于中国艺术研究院研究生部，攻读戏曲历史及理论专业，1984年12月毕业，获文学硕士学位。1984年至1988年，他在北京中华书局从事编辑工作，1987年任古典文学编辑室副主任，1988年底调回桂林市政府文化研究中心工作，任文艺研究室主任，1990年底调入广西师范大学任教，为广西师范大学中文系古代文学教研室教授，兼任广西师范大学古籍整理研究所副所长，主要讲授课程有元明清文学、古典戏曲研究和考据学等大学中文课程。我1989年8月出差路过北京，去中华书局找他，看到书局楼道间还垒灶煮饭，想来条件也不太好，一打听，李复波1988年底就调回广西了。李兄在大学期间对我照顾有加，写这本书时，我通过周伟光找到他家电话，与他聊了好久，得知四年前他已退休，已有孙女了，电话旁边的确有小女孩的笑声。他说人生如果不经历含饴弄孙阶段，也是一种遗憾。

唐永康现在是桂林电子科技大学党办干部，多年不见，只能从他的“三十年的经历与感悟”中体会他的为人。他最大特点是有服务精神。

“本人注重对所在单位的作用与贡献，在乎荣誉和面子，高兴助人、利人。同事、同学能理解、谅解，单位和工作对象能夸赞，正直者能肯定我的为人与水平，学生读者能祝我好人一生平安，就行了。”在同学画册上看到他在拉斯维加斯和丽江的照片，觉得他对生活还是充满了乐观与眷恋。

黄辉龙更是毕业后无联系，他属于英年早逝者。

南宁同学

南宁同学主要有：韦乃扬、黄苹、梁颖、何龙群、李建忠、欧薇薇、林志杰、李露、王国玉、刘宏、曹小瑾、周耀全、陶士然、谢世湖、秦建德、杨晓林、颜安光、施居宾、施锦美、宋平。

韦乃扬，男，壮族，1953年7月生，广西横县人，1983年12月加入中国共产党，1972年9月参加工作，广西师范大学历史系历史专业毕业，历史学学士。现任广西司法厅副厅长、党委委员，分管厅法学教育处、机关党委、离退休人员工作处、机关工会、共青团司法厅总支委员会、机关妇女委员会，联系广西政法管理干部学院。

韦乃扬与我在母校同住过39号宿舍，他最擅长的是用很严肃的样子讲笑话，他上大学时就相当成熟，我们比他小的都叫他二哥。我们笑他知道政治家的休息方式，搞不好还体验过这种方式。我每次从深圳回田林，有空的话就给他打电话，见见面，他很讲同学情，每次都会拿些土特产送我，搞得我很不好意思。豪爽的二哥为同学办事从来不推三阻四，我一个深圳朋友有事相求，我给二哥打电话后，他就像办自己的事一样尽心尽力，事情办妥，不求回报。我想他能官至厅级，也是做人做得好的结果。他也到过深圳，当时我还在松岗中学当老师，住单身公寓，家里连客人落脚的地方都没有。没有好好招待，很对不起他。

黄苹也位至正厅，是广西妇联副主席、巡视员，但并不傲气，2009年同学聚会，还是她提供方便，可惜与她交往不多，在我眼里，她大气、豪爽、有男子汉气概。下面是她的一篇讲话，足以证明这点：

姐妹们、同志们：

大家上午好！在万物欣欣向荣、充满生机与活力的美好时节，来自全区14个市、27个县区、8个民族的52名少数民族女干部，相聚在广西妇女干部学校，开始为时一周愉快而又有特色的学习生活，也开始一段温馨难忘的民族团结和谐生活，共同展示绚丽的民族风采。在此，请允许我代表自治区妇联、自治区民委对广西少数民族女干部春季培训班开班表示热烈的祝贺，向在不同的岗位上为我区的发展进步做出贡献、积极参加这次培训班学习的各位学员致以崇高的敬意和热烈的欢迎！借此机会，我讲三点意见。

……

梁颖在我印象里很成熟，有次在39号宿舍他与人打赌，一口气喝了一瓶红酒，我佩服得五体投地，这是男子汉的象征。学院在三里店有学农基地，我与他因在农村干过犁田的活，被派去犁田。我在家使的是黄牛，这次是水牛，犁也大很多，使得我手忙脚乱，他可是真正会干，对此我又添了几分敬重。我佩服他经常能与同学们讨论很多问题，能说会道，或许这也是当厅级干部的基本素质吧。

有次跟林志杰在南宁一起喝咖啡，我开始以为会没有共同话题，后来发现大家还是聊得来。那次回桂林为钟老师吊唁，我与林志杰在尧山照了相，他很忙，但还是留了下来，同学笑我胆子大，敢叫厅级干部留下。林志杰很勤奋，学习很认真，先后出版论著四部，其中专著《中国早期国家形成的道路与形态研究》、《广西各民族宗法制度研究》（合作）获第六届广西社会科学研究优秀成果二等奖；在《光明日报》《经济参考报》《史学理论研究》等报刊上发表学术论文三十余篇；参与研究的教学科研项目《中国古代史教学体制改革的尝试与成果》《以宗法文化的教研为龙头，带动中外传统文化教学的创新与突破》分别获1993年广西普通高校教学成果三等奖和 1997 年广西普通高校教学成果二等奖。

何龙群在我印象里具有母性的温柔与男人的干练，能力强而不咄咄逼人，处事稳而不婆婆妈妈。我们在大学时去过她在阳朔的家，在女同学中，她以稳健出众。她 2000 年就担任广西民族大学校长，持续十余年。何龙群 1997 年就晋升教授，1998 年获政府特殊津贴，同年被评为广西优秀专家。2001 年攻读博士学位。出版专著 5 种，编著 3 种，发表论文近 70 篇，总字数 100 多万字。

我与何龙群交往不多。最先在省城开学术讨论会，见过一次，与黄振南一起。她那时已有不少科研成果。她来深圳那年我在宝安一所进修学校当校长，当时也不知待客之道，招呼不周，心感遗憾。有一次我外出，她与丈夫也即我同寝室的李建忠同学来富士康看儿子，擦肩而过。未能招待他们，我感到内疚不已。后来他们的儿子也回广西工作了。

李建忠，男，1955 年 12 月生，中共党员，1982 年 1 月大学本科毕业，历史学学士，2009 年 12 月晋升为教授，正处级调研员。曾两次获广西教育学院优秀共产党员、两次获广西教育学院优秀教师、一次获广西教育学院教书育人先进个人等荣誉称号。

李建忠在高校任教时，先后担任古今中外历史和思想政治理论 20 多门课程的教学工作，目前仍肩负中共党史、中国文化史、中华文明、毛泽东思想和中国特色社会主义理论体系概论、中华人民共和国史、学术论文写作等课程的教学任务；主持新世纪教改工程学院重点项目一项并获三等奖，参与厅、校级教改研究项目两项。教学认真、教书育人，曾获广西教育学院思想政治理论课“精彩一课”一等奖。

他的研究方向为 20 世纪中国史和思想政治教育，尤其在辛亥革命史和 50 年代农业合作化方面有较深研究。在省级以上刊物发表学术论文 20 多篇，其中，在核心期刊发表 4 篇、人大复印资料全文转载 1 篇；获学院优秀科研成果二等奖 4 篇，1 篇合著获全国党校系统首届优秀党史论文一等奖。

李建忠是我们 39 号宿舍的老三，副班长，睡在我的上铺。我每晚 12 点睡觉，他早已呼声四起，我不得已用脚把床板顶翻，让他翻一个身，停止呼噜，我才能入睡。他做事特别认真，字也写得工工整整，就是普通话带浓重的客家话音，我们不太听得懂。毕业后我们见过几次。1992 年我到南宁参加高考阅卷，与一些同学在南宁饭店喝夜茶，见他一面。当时我们有同学想到广东闯闯，我是其一。建忠万事如意，对外出毫不动心。有次从深圳回广西，建忠动用南宁同学接待费，把在邕同学叫上，聚了一次。后来他率团出国，路过深圳，我请全团吃饭，尔后到家里喝茶，送了些自己的拙著。2011 年底，我回老家接母亲去深圳治病，途经南宁，请同学吃饭，又与他见了一面。他说动过大手术，身体不如以前了。又说起他的外孙，我顿时感到自己老了，同学都有孙子了。

欧薇薇给我的最大印象是她去清华大学讲课，她研究生学的是古籍整理，退休前在省古籍办当主任，学术造诣很深。

欧薇薇的工作得到国家级专家肯定。2010 年 12 月 14—15 日，第三次全国少数民族古籍工作会议暨全国少数民族古籍工作先进集体和先进个人表彰会在北京召开，自治区民委副主任周健和古籍办代表共三人出席会议。在这次会议上，广西壮族自治区少数民族古籍整理出版规划领导小组办公室被国家民委授予全国少数民族古籍工作先进集体称号，欧薇薇、黄子义荣获全国少数民族古籍工作先进个人。这是全国少数民族古籍工作开展二十多年来首次进行的表彰。

二十多年来，广西少数民族古籍工作在自治区党委、政府的领导和自治区民委的直接指导下，坚持认真贯彻落实科学发展观，结合广西少数民族古籍工作实际，积极开展少数民族古籍的抢救搜集整理研究工作，成效显著，成绩突出：一是组织协调联络指导工作有力，营造了广西少数民族古籍工作的和谐环境；二是开展国家重点民族文化工程《中国少数民族古籍总目提要 · 广西各民族卷》取得显著成绩，开创了广西少数民族古籍工作新亮点和新局面；三是实施“广西少数民族传统文化资料集成项目计划”取得了重大成果，少数民族古籍抢救搜集整理保护工作取得新突破，共抢救搜集各民族古籍2000多件（册），有17种壮族、毛南族古籍入选《国家珍贵古籍名录》，同时整理出版《壮族麽经布洛陀影印译注》等各民族古籍成果计2000多万字，为广西民族文化抢救保护、促进民族文化深入研究做出了积极贡献；四是少数民族古籍队伍建设有新成效，一支懂业务、讲团结、有活力的古籍队伍逐渐形成；五是少数民族古籍数字化工作有亮点，古壮字数字化率先取得突破。20多年来，广西少数民族古籍工作从无到有，从零散开展走向有组织、有计划、有步骤的科学规范持续开展，充分体现了“各民族共同团结奋斗，共同繁荣发展”的主题，为巩固和发展平等、团结、互助、和谐的社会主义民族关系做出了贡献。

2011年3月18日上午，国家古籍保护中心副主任、国家图书馆副馆长张志清一行，到广西壮族自治区少数民族古籍整理出版规划领导小组办公室考察广西少数民族古籍保护工作。张志清听取了古籍办主任欧薇薇关于广西少数民族古籍保护情况的介绍，并观看了古籍办馆藏的古壮字古籍、毛南族古籍、仫佬族古籍。他说：广西是多民族聚居区，历史悠久，民族文化丰富多彩，典籍特点突出，这几年来在少数民族古籍搜集保护方面工作取得很好的成效，要继续深入贯彻落实国务院关于“保护为主，抢救第一”的古籍保护指导方针，除了继续申报国家珍贵古籍名录，还要抓紧搜集分散在民间的少数民族古籍，促使广西少数民族古籍保护工作更出色。国家古籍保护中心将竭力在资金和业务上给予广西支持和指导。

欧薇薇是从百色考上大学的，可以说我们是半个老乡，当年百色就我与袁荔生、罗慧萍及欧薇薇考上广西师大历史系。她为人大方，乐于助人，与江淳等同学编的30年同学画册可谓尽善尽美。欧薇薇在出版社工作时到过深圳，我们匆匆见过一面，未能好好招待。倒是在南宁见得较多，与林志杰一样热心同学聚会之事，我们一起喝过茶，也到过她的办公室了解广西古籍办的情况。

林志杰是我班最热心的乐于奉献的好人。我与林志杰的交往恐怕是最多的。一是因为在大学时我俩连一个小组长都没当上，我又是班上入团最迟的，成绩也一般般，都是不起眼的角色。二是我俩毕业后都对太平天国研究感兴趣，多次参加省里的学术讨论会，一来二去就成了好朋友。三是对友情比较重视，也还大方，彼此往来多有照应。几十年过去，觉得彼此性格合得来，玩笑也能开，属于一起下过乡扛过枪的朋友。

几次同学聚会都是志杰出力，今年说来深圳，我也被他感动，他不图名利，乐于此事，我怎敢怠慢？自愿出钱出力来完成这项为同学出书的工作。我对我班这个优秀集体充满敬意，这个团体很出色，它是1977级的杰出代表，我把它写出来，也是对时代的一个纪念。八十年代新一辈，多么值得自豪的字眼，在中国历史上，我们遇上了改革开放，值得庆幸。所以此书的出版，志杰的激励作用是巨大的。

志杰很有生活情调，我们在一起不知喝了多少次咖啡，有次他到深圳，我们与盘美昌同学在凯宾斯基酒店美食汇一起喝酒，我们都喝不过美昌，最后志杰先倒，我也歪歪扭扭。

到机场接送，已成为我俩的常规动作，这说明同学关系已上升到哥们关系，我为有志杰这样的哥们感到自豪。

李露，是我班班花之一，是那些高大威猛的男生心仪之人，我等三等残废高度的人，想都不敢想一下。我在宝安教师进修学校当校长那年到上海出差，与教导主任老张一起，曾请在上海华东师范大学进修的她与在上海大学工作的李向平同学一起出来吃饭，仍然不敢有非分之想。1999年我到华东师范大学参加全国第23期督学培训班，有一天在成教学院的图书馆遇见她，聊了一下，原来她的进修尚未完成。由于各自有学业追求，都忙，也仅见那一面就各奔东西了。

王国玉是我班高个子女人，有古代淑女的风范，对我来说是大姐级的同学。

自1982年从广西师范大学历史系毕业至今，她一直从事中学历史教育教学工作。初在中学进行历史教学，2000年走上历史教研员的工作岗位。在中学工作的十八年间，曾经担任班主任、年级组长、教研组长、教务处副主任、科研室主任等，无论在哪一个工作岗位，都坚持学习和进修，不断提高政治思想觉悟和教学业务水平，注意发挥共产党员的先锋模范作用，在教育教学上取得了较为突出的成绩。先后被评为学校德育工作先进个人、教育系统优秀共产党员、南宁市优秀教师。

王国玉退休后曾与她的宝贝儿子范建到过我家。我女儿说这小伙长得帅，又是博士，将在北京工作，是个科学家的胚子。当时女儿已取得中美两国律师牌，在中国大型律师事务所——金杜所上班，因为要开会，有半天我叫女儿代我招呼国玉母子，他们也到了女儿的单位看了看。我们彼此都欣赏对方的小孩，在小孩教育上，我们聊以自慰。

刘宏同学毕业至今似乎没见过面，但对她的样子印象很深，虎牙，笑得很爽朗，大大咧咧的样子。听说她得了一场大病，但人很坚强，没有被病魔打倒。2011 年底请南宁同学吃饭，她是几天后才回信息，因为她去了美国，回到家才收到吃饭信息，已过去几天了。我打电话说写聚会文章的事，她似乎豪爽依旧，没推三阻四。

曹小瑾是我班公认的班花，早早被周耀全同学追到手，害得其他高大威猛的帅哥干瞪眼。同学私下说老周有美人相伴，斗志磨去大半，要不然我班又多出一个厅级干部。记得她最让人佩服的是古文功底深，竟然可以写《楚辞》之类的文章，我想她一定读了很多古书，背了很多古诗，不然历史系传媒上不会有她华丽的辞赋。

她现在是广西幼儿师范高等专科学校教务与科研管理处处长，写了许多幼教论文和专著，在广西幼教领域，她可能是领军人物之一。在网上看到她的论文，紧扣广西实际，写得扎实有针对性。有一年她带了学校一帮人马到深圳，我设宴招待，还叫了几个幼儿园园长相陪，大家相谈甚欢。

周耀全同学高大威猛，有男子汉气质，加上拿着工资读书，令人羡慕。后来莫老爷说他与老周因不服学校管制曾经想退学，真是有钱胆子大，不计后果，换成我，拿公家钱读书，上辈子修的福，哪里还想退学？

周耀全会刻章，他用滑石为我刻过一枚，篆字，喜得我摸着乐了几天。怪不得曹小瑾被“俘虏”，这等男人有钱又帅，我是班花我也不放过。有一次我外出开会，他来深圳，与老盘喝高了，给我打电话，说退休了，他说已经找了第二份职业。2011年年底请南宁同学吃饭，给了他一本《神巫毛拜陀》，想不到他读完给我打了个电话，说“神巫”两字在书名里怎么解释，我说这个问题已经有好多人问，其实就是神巫文化贯穿全书的意思。他说：“喔，原来这样！”

陶士然是白净书生，脾气永远很好，据说他后来进了企业，几天前给他打电话说写同学聚会的文章，他说要帮帮他，企业日子不好过。我不知真假，毕竟几十年没见了。

谢世湖，一周的菜票半周就吃完，然后四处去借，灶门口烧黄鳝，熟一段吃一段。我来自农村，人老实，所以他敢跟我借。

走出社会，他如鱼得水，活得潇洒，与林志杰相互唱和，是南宁同学中一对活宝。

在中国书法史上，谢世湖有一席之地。1990年《广西师范大学学报》第一期发表他的书法论文《唐代的书法教育》，在全国书法教育界影响很大。1992年1月，他在广西师大出版社出版《指书艺术》，奠定了他在书法界的地位。

秦建德同学是老师兼律师，1984年开始从事律师工作，二级律师。现为广西政法管理干部学院教师，天狮灵动律师事务所兼职律师。他从事律师工作20多年，办案经验丰富，尤其擅长办理行政案件。多年的执教经验和办案经验形成了一套对法律法规的独到见解，对各种案件轻车熟路。

1993 年我参加省高考改卷，同学有：秦建德、李培礽、袁荔生、刘志生、颜安光、施居宾、林志杰、罗慧萍。他还是精神抖擞，有律师的干练和教师的随和。

杨晓林个子矮能量大，符合“浓缩的就是精华”这句话。他现在南宁 29 中当老师，永远充满激情，擅长写对联、楹联，曾经送我几本有他文章的书，我知道他的国学功底很深，许多地区搞对联、楹联活动，都会请他去。大赛拿奖是平常事，对他来说，对对子是人生一大快事。30 年同学南宁聚会，他要求与我同住一室，两人天南海北，聊兴大发，得知他乐观放达，生活有滋有味。他曾经去过百色——我工作过的地方。在我家喝酒聊天，觉得他有永远使不完的劲。同学聚会文章，他是交稿最快的人之一，写得很有水平，指导为人处世，堪为范文。

2012 年 4 月 29 日，也就是我写这篇文章的时候，给他打了一个电话，说有一个与他同名同姓的人，建了一个杨晓林老师的网校 Office，里面许多观点与他一样。他叫我把这个信息发给他，说自己遭遇车祸，断了几根肋骨，不过不要担心，7 月份同学深圳聚会，一定会到。

颜安光是广西民族师范学院人文社会科学系副教授，他写了不少反映现代左右江革命史的论文，发表在学术价值较高的刊物上，也算是学院得力干将了。

施居宾的腰有损伤，站不很直，但他为人低调务实，拉小提琴是把好手。30 年同学聚会，他拉的小提琴声音犹在耳畔。虽然他只是南宁 26 中的历史组教研组长，但学生喜欢，校领导放心，家长认可，也是人生一大幸事。我有一个老乡及曾经的同事，叫姚茂快，在 26 中当副校长，对施居宾评价不错。

施锦美在宾阳中学工作。

施锦美毕业至今，可以说家庭和顺，平安幸福。我看过她写的 30 年回忆文章，充满了相夫教子、孝顺老人的感情。

宋平大学期间活泼开朗，能歌善舞，个子虽小，但气场大，走到哪儿，爽朗的笑声就到哪儿。毕业后在柳州职业技术学院工作，30 年同学聚会，她还介绍我购买减肥甜茶。她曾经到过深圳，我也曾招待过她，2012 年 4 月 29 日我打电话索要聚会文章，她说退休后到南宁定居近 10 年，目前在从事第二职业，在一个物业管理部门上班，怕没时间写，我说郎津晶都写了，你也写吧，她听了急忙叫我把郎津晶的文章发给她。

柳梧同学

在柳州的同学有：朱伟才、唐天禄、杨柳、陈藻玲、韦武壮、莫小统；在梧州的同学有：李锐文、黎国振。

朱伟才是同学中发展后劲较大的一个。大学时像我和林志杰一样，不冒尖。其实他是把才华藏起来了，他主持节目有板有眼，应对自如，只不过当年老大哥们太优秀，轮不到小同学，尤其是最小的朱伟才。有一年我到钦州黄志开处玩，他正好在南宁，与林志杰开车来与我们相会，一点也没厅官架子。

唐天禄，男，1956 年 10 月生，汉族，籍贯湖南零陵，中共党员，大学学历，史学学士，1974 年 7 月参加工作，1997 年 11 月任柳州市新闻出版局办公室主任，2007 年 3 月至今任柳州市新闻出版局印刷业管理科科长，拟提拔担任副处级非领导职务。这是我在网上看到的唐天禄简介和公示材料。发布于 2011 年 9 月 15 日，2012 年 4 月29 日我打电话索要文章，他正在厦门出差，说已顺利提了副调研员，分管印刷科等部门。

杨柳同学与我是大学同一个小组的，人长得高大丰满，自然不是我等敢打主意的对象。毕业后甚少联系，只知道她在来宾市委市人民政府驻柳州管理处工作，生活美满，家庭幸福，儿子在美国留学。

陈藻玲同学在柳州地区民族高中工作，这个学校是中国名校之一。

陈藻玲给我最大的印象是读书太认真，以致有次考试晕倒了，同学们马上送她去医院。可见 1977 级的同学读书是多么卖命。毕业 20 年纪念在桂林举行，我与她见过一面，赖向东请吃夜宵，她也去了，仍是那么有朝气，那么上进。她的学生很喜欢她，我看过一个学生写她的博客，说在大学上课，还念她的好，不容易呀。她的教学设计得过奖，关于情绪控制在历史教学中的作用之类，在地区有较大影响。

韦武壮是我们 39 号宿舍的老七，戴着高度近视眼镜，话不多，老实如我，后来韦乃扬来到我们宿舍当老二，韦武壮去了对门，与乃扬对调。从此老七变成了郭振彬。毕业至今与他失去联系，30 年聚会也缺他的材料。

莫小统同学毕业至今我们没见过面。记得在大学我给他拔过一次火罐，在他腰上用瓷碗破片刺出血，再用报纸烧小口盅当农村火罐，吸得很紧，我上街买完东西再回宿舍给他扳下来，老天，血拔出很多，染红盅口，好在没成破伤风。我从农村来，神巫文化对我影响很大，也从医过我的农村中医那里学了些治病皮毛，莫小统竟然相信，不惜以身相试，也是匪夷所思。

李锐文同学毕业后在藤县中学当历史老师，在学校有较高威望，这几年学校教学质量有所下降，有人在论坛推举他当校长。我记得他唱粤剧有板有眼，与黎国振相互唱和，很是热闹。可惜毕业至今未见一面，只好到网上去看他的大会发言的照片，胖了，风采依旧，扣子还是扣得严严实实。

黎国振长得高大，一袭风衣穿上，有上海滩许文强的味道。他曾经辞职下海，到东莞樟木头镇的企业干过。与我有过电话联系。也曾找我介绍工作。我当时介绍他去我一个朋友那里搞学生军训,可他最后没有去。他女儿大学毕业也曾想到深圳发展,给过我资料,但后来也不见有电话联系,可能是找到好工作了。

北部湾同学

在北部湾的同学有北海的陶荣豪、莫毅、黄冲，钦州的黄志开、黄权。

陶荣豪是班干，读书时就结婚了，当我们这些未婚男子谈异性时，他一副天下事尽知的样子，笑得怪怪的。但无论如何软泡硬缠，绝不吐露半点婚后的感慨和感觉，让我们好失望。或许他不想毒害青少年吧。毕业时他被选去当了干部，这是只有少数优秀的大学生才享有的特权。他好像是回到家乡合浦县白沙镇政府，干到退休。

莫毅同学有两张照片我印象最深：他戴着眼镜，依独秀峰照了一张相，题为“独秀峰是我的靠山”；30 年同学聚会时，他与黄志开、黄冲、黄权四人在南宁会展中心前照了相，号称“北部湾四君子”。那年去黄志开处见了他，说已到钦州市水利局当公务员去了。

黄冲会拉小提琴，在大学是我佩服的人之一。毕业后我两次带人去北海考察投资，他都热心招待。我们在一个叫北海渔村的饭馆吃过好几顿饭。也到过他家，五层楼，很宽很漂亮，他在工作上也是佼佼者。

黄志开与我交往较多，他曾经到过深圳，我尽地主之谊招待过他。我也去钦州与他喝酒,他十分热情,把周边同学都叫上,甚至把朱伟才与林志杰同学从南宁叫来喝酒,还参观了冯子材的故居,那个夏天过得很愉快,因为他的热情。

他是性情中人,对人一片热情,毫不设防,不免被人暗算。好在他福大命大,一切雨过天晴,如今平安无事。

他有音乐天赋,善于指挥,小提琴也拉得好。他在哪里,欢乐就在哪里。他有了大房子,儿子研究生毕业,有稳定的工作,可以说完成了人生大事。

黄权年纪在班上较小,喜欢写诗。毕业后去了钦州市委党校。他写了不少有见地的论文发表在各级刊物,在全国党校系统有影响。

玉贵同学

在玉林的同学有郭振彬、江泉，在贵港的同学有莫桂廷、江活健。

郭振彬在我们宿舍是老七，做事不紧不慢、有条有理，学颜体书法，每日必练，还偷偷练武，是个有想法的人。

我知道他回北流先当了七年教师，然后转行搞行政；1993 年时是北流清水口镇干部，班子成员；现在是北流市广播电视局党组书记、副局长。

2002 年同学聚会，我们宿舍回了 6 人，除了卢仲维在美国回不来，都到了。去水库玩、去爬山时，他与我、韦乃扬、李建忠、陈标、韦武壮（当时盘美昌单独行动，我们把曾经的室友韦武壮拉上）在一条瀑布下的水中大石头上照了相。

江泉是陆川人，回原籍后据说当过教育局局长。2002 年聚会时见过一面。他说在此之前他在 3 所中学、1 所党校、2 个乡镇、3 个县直部门共 9 个单位工作过。经历了从人民教师、机关干部、乡镇领导到部门领导的转换，什么酸甜苦辣、喜怒哀乐、风和日丽、惊涛骇浪都经历过了。后来他又调到陆川县劳动保障局。

莫桂廷 2002 年聚会开座谈会时坐在我旁边，我为了给同学助兴，当天买了个葫芦丝，他说要吹，我不好意思说什么，给他舞弄了一番。

江活健可能是我班为数不多的在镇一级的中学工作的同学。但这个平南县的平南镇中也非同一般,2000 年被评定为区体育传统项目(篮球)学校。

左右江河池同学

在左右江的河池同学有：百色的周振，河池的黄凤阳、覃劲忠，崇左的陆平山、刘志生。

周振同学当年为了给爱人农转非，才要求从发达地区去百色平果中学（现在改名叫平果高级中学）的。他也实现了自己的目标。

平果高级中学环境优雅，人杰地灵，英才辈出，是铝城高中教育的示范和窗口。

黄凤阳在大学最令人难忘的是关于他遇见刘三姐演员黄婉秋的演讲。他人长得帅，口才又好，毕业后一帆风顺，先是在河池市新闻出版局当局长，2010 年 1 月 25 日，河池市文化广播影视管理局正式挂牌成立，黄凤阳平级调到河池市供销社当主任。

覃劲忠，中共河池市委党校副教授，曾任成人大专班、本科班、研究生班学员的授课教师和毕业论文指导教师，历任乡科级、县处级、地厅级等不同层次领导干部培训班的主讲教师，研究范围涉及政治学、历史学、社会学，在国家级刊物发表科研论文八篇，在省部级刊物发表科研论文二十余篇，获省部级以上科研论文奖十六篇，在地厅级刊物发表文章十多篇。

覃劲忠靠自己的努力从基层到河池市委党校文史教研室主任位子，着实不易。

崇左陆平山毕业至今未见过一面,30 年聚会缺他资料,写他真无从下笔。从网上得知,2005 年,扶绥县委党校陆平山的论文《铭记抗战精神弘扬抗战精神》获崇左市一等奖。2010 年,陆平山以扶绥县委党校科研室主任身份获崇左市党校系统先进个人。

与刘志生 1992 年在南宁高考改卷见过,还照了相。后来无联系。只知道他在宁明县宁明中学工作。

华东及境外同学

在华东及境外的同学有:杭州的黄明光、南京的黄健荣、上海的李向平、江西的胡素华;美国的卢仲维、意大利的王越坚。

我与黄明光有一段友好史。大约1987年,我考中央民族学院郭毅生教授的研究生,正好郭老来桂林开太平天国历史研讨会,约我到桂林面试,黄明光很热情,把他在王城上的单身宿舍让出来给我住,我感激不尽,当时是穷教师一个,能省则省。后来因为找不到委培单位,我只好放弃已到手的委培录取通知书。但无论如何,明光的这个恩情我永远不会忘。他追求进步,写了不少有水平的论文,也干过不少职业,闯荡江湖,实属不易。他是第一个完成聚会文章的同学,敢写能写,说了真话。

对黄健荣的评价适合用一句话:不着一字,尽得风流。

黄健荣,男,教授,博士生导师。英国纽卡斯尔大学哲学博士(师从公共政策学家 Michael Hill 教授),2000年12月应聘到南京大学执教。主要研究方向是公共管理理论与实践、公共政策与决策分析、政府决策能力创新、政府管理改革、责任政府与政府问责等。

尽管不用多说大家已知道他厉害了,但我还是想讲几句。我到南京开社区教育的会议和考察社区教育时,给他打了电话,他很热情,请我们吃了饭,还带到家中参观,他是同学中先富起来的人,毕竟在英国10年有些积蓄,加上南京大学待遇不错，他的科研经费也不少，日子过得挺滋润。

他到过我深圳的家中，相聊甚欢，老莫、老盘都来了，毕竟同学一场，我们都把同学情谊看得很重。

李向平同学也是我班佼佼者，他是历史学博士，华东师范大学哲学系教授、博士生导师，华东师范大学宗教文化研究中心主任。目前任中国宗教学会理事，上海市宗教学会副会长。主要研究领域为：中国宗教史、当代中国宗教、宗教社会学。

胡素华同学与我同在荔浦二中实习，像大姐姐一样照顾我，至今仍想起那难忘的日子。我实习得优秀，与她的关心分不开。

虽说多年失去联系，但她在萍乡二中干得很不错。

她本人在教学科研上也是佼佼者。

卢仲维在美国《侨报》当副总编辑。

关于卢兄，我在本书另有叙述。

王越坚毕业至今未谋一面，据说她随丈夫去了意大利的罗马。

失去联系与逝世的同学

失去联系的同学有:杨国军、陈献国。已逝世的同学有:白正骝、黄辉龙、李绛亮。

杨国军是从部队来的同学,后来留级到1978级,为啥留级,我不清楚,大学毕业前大家都几乎忘了他。

陈献国住39号宿舍对面,他不知为什么失踪了几天,全班到处去找,我被派去桃花江一带找,同学们用手作喇叭筒,大喊:"陈献国,你在哪里?"除了早春的绵绵细雨和随水流逝的桃花,没有任何回音。

白正骝属于大龄同学,我当时喜欢中文系课程,到处购买中文系的教材与阅读书,他开玩笑说可搞到,我老实,以为真的,但最后知道他在玩我,一笑了之,谁叫他是老大哥呢。但没想到他居然是我班最早逝世的同学。

黄辉龙在我眼里生龙活虎,人又高大威猛,不知何故英年早逝。

李绛亮和我座位近,也会聊聊天,其实他很健谈,只要有好的听众。

下 编

散是满天星

第一章　高考恢复 30 年专访　（1977—2007 年）

2007 年，我们班同学在南宁聚会，我也参加了，与杨晓林住一个房间，像其他同学一样，我们几乎彻夜长谈，同忆 30 年前高考事，共叙 30 年来同窗情。会务组以欧薇薇、林志杰为代表的南宁同学要求每个同学谈谈感受，林志杰同学还专门为此次聚会写了综合“报道”。我在此将他的“报道”和会务组的收集材料整理刊出。

同忆三十年前高考事　共叙三十年来同窗情

——历史系1977级“同学三十年(1977—2007)”聚会散记

林志杰

金秋十月,首府南宁阳光灿烂。

当人们或外出旅游或合家团圆,还沉浸在“国庆黄金周”的节日喜庆之中的时候,广西师范大学历史系1977级的同学们已风尘仆仆,从全国各地汇集南宁。2007年是高考恢复30年,也是1977级同学入学30年,1977级的同学们在这个特殊的年份里,在这座有“绿城”之称的城市,举行一次别开生面、颇有创意的聚会活动,纪念高考恢复30年,庆祝同学相识30年。

10月2日清早,南宁好湾酒店的大门口就挂出了“热烈欢迎”的标语牌,整个酒店被烘托得喜气洋洋。每当从外地赶来报到的同学一到达,酒店大厅就立即响起了惊喜的欢叫声,出现一幕幕感人的情景!自1982年毕业离开母校之后,1977级的同学散布在全国各地甚至海外,他们在各行各业、在不同的岗位上辛勤地工作,20多年来,虽然已有过规模不同的几次聚会,但2007年是不寻常的一年,因此,同学们的心情比以往更加激动,情绪更加高涨。阔别多年的同学一见面,特别是老师们一出现,大家就情不自禁地握手相拥,尖叫声、欢笑声、歌声交织在一起,响彻整个酒店大堂,呈现出一派热闹的景象。

同学相会,师生相见,总有说不完的话语,有叙不完的情谊。吃过晚饭,已极度兴奋的同学们完全忘记了旅途的疲劳,又和老师们一起,成群结队地来到南湖南广场，饶有兴致地观赏正在此间举办的“南湖灯展”。美丽的南湖南广场，装饰一新，湖边的树上、柱子上都挂满了各种各样的彩灯，千姿百态，光彩夺目，让人眼花缭乱！而整个南湖广场更是花的海洋、人的海洋，花团簇拥，人声鼎沸！耀眼的彩灯，鲜艳的花朵，攒动的人头，既给节日的南宁增添了亮丽的景色，也为1977级同学的聚会平添了热闹喜庆的氛围！

10月3日上午，同学们乘车来到南宁国际会展中心。同学们一下车，立即争先恐后，站到会展中心的标志性建筑前留影。钟文典等几位老师成了最抢手的合影“明星”，毕竟师恩难忘，同学们都想趁这个难得的机会，多与老师们留下合影。而大家最来劲的还是各种“自由组合”：同宿舍的——“茄子”，同一个小组的——“茄子”，同一个地区的——“茄子”，男生——“茄子”，女生——“茄子”，而在这“茄子”、“田七”的一片欢叫声中，摄影师拍下了他最得意的作品——全体师生的大合影。合影照里，老师和同学们个个喜笑颜开，脸上一片阳光！

离开会展中心，同学们分乘两辆面包车沿南宁市的快速环道绕市区一周，走马观花般观光南宁市容。车子在车水马龙的快环道上疾驶，窗外鳞次栉比的高楼大厦使大家切身地感受到了南宁这几年来的发展和变化。随后，同学们来到广西药用植物园参观。该植物园栽种药用植物近3000种，是亚太地区规模最大、品种最多的植物园，有“亚洲第一药园”美誉。在导游的引领下，同学们在林木苍翠，藤蔓纵横的小道上穿行，边听解说，边观赏植物，之后还泡了中药足浴，品尝了颇有特色的药膳。在轻松、休闲之中，同学们既加深了相互之间的交流，也从中学到了不少中草药知识。

3日下午的座谈会是本次聚会的重头戏。好湾酒店八楼的多功能厅早已被布置得庄重而喜庆，正中悬挂的会标“同忆三十年前高考事，共叙三十年来同窗情”一语道出了本次聚会的主旨。在袁荔生班长的开场白和江淳同学宣读了母校的贺信之后，同学们一个接一个，踊跃发言，大家首先追忆起了30年前的那场高考，而特别是有幸参加了恢复高考百色试点考试的欧薇薇和罗慧萍两位同学，更是激动万分，感慨良多！座谈会上，大家都有这样的共识：恢复高考，小平同志功不可没；恢复高考既是国家命运的转折，也是我们人生的拐点。正是因为有了1977年的那场高考，我们才有幸登上了大学的殿堂，从此开始了我们崭新的人生。

虽然30年过去了，在不知不觉中我们都已步入了不惑之年或知天命之年，但是，对大学期间的桩桩往事，对每一位老师的音容笑貌，同学们却是记忆犹新！座谈会上，大家谈得最多，谈得最投机的还是读大学时的种种趣事，是老师诲人不倦的幕幕情景。发言的同学几乎都是在快乐地回忆大学的往事中，再进而去叙说毕业20多年来的种种奋斗经历，并敞开心扉谈个人的心路历程及人生感悟。每一位同学的发言都十分精彩，每一个人的背后都有许多感人的故事。同学们的发言既有凝重的话题，也有幽默的言语，甚至有诙谐的笑话！参加聚会的几位恩师——钟文典、钱宗范、唐凌、谭肇毅、熊守清也一一做了讲话，老师的发言语重心长，既对同学们所取得的成绩给予了肯定，同时也对同学们寄予了厚望！整个座谈会开得轻松和谐、气氛融洽，正所谓："绿城喜相逢，同学三十年尽付笑谈中！"

座谈会结束之后在大英雄海鲜酒楼举行晚宴。同学们在山吃海喝、推杯换盏之中进一步拉近了距离，加深了友谊。而晚宴之后的联欢晚会则把本次聚会推向了高潮。黄苹和朱伟才两位同学担任晚会的男女主持人，黄志开同学任总指挥。晚会在传统的保留节目——《花儿与少年》的合唱中拉开了帷幕。同学们像当年参加学校歌咏比赛那样，认真而动情地唱起那首轻快、抒情的青海民歌。大合唱的歌声刚落，同学们就纷纷走上舞台，或拿起麦克风引吭高歌，或邀请舞伴翩翩起舞。轻歌曼舞，其乐融融！王熙远同学的葫芦丝独奏，江活坚同学的《唱支山歌给老师听》，颇具新意，令人难忘！当女同学轻柔地合唱了《军港之夜》后，男同学也不甘示弱，全体上台唱起了很阳刚的《地道战》。而特邀的1978级、1979级的师弟师妹们更有精彩的表演。整台晚会师生欢聚一堂，节奏明快，高潮迭起，气氛热烈！直到《难忘今宵》尾曲的音乐散去，大家还依恋不舍！

4日上午，同学们又精神抖擞地乘车出发，去考察昆仑关历史遗址。昆仑关位于南宁市东北方59公里处，是邕柳和邕梧公路必经的隘口。昆仑山巍峨峻险，谷深坡陡，地势险要，有“南方天险”之称，历来是兵家必争之地，历史上曾发生过多次较大的战役，其中以1939年底中国军队大败日本鬼子的昆仑关战役最为著名。同学们来到昆仑山下，映入眼帘的是一座三门四柱的石碑坊，从石碑坊到山顶有一条331级的石级道，大家拾级而上。八十高龄的钟老，健步如飞地向上攀登，让后生钦佩不已！在山顶上，同学们瞻仰了抗日阵亡将士公墓、纪念塔、碑亭和国民党军政要人的题刻等历史遗迹。目睹这一个个历史遗迹，同学们仿佛又回到了“历史专业”的大课堂，在听老师谆谆的教诲，在上深刻的历史课。

从昆仑山下来，汽车把同学们直接送到了宾阳县城的南街。在品尝了颇为出名的宾阳酸粉后，同学们开始沿着南街游逛，仔细地去寻找历史的痕迹。南街又称“五里街”，是一条有着悠久历史的古街，始建于元而成于明。街道两旁曾经如长龙般绵延伸展的上百家商铺旧址，依然古色古香的阁顶吊楼、窗棂栅栏以及街道北端的太平古桥等，都向我们讲述着当年古镇集市的繁荣。而正当大家还在发思古之幽情，迷醉于南街古风古貌的时候，汽车却一下子又把同学们带到了大明山茶场，“毫不留情”地把同学们推入到大自然的怀抱。

大明山茶场场部位于上林县大丰镇，这里群山环抱，山清水秀，野趣盎然。考察了大半天历史遗址，正被厚重的历史感压得差点喘不过气来的历史系的“大”学生们，一置身于大自然的秀峰幽谷之中，立即又恢复了孩子般的天真和灵性。在吃足喝饱之后，一些同学也不讲究“斯文”了，尽情地脱衣宽带，把白皙发胖的身子泡入冰凉的溪水中，任由溪流恣意地冲刷，只把凸出的肚腩朝向蓝天，仿佛在向老天爷炫耀：这几十年我没有白活！

从大明山茶场回来，当汽车驶入南宁市区时，邕城已是灯火阑珊。万家灯火高低辉映，五颜六色的霓虹灯流光溢彩，节日的南宁如漫天星汉，夜色撩人！南宁的夜空是多么的迷人，但同学的聚会却很快就要结束了，一想到这里，大家全没有了欣赏美景的心情！在“中国—东盟美食城”的告别宴会上，同学之间、师生之间一遍一遍地敬酒，反复反复地道别！依依惜别，难分难舍！“相见时难别亦难，东风无力百花残。”唐代李商隐伤感的诗句，竟成了此时此刻的真实写照！

相见难，是由于同窗情谊的久久期盼；分别难，是因为同学之间知心的话儿说了没一半！不过，大家心里都知道，分别总是难免的，但是同学们坚信：只要大家珍惜并呵护好这份同学情谊，时间和空间永远都不可能把我们阻隔！

两天的聚会结束了。10 月 5 日，同学们挥手泪别，纷纷踏上了归程。不！应该说是同学们在挥手告别昨天，他们正豪情满怀地去迎接更美好的明天！

再见了，老师同学们！

祝福你，老师同学们！

恢复高考三十年感言

韦乃扬

1977年，我是幸运的。那年冬月，我参加了“文革”结束后恢复的第一次高考，并有幸被录取为广西师范学院历史系1977级学生。

弹指间三十年过去了。这三十年里，我同大多数人一样，经历了太多的事情。随着时间的推移，许多事情都忘却了，唯有那场高考，让我刻骨铭心、终生难忘。正是有了那场高考，让我圆了大学梦，使我的人生轨迹发生了重大转折。我本是农家子弟，少年时代做过各种农活。由于我外公在土改时被划为地主，于是我那与生俱来的社会关系在“文革”时期显得很不合时宜，以致我的青少年时期求学道路坎坷不平。1968年秋天，公办中学恢复招生了，我该读初中了，但那时农村实行的是由贫下中农评议选送的办法，我由于社会关系被划入“不清白”之列而落选了。后来只好读民办初中，但只读了一个学期。1970年秋季公办高中招生，仍由贫下中农评议选送，我又由于社会关系“不清白”未被选送，后又读民办高中。本来那时候的初中和高中学制各两年，共四年，而我实际各读一年半，共三年。

后来，我分别于1974年、1975年两次被农村基层干部提名推荐到南宁地区师范学校和广西农学院读书，已填表体检，但也都由于社会关系问题当不成工农兵学员。当时有人鼓励我继续努力工作，争取被选送上大学，我即表示工作肯定努力干，但要读大学除非恢复高考。果然被我言中了：1977年上半年小平同志复出，下半年小平同志拍板，我国恢复了停顿长达十一年的高考。机会来了，我终于上了大学。

在大学四年里，由于得到了老师们悉心的教育培养，得到了同学们热情的支持帮助，我学到了专业知识和技能，学到了做人的道理，为后来的工作打下了基础。1982年大学毕业分配到横县风圩公社管委会任秘书。1983年借调到横县党史办工作。1984年担任横县县委办公室副主任，1986年、1987年担任横县新福乡党委书记。1988年担任横县县委办公室主任，同年十月调任大新县县委组织部长。1991年任大新县委副书记。1993年下半年调到自治区司法厅所属广西法制报社任副社长。1994年任司法厅政治部副主任，1996年兼任司法厅组织干部处处长。2000年任司法厅办公室主任，2001年调任广西政法管理干部学院党委书记。2008年任自治区司法厅副厅长。

回顾三十年匆匆岁月，我自己的所有经历，虽然难有可圈点之处，但毕竟是一步一个脚印走过来的。在纪念恢复高考三十年的日子里，我最想说的心里话，一是感谢邓小平同志和党中央当年果断地做出恢复高考的正确决策！二是感谢广西师范大学历史系以钟文典教授为代表的全体老师以及其他系部的公共基础课老师对我的教育培养，衷心祝福老师们生活愉快，健康长寿！三是感谢历史系1977级各位同学给我的支持和帮助，衷心祝福全班同学在未来的日子里始终有《花儿与少年》相伴随！

工作与学术经历

梁　颖

1982年1月在广西师范大学获历史学学士学位;1987年在广西师范大学获历史学硕士学位;1987年7月到1997年3月在广西师范大学先后任教员,历史系副主任,校科研处副处长,校党委办公室常务副主任、主任,校党委副书记,以及讲师、副教授、硕士研究生导师。1997年3月至1997年12月任中共梧州市委副书记,1997年12月至2001年9月任共青团广西壮族自治区委员会书记,广西师范大学兼职教授、硕士研究生导师。

2001年9月至2008年先后出版论著四部,其中专著《中国早期国家形成的道路与形态研究》、《广西各民族宗法制度研究》(合作)获第六届广西社会科学研究优秀成果二等奖;在《光明日报》《经济参考报》《史学理论研究》等报刊上发表学术论文二十余篇;参与研究的教学科研项目"中国古代史教学体制改革的尝试与成果"、"以宗法文化的教研为龙头,带动中外传统文化教学的创新与突破"分别获1993年广西普通高校教学成果三等奖和1997年广西普通高校教学成果二等奖。

2001年9月起任中共广西民族大学委员会书记,中共广西壮族自治区第八届委员会候补委员,第九届全国政协委员,第九届广西壮族自治区人民代表大会常务委员会委员。现任中共广西党校常务副校长。

天国故乡人

林志杰

桂平因150多年前系太平天国金田起义的策源地而有天国故乡的别称；我生于斯长于斯，故而也以天国故乡人自喻。因地缘之故，自呱呱落地的那刻起，命运之神其实已注定了我的一生要与这个“太平天国”难解难分。

四年大学生涯，对我影响最大的是恩师钟文典，钟老师的影响不只是因为他的道德文章令人高山景行，他治“太史”的执着及建树更使我懂得了如何做人做事，在我的潜意识里，“太平天国”已不是纯粹的历史事件，它变成了一种鞭策。大学毕业后，我回到了“天国故乡”，班上最后一批入团的我，竟然成了当地重点中学浔州高中的团委书记。但工作之余，我始终牢记钟老师的教诲，不忘鼓捣我感兴趣的“太史”，由于占有地利，拼凑出来的一些“文字”居然也见诸报章。

1985年暑假，我赴南宁参加高考评卷。在阅卷中，我认识了时任广西民族学院历史系主任的朱哲芳教授，朱是研究“太史”的行家，我则来自“天国故乡”且对“太史”有兴趣，有了“太平天国”这个共同的话题，主任竟对我颇为赏识，当即决定并在不久后就把我调到了民族学院历史系。唉！做梦也想不到，就因为这个“太平天国”，平生第一次到南宁的我，竟如此戏剧性地使自己在后半生变成了“南宁人”，而且从“中学老师”摇身一变，成了“大学老师”！

20世纪90年代初期，小平南方谈话掀起了一股“上市下海”飓风，想想洪秀全的“四有二无”终究是空想，李嘉诚们不可能与我辈“有钱同使”，于是开始对孔方兄心向往之:翻出箱底有限的几个子儿,我竟成了南宁较早的股民;帮企业拉广告销产品,自己居然当过"公司"的经理……但是,现实往往捉弄人,就像洪大哥的"太平天国"不可能成功一样,"小林"也成不了有钱人。生活又回到了它的原点——我再次捡起"太史"继续鼓捣,而且在1996年夏天去了一个可以专职"鼓捣"的单位——广西社会科学院历史研究所。可惜,屁股还没坐热,"洪秀全有没有胡子"还没来得及考证,领导就安排我去办刊物,头衔是《学术论坛》杂志社社长兼总编辑。早些年"准下海"时朝思暮想当"老总",但革命没有成功!而这回竟便宜地捡了个"老总"当——世间事真是阴差阳错!

当总编的八年应该说是我工作最得心应手,并且自认为是最有成就感的八年。但人往往就是折腾自己:越是顺境越是不安分,干得好好的,竟然怀起旧来,并生出了回学校的念头,而这一想法居然在2005年夏天实现了——我重新回到了广西民族大学工作。

大学毕业迄今已近三十载,可以说,人生已走过了最黄金的岁月。我反问自己:留下什么东西了吗?苦思冥想,十分惭愧,这几十年自己的确没有留下任何值得炫耀的东西,无以告慰天国故乡父老。而唯一聊以自慰的,是这二十多年来我却是真真实实而且平平安安地生活着!愚以为,如此足矣!如果一定要我用一句话去总结我的前半生,那我只能借用当下的一句流行语去回应:我平庸,我快乐!

怕就怕“认真”二字

李建忠

我出生在一个农民家庭,1973 年高中毕业后回乡务农,1975 年 9 月进入大队学校做民办教师,先后担任小学算术和初中数学课程教学工作,1976 年被评为陆川县教育先进工作者,并光荣地加入了中国共产党。1977 年高考制度的恢复,使我有幸成为广西师范学院历史系 1977 级的一员,从此与“历史”结下了不解之缘。

入学初我被指定为学习小组长,后来又被选为党小组长、年级党支部组织委员、副班长。我非常珍惜来之不易的学习和锻炼机会,认认真真地学习,勤勤恳恳地为同学服务,真诚对待每一个同学。学识渊博的老师们的谆谆教导,使文科非我特长,尤其是历史知识知之甚少的我,踏进了历史学的殿堂;老师的严谨治学态度和以身作则的作风,铸就了我做学问、干工作及为人处世的准则;同学们的关心、支持和帮助,使我顺利地完成了肩负的工作和学业,愉快地度过了四年的求学生活。老师之恩情、同学之友情,永世难忘!

大学毕业后,我先后在玉林师专和广西教育学院工作。一个农业人口成了吃“皇粮”的大学教师,我的人生旅程发生了根本性的转折。没有高考制度的恢复,没有老师的培养,就没有我的今天,要以自己的工作报答党、报答祖国、报答人民、报答老师、报答父母,这样的话语常常在我脑中回响。经过历史学系统训练进一步固定下来的严谨、务实、认真的态度和作风,也在无形中鞭策着我的一言一行。在玉林师专的八年,我先是兼任了系团总支书记、政治辅导员,后兼任过三个年级班主任及系党支部宣传委员、组织委员，担任过三门中外历史课程的教学，与同事和学生结下了深厚友谊。时至今天，与我有过师生关系的六个年级的学生毕业后的聚会，都请我去参加，每次出差到各地，他们必会来看望我。广西教育学院政治经济系是麻雀虽小、五脏俱全的成人高校专业系，教师少，专业多，课程门类多，在这里工作的十八年，担任过古今中外十多门历史课程的教学，兼任过教工党支部组织委员、支部书记，后又做了十年系副主任、主任。名为处级干部、实为“生产队长”的系主任，不仅要处理日常的管理工作，还要千方百计增加系的收入。工作之繁杂，不是一般人所能理解。我怀着崇高的使命感和高度的责任感，以极大的热情，全身心地投入到这些工作中去，招生规模日益扩大，社会效益与经济效益显著提高，因此也获得同事的信赖，分别两次被评为“优秀共产党员”和“优秀教师”，在历年的年度考核中，优秀票均列前茅。

三十年的历程，没有轰轰烈烈的事业，也没有令人瞩目的研究成果。如果说还有些成绩的话，则源于“认真”。这个“认真”，使我不辱使命，使我有所作为。这个“认真”，也使家庭和自己付出的太多。功乎？过乎？对“奔六”之人来说，有何在乎！为了党和人民的事业，献出自己的青春和年华，做了自己能做的一切，我为此而感到自豪！我还会认真地对待工作、对待生活、对待亲人、对待师友。永远！永远！

恢复高考给我带来“第一”的人生

何龙群

1977年，在邓小平的直接领导下，我国恢复了高考制度。我有幸通过高考成为“文革”结束后的第一届大学生。这个“第一”带给我此后人生中许多个“第一”。

1982年大学毕业后，我成为荔浦县中学接收的改革开放后第一批大学毕业生；1988年研究生毕业，我成为自治区党校第一个拥有硕士学位的教师，至今我还记得报到时人事处长兴奋地拿着我那本蓝色封面的硕士学位证书在同事中传看的情景；1995年，自治区党校进行机构改革，将原党史、党建两个教研室合并为党史党建教研部，我被任命为第一任教研部主任，在这前后，自己专业学术水平逐步提高；1993年从讲师破格晋升为副教授；1997年又从副教授破格晋升为教授；1998年我参加了广西第一次公开选拔副厅级领导干部考试，在所考职位的27名人员中笔试第一，面试第一，再经组织考核、公示，成为广西第一批公开选拔的厅级领导干部；同年，我获得了“国务院特殊津贴专家”“广西优秀专家”荣誉称号；2000年，组织上任命我为广西民族学院院长，是该校1952年建校以来的第一位女院长，在此期间，我取得了中国人民大学中共党史专业法学博士的学历和学位；2006年广西民族学院更名为广西民族大学后，我又成为广西民族大学第一任校长。

人生中的这些“第一”并不是因为我有什么能耐，而是时代使然，是党和国家改革开放政策使然，也是学校和恩师培养的结果。以和平发展为主题的伟大时代为恢复高考后的大学生们提供了健康成长的良好环境和舞台，只要勤奋地工作和学习，就会增强自己的实力而有所作为，就会得到党和人民的认可；党和国家改革开放政策为年轻一代发展提供了强大动力，祖国的进步带动了个人的成长，使我们既是改革开放的实践者，又是改革开放的受益者；既是祖国发展的见证者，又是祖国发展的建设者。学校的培养是人的成长的重要阶段和环节，在广西师范大学和中国人民大学的学习经历使我受益匪浅，硕士、博士研究生先后师从于著名太平天国史专家钟文典教授和著名中共党史专家石仲泉教授，更是我一生的荣幸，他们道德文章、为人做事都是我人生的楷模。我想，只要把个人的前途与祖国和人民的命运紧密联系在一起，把它作为我们考虑问题、做好工作的基本出发点，我们就会在服务祖国人民的过程中实现自己的人生价值。

三十年的经历与感悟

李　露

30年前，一脸稚气，两脚泥巴，带着稻花的芳香，踏进神圣的学术殿堂。沐浴着邓伯伯带来的恢复高考的春风，怀着感恩的心，揣着为“四化”的理想，努力学习。

30年后，满脸沧桑，脚步迟缓，带着书卷的墨香，徜徉平凡的三尺讲坛。沐浴着改革开放带来的飞速发展的春风，怀着报恩的心，揣着为人才的梦想，努力耕耘。

惊回首，无甚建树，聊以自慰的唯有送走一批又一批的本科生、研究生，年复一年。

善待自己，善待别人，生活就是美好的。

让心底永远充满阳光

黄　苹

我们这一代人，可以说生不逢时，也可以说生正逢时。“文革”十年的风雨，阻隔了我们正常的升学之路，使本应无忧无虑在校学习的我，提早品尝了社会生活的艰辛，深刻感受在“左”的路线下被划为另类的压抑与屈辱。但幸运的是，我们恰逢祖国改革开放，邓小平同志带领全国各族人民拨乱反正，扬起建设中国特色社会主义的风帆。从此，我们的命运之路洒满了阳光。

1977 年，我们成为“文革”后恢复高考制度的第一批大学生，以不同的年龄、不同的学历、不同的身份，从全国各地汇集广西师范学院历史系 1977 级，结为同窗好友。面对迟来的大学梦，我们倍加珍惜，废寝忘食，刻苦攻读；重上讲台的老师，迸发出高昂的教学热情，呕心沥血，因材施教，给我们传授丰富的知识，教会我们终身受益的学习技能，把我们培养成为社会的有用之才。大学四载，恩师的教诲，同学的帮助，党组织的培养，点点滴滴，丝丝缕缕，化为灿烂的阳光，珍藏在我的心底，温暖着我，激励着我去工作和生活。毕业后，我先后在家乡的县委宣传部，自治区党委办公厅，自治区党委、自治区人民政府接待办公室，自治区民委和自治区妇联工作。无论在哪个岗位，无论遇到什么困难，始终勤勉、热情、务实、尽责，从一个普通的选调生成长为单位的骨干，拥有一个温馨的家庭，女儿大学毕业，新的一代茁壮成长。值此同学三十年聚会，回首往事，感恩之情溢满心怀。

春华秋实，岁月如歌。作为改革开放的受益者和实践者，同学们毕业后虽然天各一方，岗位不同，但都以 1977 级大学生特有的感悟、奋发、坚忍，为国为家，尽心尽力，伴随着祖国翻天覆地的变化，谱写了显现人生价值的多彩华章，事业有成，家庭幸福，子女成才，向母校向老师交出无愧于时代、无愧于生活的答卷。值此三十年聚会，举杯欢庆，我真诚地向始终关注着我们的老师们致敬，由衷地为同学们的成功喝彩。

三十年过去了，人生之舟驶过了最华美的航段。此后，我们将陆续步入退休年龄，“夕阳红”时光正向我们走来。虽然如花的容颜不再，花样的年华不再，但是，只要我们还有热爱工作、热爱生活的情怀，只要我们把追求和谐、续写人生精彩的信念化为明媚的阳光珍藏心底，我们就会笑容不变，青春不老。值此三十年聚会，亲爱的老师同学们，让我们执手相邀同学四十年聚会、五十年聚会、六十年聚会，一同迎接阳光更加灿烂的未来！

欣赏人生旅途的风景

江　淳

岁月如梭。转眼间,已经是2007年底了。

我们广西师大(当时还叫广西师院)历史系1977级,如果从参加高考算起,今年已经满三十年了。弹指一挥间,这三十年,我已经经历了很多很多,我周围的人和事也发生了巨大的变化,值此同学相聚、共同回忆往事之际,我不由得思绪万千,提笔写下萦绕心头的点点滴滴……

1973年我高中毕业后,下乡插队两年,回城工作两年,碰上了粉碎"四人帮"后的恢复高考。懵懵懂懂之中,自己就考到了广西师范大学历史系。那是我自己根本没有报的学校与专业,但是一来自己填了"服从分配",二来自己的历史科目考得不错吧,所以就被这所学校录取了。

来到桂林独秀峰脚下的校园,对我来说一切都是无比新鲜的。那兀立高耸的独秀峰,如笋尖破土而出;峰下月牙池中,亭影倒映,宁静秀丽。爬上独秀峰向西望去,映入眼帘的是一座上小下大的山峰,我就猜想这座山一定有一个名称,果然,一打听,这叫"老人山"……

头一次住进集体宿舍,七个女生八张床,我住上铺,每天爬上爬下,都是很新鲜的感觉。同学之间很快就熟悉起来,大家说说笑笑,同进同出,好不热闹。

开始上课以后,更是每天接收大量的知识,用"如饥似渴"来形容我们当时的学习劲头真的是一点儿也不过分。记得刚上“原始社会”的课，卢启勋老师给我们布置了“为什么说是劳动创造了人”的讨论题，我们讨论得热火朝天，晚上熄灯了，我们还在争论不休……

给我们上课的老师，都是学有所成的专家、教授，为了教我们，他们认真备课授课，恨不得把过去在“文革”中被耽误的时间都弥补回来。不少国内著名的专家学者都给我们上课，如钟文典教授、陈伟芳教授等。

在广西师范大学历史系学习的四年，是我一生中难忘的四年。我在这四年中学习知识，学会交往，与同学结下深厚友情，也在交友知人过程中留下人生的教训。我非常怀念我这人生中的四年，它给我留下的是美好的记忆，师生情，同学情，山水情，都令人难忘……

大学毕业后，我分配到广西教育学院工作，半年后，考取山东大学历史系硕士研究生。三年后，又考取山东大学历史系博士研究生。1988 年回到母校广西师范大学，在出版社工作。

搞出版，于我是一个全新的工作，它对我有挑战性，面临的每一项工作都是崭新的，而不是重复的，你要面对不同的作者，不同的书稿……我喜欢这样的工作。从此，我就跟出版结下了不解之缘。1993 年，我调动到南宁，在广西教育出版社又继续从事我所热爱的出版工作，还是干出版老本行。看来这辈子，我就跟出版分不开了……

我始终认为，人的一生不可能时时事事都那么顺利，如果总是很顺利，你就要警惕会有什么不顺的事要来了。我个人的境遇就是如此。在我的学业、事业都很顺利的时候，我遭遇了婚姻的红灯。这个红灯让我反思，让我警醒，使我看到自己在大学阶段之所以知人不深的原因，让我在今后的生活道路上时刻提醒自己，更让我在不顺中找到我要因此而感恩的理由，从而让我能够坦然面对。也是我的大学同学,在我最艰难的时候帮助我,鼓励我,使我深深感受到同学的情谊。

人生的路说长嘛,很长,说短呢,也很短,不是吗?三十年间,我们班已经有三位同学永远离开了我们。所以,在人生的道路上不要急,慢慢走,沿途好好欣赏风景,好好体验各种滋味,酸、甜、苦、辣、喜、怒、哀、乐……

还是那句老话:让我们时时对生活抱有感恩之心。更有一句话,跟我的大学同学共勉:同学情谊永恒。

难忘 1977，难忘历史系 1977 级

欧薇薇

30 年前，我正在祖国南疆边陲小城百色从事“科学种田”，1977 年 10 月的某一天，一个大胆的选择——报名参加全国普通高等学校招生恢复考试百色试点的考试，无意间使我成为共和国重大事件的亲历者，也成为中国教育史一个重大变革的见证者。可是当时我并不知道这一切，只是满怀着对知识的追求和对未来的憧憬，怀着改变自己生活的冲动做出的选择，因为此时我从南宁市到百色插队已经有八年了。1978 年 2 月 2 日，我接到了广西师范学院的录取通知书，高兴和激动的心情无法形容，至今我仍清楚地记得那一天的情景，入学通知书我也一直珍藏着。我成为广西师范学院历史系 1977 级的一员，学号:770232。

从此，我的命运改变了，我的生活也变化了。入学后，与同学们的相处，使我感受到了同学情义的深厚，接受老师的教导，感受到师生间的相互情谊。我当时也没有意识到，从此自己会或多或少地与共和国的大事联系起来。

入学时，全国正是百废待兴，需要人才，需要知识，全国上下重视知识，重视人才，知识分子得到重视，精神振奋，莘莘学子受到青睐，意气风发。大学里真是一派欣欣向荣的景象。在学校里，政治理论学习，时事报告讨论，党的十一届三中全会召开，宣布停止“文革”，不再搞阶级斗争，建设四个现代化，实践是检验真理的唯一标准的讨论，对“右派分子”的纠正，党关于若干历史重大问题的决议，邓小平同志关于中国式现代化——大概每人平均 1000 美元（当时 1 美元 = 8. 25 元人民币，即

8250 元人民币，当时工程师的月工资是 54 元），要搞法制建设，中央决议取消各级党委处理刑事案件的权利，全部由司法机关承担，等等，令人目不暇接，来不及领会。

在大学里，我第一次领到选民证，第一次参加公民投票；在大学里，我加入了中国共产党。

在大学里，学习专业知识，聆听学术讲座、学术报告：中国科学院副院长钱三强作“关于国际科技发展情况和我国的四个现代化”讲座（1978 年 10 月 12 日），著名经济学家千家驹关于“经济与教育的关系”的学术报告（1980 年 12 月 19 日），英国伦敦大学柯文南博士的学术报告（1980 年 6 月 17 日）。参加太平天国 130 周年学术研讨会（1981 年 3 月 20 日），中国历史文献学会成立大会（1979 年 3 月 24 日）。名师讲学：本校的有黄现璠、陈伟芳、钟文典、潘香华、严沛、何应忠、朱淑瑶等，外校的有张舜徽、荣孟源、王庆成、蔡美彪、罗元真、石钟健、戴继贤等。秦皇汉武古今中外，博大精深，令人如饥似渴，囫囵吞枣，来不及消化。

在大学里，我第一次学习《史记》，第一次写出了学术论文；在大学里，我参加社会调查，访问了广西的辛亥老人潘乃德，与伟大的辛亥革命参与者近距离接触，对辛亥革命有了具体的感受；参加桂林王城城址调查，对历史的沧海变化，有了地理位置的概念。

从 1977 年参加高考到现在，三十年岁月，弹指一挥间，大学四年，1460 多个日日夜夜，同学们讨论国家大事，指点江山，激扬文字；师生们学术研究，严谨考证，新论迭出；每一天都是那么的充实，每一天都是那么的期待，老师们是那么亲切，同学们是那么友爱。大学四年，我学到了知识，提高了品位，陶冶了情趣，人生轨迹发生了变化。我生命历程中重要的 1460 多个日日夜夜，会永远永远铭记在我的心间。难忘 1977，难忘历史系 1977 级，难忘同学情，难忘师生谊！

笑对人生

刘　宏

三十年前，我与许多同龄人一起，参加了恢复高考的首轮考试，并有幸成为二十七万学子中的一分子，来到独秀峰下、月牙池畔，四年寒窗苦读，成为恢复高考后的第一届大学毕业生。

当时，我怀揣着对美好未来的憧憬，先是在学校执教年余，后又随家南迁，并改行进入当时最热门的物资部门，再后来结婚生子，一切都顺理成章，家庭和美，事业顺利，生活是多么的惬意！

然而，1996 年，随着泡沫经济的破灭，我所在的公司由全国 500 强一下成为亏损大户。2000 年，随着经济改革的深入，我成了“三无”人员：无单位、无工作、无收入。

失业后，我积极参加各种培训，为自己找出路，先后在律师事务所、医药公司就职。

正当我满怀信心、重新扬帆时，一场灾难突然降临：2003 年，单位体检查出我患了癌症。我很快在同年 11 月，做了肿瘤切除手术。正当我庆幸发现得早、手术顺利时，一场更大的灾难悄然而至，在术后的化疗中，我被化疗药物损伤了肾，造成急性肾功能衰竭，20 多天没法进食，血色素降至中度贫血。人一下子瘦了 10 多公斤，一个多月来，呕吐、透析成了我生活的全部内容，那份痛苦，一辈子刻骨铭心。

老实说，当医生宣布我患了癌症时，我就像当头挨了一闷棍，以极其复杂的心情接受手术，当得知肾受损、急性肾衰竭、需要透析时，之前有关肾衰竭的种种传闻浮现脑海之间，心情颓丧到了极点，是我的先生、我的朋友、我的同学、我的家人，给了我战胜病魔的勇气和力量。我觉得，与其悲观、颓丧、消极，还不如正视现实，采取积极的态度去战胜疾病。手术至今四年了，我一直积极努力地治病，调养身体。

自从手术后，由于身体原因，我已无法回到工作岗位，但我又不甘心成为废人，虽然我对社会已无贡献可言，但我至少还可以对家庭有所贡献，我尽可能多地承担一些家务，让我先生工作起来无后顾之忧。

四年的生病经历，让我深切地感到：疾病并不可怕，可怕的是丧失战胜疾病的勇气，以致放弃生命。

四年来，我一直以一种乐观的态度来对待疾病，对待生活，与其对未来抱着期待，还不如切实过好每一天。人生在世，不如意者十之八九，开心是一天，不开心也是一天，为什么不开心地度过每一天呢？

是的，我是癌症患者，同时还是一个肾功能不全者，但我不愿每天生活在“我是病人”的氛围里，当我以正常的心理看待世界时，世界也会平视我。

如今，我已走完了人生的一半路程，我将笑对我的人生，做一只“快乐的老羊”。

我的教学人生

王国玉

1977年,注定成为我们终生铭记的人生拐点。因为就在这一年,我国恢复了高考,改变了很多人的生命轨迹,其中包括我在内——让时光再回到三十年前,在经过两天的考试之后,我告别工作了五年的工厂,走进了桂花飘香的广西师院,从此,"历史系1977级"成为我一生难忘的印记。感谢老师的教诲,让我从一个对历史略知一二(我上中学时可从来没有上过历史课)的工人成为一名历史教育工作者;难忘同学情谊,课间大家如饥似渴地学习、相互切磋与争辩,课余我们的足迹遍及独秀峰、三里店、尧山、穿山……大学生活,真是既紧张又快乐!如今,我们再次唱起《花儿与少年》的时候,四年同窗的点点滴滴仍然历历在目,记忆犹新!

1982年毕业了,我们各奔东西,我成为基础教育战线的一员,初为南宁四中的历史老师,后为南宁市教科所的历史教研员。二十五载的春去秋来,我耕耘于三尺讲台及教研岗,不知不觉已届知天命之年,尽管心有青春永驻的信念,无奈岁月催人霜染两鬓,这期间历经勤耕巧耘的艰辛甘苦,品尝教书育人的酸甜苦辣,也感受了耕耘带来的收获与喜悦。虽说不上是桃李满天下,但走在大街还是有学生尊称"老师";一直默默无闻地在中学教书,却不经意间被称为了"专家"。我想,这也算是对老师和同学的一个交代吧!

作为50年代生人,我比较认同这段话:"人的一生应当这样度过,当他回首往事时,不因虚度年华而悔恨,也不因碌碌无为而羞愧。"

谢谢关心我的人

周耀全

大学时女同胞叫我"七十三行",志开给我别号"肥佬"。哈哈!

1977 年同在广西财经学校毕业到广西财政厅工作的同室周艺告诉我:老周,国家恢复高考,我想你应该去考,我就帮你报了名。

于是,为回报五毛钱报名费,为感激信任,我丢掉专业,毅然离开令人羡慕的岗位,到独秀峰下深造历史学。对此,有人说是有理想;另有说是痴仔;还有说是为追女同学;同宿舍莫老爷感叹:走对路进错门;黄权则朴实地说:读书目的是工作,有了工作何必丢掉? 云云。

如果这些评说使我烦恼,但不足以影响学习意志的话,真正让我要求退学的,则是我一个当军医的亲人,在自卫反击战场上牺牲了。理想与现实、得到与失去、苦读与悲痛,深深地震撼着我:高考、自卫反击,同样是伟大的决策,坐下读书不如退而工作,也许更显男儿报国气概!

然而,退学和工作不容选择,只好安心读书。寒窗四年,以两种损失换取了知识增长:对于国家来说,少了一个为社会创造财富的合格劳动力,还耗费助学金;对于我个人来说,损失四年工资,还损耗路费、生活费。我相信像我一样受过专业训练、在岗工作又有机会再读的人不是个别现象。如果我们作为一个合格的劳动力都投入社会生产,如果我们都把读书指标留给没有受过专业训练的人,如果我们把应得的部分工资资助贫困学生,如果我们把损耗的费用用于商业投资,那么社会增加的财富肯定要多得多。

其实，乐观地面对现实、积极地创造未来才是正确的态度。感谢老师和同学们对我的关怀爱护，既使我增长知识，又使我拥有正确对待人生的态度。这是我终身受用的财富。

我从王城走向南宁，在郊区那洪、双定落实农村土地承包制，使农民在承包的土地上收获了快乐；在市委组织部培养第三梯队，有些人成了好官，有些人却成了贪官；当市政府秘书的时候却错失几次良机；在外经委参与组织了中国第一个省会城市到马来西亚办展销会，和报关行谈判省下 30000 多美元报关费；为丰富菜篮子，编制了南宁市第一个菜篮子“九五”发展规划……我对我的所作所为感到满意。

1989 年，我在北京进修。有位同学帮我就仕途占了一卦，曰：“剥：不利有攸往。”也就是说不利于有所往上了。刚好被时间不幸言中。

现在，我提前退休了，给没有就业的人提供一个就业岗位。我可坦然了，30 年前也给别人提供过一个就业机会！但是，现在又有几个单位聘请我“发挥余热”，占用就业位置。哇，郁闷并快乐着！

一日三餐　吃饱粥饭

谢世湖

一日三餐，吃饱粥饭，年刚过半百，此目标已小有所成，虽然福布斯上没有排名，亦无愧于心。二十六年前，开始向这一目标稳步迈进。

三十年前，在一山村学校任民办教师，深知教书匠的窘迫。一公办老师在饭堂开不起饭，自己煮，每次饭后“霍霍”的刮锅巴声音二里地外都能听见，刷起的锅巴末就在锅铲上吃了，不剩下一克。那锅底被刮得雪白发亮。

怀着锦绣的梦参加高考，迎来录取通知书如迎头一盆冷水——师范的，还是历史——这历史专业我可没报，但为了得个饭碗，为了三餐粥饭，只能服从。谁叫咱没那底气：非某校某专业不读！现时很多年轻人就有这气概，也算为咱出了口气。

有了目标，就活得充实。怀揣着一卷钞票，足有二十多元！大街上昂首阔步，胸有浩然正气，阅尽一路春色。鸡仔饼，论斤买！甘蔗，扛一捆！周末节目，咬咬牙，人生不能太亏待自己，买本杂志，着实奢侈享受一把！

有了目标，默默耕耘，但咱不太刻意追求。曾经提升一级，工资增加一毛，也心中窃喜：“涨工资了！”

也曾游过些名山大川，置身山水花丛之中，直如羲之所言：“吾卒合当乐死！”

几十年生活，细细考量开去，也就一日三餐粥饭是真的，其他都是假的（笔者删去五万三千二百九十九字）。

墙挂宝剑，厅悬字幅。床头床尾有书。阳台长有绿叶红花，厨房常备番薯芋头。

某年月日，于峨眉山金顶之上，一老道赠一字幅，云唐张旭所书，其中隐藏人间过去未来奥妙玄机，金银珍宝秘图，世人不识。某深致谢，欣然携归。然某肉眼凡胎，揣摩十几年，竟一无所得，今亦献出，与同学们一起参详，旨在共同致富。智者破释之日，功名利禄，幸勿相忘，黄白珍宝，七三六四五五，都无不可。

谢世湖西元二千零八年三月十二日二十三时五十七分五十八秒于心出家斋

三十年感悟

陶士然

人生道路，崎岖曲折。人生成功与否，最重要的是个人奋斗和环境机遇。每个人只有努力奋斗，孜孜以求，才能实现既定的目标。当然，要达到成功，实现梦想，还必须相逢机遇，把握机遇，抓住机遇，将坚定的信心与良好的机遇相结合，一定能创造出光明的前途。

今年（己丑）是鄙人的本命年，当年为跳出山旮旯而报小年龄。前三十年，先后目睹"三面红旗"造成的困难、阶级斗争极左路线的危害和十年"文革"的灾难。在这期间，最大的"官职"是民兵连长（不配枪），最大的"荣誉"是背"老三篇"的标兵，最后"荣幸"地当了三年的乡中民办教师，与许多人一样被愚弄，遭打击，为填肚而劳碌，饱尝人间苦难，前途渺茫。恢复高考才有幸成为1977级一员。

后三十年，有得有失。四年深造，可谓豆豉发芽，心理得到抚慰，后执教中学十五年，深感道路坎坷，官场险恶，世态炎凉，登上大专讲坛十一年至今，工作踏实卖命，但业绩平平，毫无成就，只求心宽体胖。准备调整心态，坚持锻炼，向天再借三十年。

我的三十年

秦建德

人生难得三个三十年。古人云:二十有志于学,三十而立。人生的第一个三十年是发育成长、学习立业的三十年。人到三十,应当学有所成、事业有望。但是由于历史的原因,我的第一个三十年中的学习立业后移了十年,这使我人生第二个三十年更加多姿多彩。

在我的第二个三十年,圆了大学梦。我们广西师大历史系 1977 级的八十一名同学从四面八方走到了山水甲天下的桂林独秀峰下,朝夕相处度过了难忘的四年大学生活。在这四年中,我们同吃同居、互相学习、互相帮助,建立了深厚的友谊和感情,这也是一种缘分。我们要珍惜这种缘分,一辈子都要珍惜!

我们 1977 级,既是“受害者”,又是受益者。因为我们是中国的大学停止了十年招生以后的第一届大学生。“第一”,意味着胜利;“第一”,意味着成功;“第一”,意味着荣幸。可不是吗?虽然我们不少同学入学时已经是而立之年,但毕业后我们工作不成问题;到了单位成为工作骨干不成问题。毕业二十多年来,我们 1977 级同学都在各自的工作岗位上做出了杰出的贡献。对此,我感到无比的自豪。

过去三十年,世事都改变。人们由穷变富,国家由弱变强;学生变成了博士,班干变成了厅官;青年变成了壮年,中年变成了老年。但愿我们广西师大历史系 1977 级的同学情谊变得越来越深,让我们共同聚会在第二个三十年。

人生感悟

杨晓林

余毕业后返母校柳城中学任教，一待十七载，其间于 1984 年成家。带十届高中毕业班后，于 1999 年调南宁二十九中履新至今，复带三届。余性本愚顽，不求闻达，碌碌无为，愧对师友。聊可自慰者，“杯中幸有尊师酒，袋里欣无造孽钱”耳。舌耕之余，心有旁骛，好作对吟诗，游山玩水。现忝为广西楹联学会理事，幸无俸禄，故无忧尸位。糟糠之妻，未曾下堂；不才犬子，大学在混；椿萱俱势，反哺余情；锻炼坚持，贱躯尚健；毕业至今，如此而已。高考卅年，同窗欢聚，赋词一阕(《调寄〈鹧鸪天〉》)略抒心志。词曰：

卅载沧桑鬓染霜，当年应试渐遗忘。
一支粉笔培桃李，几个门生是栋梁？
年半百，尚癫狂，评山品水赏群芳。
平生无意功名事，词赋诗联伴杜康。

回首往事

宋　平

20 世纪 40 年代末，母亲生下极其多余的第五个女孩，取名“萍”，寓意像鄱阳湖上易生易长的浮萍。襁褓中的萍被抱到市场上换米，无人问津；三四岁就被送给父亲无儿无女的同事，由亲兄炎找回；五岁随父亲工作调动，坐船沿长江西行武汉。萍如厕，惊见蹲位竟是镂空船板的一个长方块，方便时屁股面被江水溅透，大喊救命！九岁，随父亲支边南下柳州。那天火车一再晚点，当萍不知第几次走出车站厕所时，被父亲一把拽起拼命奔跑才赶上即发的列车……

1958 年柳州市的小学生多数穿着单薄还打着赤脚，冬天上课时书桌下长时间发出“唏嗦唏嗦”的搓脚板声。一下课大家赶紧挤到同一个墙角互相摩擦身体“挤油渣”取暖。夏天课后三年级以上同学都去柳江边挑沙子、捡石头，堆放整齐、量方计算后给学校修缮教室、铺路用；晚上大家聚集在生起炉子的操场上，将捡来的废铁投进炉膛，轮流使劲拉着风箱想炼出钢。没有一双赤脚不被烫起水泡层层脱皮掉肉的。尤其是家住江南岸的同学，天天得下码头过浮桥（将百多条木船并在一起，上面铺架由千万块厚木板构成）再上码头，这条家校必经之路，滚烫、晃荡。机灵大胆些的同学要么咬咬牙一阵猛冲，要么用两张大芭蕉叶循环垫脚隔热。课间，校卫生室吴老师带着萍等卫生员忙不迭给同学们挑脚泡，擦红汞、碘酒、黑药膏……

1960 年，为拯救饥饿的下一代，柳州市政府紧急调拨大米到各街道饮食店煮粥给小学生吃。每天下午放学前，萍需收齐全班56个同学每人两分钱（若实在收不齐晚上就求母亲给垫齐），第二天早晨7：30准时如数交给解放北路饮食店，领到50斤左右的一桶粥，与当天两位值日生抬起粥，小心翼翼横过马路回到学校教室，分给每个同学近一两白花花的大米粥，分完粥后的洗桶水再分一次，大家吃得津津有味……

小学四年级萍当少先队大队文体委员、五年级当副大队长、六年级到初中二年级当大队长，先后学起打乒乓球、体操、讲故事、文艺表演、主持队会、播音、订演出票、管理图书……可一上初中三年级事事处处都要讲出身，查三代。萍连入团资格都没有，更别提入党了。1969年至1971年夏萍在某公社农中，1974年秋至1978年春在市里某中学任教，每晚不是带学生文艺宣传队走村下厂演出就是陪着党员帮助农民工写入党申请书，为优秀党员写报道，书记却说像萍这类人若入党无异于资本主义复辟！倒是1971年秋至1974年夏在某公社小学附中任教，学校急需一名少先队总辅导员，书记二话没说让萍入团取得工作资格，一起领着学生复课，学雷锋，植树，修缮操场、道路……还取得全市中小学诗歌朗诵比赛第一名、模范夏令营等荣誉。

1961年萍的作文《柳侯公园》通过小学生作文"千字关"，1962年六一《春游大龙潭》刊登在市报上，1963年《我的一天》获全市中学生作文赛优胜奖。初中每个学年萍都获甲等奖学金，家里墙上贴得最多的是萍的"三好学生"、乒乓球赛、学习雷锋、勤工俭学等方面的奖状。有空时萍还帮妈妈批改小学生的作业，教小学生表演节目……萍越来越成为学校和家庭的骄傲。可萍初中毕业，因那该死的家庭成分，不敢报考高中，更不奢望上大学，考了个面向农村的耕读师范。红卫兵批斗校长时还不断责问为什么要录取萍等"黑五类"子女。

"文革"期间，萍的家庭遭受重大变故，直至"文革"结束，萍的人生才有了转机。

1977年，国家决定恢复中断了十年的高考制度，选拔优秀青年上大学。得知喜讯,已近而立之年的萍既激动万分又心存余悸,偷偷地报名、复习、考试、等待……终于在 1978 年 3 月盼来了大学录取通知书(走读),市教育局又同意已有近十年教龄的萍带薪全脱产四年上大学。萍流下了从未有过的幸福泪,迈进过去做梦都不敢想的大学之门!

爱的收获与遗憾

施锦美

人们常说人生四大喜事不外乎“久旱逢甘霖,他乡遇故知,洞房花烛夜,金榜题名时”。想不到我也有那么一天。那是1978年2月1日,我接到了大学录取通知书,农家女即将成为大学生,别提我有多么快乐幸福,这是改变我一生命运的大喜事。

大学四年,在老师们的辛勤教诲、同学们的热情帮助下,我珍惜大学的美好时光,不知疲倦地学习,充实地过好每一天,顺利地完成学业,于1982年1月走上了工作岗位——宾阳县开智中学。期间也调动过几次工作,但都离不开教师这个职业,如今在宾阳中学任教。

工作多年,我深深感到,教师收入并不丰厚,工作压力较大,可以说是一个相对辛苦的职业,但也是一个充满爱的职业,你爱学生,学生更爱你。你给予学生的也许是一句轻轻的关怀语,一个不经意的爱的动作,或者是一点点微不足道的帮助,但他们回报你的爱却很多、很多。和学生在一起,每天都生活在爱的海洋中。正因为如此,为了传授给学生更多的知识,让学生掌握更多的技能,我认真读书,努力工作,每年度较好地完成教育教学任务。春风化雨,润物无声。我无怨无悔地耕耘,虽说不上桃李满天下,但至少收获着一园芬芳。爱滋润着我生命的土壤,我的生命里缺少不了爱。

毕业当年，我结婚了。一年后儿子问世，家里充满了更多的爱和喜悦。成家以来，作为女儿，我孝敬父母，是父母心中的“乖乖女”；作为儿媳，我敬重婆婆（公公早已去世），是婆婆心中的“好媳妇”；作为妻子，我信任丈夫，夫妻恩爱，相濡以沫；作为母亲，我疼爱、教育儿子，他健康成长，并且学有所成，现在是在读硕士研究生。家里虽然存款不多，但家人之间相互信任，真诚相待，真心关爱，所以我感到生活的幸福温馨。

不过，在我的人生历程中，也曾留下了不少遗憾，特别有两件让我一想起就心痛的事情：一件是给父亲祝寿之事。我出生在一个多子女的家庭，兄弟姐妹共七人，小时候家里生活不富裕，况且孩子多了烦事一定不少，但父母都很善良，从未打骂过我们，父亲又特别宠爱我，从小到大，连一句大声的呵斥都没有，为此我很敬重父亲。参加工作后，我尽可能多地给钱补家用外，每年都坚持给父母过生日。但1994年也许因为刚刚调动工作的原因，我把父亲的生日给忘记了，父亲有多失望，我不得而知。一个多月后，我突然记起父亲的生日，但并未给父亲补过，也不说一句对不起，只是计划在来年父亲生日时，开一个大型一些的祝寿会。然而，天有不测风云，第二年，在离父亲生日还有三天时，父亲突然撒手人世，一句遗言也没有留下，我非常懊悔，常常责备自己，为什么当年不给父亲补过生日。这件事也使我懂得了，人的一生虽然有很多事情要做，也不可能每件事都做好，但像孝敬父母这样的事情，要及时地、尽量地去做好，要不然留下的将是终身的遗憾。另一件是儿子考大学填报志愿的事情。2001年7月，儿子考大学，估分可上重点线（实际成绩也上了），他本想填报重庆邮电学院（当年属第二批录取），但我却认为有点太热门，坚决否定了儿子的想法，不同意他填报。尽管儿子当年也接到了大学录取通知书，但却不是他心仪的邮电学院。特别是后来当儿子若无其事地告诉我，比他高考成绩低13分的同班某某同学考取重庆邮电学院时，我恨透自己了，觉得是自己毁了儿子的一生。再过几个月，儿子就要研究生毕业，我也想好了，今后在儿子的工作、婚姻问题上，我一定尊重儿子的选择，不再横加干涉。俗话说“儿孙自有儿孙福”，由他们自己闯荡去，我们在一旁祝福就可以了。

光阴似箭，日月如梭。回首三十年来我走过的风雨人生路，有欢笑，有泪水，有失落，有希望，一个个脚印，一行行泪迹，无不镌刻着爱和责任，弹奏如歌的行板，收获生命的甜美和温馨。

三十年相聚自叙

徐学莹

回顾一生，感慨万千。
少时努力，样样争先。
十年浩劫，曾遭熬煎。
花季刚过，农作田间。
耕余夜诵，灯油点干。
命运多舛，心中茫然。

高考恢复，人生改变。
寒窗苦读，乐在其间。
而立之际，举业多艰。
事事紧迫，时时应难。
自忖不才，不敢懈怠。
家人师友，扶携帮传。

时光荏苒，倏忽卅年。
虽无灿烂，也还平安。
清风两袖，利禄无缘。

培桃育李，意得心欢。
学林漫步，亦苦亦甘。
偶有所得，窃喜自沾。
天命早过，水收云散。
缘如藤树，枝缠根连。
人谓有福，儿女双全。
仰天无愧，俯地不惭。
洞明世事，气定神闲。
雅志不退，过好每天。

同窗相聚，叙今追前。
风采依旧，韵胜当年。
达者倜傥，隐者俱贤。
往者已矣，相忆黯然。
当自珍重，健康为先。
青山常在，情意绵连。

三十年后的经历与感悟

唐永康

一晃眼就过去了30年！人生没有几个30年。我经常感觉自己还是二三十岁，往往不能清醒地意识到1957年3月出生的自己，已是年过半百。六七十年代的中小学日子，1974年8月到1977年的林场工人生活，1977年10月到1982年的大学生涯，至今似乎都不愿有“老了”“要轻松点了”的想法。我所在的桂林电子科技大学有个学生看到我的工作，以及由此产生的效果，2007年10月25日在校园网第二频道论坛上发帖子说我工作“太负责了”，并祝我“好人一生平安”。好几个学生跟帖，有表示感谢、佩服的，有继续摆我的好的。其实，我从1994年4月到2004年6月在院办（原桂林电子工业学院）秘书职位上也是这样的工作风格，同事与领导也给了我好评，如院长在领导班子会上公开肯定我是“好同志”。我得过院2002、2003年度“优秀共产党员”等荣誉称号。再往上推，1982年2月到1990年8月我在界首中学、兴安中学当教师，1990年9月到1995年4月在中共永福县委宣传部当理论干事时，都很注意工作问题。

学校为迎接教育部2005年11月的本科教学工作水平评估，2003年初成立评估办，我于2004年7月被抽调去做起草材料等工作，直到2006年10月。2006年夏，校领导换了，相应的干部、秘书也换了，这样，11月，我去了图书馆。

在这两个单位，我经常每天工作9—10个小时，每周工作6天。

我不计较个人地位和生活质量，只想把工作做出成绩做出水平，给我处级干部也不当。在中学，我上课不用看课本和教案，一点也不照本宣科，其他老师对我的记忆力和表达力感到惊异，我带的补习班的学生也下定决心狠背这几本难记的历史课本，结果高考历史平均分竟获得桂林地区各县中学第二名。在宣传部也为县里争取到广西壮族自治区区领导干部论文一、二等奖，通讯报道上也露过两手，在区、地报刊上登出了重点给新闻干事作范例的稿件。在大学校办搞文秘，文稿无人小看，为领导减少大量的修改补充工作。因为我经常广泛地了解和思考校情，2005年底以来，我相继在一些大学及其他机构的学术刊物发表了七八篇论文，内容有高等教学的，有高校评估的，有图书馆学的，还有其他杂七杂八的。

一年多来，我为图书馆和同事做了不少事，其中很大部分是一般人做不到的，还为图书馆写了不少的东西，图书馆的新领导多次表扬我，绝大多数同事高度认同我做的好人好事、提出的批评及对改变图书馆稀松的工作作风、脏乱差的环境所引起的作用，这不，2007 年年度工作考核，我得了校级优秀。是金子，终归要冒出光亮。

我注重对所在单位的作用与贡献，在乎荣誉和面子，乐于帮助别人、方便别人（比如，校内单位交秘书科审核的公文稿，质量再差，我也没打回去过，总是花费大量的时间、精力自己修改补充）。同事、同学能理解、谅解，单位和工作对象能夸赞，正直者能肯定我的为人与水平，学生、读者能祝我“好人一生平安”，就行了。

高考带来的……

黄乘英

2006年4月我在市里参加特级教师申报答辩，评委问了这样一个问题：你怎样看待科举制？当我说到“我本人就是科举制的受益者”时，评委们不约而同地附和：“我也是。”

我生长在教师家庭，父母崇尚读书，从小学到中学我都是老师眼中的优秀学生，我上高中时，曾有传闻从应届高中毕业生中招收大学生，我父母可高兴了，可是接下来发生的一切，几乎让我读书的梦想完全破灭！1976年，当我好不容易熬到有两年实践锻炼，具备报考大学的基本条件时，传闻说公社保送上大学的名额分配已经排满了80年代！

当高校招生改革的消息从广播里传来时，我正在一所“五七中学”当代课教师，我觉得这根本不可能，虽然我年纪不大，但却有了看破红尘的心态，不再相信什么好事会落到我的头上！最后在父母的软硬兼施下，我抱着试试看的心态进了考场。

30年前的那场考试，不仅改变了我的命运，也改变了我的心态，走进了由学识渊博却有着慈爱之心的老师和性格各异却又能和谐相处的同学共同组成的大家庭——广西师大历史系1977级，是我终生的荣幸；走进历史学习的殿堂，使我领略到历史学科的恢宏和精深，从此，面对人生，我获得了一份自信和从容。

30年过去了，我虽然仍是一名普通的中学教师，没有高官厚禄，但是我却有着精神上的富足。30年前高考的经历让我懂得了努力和拼搏；30年来师生情、同学情,不断滋养着我的心田;学生们的成长不断丰富着我的人生阅历。1999 年至 2003 年我参加了广西第一批园丁工程“B 类”人才培训,2004 年作为广西第一批特殊培养人才,我被国家人事部、教育部选送到华东师大高师中心脱产进修一年,2006 年获得广西“特级教师”荣誉称号。

今天,我可以自豪地说:我的讲台我做主,我的课堂我做主,我的精神我做主。

诗言志

——为 1977 年高考而作

马守正

红日出东方，才俊入考场。
从容解难题，慷慨吐华章。
十年磨一剑，今日试锋芒。
得酬报国志，感谢党中央。

偶　感

赖向东

昨晚到今晨，桂林大雨，难得偷闲在家，坐在电脑桌前，放眼窗外，欣赏暴涨的江水，一杯清茶相伴，偶尔点击一些感兴趣的文章，算是很平常的事吧……

9点多钟，手机铃声响，一接听，是久违的欧薇薇同学的来电，惊喜至极，我是否对她进行了礼貌性问候，已记忆模糊，但对她提出的要我发几张家庭生活照及完成一份大学毕业后的感言却是听得一清二楚。唉，我这人，毕业这20多年，工作事业谈不上成就，家庭生活也没有多少精彩，面对成就建树颇多的同学，平平淡淡的我，能说些什么？能写得出什么？但是，同学的真情叮嘱，敢不“临急用命”？！

大学毕业至今已30年，我以为是我们人生事业最为辉煌的一段历程，是个人生活最幸福的一段历程……尽管一路走来，经历过不少风风雨雨，有数不尽的成功失败，有月缺梦圆，阳光暴雨，顺势得意，独怜自悲……但天空依然湛蓝，心境依然美丽，不然，如何走到今天？不独一人，多般如是。

不能忘怀30年前独秀峰下的相聚，那是祭奠人生事业、改变命运的地方，是老师的教诲，是同学的激励，造就了一个个灵性独特的自我，在此，我想深情而坦诚地说一句：感谢培育我的老师，感谢关爱我的同学！

虽然，大学毕业后我们早已各奔东西，忙着各自的事业和家庭，但都深刻纪念我们的昨天，珍惜我们的今天，憧憬着康强、愉悦、爽朗的明天！

蓦然回首

李培礽

既是悄悄地，又是默默地，人生的三十年就是这样过去了。是高兴？是忧伤？是兴高采烈、趾高气扬，还是向隅而泣、黯然神伤？同学、朋友不管如何，有一点"历史"对大家都是公平的，那就是辉煌者要度过三十年，落魄者也要度过三十年。今天——三十年后，我们还活着，我们还能在南宁相聚，还能在一起再唱一次《花儿与少年》，还能从四面八方聚在一起谈论三十年前校园里的"谁与谁的家长里短"，这就是我们人生的伟大胜利与辉煌。但愿到 2017、2027、2037，我们历史系 1977 级的同学四十年、五十年，甚至到六十年聚会，我们还能和我们的老师、挚友再次相聚，那时我们将笑对长天宣称：我们都是辉煌者、胜利者和成功者。因为历史将证明：饱经磨难的，经过血与火的熔炼、捶打、淬火，"文革"后第一届高考学生的生命力、创造力是最强的。将来新版本的《中国通史》里将会为我们 1977 级——"文化大革命"后的第一届高考生留下重重的一页。

回顾三十年前十月的一天，不知从哪儿传来了恢复高考的消息，一个长期被发配到边远地区小学里任教的、屡屡招人白眼的、在"文化大革命"中被"黄帅"们批判得抬不起头来的、比"落水狗"还"落水狗"的"小学教师"，似乎在茫茫的汪洋里抓到了一根救命稻草；于是乎白天跟着"孩子们"转完以后，从晚饭后 6 点开始就一直关起宿舍大门，拼命地"蛀书本"、"爬格子"、"背子曰"。连续一个多月从黄昏 6 点到次日早上 6 点的苦战，以至于白天给"孩子们"上课时站在讲台前就睡着了，为此，学生们还将此事告诉了学校领导。身体的疲倦还不是问题，复习时间的短暂愁煞了十年未摸高中课本的我。苦熬苦战一个多月后，不知是努力感动了上天，还是时来运转；也不知真的是"祖坟里冒了青烟"，还是"癞蛤蟆也有翻身的一天"这句话真的应了验，1978 年 2 月的一天，一纸迟到的高校录取通知书辗转被送到了一所位于祖国边陲的小学，颤巍巍地打开广西师范学院的信封，自己竟然发呆了将近半个小时。一个月后，被发配边疆十年之久的一个小学教师，怀揣着高考录取通知书，胆怯地、惴惴不安地走进了大学的校门，开始了与"古人"为伍，开始了与"故纸堆"结伴，也开始了与广西各地"历史"精英们四年风雨同窗的生活。

忘不了四年的指点江山、激扬文字。忘不了四年的说长道短、慷慨激昂。忘不了四年间对历史、对时政的嬉笑怒骂，忘不了对同学、对自己的评短论长。四年啊……四年……人生短暂的一瞬，历史长河里的小小"逗点"，然而就是这四年改变了共 81 位先生、女士的人生。四年，就是这四年，是我们的老师教给了我们知识，也教给了我们毕业后挣钱吃饭、养家糊口的本领。三十年后的今天，同学聚会，我们还是深情地对我们的老师说一句：谢谢您！

有感于此次聚会，特胡诌短诗一首，与诸君共勉。

戏语人生

问君何时再相逢，笑指沙场火正雄。
回首感叹人生路，何必蹉跎对长空。
老骥伏枥志千里，不待扬鞭自奋蹄。
十年生聚十年战，莫言勾践侵东吴。

长相忆

唐奇岭

飞转三十载,天地任纵横。
光阴如星逝,同窗谊永恒。
忆昔求学日,思绪久未平。
千言难尽述,拙影寄吾情。

大学梦　同学缘

刘西平

大学，是我从小的梦想。

自“文革”开始后，由于我是“黑七类”的子女，初中的学习被迫中断，读书的权利被剥夺，1969年初只能插队农村，接受再教育。

1973年，我在插队的农村报名参选推荐工农兵学员上大学，结果被刷了，当时我很幼稚，跑到公社革委会找领导讨说法，得到的答复是：“你是什么人？这是上大学，不是什么人都能去的。”言下之意，我是没有权利上大学的。

1975年，邓小平重新主持中央的领导工作，我有幸招工回城，成为一名工人，对我而言，这已是很幸福的事。大学的梦已不敢再想了。

1977年冬，吹来了一股春风，国家决定恢复高考制度，重新点燃了我上大学的梦想。尽管十年动乱，再也没有摸过书本，我还是报名考试，结果上线了，体检也合格了，可是等到的只是看见别人高兴地拿着录取通知书上学去。心里再次失望，正在这时，国家又做出扩招的决定，我的大学美梦终于成真了。

春雨不绿无根草，大道只遇有缘人。你我他相聚独秀峰下、月牙池畔，同窗学习、生活四年，这是我的幸运，这份幸运的到来要感谢伟人邓小平，不然，我们都是人生道路上的陌路人。

怀念从前是因为太思念，自从我们踏进大学那一刻起，我们的命运就注定要与国家的变革紧密联系在一起，三十年的同学缘分，它烙上了太多太多的历史印记，它维系着身处各地的你我他；它记录了我们每一个人命运的改变，见证了国家三十年的巨变。

让我们共同呵护这份来之不易的同学缘分，使其情系我们到永远！

感谢命运　感恩高考

朱伟才

人生如梦，岁月如歌，三十年弹指一挥间，是三十年前的那一场突如其来的高考，一张录取通知书，把我这个正在田间地头，卷着裤脚（至今都无法想象当年的样子和无法想象当年是如何度过）辛勤劳作的插队小知青转眼变成了被人称之为"祖国栋梁"令人羡慕的时代幸运儿——大学生。人们常说：青年人憧憬未来，中年人注重现实，老年人才喜欢回忆。我虽处于注重现实的年龄，但还是常回忆这走过的三十年，是那一场高考，改变了我的命运，改变了我的人生轨迹，这三十年是我人生难忘的三十年，也是我人生精彩的三十年。

三十年前，我和许多高中毕业生一样，响应祖国的号召，随着时代的潮流，来到广阔的天地——农村插队，虽不是自愿，不是自己人生的选择，但听从命运安排，也义无反顾地来到陌生的农村，接受贫下中农的再教育，生活虽是艰苦，但还是努力去适应它，对今后的人生，梦里都未曾有过，更无法与现实相联系。

一个"恢复高考，择优录取"的通知唤醒了我，抱着虽不尽如愿、但要挑战人生、不给今后留下遗憾的念头，报名走进考场，接受祖国的挑选，殊不知，一考便中，我进了大学的校门，成为时代的宠儿，命运的骄子。

是高考，把我从一个插队的小青年变成了一个大学生，让我进入知识的海洋；是高考，使我和同学们相识相知；是高考，为我今天的人生奠定了坚实的基础；是高考，使我拥有你们这些好同学、好朋友，无法用价值来衡量的情谊。没有高考，也许我会在农村结婚生子，终其一生，幸运些的就回到街道的小厂成为一名合格的工人，或是一名小干部；没有高考，我也许不知大学有多大，知识的海洋有多宽；没有高考，我与你们相逢而不相识；没有高考，虽也会终其一生，但毕竟没有因高考而带来今天的人生精彩。

今天说要学会感恩，那我就感谢命运，感谢高考，不是我比别人更聪明，更能干，而是命运把我安排得比别人的好。

感谢命运

唐天禄

年轻时，并不相信命运，中年后，开始认为命运这个东西应该是有的，而现在对命运是深信不疑了。

不是吗？总觉得在一件事情的背后，有一个神秘的力量在起作用？那个力量是什么，不是命运吗？三十年前，高考选择了我们，芸芸众生，独你我他成了同窗，不是命运吗？三十年后，同窗们各有精彩人生，无一雷同，不是各自命运的安排吗？

所以我要感谢命运。

感谢命运赐给我与你们80位为同学的机会，从此八桂大地，乃至美利坚合众国，都有了让我引为自豪的同学，虽然有的老死不相往来。

感谢命运赐给我一个仙妻，并且安排我一生都不得离婚，因而让我在感情方面不因常常缺失而烦恼，家庭稳定，后院不起火，尽管妻子和宋祖英、巩俐等比起来还有些差距。

感谢命运给了我一个漂亮可爱而又懂得疼我的女儿，尽管算不上少年得志，但大器晚成可期。

感谢命运赐给了我许多的天赋，安排了许多的机遇，准备了许多的成就，可惜我自己没有适时发挥，没有准确抓住，也就没有顺利获得，至今还是个科长。

感谢命运赐给了我一个好名字，虽然没有大成就、大富贵，却衣食饱暖，即使有时手头有点拮据，心里也不敢不知足了。

还要感谢那些在我人生道路上时时关心、帮助过我的同学们，比如我娶妻时帮我开道接亲，搬箱扛柜，参加婚宴还打封包、送盖被；女儿读书、就业，以及我的亲戚朋友的儿子女儿读书就业等重要的或不重要的事情一律都给予无私帮助。这些也是命运安排的帮助，所以还要顺便感谢命运。

借此机会特别鸣谢下列同学：朱伟才、韦乃扬、梁颖、李露……

哦，还漏了一段打油诗：

天空总是那么蓝，白云还是静静地随风漂泊。

未来还会变化无常么？谁又能抗拒命运？

历史就像飞溅的水珠，在命运的照射下闪亮。

我究竟是幸还是不幸，就让岁月去评判吧！

回首往事　让心沉醉

陈藻玲

我,1957年7月出生在风景秀丽的融水县,三十年前,我有幸成为恢复高考后的第一批大学生,开始了与同学们四年的同窗岁月。

光阴似箭,日月如梭。转眼间我们1977级同学已经毕业近三十年了。三十年光阴弹指一挥,荏苒已年过半百。回想当年的同窗岁月,往事难忘,温馨如昨;三十年风雨兼程,三十年岁月蹉跎。亲爱的同学,你的心情现在好吗?你是否青春依旧?是否常忆起学校里的青春岁月?是否时常怀念母校的一草一木和师生间纯真的情感?

三十年我们同窗共读,老师严谨的治学态度,同学们的刻苦勤奋,至今仍激励着我:无论是学习上的成功或失败,无论是生活中的快乐或失意,我都不会忘记!忘不了那间承载着我们梦想与快乐的教室;忘不了那些鼓励和关心我的老师和同学;忘不了月牙池边的谈心,独秀峰上的赏景;忘不了我们拥有过共同美好的时光……

亲爱的同学,当年同窗,今走四方。毕业后我又回到自己的家乡——融水县中学任教。1990年调到柳州地区高中任教。三十年来我在中学这块领地上默默耕耘,带了十一届高中毕业班,九次获得柳州地区教育局颁发的高考教学质量奖……三十年过去,我们都已步入了知天命之年,岁月的痕迹毫不留情地给我们刻下了条条皱纹,我们不再年轻。让我们暂时抛开尘世的喧嚣,挣脱身边的烦恼,打开画册,欣然享受老同学的温馨,回首往事,让心沉醉……

以诗明志

黄 冲

沧海桑田,光阴似箭,
往事如烟,感慨万千。
风华正茂进校园,
卅年弹指一挥间。
携手走过的岁月,
幕幕深刻在心田。
笑傲人生,
心地坦然直面每一次命运的转变。
经受考验,
用老师传授的本领打造人生的空间。
爱我所爱,
无悔无怨,
一如既往,
感恩母校直到永远。

我的人生感悟

黄志开

三十年来，魂系梦牵的大学同学，我时时刻刻都在想念你们！让我思念不已的是我的大学生活，那些无忧无虑的开开心心的日子！广西师大历史系1977级的四年生活，是我一辈子最辉煌、最难忘、最开心、最惬意的一千多个日日夜夜，我尊敬的历史系的恩师们，我亲爱的历史系1977级的同学们，感谢你们！感谢上苍！

三十年来我一直在问人为什么要活着，人活着到底为什么，但是，始终也没有谁给我一个完整的答案！于是我只能年复一年、一天又一天、一分一秒地熬下去，也不知何时才有个尽头？而让我感触最深的是：

1.“夹着尾巴做人”。这年头，不管男人还做女人，不管是做坏人还是好人，一句话，不管什么人都那么难做！钟老师教导我们：做人要“夹起你的尾巴”。于是，我这样做了。开始收到的效果还不错，职务得到升迁，财富也有积累。但，这样做似乎又活得太累。而当我翘起尾巴时，便受到了惩罚，所以，终究还是老师的话是对的。

2.知足者永远快乐。我们的范老师一生不追名逐利，勤勤恳恳地做学问，于是学富五车，著作等身。知足常乐的真谛我一直无法领悟，直到今天，自己变成老男人了，才多多少少有所觉醒。但似乎太迟了点，即使迟了点，但始终还能亡羊补牢。从今往后，清心寡欲，粗茶淡饭，再学王熙远同学，琴棋书画，了此残生，不亦乐乎！什么名利？什么得失？见鬼去吧！

3.一心一意玩乐，全心全意工作。这句话也是钟老师说的。这么多年来，我一直按着老师的教诲去做。于是，玩乐的时候，我绝对比任何人都疯狂，从中也得到了许许多多的快乐！但是，另一方面，我也是全心全意地投入工作，所以，在我任职的七个单位期间，每一次都取得较大的社会效益和经济利益。这也算是我作为老师的弟子在实践中论证恩师的论断所做出的尝试吧！于是，开心生活、开心工作成了我的座右铭。

“历史”还是时刻陪伴我

黄　权

人们常说,“第一次”会时刻铭记在心:第一次参加高考、第一次踏进大学校门、第一个认识的同学、第一个给我们上课的老师、第一次领工资、初恋,皆无例外,我也深谙其理。但是,历史专业——我所学的第一专业,在我的心里、在我的人生旅途中,却有所不同:改变人生的工具——淡忘——最终如影随形。

小时候,大学在我的心中,是神圣而又高不可攀的。记得在一个晴朗的夏夜里,爷爷和我在晒场上乘凉,文化不是很多的他忽然间讲起读书的事:“小学人人都可以读完,以前的人是很难考上中学(初中)的。”他看看我,“还有高中,我们农村的孩子是难上加难。旧社会我到过南宁,那里有大学,读了高中才有资格考。”他望望天上的月亮和稀疏的星星,“唉!”叹了口气。那时我正在小学耕读班念书,大学遥远的高大形象定格在我的心中。

三十年前的1977年,恢复高考,荡起了年轻人改变人生的希望,我也是其中的一员。

当时我已是家乡小学的民办教师。一面教书,一面重新拿起中学课本,想通过高考,进浦北县师范学校读书,把“民办”二字去掉。然而,大学的神圣、高大既吸引人,又让我觉得难以高攀。我决定选择非热门专业,挤进大学校门。就这样,我成为广西师院历史系1977级的一员。

刚入学,非常兴奋,像摘到星星般兴奋,当时,人称大学生为“天之骄子”,干

"四化"的未来主力军。那时我年轻,看不出"历史"与"四化"的关系,故对历史专业没感到兴奋,只有感激,感激它改变了我的人生命运。因此,大学四年,我谈不上勤奋,也说不上懒惰,唯有老师们的勤奋和敬业给我留下深刻的印象。

毕业后在中学和党校工作。在中学,历史课是"副科",是"冷门";在党校,好不容易才有的"中国近代史"课程,不知何时悄悄溜走了。因工作需要,我转而讲授其他课程,"历史专业"悄无声息地消失。久而久之,连我自己也时常认为,真的和"历史专业"拜拜了。因为基层党校教师少,对老师有个不成文的要求——"又专又博",实际上是博而不专,即俗称"周身皆刀,无一锋利"。1995 年,根据领导的安排,我重新坐在书桌前,就读于中央党校函院的"涉外经济管理"专业。由于种种原因,并未能做成经济学的教师,但讲授其他课程亦得心应手,感觉良好。我上过刑法课,一次下课时,一位在检察院工作的学员自以为是地悄悄对我说:"你以前在政法战线肯定是一把好手,干吗跑到党校?多浪费知识。"我还讲授了十年的"办公室工作",最近,某县级政府邀请我讲科学发展观与县级政府办公室工作之类的专题课。课后,一个小青年竟请我介绍当政府办公室主任的工作经验。此时此刻,我真的有当年庄子梦中遨游太空的那种感觉了。

我真的能够忘记历史专业吗?在党校的二十多年时间里,讲授过多少课程我记不清了。备课时记得最清楚的是:探究教材的来龙去脉时,就会想起如何分析历史事件的原因和意义;追寻事物的内在联系时,又会想起当年是如何弄清这一历史事件和那一历史事件联系的;就是讲述事物的性质,用的还是"历史"的思路……

我放不下历史专业。这么多年来,我把很多精力放在其他知识领域,作为一个党校教师,自认为是称职的。然而,写起这方面的文章,头脑总是涩涩的,除"涉外经济管理"专业的毕业论文,没有一篇是满意的,写历史论文却很有感觉。或许钦州毕业于历史专业的人较少、也许因为在党校工作而被很多人认识的缘故,这几年,时常有人邀请我参加出于纪念目的而举行的学术讨论会,这需要历史论文作为"门票"。人们认为,"门票"式论文往往高、大、空,是劣质产品,而我的论文却屡屡获奖。而今思之，吾平庸之辈，乃得益于当年良师勤奋与敬业形象之激励，良师传授之知识与技巧为功底，挥之不去的“历史情结”是原动力。这几年，我对历史的兴趣不再需要“门票”推动，常把思虑所得化而为文。曾有领导劝道，党校的主业是党建理论，主要精力应放在这里面。但我却自觉不自觉地又把精力放在“副业”上。

我有自知之明，我不会成为历史学家。但是，无论从事党校的主业，还是业余时间的“副业”，“历史”肯定会时刻陪伴我。

三十年的路

郭振彬

人生三十年,只是弹指一挥间。举首回眸,独秀峰下的莘莘学子,如今已到了知天命之年。三十年的路走来,没有悲壮豪情,更不可能惊天动地,只留下坎坷,一步一个深陷的脚印。

三十年前,不到二十岁的我,带着一颗对未来充满憧憬的心,来到皇气盈聚的王城脚下,与80位四面八方而来的英气青年相聚,开始了四年求学的人生转折。从插队的田埂上放下裤脚,走进明亮的学堂,世界上的很多东西似乎一下子全然消失,在我眼前只剩下同学、老师、书籍。四年的大学经历,简单但又激情满怀。一边是宿舍、教室、图书馆狭窄的三点一线;一边是学海中无际的天空。我的知与识在骤变。同学们的欢声笑语,“花儿一样红”的歌声,陪伴我度过了大学四年。我也从孤陋寡闻,变得略知天之高地之厚。

大学毕业,依依不舍告辞四年朝夕相处的同学,以及使我一生魂梦缠绕的母校,回到阔别多年的故里——北流市。我执了长达七年的教鞭,在三尺讲台上,一遍又一遍地讲述着古代的三皇五帝到如今开放的中国,讲述着希腊、罗马到罗斯福、丘吉尔、斯大林……与数以千计的学生结下深厚的师生情谊。其间,师大中文系1978级毕业的女子成了我的妻子,命中注定我们要厮守,并收获了硕果——我们的女儿,现已毕业于母校广西师大,并学着父母当起了人类灵魂的工程师。这是一个既是校友、又是同行的家。

告别七年的教师生涯，我选择了我们当年称呼的红帽子道路，一直走到现在。在基层出任过科长、镇长、镇书记、主任、局长、党组书记。基层政权，麻雀虽小，但五脏俱全。十九年充满了艰辛，也充满着欢乐。

大江东去，岁月流逝，昔日的峥嵘成为永远的记忆。三十年前种下幼稚、轻浮、朝气的种子，今天已成长为成熟、持重、干练的参天大树。我们摈弃了困惑和迷惘，留下了智慧和洞明世事。毕业后虽各处一方，但师大历史系 1977 级的同学却一直在心心相印中走过，未来还将延续。

情定七七级 情系七七级

江活健

邓伯伯复出后的第一次高考,定下了我们的半生缘。从此,我们共同拥有一个专利号:七七级。鲜花、掌声、叮咛、挥手,我们是光荣的“文革”后第一届大学生。

仿佛是前世安排啊,我们情定七七级。七七,它那么多情,让牛郎织女鹊桥相会;七七,它多么壮丽,一个旭日般的新中国在东方诞生。

我们情定入学的第一天。记得我刚下火车,立即握到一双双温暖的手。啊,多么陌生而又熟悉的面孔,是同学!接车的同学!在一路的问暖嘘寒声中我走进了独秀峰下的宿舍。我,到家了!

我们情定教室。在这神圣历史殿堂,我见到了梦中的教授、老师,他们或年长而激情,或年轻而成熟,像父母哥姐一样把我们指引。我们时而鸦雀无声,时而会心微笑,互相切磋,互相帮助,四年中,我们经历了远古,走到了当代。

我们情定校园。琅琅的书声,矫健的脚步,阅览室里寻觅,月牙泉畔放歌,印证了我们的年轻。

我们情定宿舍。袁荔生、陶士然、朱杰军、黄志开、覃劲忠、江活健,还有略带稚气的黄冲,这独秀峰七大居士,“有饭同食,有衣同穿,有钱同使”,他室芳邻,呼朋引伴,一如“天下多男人,尽是兄弟之辈”。——独秀峰已经作证。

我们情定象鼻、情定伏波、情定七星、情定芦笛,山山水水留下我们的身影。

一别三十载啊!风雨寒暑,春华秋实,我们仍情定七七。桂、邕的同学,不辞劳苦，组织聚会，师生情，同学谊，比邕江远，比漓水长。七七，是一张通行全国的名片，长白昆仑、京沪贵粤，处处有我们的兄妹。路通财通，师生情，同学谊，比金贵，比财重。最难忘，在全国太平天国研讨会上，我又聆听到尊敬的老师的教诲，又能和亲爱的同学重叙友谊。在南宁，在桂林，在各地和同学们相遇，情感真挚，如高山流水。师生情，同学谊，激励我，为国为民，为七七级崇高荣誉，奋斗不息！

德人云："男人人生五十始。"我们曾情定七七，今仍情系七七。鲜花、掌声、叮咛、挥手，让我们走向新的起点，把手牵紧，把心贴近，再续情缘，直到永远。

笑对生活

王　缨

聚是一团火，散是满天星，仰师重友。

1996 年，朱杰军考取了中国人民大学清史所戴逸先生的博士生。1997 年春节，我就带着刚上小学的女儿朱伊佳紧追北上。说真的，真不是担心老公会有什么“变故”，而是父亲去世后我对在京独自生活的母亲有着深深的牵挂。

自然，这之前我和朱杰军的工作生活情形，老师同学们都了解，但这之后的状况，就只有我们自己去体味了。1997 年，意味着我们拉开了人生旅途中一道全新的风景线，因为，我们放弃了原有环境下的一切，让生活从零开始。而这一年，我俩都进入了 40 岁。

朱杰军在人大学生宿舍一住三年，以每月 300 元的助学金过着快乐的单身汉生活。

从此，我也开始了名副其实的“打工生涯”。第一份工作是朋友介绍的到清华大学光盘研究中心（清华同方的前身）做编辑工作。这让我一下就接触到了当时还比较先进的软件行业，尤其是走进了民营企业。接下来的几年，我先后在台湾阶梯出版公司、中央电大出版社组稿中心、万通房地产公司工作。最后，在朱杰军正式进入中国大百科全书出版社后，我和女儿的户口才得以解决，于 2000 年，我进入了《中外管理》杂志社工作，从编辑、记者，到主任记者、高级记者，当然，这也完全是“新体制”下的聘任制工作。

朱杰军曾经跟我说过:学历史的,就应该切实走入社会。而我的工作使我意识到,我正在触摸这个社会的“脉搏”,双指就压在了“主动脉”上,我能感受到民间的疾苦,能看到腐败的阴霾,但我也由衷地兴奋,一个新兴的社会阶层正在崛起——他们将是中国真正的“脊梁”。

工作很辛苦,可我不在乎,不在乎“身份”、不在乎“名利”、不在乎“地位”,上敢促膝当权,下可伏地贫民。每次采访归来都让我内心有一种呼唤,这是我平生最快乐的选择!

平淡是真　健康是福

袁荔生

相识30年后,也是我走过人生的60年,2007年8月平稳过渡,光荣退休。我这60年,经历了中国伟大的变革和翻天覆地的变化,见证了社会主义小康社会的建设,回顾人生历程,我有两点感悟:一是时势造英雄;二是平安、健康乃是最宝贵的财富。

我出生于知识分子家庭,又在省重点中学百色高中学习,成绩优良。但遇到“文化大革命”,上山下乡,毕业后蹉跎十年,再也无法进入高一级的学校学习。30年前,我以届而立且在西林山区小学成家,初为人父,照理说我会湮没在这云贵高原的崇山峻岭之中,但国家恢复高考的决定,助我以百色地区文科高考第一名的成绩从金钟山麓来到独秀峰下、月牙池畔和同学们相聚、相识。也正是同学们的支持、帮助,使我获得桂林市学联主席,学校学生会副主席,广西优秀大学生、优秀学生干部等荣誉称号。

毕业后我回到百色高中、右江民族师专任教。又是托邓小平南方谈话的福,广东大招人才,1993年我们全家调回母亲家乡江门工作。此后事业顺利,家庭平安,生活小康。没有恢复高考的大形势,哪有我读大学的机会,哪有在学校的那些殊荣;没有改革开放新形势,哪有我们有楼有车买别墅的幸福生活。我想同学们都和我差不多,再有本事,1977年之前,前途黯淡;考入大学便进入人生的拐点。毕业后,有仕途顺利的,有财运亨通的,有学术闻名的,也有生活小康的。我们都是托了邓小平的福，乘着改革开放大好形势的东风，才能造就这番辉煌。

俗话说，人往高处走，水往低处流。在我们的同学、朋友、亲戚之中，从政者希望官居高位；经商者希望日进斗金；学问者希望著作等身；有不少人对权利、地位、金钱、文字热切追求。我的看法是顺其自然，因为人生中有些东西是可遇不可求的。我素来淡泊名利，大学毕业时也有从政的机会，但自知不是当官的料，也没有那种兴趣，便安心从事教育工作，勤奋教书，虽然我也先后任过百色高中教导处主任、右江民族师专历史系党支部书记、江门一中工会主席、景贤学校党支部书记，但那不过是学校里奉行“教而优则仕”原则，对我教学成绩的肯定。我不刻意追求也没有很大发展。就像我曾慰问过的江门舰一样，默默地保卫祖国海疆，不出名也不会由护卫舰变成驱逐舰。

我认为权利、地位、金钱，没有是可怜的，但若拼命追求则是可悲的。我们同学有的升了官，发了财，出了书，应该欣赏、钦佩。但要不要拥有，能不能拥有就要根据自己的条件去考量了。

我作为班上年纪最大的同学，经历了较长时间的世态炎凉，退休之后看问题更客观，现在掏出我的肺腑之言：钱、权乃身外之物，万不可拼命追求。我的一些亲戚、同事、朋友乃至同学，为了这些身外之物用命去搏，情绪和血压随着地位的升降、股市的上下、财富的聚散而波动、紧张，结果损害了健康，耗尽了心血，透支了生命。甚至于还未到退休年龄便英年早逝，留给亲人无尽的悲伤，留给朋友长久的惋惜。与其辛劳而无缘享受荣华富贵，不如过着平淡生活，知足常乐，健康快乐，为人民工作 40 年，平安退休，长命百岁，多看社会主义小康社会的建设辉煌。我们 1977 级已经少了三位同学，我衷心希望各位学友保重身体，益寿延年，为同学 60 周年聚会打下基础。

共和国的同龄人

郎津晶

我和共和国同呼吸共命运，走过了近六十年坎坷的路，我生活的轨迹伴随着祖国颂的主旋律上下飞舞，高亢过、低沉过，也辉煌过。

“1949 年开国大典有你的份吗？”我自豪地说：“有，我正怀在妈妈肚里呢！”在这庄严的时刻，我的爸爸、妈妈都站立在天安门的观礼台上！1949 年 10 月 1 日后，国民经济恢复，我也一天天长大。

1956 年我上小学了！我在中央音乐学院附小，唱得甜美，跳得轻盈，左臂上的少先队臂章，杠数越来越多。那时我们国家正进入全面建设时期，急于求成，极左思潮侵入人心。1957 年，我听说了一个新词“右派”，有人说我家对面经常传出优美琴声的那家人就是右派。从此我经过那家门就紧张地跑开，生怕有青面獠牙的鬼窜出来。从小只听说过美国鬼、日本鬼，和现在讲的右派太不相似了！1958 年“大跃进”，我们常去街委会听宣讲“三面红旗”，开始积极地捡废铁、收废纸，下工地演出，去电台唱歌，还挨家挨户敲门推销肥皂。

1962 年我考入北京师大女附中。这儿的老师个个星光熠熠，教我的刘超尘、储瑞年老师那时刚从师大毕业，才华横溢，治学严谨，实在令人佩服。后来他俩在北京都出了名。我们班是学校的优秀集体，班主任经常要求我们写思想汇报，狠斗私字“一闪念”，批判各种主义。好不容易考上重点中学的我，真正的心愿是想当个工程师，但写《我的志愿》却写想当农民。不幸言中，从1967年到1977年我一直没出过“农”字口。

“文革”十年动乱，是国家的灾难，我也不能幸免。眼见打倒我父亲的大字标语贴在家门口，心寒透了，决定避开旋涡，躲到远远的北大荒。于是报名去了黑龙江建设兵团。妈妈说，那是走与工农相结合的路。在连队子弟学校当教师，我曾跳到井下救出一名遇难的小学生；当司务长，经常身背全连人马的几千斤粮的粮票、几千尺布的布票日夜风雨兼程赶回驻地。有一次到酱料厂采购，不慎掉入酱油池，被传为“酱油腌郎肉”；林林总总，令我终生难忘。1972年我嫁给桂林的前夫，两人的单位距离50多里，在桂林园艺场我一人带着儿子含辛茹苦。教书、提干、入党，直到领取大学录取通知书，都是我几年前不敢想的。

党的十一届三中全会后，拨乱反正，改革开放，中国得到了振兴！

大学毕业，我分配到广西师大附中执教，前后八年，成为桂林市中学历史教学研究中心组成员，经常参与教学研讨。那时桂林市每年举办一次校际历史知识竞赛，评课、评教学论文，我得过教学二等奖、论文二等奖，历史知识竞赛更拿过三连冠。为高考备战的三年，我几乎放弃了所有的星期天。同事说我溺爱学生像溺爱自己的独生子，这的确是我的弱点。1986年高考阅卷结束后，徐硕如教授带给我一个好消息，我班的左中元同学的历史考了96分，名列全自治区第一，我班的平均分第二，及格率100%。我也因之被选为自治区历史学会理事。

1989年我认识了第二位先生，心想调回北京，适逢知青返城的政策正在落实，我在绕了半个中国后，终于回到我的故乡北京，而且回到自己的母校铁路七小教书，直到退休。我在北铁七小改教数学，由一级中学教师套改为小学高级教师。刚逐步适应教学时，我又飞离了北京，到了完全陌生的香港。

“新移民”是我的新头衔，不同的是这次是“洋插”。2007年我在北京照顾患癌症的姐姐半年多，眼看着她去世，深感生命脆弱，活着不易！

1997 年香港回归，需要大批普通话教师，于是我着手进修普通话导师课程，以第一名成绩拿到香港管理专业协会颁发的普通话导师文凭。香港音乐朗诵协会有一个举办了 59 届的校际音乐朗诵比赛，我辅导的学生先后获得其中的 20 多个奖项。2007 年还得了两个诗歌朗诵的冠军和一个散文朗诵亚军。

近六十岁的我不再年轻，值得庆幸的是我们的共和国还年轻，我衷心地祝她鹏程万里！大河有水小河满，愿祖国保佑我们乐、康、寿！

梧桐生矣　于彼朝阳

盘美昌

这里是珠江东岸，南海之滨，梧桐上下。当我在此写下这段文字时再次拷问：历史学者，你能自觉尊重历史吗？

1977年秋天，全国恢复高考的消息就好像沉静多年之后猛然炸响的春雷。我无比兴奋，利用工厂轮休日跑遍梧州的书店，偶然得到的那张油印的南京市数学模拟考题，我在书店的玻璃柜台仅用20分钟就已做完，点燃我高考成功的希望。1978年春天，我们走到一起成为同学。四年后顺利完成学业，万分感谢我的良师益友！桂林四年，忘不了老师的厚爱、同学的真情，抹不去桂花飘香的记忆。

我是农民的儿子，我深情地热爱着八桂大地。大学毕业后，我分配到梧州市委党校工作，讲授哲学课，兼任团支部书记。两年后考入中山大学，攻读中国近现代史，师从马菊英教授。1986年7月底，分配到广西区党委宣传部工作，其间参加过几次全国性理论研讨会以及下乡做农村基层工作，还先后在自治区直属机关、广西日报和梧州市做关于改革问题的演讲，引起广西理论界关注。1987年8月调任防城港区工作任宣传部副部长，主持宣传部工作。那几年，一是成功参与组织了广西新闻学会发起并由防城港、钦州和北海三家报社承办的“北部湾千里行”采访活动，这次活动，比较全面地宣传报道了广西北部湾地区；二是创办并主编防城港机关报，同时筹建电视台、党校等机构及设施；三是在防城港创业阶段，无论是工作调研和理论研究，还是舆论宣传和文化新闻基础建设等方面，投入了我的全部热情和汗水；最后，与北部湾地区的领导干部和普通群众结下了深厚的感情。

当太平洋浪潮滚滚扑来，面对浪高路远，海阔天空，我于 1991 年 5 月调任深圳市委党校办公室主任。其间，外事工作较为频繁。5 月底，陪同到访的苏共中央社会科学院院长一行在深圳做访问活动。1992 年，先后陪同美国科罗拉多大学、美国旧自治领大学和南斯拉夫及叙利亚等有关学者来深圳的访问。记忆较深的是 1992 年 10 月，我起草了深圳行政学院与美国老自治领大学合作备忘录并出席了签字仪式，之后又开展互访活动。1993 年 10 月，接待突尼斯国立行政学院校友代表团。随后，我们回访了北美和欧洲的部分院校及机构。在深圳市委党校，我还忙里偷闲，完成了包括《中国经济特区发展史》等一批经济和历史类论著，参加了“九五”重点社科课题的研究。

1998 年 3 月，调任深圳市人民政府口岸办公室主任助理、党组成员，分管口岸规划与建设、口岸安全与机关行政工作。在口岸建设中，我们认真学习借鉴国际一流口岸的经验。现在，深圳已成为中国乃至全球重要的口岸城市：外贸出口总额连续十五年居全国首位，海港集装箱吞吐量连续五年居全球第四位，空港旅客吞吐量居全国第四位，出入境旅客占全国 50%，过境车辆占全国 70%以上。

时间虽然只是一个符号，但历史不会忘记这不平凡的 2007 年。这一年，我参与兴建的深圳湾口岸正式开通，胡锦涛总书记出席了口岸开通仪式并剪彩；这一年，全国人大通过《物权法》，中共十七大又郑重提出增加“财产性收入”。我坚信，你我和所有的中国人，必将迎来新的财富时代。

写到这里，我听见远处传来荡漾拍岸的潮声，抬头仰望那高高的梧桐山……

“凤凰鸣矣，于彼高岗。”

人生是什么?

覃劲忠

上大学前,我是山区的一名小学民办教师,梦想有朝一日能转成公办,这辈子就心满意足了。

没想到,1977年参加高考,被广西师院历史系录取。据说目标是培养中学老师,真是喜出望外。

1982年毕业后,分配回到东兰县县城中学任教。本来能当中学教师就已经超越梦想啦,但是,不是与自己的过去比,而是与其他人比,为什么别人能在省城或地市里工作呢?当时大学本科毕业生在社会上数量少,需求量大,我应该争取到省城或地市去。

经过一番努力,1985年初,我终于跳出东兰,到河池地委宣传部当干事。在办公室上班一个月后,部长找我谈话,说地委党校要办大专班和本科班,缺乏教师,我如果愿意去就去,不愿意去就留在部里,部里也很需要我。我听说可以去地委党校当领导干部的大学教师,心想,那不是比当中学教师又升了一个档次吗,二话不说就答应去了。到了河池地委党校,一干就干到了今天。现在地委党校成了市党校,还办起了研究生班,我也成了研究生导师。当然,这里的研究生没有学位,我这个导师也就成了"杂牌"的,不管怎么样,30年来,我从山区里一名小学民办教师,能够成长为一个"杂牌"的研究生导师,是当初连做梦也没有想到的。人生不是梦,那又是什么呢?

人人都是独秀峰

朱杰军

子在川上曰："逝者如斯夫！不舍昼夜。"

逝者如斯，万物如是。我只觉得，流逝的不是时间，而是我们自己！

20年同学聚会，30年同学聚会，我和王缨虽然都没能与同学相聚，但同学相互之间的惦记，却总是让我们感动，让我们想起那曾经的大学时光，让我们觉得心中有座亘古不变的独秀峰，有条永不消逝的青罗带——漓江，有着永生不变的同学情！

是啊，逝者如斯，不变的只有同学的时光，同学的记忆，同学的情谊。

人生愈老，此情愈盛！

有同学说：王缨、朱杰军两次同学聚会都没参加。我们斥之曰：谬矣！我们俩从当同学开始就天天"同学聚会"，而不是一等20年、30年。我们天天聚会，比大多数同学更习惯、更自然、更陶醉于同学的聚会！

而且，我们觉得，越久不见，越不变的就是心中同学那青春的容貌。见多一次，变化一次，同学的脸，就像一面镜子，反映出自己变化的容颜。见，还是不见，就像莎士比亚著名剧作《哈姆雷特》中的一句颇含深意的独白：To be，or not to be-that is the question.

弹指间，同学时光已经过去三十多年，广西师大历史系1977级同学们大都已过天命之年，回首盘点同班同仁：

有人逝去大尧山,有人退休老人山;

有人得意叠彩山,有人沮丧斗鸡山;

有人清闲南溪山,有人忙碌伏波山;

有人……有人……

一人一条轨迹,一人一种人生;

一人一座山峰,一人一种精彩!

我只想说:

逝去的,他是曾经的独秀峰;活着的,人人都是独秀峰!

人生无常,

人生不易,

人生不同,

人人独秀。

正如唐代郑叔齐在《独秀山新开石室记》中保留南朝刘宋颜延之的两句诗所感叹的:“未若独秀者,峨峨郛邑间。”

保重,同学们,比比看,看谁参加的同学聚会最多!

活着就是独秀峰!

平平常常一首歌

刘格凌

每个人都有属于自己的一首歌,诉说着自己的故事。我的歌没有激昂动听的旋律和精彩华丽的歌词,只是一首平平常常的通俗曲。

30 年前,我有幸成为恢复高考后的第一批大学生,与同学们相聚在独秀峰下、月牙池畔。在众多阅历丰富、知识广博的师哥、师姐面前,我显得那样普通,甚至是单纯稚嫩。幸得恩师的教诲、同学的帮扶,使我一步步成长。师长恩、同学情,我将永远珍藏在心底。

大学毕业后,我成了一名中学教师,在家乡高中任教两年后,1984 年,我回到曾度过了四年大学生活的桂林城,在逸仙中学任教,然后为人妻为人母。我勤勤恳恳工作,尽心尽力养育儿子,全心全力支持丈夫,日子忙忙碌碌、酸酸甜甜、有滋有味。不时传来同学们事业成功的喜讯,他们奏响了人生乐章的华彩乐段,我由衷地为他们欢呼喝彩。与他们不凡的业绩相比,我是那样平凡,但是每个人都有适合自己的生活轨迹,我满足于拥有一份平凡的人生,学生的尊敬使我坦然,儿子的优秀让我欣然,丈夫的爱给我安然。我的生活就在温馨、平静的旋律中日复一日、年复一年。一晃这首平平常常的歌在桂林又唱了 19 个春秋。

2003 年,我随家迁到广州,进入广州市第九十一中学工作。面对新环境、新单位,我开始了自己的新生活。经过几年的努力,如今,我已成为学校的学科组长、广州市骨干教师,儿子就读于华南理工大学建筑学院,丈夫事业顺意,物质条件也得到改善，有房有车，温饱不愁。这首平平常常的歌增添了新音符、新歌词继续唱了下去。

命运对我是公平的，虽然没有给我显赫的地位，但给我了一份体面的工作。虽然没有使我富足，但给了我温馨小康的生活。我知足矣！

平平安安地做事，平平淡淡地做人，平平静静地生活，这是对我自己前半生的总结。

如今，我已步入知天命之年，我珍惜已拥有的那份宁静与平凡，细细地触摸它的真实、体会它的意义、品味它的幸福。我将用对生活的热情去续唱自己那首平平常常的歌……

在山区学校的教育教学中恪勤恪守

周　振

毕业后我曾在武鸣华侨农场高中工作三年。1985 年 3 月，我从武鸣华侨农场高中被平果县教育局作为“引进人才”招聘到右江河谷的平果高中（今平果高级中学）任教。当时的平果县是广西 48 个贫困山区县之一，许多教师都“顺流而下”，到南宁或“珠三角”等经济文化发达的地区去施展拳脚，而我却为了解决妻儿的“农转非”问题，“铤而走险”，“逆流而上”，到别人唯恐避之不及的山窝窝来。

这里经济文化落后，人们普遍重理轻文，更把历史视为副科中的副科。但是我是有备而来的，既来之，则安之，下决心干出成绩，以证明自己是货真价实的“引进人才”。于是在工作中，我以“立功、立德、立言”为座右铭，朝恪勤，夕恪勉，做学生成才的铺路石、推进器，并推动人们改变一些不合时宜的观念。作为班主任，我对学生既严格要求又爱护备至，既雷厉风行又苦口婆心，着力培养学生的人格和品质，使学生知道“怎么做人”；作为历史教师，既教书又育人，既继承中华民族的优秀文化传统又不断吐故纳新、与时俱进，着力培养学生的认知能力、分析能力、解决问题的能力和创造能力，使学生知道“为什么学”、“学什么”、“怎么学”。我勤奋、负责、进取的精神风貌，严谨、系统、灵活的教学风格，对学生颇具影响力。我担任班主任的班级，班风都比较好；接手的差班也能较快好转，我被一些同事称为“救火队长”。1989、1993、1996、1999、2001、2002、2003 年，我所教班级历史科高考平均分居百色地区同类高中前茅。

为推动我国教育事业尽一份微薄之力，有时我在工作之余把自己的心得整理成"豆腐块"，试着向有关教育教学刊物投寄，侥幸有几篇被采用发表，如《历史学习中如何提高思维水平》（《中学生导报》1993 年 2 月 26 日）、《怎样做历史名词解释》（《中学生导报》1993 年 11 月 26 日）、《今年高考试题特色》（《中学历史教学》1993 年第 5 期）、《历史教材中哪些知识容易被忽视?》（《中学文科》1994 年第 7 期）、《学习疲劳症的产生与防治》（《心理世界》2002 年第 8 期）、《2003 年高考历史实战演练》（《考试报》2003 年 3 月 28 日）等；部分稿件被《高中世界近代史使用信息选择》（1993 年山东聊城出版局出版）、《历史高考材料解析题最新设计》（1994 年陕西师范大学杂志社出版）等收录。1993 年，我被评聘为中学高级教师。

我淡泊名利，一味埋头"拉车"，但 1996 年却被自治区总工会授予"五一劳动奖章"和"优秀教育工作者"称号，据区党校有关方面通知说 2005 年被编入《中国广西模范人物档案》。1998 年 1 月 26 日《广西日报》曾以题为"严师铸心碑"的通讯把我的一些事迹做过报道。正当我憋足劲头要为平果人民的教育事业做出新的贡献时，不幸于 2004 年患上了鼻咽癌。经过自治区人民医院的治疗，我的病情得到了控制，肿瘤萎缩，但因为化疗、放疗的毒副作用，我讲话不能长久，无法重上讲台，只能给同事们做些资料工作，心里非常难过。事到如今，能捡回一条命，且不被扣工资，已算幸运了。

我没有鸿篇巨制，没有丰功伟绩，也没有担任过领导职务，但在工作上我已经尽心尽力了。

我在校读书期间及毕业后工作中，得到过莫毅、李复波、黄苹、李露、王国玉、李锐文、李绛亮、黎国振、袁荔生、郎津晶、陈藻玲、施居宾、赵忠诚、黄乘英、刘志生、黄志开、黄权等许多同学的帮助，使我感受到同学之情暖如春，同学之情贵无价。

独秀峰下“莫老爷”

莫世祥

看惯当今大学生懒散形象的人,大概已经很难理解1978年广西师范学院历史系1977级住宿新生自觉坚持军事化早操的缘由。每天早晨,校园广播喇叭一响起扰人春梦的歌曲,积极的班干部就会身先士卒地冲下宿舍楼,率队晨跑,给静谧的独秀峰增添热闹的气氛。

不过,时间久了,难免出现与集体化、军事化不和谐的自由散漫现象。处理的办法,自然是分组承包:早操集合时,哪个小组有人缺席,全组同学就一直等在宿舍楼下,以增加个别缺席者的压力。

不料,如此处理,有意缺席者不仅顽冥不化,而且坦然站在窗前,挥手示意本组同学自行操练,然后自顾自到独秀峰下的读书岩,捧着英语课本,大声朗读起来。一两年过后,破坏晨操纪律者得知积极晨练的两位干部先后因营养不良患上肝炎,居然不无得意地评论说:脑力劳动的消耗和体力劳动是一样的,学校的伙食当然不能应付学习和锻炼的两项消耗,体脑都消耗,不病才怪。

基于这一见地,此人倒很注意补充营养:每到期考复习,必定饭量大增,一餐狼吞两份饭(8两)。习作发表后,所得稿酬即时化作邀请两三好友大吃一顿的开支。当然,国家政策赋予的带薪学习待遇(月薪41元),也使此人获得独立不羁的底气。

此人正是敝人,绰号“莫老爷”。

有“莫老爷”,自然有“刘三姐”。不过,剧情已经翻新成为20世纪80年代的自由恋爱版。

然而,大学生谈恋爱,在当时毕竟是一件违反校规的事情。尽管我们平时佯作不相识,后来终成眷属的内人档案,还是被卫道者凛然写下"大学期间谈恋爱"的评语。至于敝人档案是否也列有此种罪状,则有待披露。无论如何,此案"主犯"本来就是我,内人只是"从犯"。趁此同学30年回首留言之际,我确实需要从学术的角度,做一番深入考证,以便订正该则档案评语的失误,免致内人代我受过。可是,余下的有限篇幅,怎能诠释高傲的"莫老爷"在独秀峰下、漓江河畔焕发的真情与浪漫?换个角度思考,"大学期间谈恋爱"的档案鉴定保存至今,难道不正是当年爱情与学业双丰收的印证?

在独秀峰下完成大学本科与硕士连读的七年学业(1978—1985)之后,"莫老爷"毕恭毕敬地去到武汉桂子山,拜谒在华中师范大学校长章开沅教授门下,攻读博士学位。毕业后,到位于北京毛家湾的中央文献研究室报到仅一个多星期后,就又要起"老爷"脾气,卷包袱南下广东,先后任教于暨南大学历史系(1988—1998)、深圳大学社会科学院及中国经济特区研究中心(1998—2007)。2007年9月起,应聘到香港树仁大学历史系任教。"莫老爷"在分享中国社会主义优越性和改革开放胜利成果之余,又到"东方之珠"创业去了。

生命的意义在于生活的过程

王熙远

那年2月,我带着沉重的几大箱离开王城,在南宁逗留的时候,我在邕江大桥的桥头发誓,总有一天,我会在南宁住下!尽管我后来回到了父亲工作的县城田林县。

田林中学六年,我几乎是发狂地写作和发表文史作品。1988年10月我调入百色学院,在那里五年时间,我完成了几部专著的初稿,评副教授的时候,已有200多万字的发表论文和著作装在两个大牛皮信封里。1993年8月,当我以历史系副主任、副教授的身份走向深圳的时候,我从打地铺开始,在一间不到15平方米的房子里开始了我人生的第二次创业。我从中学历史教师开始,当科组长、级组长、常务副校长兼政教主任,继而当进修学校校长、区教育局副局长、区人民政府教育督导主任、区政协常委,用自己的汗水践行了"深圳是一个把你打倒再让你重新爬起来"的炼狱式发展。所幸的是尽管生活充满艰辛和挑战,但自己从未丧失进取的斗志与乐观的态度。我用一切皆顺其自然、不刻意追求官运财运的心态,来应对人生的变幻与莫测。做事,不求第一,但求最好,为人,不求荣华富贵,但求活得开心,活得畅达,用与人为善的心态结下良好的人缘,用将心比心赢得亲朋好友同事的认可。同时,用乐观与豁达学会了演奏口琴、葫芦丝、笛子、二胡,达到能自娱自乐的水平。

毕业至今,我已发表论文50篇,文学作品100余篇,出版个人专著7部,即散文《真水无香》《滴水藏海》;诗集《北大诗绪》;宗教学专著《桂西民间秘密宗教》

（54万字）；历史学专著《中国历代丑文化》《中国历代上流社会丑闻大观》《桂史拾遗》；主编、与人合著著作5部（如：与何平合著《历代权谋要览》发行三万多册）。有关宗教和会党的论文、著作曾在澳大利亚、美国、日本、加拿大、马来西亚学术界引起反响。每当我打开书柜看着自己一笔一画写出的七本书，看着那承载过我无限欢乐的乐器，看着窗外零丁洋岸往来的船只与大楼不远处车龙川流不息的宝安大道，不由得萌生一缕缕感恩的思绪，我感谢我的父母、我的老师、我的亲友、我的同学、我的同事，是你们的关心支持与呵护，我的人生才会绽放美丽的花朵，我的人生因你们而充实，因你们而进步，因你们而自豪。

感谢生活，感谢一切与你有缘的人。人生结局并不重要，生命的意义在于生活的过程。只要能做你想做的事，活得洒脱，生活得自在，活得问心无愧，纵使官不如别人大，财不如别人多，但也其乐无穷。

追忆似水流年之感恩

黄健荣

白云苍狗,似水流年。

1977年参加高考至今,转瞬已历三十度春秋。当年青春勃发的我辈学子现已步入壮年。回首往事,思绪如潮,感慨万千!

1977年的高考改变了一代人的命运。我们能成为在十年动乱之后恢复高考首批进入高校的学子,实为人生之大幸!三十年搏击奋进,三十年风雨兼程。再回首,感恩之情充盈我心。

感谢我们伟大的祖国!1977级高考之后的三十年,正是中国改革开放发轫飙升、呼啸前行,中国民族复兴大业高歌猛进,祖国大地发生巨变的三十年。国家的兴盛崛起给了我们求学进取和人生发展的多种机遇和广阔天地。

感谢我们敬爱的母校广西师范大学!半个多世纪以来,广西师范大学绛帐高设,弦歌不绝;一代代教师辛勤工作,滋兰树蕙,润物无声。给我们传道授业的师大历史系陈伟芳先生、钟文典先生、潘香华先生、张家璠先生、钱宗范先生、卢启勋先生、周鸿临先生、杨达安先生和林茂高先生等,既授我鱼,更授我渔,道德文章,吾侪受用不尽。

感谢我亲爱的同学们!四年同窗共读,晨暮切磋,三十年声气相通,相互扶持。曾经作为同学的你,或是才华横溢令我折服,或是豪迈豁达令我感佩,或是睿智机敏增我才情,或是温文敦厚令我心生敬意。感谢你们给予我同窗之谊,学友之情!

人生因有你们相伴而更精彩!

感谢生活！生活是我们的激情和力量的无限源泉。生活的美丽和艰辛都令人战栗！三十载寒暑一路走来,万象纷呈的生活是刚正不阿、诲人不倦的教师,她一步一步地教会我们如何追寻真善美,如何识别假丑恶。汲取生活慷慨给予我们的智慧的乳汁,我们奋力成长,不觉已进入了知天命之年。

怀着感恩之心,背负希望之情,这些年我孜孜以求,寻寻觅觅,走过了一条有自身特点的道路。本科毕业后先是留在母校工作,教书育人。其间曾在北京大学历史系进修两年,完成硕士课程。而后负笈英伦,先后在英国利物浦大学和纽卡斯尔大学获得公共管理硕士学位和哲学博士学位。之后,应聘到南京大学执教。在学术研究方面,做了一些有益的工作。由麦克米兰等著名国际出版公司在英、美、澳大利亚和新加坡等国出版了 *The Dynamics of China's Rejuvenation* 和 *The Applicability of Policy-Making Model in Post-Mao China* 两部英文专著,在社会科学文献出版社等出版了《公共管理新论》两部中文著作。此外,一部译著和一部学术著作即将由商务印书馆等出版社出版。

到南京大学任教授和博士生导师以来,所指导的学生已有 10 名博士、43 名公共管理硕士(MPA)和 25 名行政管理硕士获得学位顺利毕业。作为教师,能为国家培养人才竭尽驽钝,奉献绵薄,快慰何如!

追忆三十载似水流年,感恩之情充盈我心！未来三十年,我们有更多的期待和希望!

不过如此

罗慧萍

我于1977年应届高中毕业，下乡插队几个月后有幸搭上恢复高考的"特别快车"，只复习十多天就上考场。当得知自己万幸地登上大学殿堂的时候，真有一种鱼跃龙门的感觉（我所在的高中班只有我一个人考上本科）。

三十年弹指一挥间。当年幼稚无知的我，在大学四年美好的时光里学有所得，毕业后成为一个中学教师。20多年来几易工作，1986年调到右江师专任教，1994年调到广东新会师范任教，2003年广东省取消中师，学校改成普通中学，一年后并入新会一中。我教师生涯又回到原点——中学历史教师。

虽说岁月如歌，人生如戏，但是与同学们相比我很惭愧，觉得自己很平庸，没有奏出精彩的乐章，也没有写出动人的剧目。功劳太少，苦劳也不算很多。看时光是赤橙黄绿青蓝紫，过日子是柴米油盐酱醋茶，总之是平平常常、普普通通地一路走来，今后也将一如既往走下去。

第二章　毕业30年专访（1982—2012年）

2012年7月18日至20日三天，我们班40多位同学到深圳聚会，庆祝大学毕业30周年。我作为此次活动的主要组织者，提出一个要求，要每一个同学接受我的专访，我像一只尽职的猎狗，把同学当成我的猎物，他们不给专访稿我就穷追不舍，搞到人人投降为止。就是这样，仍然有部分同学不交稿或联系不上，我不死心，又叫不愿写或生病不能写的同学，叫他的好兄妹或子女了解情况的写，这样又收到一些稿件。

江山虽在，记忆难寻

李向平

一位渔翁与一位成功人士垂钓于海边，海风吹拂之际，闲话一番。渔翁钓了一辈子的鱼，从未离开过海边，淡定自若，平淡之中透出自在；而这位成功人士足迹遍布全球，业绩充满一生，如今老矣，再也跑不动了，只能坐在海边钓鱼，享用晚年。

渔翁说，你一辈子奔奔波波，疲于奔命，于今也只能像我一样坐在河边钓鱼而已，何苦一辈子奔波?！这位先生说，我虽奔波一生，遍尝酸甜苦辣，最后也和你一样坐在这里垂钓，可说是殊途同归了，但在九九归一之中，却也感悟不同。

这是一道有关人生意义的选择题，只能二者选一。真是难为人了。一般人希望，闯荡天下，阅尽人间秋冬春夏；而很多人又内心深情期待，自在自为活出来。

吾等人员，既无渔翁垂钓海边的天生自在与悠闲，潮涨潮退之中，体悟死生；亦非成功人士，能够遍尝人际苦辣酸甜，于成败得失之中归于平静。唯有歧途之中，有一日得闲，发呆某处，浮生足矣。

还记得二十年前在日本访学，一友人在东京举办个人画展，前去捧场。入场处签名留言为“国际盲流”，引得朋友睁大了双眼。

我常常以湖南人自居，同时也好引桂林人为老乡，护照上则只有出生地广西，另视上海为职业流浪之地，直到后来“盲流”一词，竟然也成为反映当代社会问题之一，为此而时感窃喜，无意中赶了一趟时髦似的。

也许就是这样，不知不觉，打从 1986 年 9 月到华东师范大学就读开始，自己似乎喜好了这种“流浪”的岁月与感受，难免有一种漂泊、流浪的感觉，伴随着磕磕碰碰、误打误撞的岁月。私下里或友人间，经常自嘲：流浪在上海，籍贯是湖南，出生在桂林。

湖南似为个人地域认同的一个象征符号。这一符号象征，究竟内涵有多少意义，直至今日，我自己也讲不清楚。然而，久居上海，不但饮食口味已经大为改变，现在连众人偏爱、火辣红热的湘菜，也心有余而力不足，叶公好龙而已，不再敢吃了。几年前，到长沙做田野调研之际，地道浑厚的长沙湘音，我也听得非常吃力。于是，有真正的湖南朋友戏谑我，说我是假湖南人，湖南人的“叛徒”。对此，我从来没敢反对，一笑了之。

说自己是桂林人，似乎从来没有过，只是说我出生在桂林。而我桂林的诸多朋友，也常给我一句话，“回来了”，很是简单，充满了体味不断的意义。当然，给我留下记忆与回味最多的，还是桂林。正是这片熟悉的山水故土，留给我的记忆，酸甜苦辣，喜怒哀乐……好似那已经接近枯竭的漓江水，弯弯曲曲的河道，斑斑点点的沙滩，江中飘摇的水草，记忆中的竹排和鱼鹰……只要是轻轻地一瞥，就能够把我的身心给吸住，使我在江边发呆、出神。

每次回到桂林，最喜欢的是独自一人，漫步在江边，慢慢地走，悠悠地想，记忆似脱缰的野马。没有固定的路径，没有红绿灯，没有烦人的噪音，没有不得不说的话语。白昼，清澈的流水，褪尽尘埃的鹅卵石，在江底尽显本色；两岸绿树，婆婆娑娑，如雨如雾，延绵伸进了天际。夜里，霓虹灯火辉映着江面，光色浮淌，飘飘然然；远山如黛，而风声贴面，如梦呓入怀。

那时是小小毛孩，从来就没学过游泳，把身体丢在水中，绝不会沉没。今在上海，我还自嘲：那是骨头太轻，江水不入。

儿时的夏天，尽在江中折腾，抓鱼摸虾，晒得如同黑色的木炭。为了躲过师长的训斥，常常把裤衩顶在头上，身体裸泡于水中，上岸就有干的裤衩可穿，骗过眼目。几个邻居伙伴，江水中垒一堆石头，作为打擂台，然后是你串我拽，水里搏斗，以把对方推下水为胜,争出上流。春日水讯期间,夜里套鱼笼虾,坐等江边渔火,迎出东方的旭日。

人生经过了大半,每每近乡情怯,小心翼翼。儿时的街邻、伙伴、同学,已有多人离开了这个世界,令人追思回味。各位故交朋友,无不在这大千世界忙碌生计。吾等人员,能平淡为真者有几?! 权力与金钱,早把平静的生活搅乱,人心污染,难容一寸净土。

这番流浪及其体味,也如同自己的读书与研究,总是流浪在别处。这也是我很喜欢说流浪的一个理由吧。

广西师大求学七年,在钱宗范教授的引导之下,尝试研究先秦宗法制度史;一篇硕士论文,竟能分别两期刊发在《历史研究》上,给了初入学界的我一把着实不小的激励。华东师大三年续读,在吴泽教授身边,接着先秦史的研究,只是研究方向稍有改变,是为"王权与神权"。

这一研究,万万没能想到,1989 年毕业之后,它就成为自己从事宗教信仰研究的契机。1989 年 6 月,我顺利通过了博士论文答辩,但就职却出现了重大困难,一时难以安定。好在师友的无限帮助,苦苦等待了三月之后,才算有了一个能暂时安顿身心的职位:上海大学中国文化研究所,但以承担该研究所一项佛教课题为条件。

这也是我与佛教结缘之始。记得当时的研究所所长问我,你是否愿意承担这项工作? 作为在等待之中苦熬了三个多月的我,能不愿意吗? 尽管当时的我,对佛教不甚了解,可在那种走投无路的情形之中,什么工作我都会愿意啊——不但是愿意,而且欣喜若狂,如同拾得了一根救命稻草,很快就进入了佛教研究的角色,从先秦史的研究转为佛教史的研究与教学。

就这样,我进入了上海大学中国文化研究所,承担了中国禅宗文化的研究事项,并由我负责组建一个课题小组,就中国禅宗的历史和现实状况进行研究和实地调研,设法拍摄一部中国禅宗文化的录像带。在对禅宗主要文献有一个大致了解之后，我们一共四人的课题组，就前往全国各地的佛教禅寺游访、参学、求教，同时收集禅宗历史和禅宗演变的相关资料。从此之后，我便走近了佛门。

回想起来，从1989年出版我第一本书，题名为《祖宗的神灵》，专门讨论中国人的祖宗崇拜现象。与此同时，我则以"王权与神权"为题，作为我的博士学位论文，集中论述中国周代的宗教与政治之关系。或许，应验了冥冥之中的命运安排，我早已走上了宗教学研究的路径。

一晃就是25年了。

可以说，从《救世与救心——中国近代佛教复兴思潮研究》一书的写作开始，我算是走进了佛教与佛教史的研究领域。时至今日，我对佛教的研究还在继续，同时也在研究基督教在中国或中国基督教乃至儒教在当代的复兴，同时还做佛耶两教的宗教学比较研究，从古代历史走入了当代中国社会，进行中国宗教社会学的研究，或以社会学的方法研究中国信仰与中国宗教，或以宗教信仰社会学的理论方法来研究中国社会、中国信仰与中国政治的改革与转型。

在这期间，在陆续出版的几百万文字之中，自己还比较喜欢的，应该是《救世与救心》《死亡与超越》《智慧与慈悲》《信仰、革命与权力秩序——中国宗教社会学研究》《当代中国宗教的社会学诠释》《信仰但不认同——当代中国信仰的社会学研究》等。

2009年，我第四次希望调离上海大学的请求终于成为事实，于是回到了华东师范大学。现在供职于社会发展学院社会学系，主持宗教与社会研究中心，创办"中国信仰论坛"，主编《中国信仰研究》辑刊，开设"中国信仰研究"网站，致力于中国信仰社会学专业领域的建设，对话、合作于国际学术界同仁。

我或许不知道，从那1989年的秋天开始，信仰与宗教的研究——这是一条并非宽敞豁达的事业之路。可事到如今，我算是一条路走到"黑"了，非但自己没有回头，还同时"忽悠"了一些年轻才俊，一同走在了这条小路上。

不过，对我来说，亦没有什么悔事。二十五年来在宗教学、宗教社会学领域里的学习，好像是在打造一种心底淡然、尽可能了无挂碍的话语逻辑。曾记得，那是2005年冬季的一个黄昏，我孤身一人，无意之中诌得一首《冬日偶得》打油诗，可视为多年来从事宗教、信仰社会学研究的一种心境，以表达一种“事来心现、事去心灭”的精神自在：

世出世入何处境，淡进淡出意欣然；
蜡梅御寒香游移，种瓜种豆有四季。

只是可恨自己，天性愚钝，无法开悟。无论种瓜，抑或种豆，年年都有四季，何用担心收获。莫笑书生总迂腐，秋冬春夏，阴阳五行；人间仁义，何足挂齿，一生功事惟文心。

记得前年一次演讲是在四川大学。曾有听讲者问我：“你研究宗教多年，请问你自己有没有信仰？”这个问题，已经不知道被问过多少次了，在国内，在国外，在教堂，也在寺庙。

一位美国波士顿大学教授在研讨会前问过我：“请问你的信仰是？”我稍有迟疑，他就挥手打住我的回答，说：“我知道了，你信社会主义！”对此，我只能报以微笑。

2008年，一个小手术，当我躺在手术床上之时，麻醉药也打好了，面对大夫的手术刀，心底突然涌出一种空虚与紧张。此时此刻，谁来保佑我？！心底很快涌现了三大精神意念。第一个就是党组织。

我还想到了菩萨，同时也想到了上帝。可是，依照中国人的信仰习惯，同时信很多，是会相互冲突的。这时主刀的医生给了我帮助，他问我：“李教授啊，你研究宗教多年，这西藏的喇嘛和上海的和尚都是一样的吗？”他的问题，一会儿就使我安定下来了。那是我很熟悉的东西，多年思考的对象。于是，我就和医生聊起了佛教、藏传佛教与汉传佛教的异同。不知不觉间，手术顺利结束了。

这一亲身体验,迷迷糊糊地呈现了一个启示:即便无法海边垂钓,即便不能成功一时,人也可能在自己喜爱的事业中建构一种信仰,进而在这种事业之中与信仰融为一体,契理契机,圆融无碍地活出来,得大自在。

身为游子,常有念叨,故土早不依旧,人事亦已非非,是非非是,非是非非。还有什么值得,如清清的流水,似智者,不舍昼夜、时时刻刻,向东、向东,归入大海……或者如青山两岸,静静地、静静地,如仁者伫立终身,直指本心!

自幼好水,所以特别喜欢江河湖海,喜欢那种流水无意、大地赋形的风格。每当伫立水滨,凝视着脚边的流逝,悄悄流逝的并非时光。逝者并不如斯,作别了混沌无知与喜怒哀乐,留下的是独处的静默、无语与自省;轰然感受的,是心底的惊雷与电闪。唯能以一己之身所关注的,即是那流水之中,究竟藏住了多少感慨、多少情怀,以及虽在的江山,难寻的记忆……

萍踪掠影忆华年

黄健荣

四月的南京，正是春光旖旎之时。昔日之六朝金粉地，金陵帝王州，满城繁花似锦。鸡鸣寺樱花灿若云霞，古林苑牡丹映日竞艳，草场门海棠争春怒放，小桃园桃花百媚千娇。在这样给人们带来希望与活力的春色之中，把盏品茗，凝神击键，回眸悠悠岁月，梳理心路历程，禁不住令人遐想翩然思情远举。

古人云，夫天地者万物之逆旅，光阴者百代之过客也。白云苍狗，光阴荏苒。转眼间，吾侪已是为人长者为人师者。目下虽仍是人在江湖车在路途，尚需在岗孜孜劳作，但岁月静好，心境怡然，此时放飞思绪，检点萍踪浪迹，寻觅雪泥鸿爪，与同窗诸君分享人生经历与体验，宁非快事耶！

此文之题为"萍踪掠影忆华年"，自然是要回望似水流年，追忆往昔情缘。这样的情缘交织感怀之情、忧思之情、相知之情与感恩之情，若观情缘中之情分，则蕴含同窗之情、挚友之情、战友之情、亲人之情与同道之情。本文欲以情为经，以事为纬，还原一幅体现赤子之心与真挚情意的画图。

由于时代和社会的变迁，家族对于个人生存发展所需资源能获取与控制的程度及其稳定性的限度，乃至自然环境变迁等不可控原因的影响，这世上或许只有极少数人能够始终把握自己的人生走向，获得自己所真正追求的发展空间。对于大多数人而言，其人生则如同在一条方向不确定、河床高低与河面宽窄也都不确定的河道中奔涌的河流。你无法知道，命运将会把你抛向何方，会使你的生命之河以何种方式流淌！更不必说如吾辈年资者，历经动荡岁月，迭遭多事之秋，人生旅途有几人能知路将安求？自青年时期始，我的生命轨迹大致可分为四个阶段，分别历时十至十二年。其间，曾有光荣与梦想，也曾有苦涩与迷茫；曾有愁肠百结波折忧伤，也曾有柳暗花明放飞希望。

莫道浮云终蔽日，严冬过尽绽春蕾。1978 年春天，作为“文革”十年动乱之后恢复高考首批进入大学的学生——从全国 570 万考生中拼杀出来的 27 万被录取者意气风发进入大学，开始接受科学与理性的洗礼。于是，在如诗如画的桂林城中，在卓尔不群的独秀峰下，在春色潋滟的月牙池畔，我们掀开了大学之梦的绚丽篇章。

负载被十年浩劫所荒芜的痛苦，我们 1977 级学子的求知欲格外强烈，潜心向学、奋发有为是当时我们的精神风貌。但是，我们不是只会埋首穷经的书蠹，我们也有丰富多彩的课余生活。说到这方面的趣事，还得表一表当年我们课余弈棋鏖战的快活。我所住的寝室是 1977 级和 1978 级的结合部，两班各有三位同学，这是当年著名的棋窝。两届同学之中，我是围棋霸主，杨晓林则执中国象棋牛耳，凑巧的是，我们都在同一寝室。自然，本寝室就成了两个班级棋迷啸聚手谈之圣地。周末棋坛烽烟时起，自不必说。常常是，平日下晚自修回来也捉对厮杀。过一会儿，寝室就按作息规定被统一熄灯了，正在兴头上的棋迷们棋瘾难抑欲罢不能，立马点起煤油灯，在昏黄的灯光下继续拼杀。一时间，那情景甚是有趣。但见这边厢楚河汉界上挺车架炮，调兵遣将，那边厢黑白纹枰上布阵压角，逐鹿中原。弈者屏气凝神，观者摩拳擦掌，小小寝室夜深中战火纷飞。作为围棋元老，几年间我教会了两个班不少同学下围棋，也算是为我们历史系 1977、1978 级体育事业的发展做出了一些贡献呢！

转眼间我们就要毕业了。准备做本科毕业论文时，我和班上另一位同学不约而同都选择了探讨朱元璋与知识分子的关系的论文题。那位同学年纪比我稍大，他找到我说，希望我能换一个论文题。他的理由是，我的学习功底比他强，若我俩写一样的论题，我必定会胜过他。虽然我已为这个选题做了很多准备，并且已经有较清晰的研究思路，但我还是同意了他的要求，自己另考虑论文选题。我重新拟定的论文选题是"试论黄宗羲的民主主义思想"。这篇毕业论文完成后，直接产生了两个结果，一是论文被历史系推荐到校学报发表（刊于《广西师范学院学报》1982年第2期），当时全班的毕业论文中选出了两篇；二是论文指导老师卢启勋先生征求我的意见是否愿意留校工作。据近日查到的中国知网学术文献总库记录，这篇论文在两年前还被引用两次。像让论文选题的结果始料未及一样，类似的事情已多次发生，使我越来越坚信，一个人无论面临何种挑战，只要意志坚定并付出足够的努力，就总会有可能获得自己的发展空间。

四年的本科生涯欢乐而充实。知识、思辨与人文精神的雨露滋润我们久旱的心田。毕业三十年了，岁月的流逝不但没有冲淡我们的记忆，反而使我们在物换星移尘埃落定的历史中更深刻地认知和感受母校的深厚底蕴和强大气场，对母校的敬意历久而弥新！

毕业留校，开始了之后延续数十年的杏坛生涯。系里依据我的意愿，把我分配在世界史教研室从事世界中世纪史的教学研究。1982年2月—1993年初在广西师范大学历史系任教，先后任助教、讲师和副教授。其间，对我之后的人生道路影响最大的事情，是1984年9月—1986年7月在北京大学历史系进修。在这一阶段，我不仅完成了世界中世纪史硕士生的全部课程并取得优良成绩，并在北大这个中国最为开放自由的环境中受到熏陶，更重要的是，我有缘投到北大名师马克垚教授门下。马先生当时与罗荣渠教授、张广达教授并称为历史系"少壮派"三大才子，1986至1992年任北大历史系主任。先生崇高平易的人格魅力，海纳百川的胸怀气度，温文敦厚的大家风范，卓越宏富的学术成就，一直是我景仰和学习的典范。师从马先生，我学到了许多做人做事做学问的思想和方法。先生对我的指导、关心和帮助从那时候一直延续至今。我们一家也和马先生一家建立了深厚的情谊。数十年来，无论在国内还是国外，我们的密切联系从未中断。如果说，今天我在学术研究和教书育人方面还能说是取得了一些成绩,那是与先生的教益分不开的。

在师大工作期间,还有两件事情值得一提。一是1988年到桂林电子工业学院参加该校聘请美国和加拿大教师执教的英语培训班学习,二是1989年赴教育部高校教师培训中心(武汉大学)参加英语培训。这两次培训都是师大师资科所安排。前者的参加者是桂林各高校的教师,而后者则是中南五省的高校教师。有意思的是,两次培训班都依据英语水准分快慢班,而我每次都被选为快班的班长。桂林的培训班规模小一些,武大的培训班仅快班就有七十余人。两次的选举都采取了欧美式的选举方法,即在自由推举候选人后就进行投票。这说明,我的人气很旺呢!连同后来到英国留学时在纽卡斯尔担任中国留学生学者联谊会主席,我这些年来担任“班长”“主席”的经历可谓不少。

后记:熙远贤弟筹划出版班级同学回忆录,慨然承担烦琐的编务出版事宜,使同学诸君重逢之时还能以文会友,切磋交流,分享人生经历与体验,此举善莫大焉!在此特致谢忱。

永远的经典

黄　苹

真正的经典历史是不会忘记的。1977 年，我们历史系 81 位同学以不约而同的“历史自觉”，随着祖国转折的脚步走进高考考场，成为结束十年动乱后恢复高考制度招生录取的第一届大学生，和全国与我们同届的 27 万大学生一道，组成了“1977 级”，作为一个反映中国社会重大转折时期的经典教育群体载入史册。从此，我们的求学生涯与改革开放大潮同步，我们的人生之路发生了巨大的转折。“1977 级”带给我们的书本之内和书本之外的精神财富，深刻地影响了我们毕业之后 30 年的人生路程，惠及我们工作和生活的每一个环节每一个角落。

真正的经典是恒久不变的。在“1977 级”，四年之交修来了一世不变的情感，同学的真情始终普照着我，让我终生心怀感激。当年的“1977 级”，生源复杂多样，大家都有着不同的经历、不同的生活背景，年龄也有巨大差异。但这并不妨碍我们情同手足，亲如姐妹。在此，截取几个片段，让自己再次享受回到过去的那种感动的幸福。

我和李露是同桌。李露的父亲和我的父亲一样，都是在县里主要领导的岗位上被划为“右派”，“文革”中被扫入“黑五类”。我们这些另类的“黑崽子”能上大学，着实让我们欣喜若狂。我们在课堂上从不开小差，专心听课，认真笔记，如有听不清记不上的，课后还一丝不苟地相互对笔记、补笔记，一起讨论研究老师提出的问题。我在生活上也得到李露的关照。我有一顶很漂亮的帽子，就是李露从梧州带给我的。毕业之后，我们各奔东西，虽联系不是很密切，但一直相互牵挂。那年，李露到上海读博，她爱人工作忙，常出差。我爱人周末常常骑着单车到南宁三中，把李露的孩子接到我家，和我的女儿一起住。至今我母亲还一直惦念着那个最爱吃“外婆做的红烧肉”的小悦悦。1998 年 9 月 15 日，李露在上海买了一本《女儿书》送给我的女儿。女儿欣喜万分，才看了一会儿就很讶异地对我说：妈妈，为什么你以前从没给我讲这些女孩子的故事？她不知道，她的妈妈当时对家庭教育尤其是对女儿的性别教育还混沌不开窍。我的女儿有几大书柜的书籍，其中包括她最心爱的漫画书，她都可以随时让她的同学和朋友借阅。唯独这本《女儿书》，她从不外借，因为担心要不回来。在我女儿成长的岁月里，一直有李露阿姨的关爱陪伴着。

我和江淳、欧薇薇、王缨、刘格凌、王越坚、胡素华同学同宿舍。我和胡素华来自十万大山脚下的上思县，到桂林上学必须途经南宁。那时，我们到南宁连路都不认得。江淳、欧薇薇、王缨同学家在南宁，她们热情地为我们俩提前做好中转的各种准备。她们到客运站接我们；提前购好回校的车票；带我们到她们家做客，让我们享受慈祥的长者们的呵护。我们在江淳家第一次吃“北方味”的饺子，在欧薇薇家第一次吃酸菜炒粉利；在她们的带领下，我们第一次到南湖公园游玩……第一个暑假结束回校时，南宁正在火爆上映印度片《流浪者》，一票难求，是欧薇薇提前排长队购票，让我们一饱眼福，至今仍印象深刻。我们在大学里朝夕相处，一起帮占位排队打饭、打热水、等候洗澡间。记得我们那时的考试测验很频繁，学习很紧张，大家神经绷得太紧了。有一段时间，每逢大考的前一天晚上，我们全宿舍的同学都集体去连看两场电影，放松精神，清醒头脑。回来时学校的大门往往已经关上了，有时我们叫不开，就集体翻墙而过。有一个寒冷的冬夜，我们到学校后门的桂林电影院看电影，散场时已是深夜。一番好话之后，值班的老伯冒着严寒穿着单衣出来为我们开门，感激之际，胡素华脱口而出：老大爷，你不穿衣服啊！惹得我们掩口失笑。我们白天一起在教室上课，晚上熄灯后抵足“恳谈”。家常故事，天南地北，无所不谈。有时也为讨论老师布置的思考题争论得面红耳赤。更多的时候是以江淳为中心讲故事。江淳聪明伶俐,爱学习成绩好,父母是文化部门的领导干部。她耳濡目染,见多识广,讲故事讲得和她的长相一样漂亮,情节跌宕起伏,述说字正腔圆,声音悦耳,很有感染力,听她讲故事是我们最惬意的享受。江淳在我们宿舍是最年轻的,但政治上才识上却远远超过我们这些大姐姐。她插队的时候就入党了,入学时是我们年级唯一的一个女党员。毕业后的第六年(1988 年),她就成为当时全国都为数很少的博士毕业生,山东大学第一个女博士,也是全广西第一个女博士。无论是在内地,还是在澳门特区,她都凭着自己广博的学识和深厚的研究功底,如鱼得水地为社会发展进步做贡献,是个复合型优秀人才,我们为历史系 1977 级有她而感到自豪。江淳是我在大学入党的介绍人之一,在同学之中,她是为我的进步付出最多的。另一个入党介绍人是老班长陶荣豪,他以他的正气、务实、沉稳,指导我正视和克服自己的急躁、浮躁的弱点。他们为我成为 1977 级的选调生,走上从政的道路乃至担任区直单位领导职务奠定了坚实的基础。刘格凌是我们宿舍里最温柔、手最巧的同学,我们常说,她是贤妻良母型的。如今,她和夫君一同在中国改革开放的中心城市——广州市工作,培养孩子成为重点大学优秀的硕士研究生,一家人在带着花园的大别墅里愉快地生活,事业有成,家庭幸福,可见我们当年所言不虚。我是得到格凌细心关照最多的人,课余时间我们基本都在一起活动。记得那年电视开始直播世界杯女排赛,每逢中国女排比赛,我和越坚等几个同学就跟着格凌,到学校附近她的舅舅家去看电视。她的舅舅、舅妈对格凌很疼爱,因而对我们很宽容。由于时差的关系,有时候我们看比赛看到深夜,碰上一些精彩的扣球、救球,我们还肆无忌惮地大呼小叫,这多影响老人家休息啊。但两位老人家却自始至终对我们笑脸相迎。现在回想起来那时还真不懂事,只能为当年的鲁莽向驾鹤西去的老人家恭恭敬敬地补说一声“对不起”! 心灵手巧的格凌会做衣服。我不仅在校就能穿上多件她为我裁缝的时装“臭美”,就连我的女儿也能享受格凌的“时装秀”待遇。2011 年 1 月 16 日,我的女儿举行结婚典礼,特意挑选了两张身着格凌阿姨亲手缝制的小天鹅裙、粉色绣花裙的“美美照”来展示她天真烂漫的童年。王越坚同学纯朴得就像一杯清澈的纯净水。学习上扎扎实实，勤勤恳恳，锲而不舍。生活上总是默默地关心着宿舍的每一个人。那时，我们没有晒衣服的阳台，衣服全晒在宿舍的天花板下，衣架有限，空间有限，每次晒新洗的衣服都要收起上一次大家晒的衣服。越坚是主动为大家收衣服、叠衣服，为大家打开水，为大家提桶去等热水次数最多的。几十年来，越坚一直远在意大利生活。每次想起她，我就想起每年她回家过春节给我们带来的阳桃干的味道，那里面有专属于越坚的隽永、醇厚、绵长的芬芳。在我的脑海里，她永远是我们在学校图书馆门前草地上合影的清纯模样。只可惜，那天不知江淳和胡素华到哪里去了，没有和我们留下合影。

谢世湖同学多才多艺，指书书法家，生性豪爽、诙谐、随和，不须溜拍马，群众关系好。其实他的骨子里深刻着“1977 级”永不服输的毅力，蕴藏着深厚的事业爆发力，“给点阳光就灿烂”。他升“处”以后的政绩，令一大批人刮目相看。我在大学时和他接触不多，真正沾他的光的，是他的夫人陈国英老师为我的女儿辅导学业。我那时工作非常忙，经常十天半个月见不着孩子。好不容易见了孩子又为她的学业着急，要求苛刻。用我女儿的话说，是我一点一点地打掉了她的自信心。好在我女儿幸运地遇到了陈老师。她告诉我说，陈老师让她重拾了自信，她很喜欢陈老师。

真正的经典是刻骨铭心的。在大学四年的考试中，那些我们死记硬背的用以评判我们学科成绩的题目，早就随着岁月的流逝从我们的脑海里淡出去了。但是，在学习中老师们呕心沥血，通过列举、剖析、研究浩瀚纷繁的历史事件、历史史实，而传授给我们的科学理念和发现问题、研究问题、解决问题的科学方法，却融入我们的血液，变成我们的思维和智慧，成为我们克难攻坚的神力了。我们要终生感谢每一位教育我们的老师。我特别记得，我入党的时候，学校推荐我为选调生的时候，系党总支张绍绅书记找我谈了话。他结合自己的工作经历，要求我在今后的工作实践中，一定要真正贯通运用所学知识的精髓，讲究方法，掌握规律，不断提高工作能力，不断争取进步，我始终铭刻在心。1987年我在自治区党委办公厅工作。厅里派我下乡扶贫一年，到一个国家级贫困县的一个贫困乡党委挂任分管扶贫的副书记。时任乡党委书记是刚从县直机关到任的，本来他下乡调研可带着我走，一起熟悉乡里的情况。但是，他觉得带着我一个女同志不方便，开完乡领导会议，他一溜烟下村去了。乡干部们也按照分工各干各的去了。我人生地不熟，与当地老百姓的语言不通，又没有一个工作帮手，我该怎么办？机会是自己创造的。我说服了即将退休的、家在本乡的乡经委主任做我的向导。在他的带领下，我们各骑着一辆破单车，风里来雨里去，跑遍了全乡各村，了解情况，听取意见，反复筛选，终于确定了全乡的重点扶贫项目——种植八角。八角一年种百年收，特别是加工成茴油，附加值高。而且当地的土壤、气候也很适宜种植，是一个能使农民有稳定、长效经济收益的生产项目。我认真做好了可行性论证报告，积极与有关部门协调，争取低息扶贫贷款和技术指导，支持农民种植八角。一开始，农民对我这个挂职领导讲的话半信半疑，没有行动。后来我们到经委主任的家乡做了试点，只要按技术要求挖好树坑、按要求办好贷款手续，我们就直接供苗种植。这一下，乡亲们眼见为实，一夜之间，全乡各村的山头人声鼎沸，风烟滚滚，大家都在积极炼山备种。那一年，仅八角种植一项，我们就在全乡放下了98万多元的低息贷款，帮助乡里搭起一个特色产业的雏形，地区行署在我们乡召开了经验推广现场会。一切从实际出发，寻找事物的特点，推进事物的发展，让我成功了，改变了人们“挂职干部是来镀金”的看法。县、乡两级党委都向办公厅要求我在乡里再留任一年。结果，厅里没同意，扶贫时间结束，就让我回厅里工作并提拔为副处长。1991年，我以第四秘书处副处长的职务主持第二秘书处的工作。该处主要负责自治区党委的会务、领导同志活动和总值班室工作。每项工作的规格很高，要求严格，务求万无一失。几十年来，厅里没有在这个岗位上安排过女性领导。如何严防纰漏？我们学历史要求的全面看问题和缜密的思维又帮了我的大忙。我把每一块工作都当作一个系统工程来运作。比如会务工作，我细心地分成会前、会中、会后三个阶段，每个阶段按工作的程序和要求，分列出详细、具体的事项，汇总成工作图表，组织会务工作人员反复学习、研究，让每个人都熟知工作的所有步骤、程序和要求。然后，做具体工作的分工，相对固定地落实责任。同时，每个阶段的工作，我都认真地检查把关。有一天下午自治区党委全会举行闭幕式。当天上午，我把经过分管副书记审核同意的主持词及会议程序方案送达书记秘书，下午的会议由书记主持。如书记有修改指示，我请秘书在上午下班前反馈。结果一个上午没有反馈。下午只见另一位秘书陪同书记到会场。我问秘书，书记对呈送的方案有没有修改意见。秘书说，可能没有，未听书记说起。当时有几位厅长围着书记谈事情，我未能直接请示书记。很快地，领导走上主席台，准备入座了。我心里不踏实，在主席台口拦住书记，请问方案有无改动。没想到，书记一脸茫然：谁说我主持会议？我一听，坏了，两位秘书在交接时出问题了。我望了望分管的副书记，副书记说是我看过的方案。书记说，那你就主持吧。幸好事前我已经印好会议程序及主持词，放在书记、副书记的座位上了，会议很快就顺利进行。缜密，让我避免了一个大纰漏。之后，我们在程序上做修改，凡请示事项，务必在规定的时间内得到准确的反馈。为了提高工作效率，我走在全国各省区市党委办公厅之前，率先到中央办公厅引进了电子会务系统。我主持工作后，领导、机关和基层对二秘工作的满意度不断上升。1992 年，厅里任命我为第二秘书处处长。1992 年 10 月，我作为广西代表团的集体秘书，为党的第十四次代表大会服务。大会秘书处的同志见我的工作如此熟练、干练、高效，都不相信我是第一次进京为党的代表大会服务的。一路走来，我都以“严谨、务实、担当”的高度自觉去履职，努力做一个对历史负责的人。

真正的经典是世代相传的。30 年过去了，我们也慢慢老了，在职业的舞台上，我们行将闭幕。但是，那些经过岁月沉淀在我们心中的“1977 级”的特质不能随着时光流逝，它们造就、成就了我们这一代人，我们有责任有义务让它成为永远的经典，在我们的子孙后代身上延续、发扬光大。

沉淀幸福

黄　琦

非常感谢王熙远提供这个平台，让我们获得一个袒露心迹、展示情怀的新窗口。虽知自己远够不上“独秀擎天”的层次，但想到能跻身“广西师大历史系1977级同学”的行列，尚属人生一大幸事，而且三十多年过去，经历中也确有不少值得回味之处，故作此文，以资纪念“我们的一九七七”。

史之益

1977年的高考，让我有机会改变自己的身份和地位，从一个下乡插队务农的“知识青年”，变成一名高校的大学生。当时我很心仪图书馆那种可以让人任意徜徉于书籍的海洋而思想又能自由驰骋于天空的地方，希望能考上南京大学的图书馆系，结果却是被广西师院史地系录取。由于“文化大革命”余波未平，我认为文史哲之类并非一般人所能应付，搞理科相对安稳些，于是打算到校就读地理专业。然而1978年3月入学时，意外地发现地理专业并不存在，全班81人，全都成为历史专业的同学。出自一种所谓“第一届大学生”的荣誉感、使命感和责任感，我只好随遇而安，和大家一道，全力投入到历史的学习和研究当中去。不过我不能像有些同学那样，执意纠结于某种在我看来实在是太过纷繁复杂的历史真相，或对一些莫衷一是而我并不以为意的历史问题穷究不舍。特别是有些被视为重要的历史问题，如“中国有没有奴隶社会”“农民起义是否为推动社会历史前进的动力”“中国资本主义萌芽何时产生”“近代中国的社会性质”“中国近现代史分期”等，即使在老师引导我们讨论并做出解答后，我仍是疑问难消。尽管有时能在考试中拿到高分，也不免是人云亦云。至于世界史，基本感觉是囫囵吞枣，或浅尝即止。因为赞同“以史为据，论从史出”、“以史带论，寓论于史”，我比较重视中国历史文献学、中国历史文选课程，觉得通过史料去得到的史实才足以令人信服。我也倾向“以史为鉴”“史为今用”，毕业论文的题目是“论苏俄的新经济政策”，成绩良好。教育实习，成绩也是良好。临近毕业，我参加本系中国近代史专业的研究生招生考试，希望弄清楚自己能否继续在历史领域做进一步的探索。有八人复试，只录取六人。我在复试时被刷下来，1982 年初留系工作，带着重重顾虑，开始了从大学生到大学老师两种角色的急剧转换。先是分去中国现代史教研室，在五六年的时间里，拉拉杂杂做过各种事情。如调查、整理“处理‘文革’遗留问题”的材料；带领昔日还是同学，却忽然变成学生的同龄人出外实习；去刚成立、正缺历史老师的二附中代上初一年级的历史课等。同时，断断续续地参加了一些中现史专题进修学习，并在中现史教学方面做过一些尝试和努力。但我对自己是否能在短期内锻炼出足以运用的教学科研才干，终究信心不足，眼看中现史室正沿着边缘化、萎缩的轨道下滑，又迫于某些难以言状的压力，思前虑后，无意再作耽搁，便于 1988 年 9 月转入系资料室。不久后中现史室被撤并入中近史室，人员早就各奔东西。正所谓“失之东隅，收之桑榆”，此时的我已如鱼得水，在资料室工作中找到了自己真正的志趣所在，一方面仍旧保持着对历史学的关注，另一方面又偏向图书、情报与文献学领域，进行拓展和深入。随后二十多年，持之以恒，甘之如饴，乐此不疲。

抚今思昔，我认为，研习历史，让我获益匪浅，也受益无穷。归纳起来，有以下两点：

一是立身处世。拜 1977 年高考所赐，我与历史结下了不解之缘，从而得以在原为广西师院历史系，后是广西师大文旅学院——这个人才济济的风水宝地，学习、工作至今，算得上是安身立命，成家立业，平安走过三十多年人生旅途。尽管没在教研室待过多长时间，但却拥有资料室这片天地，凭借着历史学的基本功底，以及对文史哲的广泛涉猎，还有搜集资料、检索与利用文献、使用文史工具书等各项功力，我工作起来是应付自如，游刃有余，顶着资料室主任头衔，挑大梁，扛重担，独当一面。还曾在系里以几乎全数的选票，当选为校级先进工作者。系里领导换过多届，都公认资料室若缺少黄琦还真难办，我也一直乐得以之作为己任。其间我顺利拥有了文献检索课程研究生班的学历，也取得了副研究馆员的职称，目前正致力于信息素质教育与学科专业教育相结合问题的研究。2011 年 10 月我去北京人大图书馆，参加“高校图书馆管理与服务创新研讨会”，我所撰写的《论高校信息素质教育落实途径的拓展问题》一文，被收录到会议的论文集里，并在大会第一分会场宣讲，引起与会者普遍重视，即将公开发表。另外由于资料室的环境相对宽松自由，比较适合我宜静不宜动的性格，还有可资利用的各种条件，能够让我随意针对某些历史的热点、疑点问题，展开独立思考，又时常得到师生多方启发和指点，于是探究历史的主动性、自觉性和积极性愈益增强，往往兴之所至，也略有所得。如同学相会，见我心有不甘，或抱怨状况不佳，就会有人敲打我说“不要身在福中不知福”“别得了便宜还卖乖”。经过反思，我亦深以为然。

二是修炼品性。1978 年春季 1977 级入学时，我未满十九周岁，幼稚而怯弱。是古往今来的那些伟大、杰出和英雄的人物们，给我提供了榜样，也给我以对照的镜子和发现自己弱点、不足的机会。虽也知道自己永远不会成为那样的人物，但希望能内化他们的血性、优秀品质和高尚精神，激发志气，培养健康人格，增长智慧，提升素质，迈向幸福。比起教科书、论文集之类，我更喜欢阅读历史人物的传记。我最敬佩的是屈原、岳飞、林则徐、洪秀全、谭嗣同、孙中山、毛泽东、鲁迅、马克思、甘地、罗斯福那样的人物，主要是崇尚他们不懈追求真理的勇气，慈悲、怜悯、仁爱的胸襟，以天下为己任、救国救民的豪情壮志，一往无前、艰苦奋斗、百折不挠、坚贞刚强、视死如归的高风亮节，以及临危不惧、力挽狂澜、化险为夷、绝处逢生的智慧，还有信念坚定、保持操守、刚正不阿、疾恶如仇、不畏强暴、正直、坦诚、虔诚、善良、宽恕等美德。这些对于我的世界观、人生观和价值观，以及为人处世的情感态度、原则立场，产生了深刻的影响。在我内心，对于某些人身上暴露出来的愚蠢、怯懦、虚伪、嫉妒、野心、贪得无厌、沽名钓誉、钻营、行为不端、行骗、欺诈、不择手段、暗箭伤人、背信弃义、残忍无耻等卑劣品性，是非常摒弃的。由于长期浸润在历史当中，得益于对各种历史人物的生活、事迹、经历、遭遇的认知和感悟，也受教于他们的人格、情感、精神、思想所给予的启迪，使我能在社会转型，向市场经济过渡的时代中，正视物欲横流、拜金主义盛行、安定感缺乏等社会现象，克服焦虑、悲观等不良情绪，从历史学的角度，去了解、分析国情，把握社会发展、演变的规律，辨别和判断是非、真假、善恶、美丑，从而适应多变的社会环境，经受困境、挫折与艰辛的考验。

师之恩

谈到读大学时的老师们，看过罗慧萍《难忘的大学时光》一文后，黄乘英认为很难再超越得过她的描述，我也是自叹不如，故把笔墨的重点放在毕业以后。

我刚留系工作时，涉世未深，浅见寡识。对与老师们的关系由学生一变而成为同事，感觉非常不适应，见人遇事往往不知所措。加上后来与杨慧娟老师形成的婆媳关系，也使我在不知不觉间陷入某些是非甚至误会和摩擦之中。好在我尽量抱持以和为贵的态度，凡事都以忍让为本，坚信清者自清，浊者自浊，日久见人心，可以让时间来解决问题，更主要的是由于系里的老师们大都属于贤良之辈，最终自然是看到云消雾散、水落石出的结局，足以令我快慰。随着时间的推移，经过不断的自我调整，我与老师们的相处也渐入佳境。长久沐浴在师恩的温暖当中，自然是获益良多，一时也无法尽述，在此择要写下几点感念：

钟文典老师的亲切。记得钟老师给我们上的第一堂课是讲历史的治学问题，其间穿插提到“中药黄芪”“汉灵帝刘宏”，听起来好像在点我和刘宏的名字，让我感到很友善，一下子就缩小了与他的距离感。留系工作时，他只对我提出“不怕清贫”的要求，我觉得应该容易做到，就轻松地答应了他，没有料到以后这竟然是多么的难能和可贵。当我向他诉说面对议论纷纭而无所适从的苦恼时，他告诫我：不要去管别人说些什么，而要看自己做得怎么样。由此增添我坚持做好自己的底气及勇气。我去资料室工作时，他早已不当系主任，却还亲自来到资料室，坐在我的对面，热情地跟我作“励志”谈话，特地告诉我，北大图书馆有一个人，怎样从工友一步一步地成长为目录学专家，用这个事例鼓励我，要在资料室工作中做出成绩。后来资料室声誉鹊起，他又专门到资料室里来，高兴地表扬我：“有你在资料室我就放心了。”这使我受到莫大鼓舞。他还引导我参与撰写史书评论的工作，使我的研究视野因而扩展开来。我第一篇投稿的历史论文是《如何看待中法战争的结局》。在写之前拿不定主意，遇到他来资料室，便向他征询意见，他热心予以肯定和鼓励。我写出初稿请他批改，他当即接下来，几天后亲自拿到资料室还给我。我看到他在稿子上没有留下任何标记，有些失望，以为已被他否掉。出乎意料的是，他坐下来，不看稿子，跟我详细地谈论对于文章的总体看法，以及对某些要点的具体意见，作为给我的参考，由我自己去修改，让我觉得仍然是自己写出来的东西。这篇论文一经《广西师范大学学报(哲社版)》发表，即被人大复印资料《中国近代史》全文转载。我拿到双份稿酬，很想表示谢意，看到吃喝之风流行，提出请他吃顿饭，只见他连连摇头，坚决推辞，让我更加清楚，唯有继续努力，才是对他最好的报答。可是他在自己从教五十周年的庆贺大会上，作答谢致辞时，却把取得成就的一个重要原因，归结为得到图书资料工作人员的极大帮助。我坐在台下听见，心里充满感动。他总会记得资料室人员帮过他的任何小忙，出书、发文时，常提名致谢。为化解我在工作中产生的畏难急躁情绪，他叙说与林茂高等老师翻山越岭，下乡去搞调查的往事，启发我明白：不要急于求成，更不要停步不前，只要脚踏实地、一步一步往前走，最终就能走到目的地。得知我因带小孩而产生“兼顾工作与家务难免顾此失彼”的看法，他向我介绍自己当年在系里坐班，下班回家又挑水、生火做饭、照管两个孩子的经历，帮助我增强两者兼而得之的意志与决心。资料室刚开始实行计算机管理时，老教师们不习惯，觉得新的分类排序方法不实用，检索图书麻烦，颇有微词。他听后并不随便做评论，而是亲自来资料室里了解情况，走上走下，看东看西，调查体验，然后点头称是，加以赞赏，我得以长舒一口大气，如释重负。他带队去南宁开会，毫不在意自己已年届高龄，与大家一道，同行、同吃、同住、同活动，完全打成一片，没有什么特殊之处。他还会在资料室与我谈论各种话题，如历史系的沿革、资料室的由来、系办门前两门大炮的来历及鉴定，还有王城剧场前面两棵大桂花树的栽种时间和栽种人等。他给我介绍他的养生经是"食粗、味淡、心平、气和"，这些都对我很有触动。他也会把所知道的一些名医、验方告诉我。但是他从不愿意与我谈论他的病情，生怕影响到我的心情。我至今清晰记得与他最后一次见面的情形。当时他已搬出南区到外面居住，而学院也已搬到育才校区办公，王城校区还留下资料室和成教办，院办则交由两个研究生把守。那天早上，他来到资料室，身体已显虚弱，但仍精神矍铄，空着两手，没有拿以往总是带在身边的，装有笔记本、信件、报刊之类东西的袋子——显然之前已把它放到院办里，是专门走过资料室来看望我们的。凑巧那时室里只有我一人当班，他见我正在接待读者，不多打扰，站在旁边，也不肯坐下，看了一会儿，估计我一时还忙不清楚，只得向我告辞。我急忙把手头的事停下来，走过去送他出门，还对他说："下次你到王城，再来资料室里玩。"他朝我笑笑，转身离开，向院办走去。不料这竟成我们之间的永别，思之令我无比痛惜。

陆恒明老师的宽厚。我在中现史教研室时由陆老师担任导师。那时候相关的史料披露有限，中现史的内容没有脱离党史、革命史的窠臼，研究禁区、空白比比皆是，课程教学体系亟待补充和改进。身为教研室主任，陆老师承担的责任和压力可想而知。然而对于我的稚嫩、欠缺教学经验、讲课表现不尽如人意，他总是保持宽容厚道的态度，经常笑呵呵地表示：不论结果，尽力就好。他了解到我对于中现史教学前景感到的迷惘、忧虑和沮丧，也丝毫不做责备，还以他自己在"文革"中的遭遇为例，教导我摆脱个人情绪，客观公允地看待中国现、当代的各种历史问题，树立信心，调整心态，在困境中付出努力，在逆境中保持坚忍。他不遗余力地给我打气鼓劲，敦促我积极大胆投入教学实践，并且耳提面命，指导我把握教材教法。为了让我和其他年轻老师能够更好地掌握学术界关于中现史研究的信息、动态和发展方向，他还不辞辛劳，长时间地独自承担教学任务，让我们得以外出，去昆明、开封参加教育部举办的中现史讲习班、助教进修班。遗憾的是中现史室最终没能摆脱散伙的命运，我在中现史的教学上也未能修成正果，而陆老师却已永远地离我们而去。每当想起他那菩萨般的音容笑貌和菩萨般的心地，我便提醒自己，再也不要轻言放弃。到资料室至今，我依然保持着对中国现、当代史的浓厚兴趣及重视。

张家璠老师的细致。读大学时，我就深为张老师的治学严谨所折服。后来转去资料室工作，觉得自己犹如半路出家，鉴于张老师在图书、情报与文献学方面的造诣，便时常向他讨教。而张老师则以他一贯沉稳、严格、精细、周密的作风，对我进行耐心细致的指导。为帮助我弥补图书情报专业知识方面的短板，他引导我关注图书馆界人物的研究。有一次他向我指出，学术界在唐现之这个人物的研究方面，还存在着空白之处，并建议我就唐现之为图书馆事业做出的贡献，写一篇评价文章。我原来对唐现之是一无所知，搜集、整理完有关资料，才了解、掌握唐现之在图书馆建设方面的成就及思想主张等。接着，张老师便周到地指导我，如何慎重确定文章内容，用心斟酌和选定题目，甚至怎样谋篇布局、设置段落、遣词造句等。我写成《教育家唐现之先生与图书馆》一文后，交给他审阅，他又以一丝不苟、精益求精的态度，逐字逐句地进行详细批改。因得到他无微不至的仔细教导，我在发表文章的同时，对自己业务工作和研究的薄弱环节，以及往后的努力方向，都有了更加清醒的认识。他还经常跟我强调，写论文应避免跟风、拾人牙慧，要注重与实际工作紧密结合，填补研究的缺漏，并做到言之有物、言必有据、以小见大、写出新意、突出新见解等。后来我撰写图书资料系列的论文，越发感觉得心应手，先后发表了《论高校图书馆总分馆制建设中的协调机制问题》等论文多篇。

黄秀颖老师的豁达。在我眼里，黄老师是一位当之无愧的模范共产党员。他曾长期在系里和学校担任行政职务，历任系办主任、校办主任以及系党总支书记，阅人历事不计其数，却能始终保持乐观与旷达的态度。在人际关系上，他胸襟开阔，宅心仁厚，严己宽人，善待他人，成人之美，总是安详平和，尊重别人，耐心倾听他人讲话，并讲究策略，注意方法，能审时度势应付冲突，处理纠纷也分寸得当。对工作，他公而忘私，热忱投入，甘于奉献，淡泊名利。尤其值得一提的是，他有恩于资料室。记得那是在新世纪的初期，“一切向钱看”渐成时尚，校园“创收”之风劲刮，俨然是“悠悠万事，唯此为大”，就连资料室也似乎再摆不下几张“平静的书桌”了。四个工作人员中，有两个被领导抽调去成教办，帮着跑钱和抓钱。我因身边带着年幼的女儿，得以“从宽发落”，和一个正在待产的老师，留下来“困守围城”。不料后来那位老师不幸早产，痛失爱儿，休长假调养，眼看着我就要陷入独木难支的境地。对于像历史这样的文科院系来说，资料室的分量与作用自然毋庸赘言。当时黄老师已从领导岗位上退下来好几年，仍旧出以公心，顾全大局，毅然挺身而出，自告奋勇到资料室来上班，并且毫不计较报酬，只谓是发挥余热，帮助支撑资料室的门面。我在感激之余，本不指望他能帮上大忙，然而让我意想不到的是，他竟心无二念，严格按照上下班时间，亲自在资料室坐镇，态度和蔼，没有半点架子，兢兢业业，认真负责，事必躬亲，殚精竭虑，把整个资料室打理得井井有条，运作正常。遇我家里有事，他总会叫我放心出去，处理妥当。而他身有不适时，却带病坚守岗位。在其他人都已回室上班之后，有很长一段时间，他还时常到资料室来帮忙照看、跑腿办事、反映情况什么的。那时候，是我到资料室工作以来，觉得最为轻松愉快的一段美好时光。正是由于被他的豁达气度所感召，我逐渐地摆脱浮躁、攀比、埋怨、冷漠的心态，更为决意加强自律、自警和自励，远离“商场”，追赶信息化浪潮的步伐。后来前往南京大学图书馆的“汇文文献信息服务系统”培训班学习，结业回到学院，主持展开及完成资料室将近六万册图书资料的回溯建库工作。从此资料室得以开始实施标准化、网络化的计算机管理，工作取得很大改观，文献采购、编目、典藏、借还、检索的工作效率大为提高，更加方便读者；同时也与其他馆、室实现文献信息资源共享，从而奠定将来纳入学校图书馆的总分馆体制，逐步扩展成为文史分馆的基础。为此,我被记上“再造资料室”之功。

还有:“活字典”万竟君老师、“多面手”钱宗范老师、“钱币行家”马冠武老师、“独秀诗人”覃延欢老师、“系友理事”熊守清老师、“桂系专家”谭肇毅老师……都堪称教书育人的行家里手,并一直给予我许多教诲和指导,让我可以“什么事都难不倒,一直到老”。

友之谊

先说与男同学的交情。读大学时,由于要恪守父亲关于“不谈恋爱”的规定,我一直刻意与男同学保持相当的距离,谈不上有多少交往。能留下较多印象的,一是班、团干部,如袁荔生、陶荣豪、朱杰军、韦乃扬、赵忠诚、蒋元发、陶仕然、黄志开、朱伟才、林志杰、黄冲等人;二是时有高论公开发布之人,如杨小林、赖向东、梁颖、周伟光、李锐文、莫桂廷等人;还有才学出众的莫世祥、卢仲维,才艺过人的黄凤阳、施居宾等人。总体而言,我对班上的60位“天之骄子”是多为“远观”,少有“近赏”,对话无几,心存敬畏与景仰。是金子总会发光,许多男同胞的“哥儿们义气”,也自然而然被我逐渐领略:

何同学在业务上长期给过我许多直接有力的帮助,尤其在目录学、图书分类、文献检索与利用、工具书知识、古书辨伪等方面,更是做出不少具体详细的指导,还引荐我参与史料项目研究,据此我曾拿到教育部“九五”社科研究课题。李向平深藏若虚,也给过我很多点拨。他与人谈论问题,常开门见山,据实告白,简捷了当,切中要害,话不投机就不再多出半句。黄健荣像天马行空,独往独来,及至后来我去南京见他,才发现他一身书卷之气。莫世祥自是无可比拟,李复波、卢仲维、朱杰军等人亦器宇非凡,实际上平易近人、乐于助人。梁颖爽朗通脱,爱仗义执言,在一些关键问题上对我的切实帮助以及直言相告,让我体会到所谓豁然开朗、柳暗花明的感觉。周耀全由于与曹小瑾的关系,读书时即为我们宿舍几个“小不点”所熟识。他像个无所不能的“超人”,亲自调教我和陈藻玲装潢书籍,成品几乎够得上专业水平，让我很有成就感。后来他把我引以为半个老乡，更让我备感荣耀。黄冲开朗大方，20 世纪 90 年代后期我在北海，他虽贵为教育局的领导人，却肯屈尊对我传授他们家的育女经。谢世湖是真人不爱露相。韦乃扬见识超凡，虽久未晤面，也竟能够一席话警醒梦中人。刘志生的儿子来师大读书，衔父命专程来我家看望。刘西平去广东掘金成功回桂林，依然古道热肠，不失历史学者本色。马守正的领导才能运用到桂林同学会的事务当中，肯定成绩昭彰。汤少聪好议时政，满腔忧国忧民情怀。还有英姿勃发的周伟光、奋发有为的赖向东、亦庄亦谐的陈彪、才干卓越的唐永康、独树一帜的唐奇岭、高深莫测的李培礽、勇往直前的黄明光……都令人不得不刮目相看。

再说与女同学的友爱。和现在广西师大的男女生比例为一比四大不相同的是，我们班只有 21 位女生。除徐学莹、郎津晶两人走读之外，其余的人分别住在“三个世界”里。黄苹、江淳、欧薇薇、王缨、刘格凌、王越坚和胡素华处在“第一世界”，“第二世界”则有何龙群、王国玉、施锦美、黄乘英和杨柳，而李露、刘宏、曹小瑾、宋平、陈藻玲、罗慧萍和我属于“第三世界”。上课时，女同胞集中坐在教室的前两排。我先后与郎津晶、何龙群和杨柳为同桌。尽管每个女同学的性格不尽相同，相处方式也互有差异，但都能够彼此欣赏，和睦相处，互帮互助，成为同窗好友，结下深情厚谊。回忆感受过的友爱，在这里难免挂一漏万；而且像罗慧萍那样的“写实”手法，也为我所望尘莫及，所以我还是侧重于“写意”：

黄苹：端庄正派，落落大方。洞晓人情世故。常见她跟刘格凌形影不离，就像大姐姐呵护小妹妹那个样子，可知她的心地与耐性。

江淳：人如其名，诚实朴素。表面上看似乎大大咧咧，其实并不尽然。有一次王国玉、杨柳和我要去街上的照相馆合影，经过一番郑重其事的梳妆打扮，正准备出门，她过来参谋，敏锐发现我的穿着与王国玉、杨柳的互不匹配，立马转身拿来一件自己的“华服”，借给我换上。后来那张照片屡获赞美，我很珍爱。

欧薇薇：满腔热情，急公好义；爱人以德，慷慨助人。我有女儿后，一度有点乐而忘忧。她别具慧眼,殷切地劝导我:做好母亲,不能光是在生活上给孩子以照料,更重要的是在思想上引导她成长。为此必须保持自己在事业上的有所作为,才能让孩子获得可以效仿的榜样和进步的动力。经她引领,我参与由她主持的地方民族史料的调查搜集以及整理研究工作,进一步拓展、延伸了自己在历史学和文献学上的研究范围。

王缨:温文尔雅,彬彬有礼。听她慢声细语,看她不慌不忙、有条不紊的样子,在不经意间也会变得小心翼翼、慢条斯理起来。

刘格凌:文质彬彬,心灵手巧。能做出各种巧夺天工的手工艺品。见到她跟黄苹形影相依时,"小不点"们曾私下里担心她的独立能力。后来发现,那纯属杞人忧天。

王越坚:不苟言笑,沉思默想;独行其是,独善其身。据说是由于看到"文革"时许多人因言获罪,需要吸取教训的缘故。听来让人不胜唏嘘。不过,对人不打扰,也能体现出关爱他人的精神。

胡素华:坚毅顽强,刻苦耐劳。喜欢我行我素,而且雷厉风行。有段时间,她的座位处在我的左前方,她带头练习钢笔字书法。没过多久,包括我在内的其他人就都不了了之。只有她是锲而不舍,孜孜不倦,专心致志,聚精会神,埋头苦干,坚持不懈,以至技艺突飞猛进,水平与日俱增,字形判若两种,引人啧啧称羡。

何龙群:勤奋有志,砥节砺行。总是洋溢着自信、向上的激情,治学、为人均具大家风范,使人不由自主地就会将其奉为楷模。严于律己,亲和待人,从不吝惜向人传经送宝,宣扬真知灼见,诸如:事在人为;讲求方法,事半功倍;好记性不如烂笔头;当天事、当天毕之类。曾带领我出去拜访当时未获平反、蜗居斗室的黄现璠教授;利用周日的时间去桂林市教育学院,旁听中文系老师讲解古汉语、文言文;去雁山农校参观游览。在各种生活细节上,如按时作息、保持生活规律、坚持身体锻炼,尤其是晨起跑步、课间做操,晚睡前打太极拳等,都能以身作则,起到带头示范的作用,被"小不点"们追随效仿。

王国玉：和蔼可亲，善解人意。言谈、举止恰如其分，处理事情不偏不倚，待人接物也不厚此薄彼，总能保持平心静气、和颜悦色、不骄不躁，就像老成持重的“大姐大”。要是“第三世界”有人表现出格、离谱，造成“第二世界”动荡或不安，她依然宽宏大量，根据具体的实际情况，选择适当的时机及场合，分别对“肇事者”和“受害人”，进行入情入理的晓谕，排难解纷，息事宁人，皆大欢喜。

施锦美：赤子之心，诚恳待人。喜怒哀乐皆会形于色，情绪起伏则是变化莫测。随时有可能怏怏不乐、若有所思，或喜笑颜开、陶然自得，兴高采烈时，会发出银铃般的悦耳笑声，极富于感染力量，使人感慨系之。

黄乘英：正直坦荡，当仁不让；爱憎分明，坚定不移；不平则鸣，义正词严。与人交往，真心实意，肝胆照人，发由衷之言，情意真切，令人情不自禁就跟她推心置腹，将她视为知己，结成莫逆之交。

杨柳：绰约多姿，光彩夺目；生气勃勃，活力四射。总是喜气洋洋，笑口常开，属典型的乐天派。和她在一起，既可获得美感，又能激发人生的积极态度及乐观情绪，确实是件赏心乐事。

李露：敢想敢为，敢做敢当；磊落洒脱，豪放不羁。能勇敢坚强地面对风风雨雨，立场坚定，旗帜鲜明，令人钦佩之至。与人为善，英明果断，具有斩钉截铁、一锤定音的气概。经常直抒己见，开诚布公，与人无所顾忌地分享看法，即便不能达成共识，也不妨碍求同存异。

刘宏：博闻多识，风趣幽默；崇论宏议，不同凡响。只要她由家返回宿舍，“第三世界”必然会有数番高谈阔论，气氛热烈，妙趣横生，其乐无穷。毕业后，她有一次在家里宴请桂林的一大群同学，独自一个人操办出花样众多的面点全席，让人又得以充分见识她精明强干的另一面。

曹小瑾：先知先觉，当机立断；特立独行，别开生面。大概是有周耀全相帮，凡事都容易摆平，也可以搞定，故能无拘无束，自由自在，行若无事，心安理得。去南宁后，与桂林等地同学常来常往，息息相关，其“庐山真面目”显露无遗，气象焕然一新，又让人另眼相看。

宋平：慈悲为怀，仪态万方；好学深思，诲人不倦。对“小不点”们嘘寒问暖，关怀备至。见她们不着边际、不得要领地胡思乱想、信口开河，或奇谈怪论、妄下雌黄时，能够不厌其烦，力排众议，苦口婆心地晓以利害，意味深长地谆谆教诲，直至她们心悦诚服、偃旗息鼓、弃邪归正为止。

陈藻玲：坦诚开朗，率真直露；心口如一，言行一致。好强不服输，大胆无畏，直言不讳。率性而为，别具一格。然而抱诚守真，通情达理，见贤思齐，克己奉公，故亦从谏如流、从善如流，明辨是非曲直，见义勇为。

罗慧萍：恬淡清明，温柔敦厚。长着一副可爱的娃娃脸，却具有正经八百的作风，总是正襟危坐、规行矩步、发持平之论，常一语破的，令人油然而生敬意。容易与人达成心灵默契及感情沟通，在“三个世界”都拥有很好的人缘，和我也往往同声相应、同气相求，或不约而同、不谋而合。尤其善于设身处地为人着想，有求必应，任劳任怨。记得有一次放假，她和我有约在先，准备相伴乘坐快车，一起下南宁。不料陈藻玲跟其他同学去柳州，未坐上快车，打转回到宿舍，需要改日换乘慢车。她得知情况，担心陈藻玲只身一人，在慢车上多有不便，于是毅然拉我一道，陪伴陈藻玲坐慢车走，全然不顾慢车要晃荡到深夜才能抵达南宁，而她还得找地方住宿，次日再转回百色。舍己利人，可见一斑。

徐学莹：满面春风，神采焕发。总是让人赏心悦目、神清气爽。与其他女同学不同的是，她养育了一对龙凤双胞胎，可知她亦刚柔相济与坚忍不拔，毅力、韧劲可谓出凡入胜。

郎津晶：优雅礼貌，多愁善感。说一口标准的普通话，特别娓娓动听。能以自己的切身体会，诚心诚意地向我传授生活感悟及经验。在文化生活还相当匮乏的那个时候，盛情邀请我去观赏她的家庭音乐会，让我大饱眼福，深为陶醉，非常舒畅欢快。

我的走读生活

徐学莹

读到黄明光、罗慧萍、江淳、袁荔生、杨晓林、王熙远等同学写的稿子，勾起我的许多回忆：大学的走读生活、独秀峰下的学习与生活、大学教师生涯……既艰辛，又快乐，把它写下来！这是我的心愿——有一个难得的机会敞开心怀与同学们交流，释怀我对过去岁月的感慨和留念。

1978 年 4 月，当我等大学通知已经等到绝望的时候，我和我的老公就准备领结婚证。没几天，我和他喜出望外地接到了走读的录取通知书，就这样开始了我四年的大学走读生活。

入学前，我在临桂庙头中学教初中语文，虽然是在郊区，但也清闲，上午八九点才上课，下午四点学校就开始清静了，没有喧闹，也没有灯光，更谈不上电视了。高考复习的时候。我经常看书到凌晨，煤油灯没油了，我就打着手电。备考的作文写了几种类型的文章，其中有一篇是写“有意义的一天”，我写的是我在北京街头，毛主席第八次接见全国红卫兵。这是我难以忘怀的一天。我在想：只要是考叙事的题目，我就可以不变应万变，按照题目要求前后修改一下就可以了。果然不出我料，高考的作文题是：难忘的一件事，我不慌不忙地“洋洋万言”脱手而出。这也算是我的“得意”之作，确实是我真实的亲身感受。之前，我还拿我的备考作文，在我教的作文课里当范文，与学生分享我的感受，一举两得。而学生们也很愿意聆听我的出至肺腑的感言，还经常问这问那。数学考题也让我很走运。最后一道题最难，分值也最高。这道题正是我去老桂中听过几节辅导课里讲过的类似的一道题。幸运之神落在我的头上,26 岁的我——只读过初一且已经超龄,能上大学读书了。那是多么幸运啊!

我家离学校只有八九里地,骑着单车一天来回跑四趟,甚至早上第一节课也和老师一起,踏着钟声走进教室。我是坐在教室最后面的两排,当同学们站起来叫"老师好"的时候,我就一溜烟地坐在我的座位上,坐在我旁边的同学朝我笑笑,我赶紧拿出东西记笔记。遇上下雨,淋得一身湿;夏天,汗流浃背;冬天,寒风呼啸,顶风北上,气喘吁吁;风里来雨里去,也很忙乎。课间操倒是可以好好放松的时候,跟在校的同学聊聊天,交流一下学习的问题。放学的时候,一帮骑车走读的同学,谈笑风生,一起穿过校门,就各奔东西,回家了。在家里因为母亲年纪大了,我还得帮做家务,未免要花费比较多的时间。

后来学校给走读学生腾出了一些床位,我可以享受住校的"清闲"了。可是,我的床位,总是空的。因为母亲只有我在身边。我俩需要相互照顾,只好又住回家里去了。

学期末,复习开始了,我记得几次是跟住校的同学坐在图书馆旁边的草地上,一边复习讨论,一边沐浴着阳光,享受着花草的清香。可是,为了节省跑路的时间,多数情况是在家复习。我经常是跟政治系的一个走读同学,在我家附近的苗圃里,搬个小凳子在那儿看书。那里很安静,但是小小的墨蚊子,无缝不钻,经常悄悄地就咬得我浑身是"红包"。复习那段时间,很是受"煎熬"。

由于走读,在学校的活动参加得比较少,记忆犹新的是恩师的教诲,和同学们一起游阳朔、穿山野炊、平乐实习,与同学们的欢声笑语、足膝交流……这些都是我人生不能忘怀的记忆。

珍惜你得到的

王　缨

在《岁月如歌》中，我已经留下了笔迹，这一篇，就算是它的续吧……往事历历，人生如戏，每个人的经历都有跌宕精彩的故事。某一天，当你回望自己走过的路时或许幡然醒悟：再平凡的人生，也没有"碌碌无为"的时候，因为每一个时刻，都能让你品尝到生活的别样滋味儿，都是这个世界上只属于你的一份宝贵"财富"。

历史系，一个让我梦萦魂绕的人生起点；历史学，一个教会我热爱生活的专业。但是，我仍然没有留在这人生起点的行当里去孜孜以求。

说起来，从大学、研究生时期的历史学习，到毕业后的历史教学，乃至进入中国人民大学清史所做访问学者而师从史学大家戴逸先生——我享受到了值得终身铭记的专业教诲。可"身随心走"，一辈子的人生，就要选择最有兴趣的事情干干，皓首穷经在古籍中搞"历史研究"，那真的不是我喜欢的工作。

1997 年回到北京后，我辗转干过许多行业，直到 2000 年进入一家财经杂志社——《中外管理》，从记者、编辑到高级记者、高级编辑，工作非常辛苦，但却让我由衷地兴奋。因为，我从来没把自己仅仅当作一名记者来看待，而是透过一线的采访去真真实实地触摸时代的脉动。

我在一个实业家群体里穿梭，他们对财富的创造与追求，正是这个社会波澜起伏、涌动前行的巨大内驱力。在他们中间，决不乏叱咤风云的雄才大略，决不乏精力过人的事业野心，决不乏权力把玩的掌控斗志，也决不乏拳拳报效的慈善之举。

因此我只有一个心愿:尽我所能,去看去听并记录下来。我不断接受挑战,每轮采访都让我再次打开视野,体味着社会与人性。

很奇怪,十多年的财经访谈工作,反而让我越来越热爱自己最初的专业了:历史学。这时我才理解,为什么我在课堂上讲"商鞅变法"时,那么枯燥无味、麻木不仁;而朱镕基看着《商鞅变法》的历史剧竟能哽咽落泪。人同此心,几乎所有的企业家都喜欢读史论史,他们对历史的理解那是到了骨子里的,他们才是真正玩味历史的人。

我开始重新阅读《资治通鉴》,去与企业家、专家们讨论公司的人才策略、领导力开发;我开始阅读《论法的精神》《社会契约论》系列书籍,再向企业家们讨教公司治理框架和产权结构的问题;我参加儒、道、佛的各种活动,不为别的,只为能更好地理解企业家的精神世界;我把自己的研究方向确定在民营企业、家族企业,只希望能在中国传统的宗法文化与西方社会的契约精神中找到连接。

我非常热爱我现在的选择,即使退休了,这也将是我的业余爱好。顺便说一句,我几乎不与被采访的名人合影,他们早有名气,非凭我之力,而我也丝毫不想借名人给自己做任何广告。

再来说说我的家庭,这是我这辈子最感幸福的又一项选择。

在我进入谈恋爱的青春期,父亲的一句话让我终身受用。他说:"选择对象,一定要看他对别人好不好。"当时我并不理解,为什么要以对别人好为标准,难道不是去感受他对我好不好吗?最近,我看到一篇文章,说通过对成功的婚姻做研究,发现它们有一个共同点,就是赢在婚姻的起跑线上——看你一开始"招聘"到了一个什么样的人。

我和朱杰军能走到一起,其实是卢启勋老师牵的线。然后,朱杰军请我看了场电影,我们就开始交往了。要说,他是一个热情大方、幽默诙谐的人,这让我很开心。而我更欣赏他的是,有一个了不起的男人胸怀。他狐朋狗友很多,处事却周全不俗,拿得起也放得下。最难得的,是他吃得起亏,绝不与人争名利,所以他的精神世界总是那么轻松,生活中永远乐观。

后来,我理解父亲的那句话了。我发现只有能对别人好的人,才是真正“无私”的人,他当然也会对你好。如果他只对你好而你也很在意这一点,却忽略了他对别人是否有着另一番态度,真是那样,他就是一个有“私心”或者“别有用心”的人。到头来,他真正关心的是他自己,也不是你。不过话说回来,这个时代,每个人都会变,他今天“不好”不代表他明天“不好”;他今天“不行”不代表他明天“不行”。现在的人,学习与改善的能力都很强。

这么多年来,从物质到精神,朱杰军给予了我很多,他也从不会用所谓做女人的标准来指责我半句,他做到了天底下任何一个丈夫对妻子都难以做到的那么好。相比之下,我不是一个好妻子,他却是一个好丈夫。在这里,我非常感谢卢启勋老师!

可我还是要说,对于爱情、婚姻、家庭,生活也告诉我们:不要太拿“感情专一”说事儿,成天纠缠,那会让双方都不自在。所以,不求长久,但求拥有就好。越害怕失去,就越容易失去;越在意失去,实际上就没有得到。

我总在想,人能不能掌握自己的命运?能的。对你得不到的东西就不要去奢求,对你能得到的东西就好好珍惜,该放手的时候也要能够放手,你就掌握了自己的命运。

我们的女儿考取了上海复旦大学国际政治专业,今年就要毕业了。她很聪明,很活泼,也很独立,但她还需要成熟起来。我不担心她摔跤,即使没有人们眼中所谓的成功,也不要紧。只希望她这辈子能够选择并做好一件事就行了,生活也要尽量开心。

我对未来会怎样安排呢?第一,继续做我喜欢而又能够做的事情;第二,和朱杰军一起好好玩。孩子呢,就让她去享受自己的人生吧。

朱杰军在干什么?他说:如果这个世界上还有人在编《大百科全书》,他就算一个。

活之，喜乎？吾者，乐也！

黄志开

熙远同学打来电话，发来短信，要求我一定要写一篇感言，并且还列出了文章的提纲。听说熙远同学个人出资，为全班同学的感言编辑出书，以作永远的纪念。为此，我太感动了。感谢参与策划的同学们，感谢熙远同学。但是，我苦想了一个月，却始终无法动笔。因为我的人生太过平淡、太过无聊、太过失败，几乎没有什么值得记录的东西。今日群里要求大家五月中旬就要交稿，再不写就太辜负熙远和参与策划的同学们的一片盛情，会失去与同学交流的一次大好机会，也失去“流芳百世”的大好机会。

最近我看了王缨同学分享到群里的一个帖子，题目是“献给老年朋友与终将老年的朋友”，帖子图文并茂，作者所写的都是她自己的亲身体会，很深刻、很警世、很有启发，使我受益很多、顿悟很多。有几段摘录与大家共勉：什么年龄就干什么年龄的事；养老就是自己养活自己；自己过得好就是好！老就老了，不要老当益壮，不要发挥余热，要尽情地玩、尽情地乐；儿孙自有儿孙福，不必为他们担心；不要留恋过去的辉煌；人情冷暖、世态炎凉是无法改变的；孤独也是一种享受！

我反复地想了，我这辈子都做了什么？我有什么业绩吗？我的工作、我的生活、我的一切，有亮点吗？答案是：没有！

我个人的亮点我认为有这么几项：我们都是师范大学毕业的，终身投身教育事业，为祖国培养接班人应该是我们当初的誓言。所以，对教育工作，我有着“三出三进"的经历,最终我还是在教育战线终老一生!我几度出任政府官员(这个是组织上的调动,不是我的所为,我只是服从组织的工作分配),曾任"七品芝麻官",但最终我还是要求回到教育战线工作;我的第二个亮点是,我既是中共钦州市的市委委员,也是民盟钦州市的市委委员;还担任过民盟的部长,还被民盟钦州市委定为主任委员、副主任委员候选人。

我最佩服罗慧萍同学,在她的文章里,把所有教我们班的任课老师的名字都一一写出来。哪个老师上什么课,有什么特点,她娓娓道来,如数家珍,好像故事就发生在昨天一样,好记性,好深情。我以为,历史系的老师们,无论有没有给我们上过课,他们都是我们一辈子的恩师。因为,我们1977级所有的同学,现在无论身在何处,职务多高,多么富有,你的起步都从历史系1977级开始,没有这一步就没有你的今天。借此机会,我对所有的逝去的、健在的广西师大历史系的老师们说声,谢谢你们。

老师中我最佩服最欣赏的是钟文典老师,他的名徒满天下,有高官、有富商、有学者,更多的是普普通通的教育工作者。他不仅学富五车,著作等身,他的师德、他的为人处世的态度,都值得我们学习效仿。就说给他老人家送别吧,足足有两三千人,绝大多数是自发去的,我们班持重沉稳的梁颖同学、何龙群同学哭得像个泪人一样。老师,做到钟老师这个份上,值了!

1977级的老师中,我还比较喜欢唐凌老师,唐老师年龄与我们相仿,担任我们的班主任,所以,较容易取得我们的信任和欢迎。唐老师值得我们喜欢他的原因还在于他的好学,他的谦逊以及他的学者气质,终究会成就大业。说到这里,我还想起钟文典老师教育我们的一句话,钟老师说,学习的时候要一心一意地学习,工作的时候要一心一意地工作,玩的时候要一心一意地玩,这样才能做到书读好,工作好,玩得痛快。不然的话,学习时候想着玩,工作时候想着学习,玩的时候想着工作,结果是哪样都达不到效果。所以,毕业这么多年来,我就是按老师的要求来学习、工作和玩的,效果还是不错的啊!其他的老师,我在这里就不一一叙述了,总之，恩师的教诲，我们永远感激。

我们的同学中，首先值得称赞的是王熙远同学，就像这次出书，他不仅出钱出力，还将会花费大量的时间组稿、编辑、审稿、校对，这将是何等辛苦的工作啊！而作为一个草根出身的王熙远还打入深圳特区并且取得成就。他不仅自己闯特区，还把家里的兄弟带到深圳，现在个个都做得风生水起。他本人不仅事业有成，还出了十几本书，特别值得一赞的是，他的家庭夫妻和谐，女儿成器，琴瑟合拍，幸福无限。我去过他的家，除了满屋的书柜，最吸引人眼球的是满屋的各类乐器，钢琴、扬琴、二胡、葫芦丝、萨克斯、黑管、箫、笛子、口琴等，闲暇之时，他们夫妇经常叫来三五友人，奏起欢快的乐曲，唱起幸福的歌儿，其乐融融，快活无边。熙远，活着就是快乐！活着就是幸福！熙远长得像弥勒佛，是现代的快乐佛！

三十年的风和雨，三十年的云和路，三十年的苦与乐，三十年的得或失。短短的三十年，弹指一挥间。漫长的三十年，难熬一天天。它使我们从一个热血青年变成了一个白发苍苍的老头老太，它使我们从孤单一人变成儿孙满堂，它使我们从每月 50 多元的收入到 5000 多元的收入，整整增加了 100 倍，它使我们的生活发生了很大很大的变化，唯一不变的是我们的同学情。为此我再次感谢各位同学多年来对我的关心、爱护与帮助。感谢一路上有你——广西师大历史系 1977 级。快乐活着，人生几许？

那些与读书有关的回忆及随想

欧薇薇

时间过得真快,已经是2012年的5月了。算算我们大学毕业有30年了。星换斗移,眼睛一睁一闭——30年过去了。30年足以让一切都变得模糊起来。然而大学时的有些事情我却记得很清楚。

关于专业

记得当初我接到的大学录取通知书上写的是“广西师院史地系”历史专业,我以为还有地理专业。到了学校报到才知道,只有历史专业,已经没有地理专业了。后来史地系改为历史系,地理专业早已调整到南宁师范学院(现广西师范学院),我一直对历史专业与地理专业分开有疑问。在大学里所开设的课程有一门历史地理,是黄体荣老师讲授的,可是课时不多,我是听得云里雾里,理论上是知道一些,可是实际上地理的概念仍然不得要领。

记得钟老师给我们上课时,告诉我们学习历史,抓住几个要点:时间、地点、人物、原因后果等要素,用英语字母标示就是四个“W”(When、Where、Who、Why)。我在学习过程中,Where的概念是比较模糊的。诸葛亮的《隆中对》,文章我可以背得滚瓜烂熟,可是至于文中的“荆州北据汉、沔,利尽南海,东连吴会,西通巴蜀”,“益州险塞,沃野千里”等地理概念是模糊的,因此,怎么也不能理解三国鼎立的地理形势。上了现代史,对红军四渡赤水打了胜仗感到无比兴奋,可是对具体的路线仍然没有实地的感觉。到了中学给学生们上课时只能照本宣科，不是很生动了，倘若有好学的同学多问一个什么，我则难免嚅嚅而赧然。幸亏在中学待的时间不长。

历史学与地理学的学科设置、关系，即地理学是否要设置在人文学科，以便于同属人文学科的历史学科交融，据说到如今，在中国这个问题还没有解决，包括历史地理学科，是属于历史学科还是地理学科的问题也没有解决。在我国，历史学科设在人文学科，高考招生时属于文科，地理学设在自然科学，高考招生时属于理科，这样的分属使历史学与地理学犹如楚河汉界，如何能交融！这样的教学体系培养出来的历史学人才遑论能将历史地理融为一炉，能“究天人之际，通古今之变，成一家之言”，写出皇皇巨著，就是在中学教授历史课也不能讲述得深入具体呢！回想自己在中学任教的两年，讲述历史课对有关地理的知识真是窘迫得很，只能照本宣科，却不能深入浅出，因为自己还昏昏然，又如何能使人昭昭呢？遗憾啊。著名的历史地理学家、英国剑桥大学教授贝克指出：“一个多世纪前，H · B.乔治撰写了《地理学与历史学》的著作，他以历史学者的身份撰述开门见山地陈述了他研究的基本前提：没有地理学，就无法理解历史学。我则以地理学者的身份从互补的基本前提开篇：即没有历史学，就无法理解地理学。”再清楚不过地阐述了历史学和地理学的关系了。可是不知道中国为什么不能解决这个问题。过去不是已经有史地系吗？现在恢复不就可以了吗？这是我从读大学以来就存在的疑问，至今仍不能释怀，写在这里以存疑，希望在有生之年能看到答案。

借书的故事

对大学生涯记忆较深的还有借书难。我从小就喜欢读书，但是正常的读书时光不多，小学刚毕业就碰上“文化大革命”，分配到中学，可是中学闹革命不上课也顾不上我们这些刚入学的新同学，我只好在家“待课”，一待就是三年，然后在 1969 年 9 月就算初中毕业，成为知识分子到广阔天地去接受再教育了。高考前我对大学的期望仅仅是一个有图书馆可以让我随时随地看书和生活的地方，而这，已经使我憧憬和向往很久了。我们这一代人因为“文革”十年的耽误,入学后大家如饥似渴地争分夺秒地多看书,早早到图书馆占位置、借书。可是回想起来我印象很深的是,有几本书老是借不着。如梁启超的《中国历史研究法》《中国近三百年学术史》,范文澜的《中国通史》等,《史记》《资治通鉴》等书更是不许借出,只能在图书馆里借阅,可是永远等不到借阅的机会,无论是图书馆一开门就头一个冲进去,还是磨蹭到图书馆要关门了,也没能借到,图书馆管理员老师总是说已借走未还。记得入学后的第二个学期,王缨的父母给她买了一套《资治通鉴》(全二十册)寄来,使我羡慕不已。因为与王缨是室友,得以借来阅读,但是条件是两人一起阅读,开始时两人都雄心勃勃,要在一个学期通读完全套书。然而两人同时有时间并且又同一时间都想读这本书的概率实在是太少,因此,大学四年也没能读完《资治通鉴》第一册!记忆中阅读到梁启超的《中国历史研究法》和《中国近三百年学术史》是在一年级的某一天,江淳神秘地带回这两本书,让我看了看封面,我惊讶得几乎要叫出声来:是梁启超的《中国历史研究法》和《中国近三百年学术史》!民国时期商务印书馆印的,竖排的版本。她告诉我不要问如何借来,因为只能借两个星期,要赶快看完。我们轮流赶着看,每人一星期看一本。我还清楚记得,为了抓紧时间读完这两本来之不易的书,晚自习熄灯后,我和江淳跑到学校南门传达室里,哀求传达室大叔让我们在那里借光读书,大叔是答应了,但是条件是一到 12 点就要走人,否则报告历史系领导,我们满口答应,一连半个月,每天晚上 10 点半准时到传达室,急急忙忙地翻看梁启超的《中国历史研究法》和《中国近三百年学术史》,还不忘记做笔记,一开始是想把整本书抄下来,因为借阅太不容易了,抄下来以方便今后翻阅参考。抄写了三天,才抄了三分之一,江淳又告知说不行了,要还书了,后来的几天只能摘其主要的。一个星期很快就过去了,恋恋不舍地把书还回去,以后就再也借不到了。近来搬家偶然翻到当年抄写的笔记本,看着自己工工整整的笔迹,回想当年在传达室昏暗的灯光下,执着地阅读和认真地一笔一画抄写的情形不禁唏嘘不已。

前两年在一次小型的学术会上，与 1978 级的何平同学相聚，谈话间说起大学借书难的情景，特别是借阅梁启超的《中国历史研究法》等书，老是借不到的往事。何平笑着说，那本书我借了一直到毕业才还，你怎么可能还能借到？我惊讶地说你真的这么做了，害得我们借书这么难。何平说本来他不想这样的，他也是到图书馆借书老是借不着，仔细观察发现有些人将这些重要的书借了不还，不想给别人看，怕别人也看到这些书超过他，所以他恼怒地“胁迫”那人还了《中国历史研究法》，他借走后不还藏到了毕业。我追问说到底是谁，何平不说只是笑。我才恍然大悟，大学期间借书难除了那是大家都想读书，而书不多之外，居然还有这样阴暗的心理作怪。

借一般学术专著和已经整理出版的古籍难，借阅线装古籍原本就更难。我常常看着图书馆写着线装书库牌子的紧闭的门，非常向往，也感到很神圣、神秘，那扇门很少开，偶尔有系里的老师来查阅什么了才打开。记忆中没有哪个同学能在大学期间借过线装古籍原本阅读。后来我读了研究生，因为是历史文献学专业的，学校图书馆神秘的线装书库的门终于可以经常进出了，我轻轻翻看着发出灵香草（一种杀虫防虫的植物，广西大瑶山特产）幽香的书籍，似乎在与古人倾心交谈，感觉是那么惬意。但是，地方大学图书馆的古籍毕竟有限，有许多古籍的珍本、善本看不到。那时能到北京图书馆（现改名为国家图书馆）、南京图书馆等大图书馆看到宋版古籍是我们最向往的事了。我的硕士论文是整理研究明代田汝成的《炎徼纪闻》，田汝成是杭州人，明嘉靖年间进士，才学出众，曾到广西任官，《炎徼纪闻》是他任官期间的所见所闻，特别是对广西的土司、少数民族情况记载比较翔实，是研究广西古代史的重要资料。可是这本书的最初版本嘉靖本珍藏在宁波天一阁和北京图书馆。20 世纪 80 年代硕士生不是很多，我们凭着学校开出的历史文献学硕士研究生证明，可以到北京图书馆去借阅古籍珍本善本。但是，有许多限制：时间不能超过两小时，不能过多触摸书页，不能整段抄写，不能用钢笔只能用铅笔，不能自带纸张只能用图书馆的纸张，不能复制更不能拍照（我们也没有照相机），不能……

不能……还有一个图书馆的“阿姨”坐在你旁边看着，一到时间就得把书拿走。当时要全部阅读只能阅读缩微胶卷，也不能整段抄写，不能将自己的书带进去，我想做版本校勘根本就无法进行，只能尽量摘抄。我还因为要找到《炎徼纪闻》的最初版本和田汝成的生平记载，得到了去宁波天一阁查阅古籍的机会。天一阁坐落在浙江省宁波市月湖之西的天一街，是我国现存最古老的私人藏书楼，也是世界上现存历史最悠久的私人藏书楼之一。“天一阁”之名，取义于汉郑玄《易经注》中“天一生水”之说，因为火是藏书楼最大的祸患，而“天一生水”，可以以水克火，所以取名“天一阁”，是 1561 年明兵部右侍郎范钦所建，至今有五百多年历史。范钦平生喜欢收集古代典籍，后又得到鄞县（今鄞州区）李氏万卷楼的残存藏书，存书达到了七万多卷，其中以地方志和登科录最为珍稀。清乾隆修撰《四库全书》，范钦的八世孙范懋柱进献所藏之书 638 种，于是乾隆皇帝敕命测绘天一阁的房屋、书橱的款式，兴造了著名的“南北七阁”，用来收藏所撰修的七套《四库全书》，天一阁也从此名闻全国。明清以来，文人学者都为能登此楼阅览而自豪。范钦制定藏书的管理非常严密。规定“烟酒切忌登楼”、“代不分书，书不出阁”，还规定藏书柜门钥匙由子孙多房掌管，非各房齐集不得开锁，外姓人不得入阁，不得私自领亲友入阁，不得无故入阁，不得借书与外房他姓，违反者将受到严厉的处罚，还制订了防火、防水、防虫、防鼠、防盗等各项措施。正因为如此，天一阁的藏书才得以保存到今日。“外姓人不得入阁”一条，使得天一阁的藏书不为外人所知，直到 1673 年明末清初思想家黄宗羲才有幸成为外姓人登阁第一人。允许黄宗羲登阁的是范钦曾子孙（四世孙）范光燮。自此以后天一阁的大门才稍稍打开，进入相对开放的时代，但仍只有一些大学者才会被允许登天一阁参观。20 世纪 80 年代，政府在宁波天一阁设文物管理所，一般不对外借阅古籍，只供游客参观，参观也只在院子看看。幸运的是，导师严沛老师有个同学是浙江省文化厅分管图书馆的厅长，我拿着严沛老师的信找到那个厅长，厅长给我写了个字条，我凭着这张字条，就得以上了天一阁的楼上，并且得以借阅我要找的珍本、善本，尽管只允许看一个小时！这可是多少文人学子梦想的机会呀。而我竟有机会登楼借阅藏书！可惜当时因为时间紧，忙于看书，没能参观这座神奇神秘的藏书楼，更不敢再向管理者提出其他要求。天一阁自1994年变成宁波天一阁博物馆，好像就更少向公众开放藏书了。余秋雨的《风雨天一阁》一文，更使天一阁名震天下，游者蜂拥。后来我也曾陪同友人和同事来过一两次，那都是游览参观，再也无缘藏书楼了。当年不管怎样困难，我们还能借阅到善本珍本，能目睹欣赏宋版、明版等珍贵的古籍版本。后来不知何时开始，各大图书馆说是保护古籍，一般不再借阅宋版、明版等珍贵版本的古籍，即使是教授，有高级别的单位证明也不行，一般版本古籍的借阅还要收取高额的什么保护费。后来的研究生由于经费有限根本就没有机会到大图书馆，也够不上查阅的级别，所以别说是珍贵古籍，就是一般古籍也无法看到！前些年还有北京大学教授在报纸上发表文章抨击这种保护政策对学术研究的障碍，同时呼吁政府要解决图书、文物等公共资源的既要保护又要维护公众使用公共资源权利的关系。据我所知，进入"十二五"时期，国家古籍保护中心计划用十年时间，利用网络将各级图书馆藏的古籍目录联网，使读者在家打开电脑，点击就可以知道所需的古籍藏在何处。更令人振奋的是，还计划把所有古籍全部进行扫描，进入网络平台，这样读者足不出户，就可以尽情翻阅、欣赏、阅读我们中华民族历代积累的古籍珍本了！使用和研究就没有障碍了，但愿这不仅仅是停留在计划中！

当时买书也难。20世纪80年代初，中国市场尚未完全开放，衣食住行许多必需品尚需要定量供给，需要票证，图书品种不多，常常是一听说有什么书开禁了，新华书店门前就排了长队，一下子就卖光了。何况当年我的经济条件有限，每个月家里只能给5元钱，用于学习和生活必需品，还有假期返家的路费等，能挤出来的钱不多，根本不敢奢望买更多的书。大学毕业领到第一笔工资时，我马上到新华书店去购买《史记》和《资治通鉴》，那时南宁市是西南边陲小城市，学术专著、中华书局标点本古籍都要预约订购，我在南宁新华书店的古籍书店定购，等了一年多，在1983年初才买到了。当时一套《史记》(全十册)定价是10元，《资治通鉴》(全二十册)定价是30元,我一个月的工资是54元。全套二十四史、梁启超的《中国历史研究法》等书则是在21世纪初才买得到买得起!因为当年借阅太难的心结,后来我竟一口气买了三种版本的梁启超的《中国历史研究法》,然而却再也没有认真地通读过一遍了。

工作经历及随想

说说自己大学毕业后的经历。1982年初大学毕业后,我分配回到了南宁,在南宁一中任教。最初第一学期是教初中历史,不用当班主任,正符合我心意,我是打定主意要考研究生到大学当老师或做研究的。虽然业余时间继续复习准备考研,但是对工作仍然毫不含糊,由于教学工作出色,第二学期学校要我兼任高中历史课和学校团委书记,就开始忙碌起来。上任一年被评为南宁市优秀团干,1983年暑假,被南宁市团委选派到广西团校团干部研究生班学习一个半月。当年我报考郑州大学著名秦汉史专家高敏教授的研究生,因为外语只考了43分(郑州大学历史专业外语45分就可录取),没有考上,只好安心到团校学习。除此之外,学校又让我参加"处遗"工作,这些都不是我所乐意的。我仍然继续复习要考研究生。1984年6月我考取母校历史系历史文献学专业攻读硕士研究生,同时考上的同班同学有梁颖、黄明光等,我和黄明光等同专业,师从严沛、张家璠教授,梁颖当时接到中央党校和母校两所学校的复试通知书,他选择了母校历史系的先秦专业,师从钱宗范教授,他说他不愿意从政,想要做学问。想来那时的我们可能信念都很明确,想多读书做学问搞研究,是自己选择的专业。没想到梁颖后来从了政,前两年还任过广西壮族自治区党校的常务副校长,现在正任广西大学党委书记。当时历史系古代史没有硕士学位授予权,我们的历史文献学硕士学位是到华中师大答辩授予的,梁颖他们的学位则是河南大学授予的。研究生毕业后我没有留校,而是回到了南宁,到了广西人民出版社工作。当时想到出版社工作的主要原因有几点:一是三年的研究生学习生活使我更感到自己学术基础之薄弱,从事历史文献学研究实在力不从心！二是留系名额有限，文献学专业三个同学只能留一个，而且我已经结婚，先生不愿意到桂林工作，只有回南宁。三是出版社地点离先生工作单位近一些，更重要的是，出版社可以得到很多书，可能经济条件也会好一些。1987 年 6 月我到广西人民出版社文史编辑室工作，历任编辑室副主任、主任、副总编，1997 年 8 月调广西民族出版社任总编辑，1992 年评上副高职称，1998 年评上正高职称。2002 年调到广西壮族自治区少数民族古籍整理出版规划领导小组办公室工作，任主任，成为广西少数民族古籍工作的掌门人。不知是命运安排还是历史巧合！读了历史文献专业毕业在出版社工作 15 年后转回了专业领域。毕业以后工作还算顺利，无论在哪个单位，一如既往地勤勤恳恳、兢兢业业地做好每一项事情，得过国家级大奖、主持国家重点项目，出版过专著、发表过论文，逐级地完成职称、职务的升迁。生活也过得去。

我回到历史文献专业工作领域后，在搜集整理广西 11 个世居少数民族古籍方面做了大量工作，主持国家文化重点工程项目《中国少数民族古籍总目提要》广西各民族卷的编撰工作。《中国少数民族古籍总目提要》是国家民委 1997 年立项开展的一项跨世纪民族文化重要工程，是中国第一部大型的综合性少数民族文献古籍目录工具书，在数量上远远超过收录 10254 种汉文古籍的《四库全书总目》，主要内容为编纂我国 55 个少数民族及古代有民族文字典籍留存下来的少数民族的现存全部古籍目录和内容提要。按民族分卷，估计有 66 卷，100 多册，《中国少数民族古籍总目提要》实际上是对少数民族古籍资源进行全面普查，这是历史上从未有过的伟大工程。《中国少数民族古籍总目提要》不仅是一部综合性的具有多功能学术价值的鸿篇巨制，而且也将为我国乃至世界各国人文学科的研究提供一套新颖而全面的少数民族古籍文献资料，是诸多领域科学研究必备工具书，将填补我国文化史上的一项空白。此项工程一经确立，就引起了国内外学者的极大反响和各级党委政府的高度重视。2006 年列入《国家“十一五”时期文化发展纲要》重点项目，2011 年又延续列为“国家‘十二五’时期文化发展纲要”重点项目。按照要求，广西要负责完成壮族卷、瑶族卷、苗族卷、侗族卷、仫佬族卷、毛南族卷、京族卷、回族卷、彝族卷、仡佬族卷、水族卷等全卷或部分共 11 个民族古籍总目提要编写工作。我主持广西少数民族古籍整理研究工作十年，到今年为止，编撰了瑶、苗、侗、仫佬、毛南、京、回、彝、仡佬、水等 10 个民族古籍总目提要书稿，由中国大百科全书出版社陆续出版，基本完成这 10 个世居少数民族古籍的普查登记，有 17 种壮族、毛南族古籍列入《国家珍贵古籍名录》，45 种壮、仫佬、毛南族古籍列入《广西珍贵古籍名录》，我所在的单位列为广西首批古籍保护重点单位。我所主持的壮、瑶、苗、侗、仫佬、毛南、京族等古籍整理项目已列入“十二五”时期国家或广西少数民族古籍整理重点项目，工作正在进行中。开创了广西少数民族古籍搜集整理工作的新局面，也算是在专业领域方面做出了我们这一代人的贡献。因此我获得了“全国少数民族古籍工作先进个人”的称号，受到国家民委的表彰，还获得广西表彰的“广西西部大开发突出贡献先进个人”荣誉。因为年龄原因，今年我退休了，但是所主持的少数民族古籍项目的整理研究工作尚没有完成。是继续做下去，还是完全放下去过悠闲的生活，如今正在纠结着。

可是我觉得要反省的是，回头看自己自高考入学，伴随着改革开放的好时机，在不同的工作岗位上，确实有贡献，但是专业成就并不理想。原来说借书难，买书难，可是后来书应有尽有，可是已经不能心无旁骛，拼命读书了。这么些年来，除了工作需要要读的书，自己有认真读过多少本经典呢？记得在大一学习中国古代史课程时，老师就讲过，学习中国古代史，最好是能把二十四史通读，如果不能，也要将《史记》《汉书》《后汉书》《三国志》这前四史通读，不然通读《资治通鉴》也行，才能学好中国历史。我不了解其他同学怎样，于我来说，大学时期是借书难、买书难，后来工作了，可以买书了，而且也买到书了，可是读书的心境却很难寻到。《资治通鉴》倒是通读了，是因为 1992 年参加《资治通鉴》全译项目需要通读（《资治通鉴全译》是贵州人民出版社出版的《中国古代名著全译丛书》的重点项目，获 1995 年中宣部“五个一”工程奖），自己承担了“南齐卷”的译注，除了全书通读，对南齐部分反复研读了好几遍，可也是因为完成项目而阅读，总觉得没能阐发思想。二十四史是基本翻阅了，在出版社工作期间，特别是我在 2005—2008 年担任广西大百科全书编辑部副总编辑承担《广西大百科全书·历史卷》编辑工作时，更是几乎每天都在翻阅！但那仅是翻阅，不是阅读。因为编辑书稿经常需要查阅有关资料、核对原文，感觉是跟着书稿走的，没有自己的体会和感想。其他的经典阅读也类是如此。阅读的实用性和功利性太强，浮躁的心使我们不能静心阅读，不能精心思考，不能阐发探索，我们这一代人为广西的历史研究留下什么？可如今说这些是否太迟了，我们都已经陆续退休或者正在准备退休。而且让我看不懂的是最近十几年，大学扩招、经费猛增以及数字化管理，三者合力，共同促成了中国的“学术大跃进”。与“大学扩招”相呼应的，是当下中国学界对学者的评价，除了科研经费，就是论文数量，是各种各样的评估与奖励。自己所从事的古籍整理研究本来是一个要“板凳一坐十年冷”的工作，讲究“博学多思”“沉潜研究”，少数民族古籍整理研究要做田野调查和发掘搜集，还要学会少数民族语言和少数民族文字，少数民族古籍整理是综合性的新兴学科，至今仍没有纳入高等院校、科研院所评估体系，因此在申请项目经费、成果评定、职称申报等方面得分很低，是一项寂寞而又不容易被人理解的事业。现在很多人做学问就像江湖卖艺，敲锣打鼓，热火朝天。三分学问，七分吆喝，场面上很好看，但属于“雷声大雨点小”，没有什么学术价值，所出版的专著、发表的论文不久就被人遗忘了，但是因为与现行评价体系相吻合，他们很快就功成名就，接着把握了学术评价权、科研经费审批权等。谁愿意跟你“板凳一坐十年冷”，人要的是马上评上职称，马上提拔，马上获得经济利益改善生活。这样的环境下，学术人才的培养很成问题。别的学科我不清楚，少数民族古籍整理研究人才奇缺，特别是综合性人才奇缺！我以为更重要的是缺乏心境与情怀！要说对学问的极端执着、志存高远且心无旁骛，我们这一代已明显不如前辈，而现在的年轻一代情况又如何呢？或者是对学术的敬畏造成了我们的懦弱，总觉得自己才疏学浅，不能担此重任，应该由更有才华的人来完成。可是大家都这么想，谁来做呢？谁是高人呢？

也许我们不必太沮丧、太自责，一代人在学术史上的贡献，不只取决于其知识结构，更与所处的政治环境、思想潮流、社会氛围密切相关。前辈大师的高度我们达不到，高山仰止；学界翘楚的模式也不可复制，景行行止。可是我们总得做点什么，才是我们这一代人的使命吧。想想，我们这一代人虽然已经在陆续进入退休年龄，可是大部分都是在自己的工作岗位上取得成就，学术有一定的积累，生活条件身体状况不错，从烦琐的事务中脱身出来，有时间思考和探索更多的问题，或者从事自己喜欢的事情，说不定也会有所大成就的人冒出来呢？我们拭目以待！

有位作家说，梦想、勇气是20世纪80年代最可贵的东西。恢复高考，只是让一群人以此到达了自己单纯而有着大梦想的求知彼岸——大学。那时我们在完成了自己个人命运改变的同时也暗合了中国的80年代之精神，那就是追逐梦想，以勇气改变一切！如今的我们仍然还要梦想，还有勇气吗？

五味人生

李建忠

独秀峰脚下，月牙池边，同学友情还在心中荡漾，老师教诲仍在耳边回响，毕业已经30周年了。真是光阴似箭，日月如梭。转眼之间，已快到退休的年龄。王熙远同学一直追索我写毕业这么多年后的感受。30年的经历太多，一时还不知从何写起。为了不辜负老同学的期望，想来想去，写写我30年的经历吧。

毕业初期

1982年1月毕业后，我分配到玉林师范高等专科学校。在玉林师专政史系工作了八年，直到1989年11月调到广西教育学院。

毕业初期，用专心致志、热情奔放这些词来形容自己，一点也不过分。当时正值青春年华，朝气蓬勃，总想干一番事业，实现自己的人生价值。因此，不论安排做什么工作，都坚决服从，并尽心尽力去完成。上课、辅导员、班主任、自学考试辅导班具体事务，样样都做。

在玉林师专的八年，我先后上过中国现代史、中国通史、世界近代史课程。我始终牢记钟文典教授要先站稳讲台的教诲，严格履行历史教育工作者的职责，认真备课，想办法上好课。当时还没有电脑，写教案讲稿都是一笔一笔写出来的，16开大本的讲稿堆起来有一尺多高。那时的认真劲儿，自己现在都还很佩服。当时的学风与我们在校读书时一样，学生爱学、肯学，老师上课越认真，越受欢迎。所以，自己虽然辛苦,但心里是甜的。

那时的玉林师专,是全国高校体育卫生先进单位,学生活动很多,学校抓得很紧。早操、课间操、课外体育活动、学生内部卫生检查、清洁卫生大扫除等,我样样参加,次次到场。自考班印刷、搬运资料,事必躬亲。事情太多,时间太紧,我三步并作两步走,上楼梯也是两阶并一步。有时忙得,连刚出生的儿子都顾不上,全身心地扑在了工作上。

有劳就有获。自己的辛劳和奉献,得到了老师们和党组织的肯定。1984 年被选为系党支部委员,1986 年被评为玉林师专端正党风先进个人、被推选为出席玉林师专党代会的代表。

那时,我把很多精力用在学生工作上。除做了半年辅导员外,我担任了 1982、1983、1984 级班主任,一直到 1987 年。我经常深入到学生当中,了解学生的思想动态、学习情况和生活情况,及时做引导和教育工作。记得有一个学生,是从玉林高中考上来的,他的理想是到外地就读,因此很不安心,想退学。经过引导,他最终安下心来。有一个学生,家庭困难,想退学,经耐心引导和鼓励,她终于坚持下来,克服许多困难,完成了学业。那时学生党员不多,党组织发展对象的培养和教育工作主要由教师党员来承担。担任系党支部委员后,我积极地开展在学生中发展党员的工作,跟踪发展对象学习、工作、生活情况,经常与他们谈心,指出他们的优点和不足,鼓励他们发扬优点和克服不足。那时的学生工作,使我与学生之间建立了深厚的师生之情。直到现在,他们每次同学聚会,都没有忘记我这个早已调离玉林师专的老师,盛情邀请我前往参加。出差到南宁,也要请我出去聚聚。我常常扪心自问,老师做到这个份上了,还有何求!

学术奠基

1989 年 11 月,为解决两地分居的问题,我调到了广西教育学院政教系。教育学院是一所成人高校,刚到教育学院时,教学对象有一些不同,由原来的普通专科生变成了专科起点的成人本科生，学生起点高，不仅具有了专科学历，且还有相当丰富的实践经验，对老师教学的要求也相应地有了更高的要求。我以从零开始的心态，根据教学对象的实际情况，重新编写讲稿，组织教学。功夫不负有心人，学生的反映还是不错的，学生评价居同系教师的前列。

当时，教育学院的教学任务不重，又减少了烦琐的学生工作，使我能专心地从事学术研究。我以钟文典教授等老师为榜样，以严谨的治学态度，精益求精的精神，对待学术研究。一字一句，仔细推敲，反复修改，终于写成了几篇有一定水平的学术论文。其中发表在《广西社会科学探索》(《广西社会科学》前身)的《鸦片战争时期社会改革思想简论》被中国人民大学复印报刊资料全文转载，《辛亥革命前孙中山对国情的认识及影响》被遴选参加了在长沙举行的辛亥革命 80 周年全国青年学术讨论会，后发表在《学术论坛》。这两篇论文奠定了我在系里的学术地位，站稳了广西教育学院的讲台，同时也形成了我的学术风格，为以后的学术研究奠定了坚实的基础。

管理工作

1997 年初，在学院组织人事部门领导的动员下，我参与了系副主任的竞聘。4 月，担任系副主任，分管教学科研。当年 9 月至 1999 年 8 月，系主任下乡挂职锻炼，业务管理工作全落到我一人肩上。2000 年 9 月，以副主任身份主持系行政全面工作。2001 年初，开始担任系主任，2004 年起兼任社科部主任。名为正处级干部，实际上就是“生产队长”。教学、管理、招生，大事小事，样样都得亲力而为。

由于工作的需要，教学任务不断变动。我先后担任过 18 门基础课和专业课的教学，从中国史到世界史，从文化课到政治理论课，甚至经济课，我都讲授过，有时同时上三门课程，周课时达 20 多节。我常常感叹，这哪像大学教师呀！中学老师虽有高考压力，但一般都是上一门课，且长年不变。相比起来，我们比中学老师的任务和压力还重呢！当时也是没有办法，学院进行教学改革，压缩课时，增加门类，我们系的专业多,开设的课程数也就多,老师没有增加,每个老师的教学任务自然都有所增加。而系里从我担任副主任后一直到2003年,只剩下我一个历史教师了,想不上那么多都不行。为了完成教学任务,我常常是加班加点,白天在系里忙行政工作和上课,晚上回家备课,天天高速运转。我在1992年冬做了心脏二尖瓣扩张手术,好在身体状况不错,还能顶得住。实话说,当时上课,完全是为了完成教学任务,进一步的钻研都做不到了。但是,靠坚强的毅力,硬是撑下来了,学生的反应也是可以的。

系副主任、主任做了10年,我用了相当多的时间和精力去履行工作职责。除日常的系内管理和全院政治理论课教学的管理外,还花了相当大的精力去做招生发动工作,扩大办学规模,提高经济效益。工作任务之重,事务之繁杂,不是一般人所能理解。我深感责任重大,不敢有丝毫懈怠,始终如一以履行好职责为前提,满怀激情地、兢兢业业地投入工作。回想起来,主要做了几件事情:一、专业建设。增设了历史学、法学本科,行政管理本、专科,政治与法律教育、法律实务、市场营销专科,使系的专业设置扩展为四个本科专业、六个专科专业,为系的发展奠定了坚实的基础。二、设置社科部。根据上级的精神,通过积极争取并得到学院党委的支持,2004年"两课教研室"升格为社科部,由政治经济系主任兼该部主任。之后,我们又在部内设置课程教研室,健全了社科部建制,并优化组合校内力量,加强思想政治理论课教师队伍,使社科部成为我校力量较强的教学团队,对于提高思想政治理论课的教学质量,发挥课堂教学的大学生思想、理论教育功能,起了重要作用。三、规范教学管理。针对原来教务档案管理散乱状况,建立了试题、成绩收存制度,加强教务档案管理。建立系部领导、教师听课制度,加强课堂教学管理,并通过互相学习,提高教学质量。这一做法,仍为目前系部教学管理之措施。四、学科队伍建设。针对系部教师上课门类多的状况,根据教师特长和工作需要,确定教师业务的主攻方向,以有利于教师业务的提高和本身的发展。积极鼓励教师在职进修,量力安排脱产进修,提高教师业务水平,并在系部内有针对性安排"以老带新",迅速提高新教师的教学、科研能力。五、教学改革。对原有的课程体系进行了较大的变动，增设新课程，扩大学生知识面，以适应社会发展需要。针对成人本科课程设置与专科有诸多重复的实际，主持申报专升本专题化教学改革课题，进行教学新模式的探索，并取得实际效果，有效提高了成人本科的教学水平。专题教学的规律、方法也被运用到普通班的教学中，对于提高整体教学质量有很大帮助。六、扩大办学规模。针对我院场地小的实际，我们努力拓展办学渠道，扩大函授教育规模，使系函授学生人数一度达到700多人，既为广西的高等教育做出了贡献，也改善了系教师的待遇，提高了积极性。七、完善内部分配制度。在广泛民主的基础上，修改内部分配办法，完善激励机制，提高教师的积极性。经过自己和全体同人的努力，系的面貌发生了巨大变化，出现了向上发展的好势头，2004年被评为学院先进单位，这是自建系以来获得的首次，也是至今唯一的一次最高荣誉。虽然担任系（部）主任耗去了不少精力，但一想到没有辜负党和人民的信任，系（部）也有了发展，心里头还是美滋滋的！自己也获得了不少荣誉，每年考核，我的优秀票都是前列的，还分别获得两次学院“优秀教师”和“优秀共产党”员的称号，这也是老师和组织对我的肯定吧。

访学攀顶

繁重的教学任务和行政工作，分散和占用了我的许多精力。虽然学术研究一直不敢松懈，也出了一些成果，但时断时续，没有突出成就。副教授已经做了十几年了，但成果不多，不敢申报教授。我想，如果还是这样忙下去，教授也别想评了。应该静下心来，做点学问。于是，2006年至2007年，我到华东师范大学去做访问学者。由于脱产学习超过半年，学院也免去了我所担任的系主任兼社科部主任职务。无所牵挂，我得以静下心来，读书学习，搜集资料。在华东师大，聆听了杨奎松、沈志华等知名教授讲授的博士、硕士生课程，几次旁听国际学术讨论会，使我在大学毕业24年后有了一次深造的机会，眼界得以开阔，思维得到启迪，专业研究和教学能力都有了提高。

访学回来后，在核心期刊发表了几篇学术论文，心里有了一丝充实的感觉。但是申报教授这件事，还有些犹豫。因为在我的心目当中，教授的要求是很高的。好心人提醒我可以申报了，再环顾左右，感觉到时代不同了，许多事情已经发生了变化，才使我下了试试看的决心。未曾想到，第一次申报就获得通过。2009 年，获得了教授任职资格，攀上了职称的顶峰。从副教授到教授，15 年的历程，的确过于漫长，但终于实现了，辛勤劳动结出了果实，心里得到了安慰。

教授评上了，但身体的疾病在折磨着我。原来做的心脏手术已经 18 年。医生说扩张手术能维持 8—10 年，到时情况可以的可再做扩张，否则需换瓣膜。2005 年后，我感觉身体比较吃力，上楼比较困难。教授职称评下来后，决心去做一次检查，以决定治疗方案。检查的结果是，身体各方面状况都好，只是心脏问题，心脏二尖瓣膜钙化严重，再做扩张效果不好。医生建议做瓣膜置换手术。于是，2010 年 7 月，我住进医院，做了心脏二尖瓣膜置换手术。手术很成功，术后康复也很好。手术住院期间，在南宁的同学们得知我住院治疗，纷纷到医院看望。同学之情，给了我许多温暖。再次道声谢谢！

目前，身体感觉不错。儿子也成家立业了，还有了一个可爱的小孙女。一家人生活、工作在南宁这个适宜居住的四季绿城，其乐融融。我想，这也许就是许多人都在追求的幸福吧！

思绪万千

30 年，谈不上有成就，但做一行爱一行，尽心尽力，是做到了的。酸甜苦辣咸，五味俱全。回忆 30 年的经历，不禁思绪万千。

我生于农村长于农村，上大学之前是一个民办教师。当时的理想是脱离农门，做一个吃“国家粮”的公办教师。1977 年，凭借被评为陆川县教育先进工作者的荣誉，我被推荐读师范学校。未想到县里认为我的条件还比较好，没有把我安排在县师范，而是推荐到玉林地区师范，结果落选了。如果读了县师范，可能我也就是一个普通的中小学教师了。后来还有一次县党校教师的筛选，我当时是教数学的中学教师，自然竞争不过教语文的同行，再次落选。是高考恢复制度给了我一次人生转变的机会，进入母校历史系读书，成为我村第二个大学生。没有改革开放，就没有我现在的一切。没有母校老师们的辛勤教育，也没有我现在的一切。我常常想，与许多高中同学相比，自己已经算是出类拔萃的了，应该感到满足啦！

也许是我从事工作的高校具有特殊性，我感觉现在的高校与我们读书时已发生了很多变化。也许这也是社会发展带来的一种影响吧。我真正地感觉到了“代沟”。积30年之经历，我认为，不管世态如何变化，有几点是必须坚持的。这就是崇高的使命感，高度的责任心，踏实肯干的作风，克己奉公的精神，严谨的治学态度。如果说，我这30年，还算是劳有所得的话，正是坚持了这几条做人做事做学问的准则。30年的经历，可以用“认真”两字做概括，不论是教学、科研，还是党政管理、班主任，我都以做到最好为目标，兢兢业业、克己奉公。“认真”，使我有收获，也有付出，有所得，也有所失。然而，我已被深深地刻下了“认真”的烙印，今生今世都已无法消除，也不后悔！

昨天·今天·明天

莫　毅

1978年春节过后，作为时代的幸运儿——“文革”结束后恢复高考的第一届大学生，我就兴冲冲地带着尚未洗干净的田野泥土芳香和海湾鱼腥味，同时也带着梦想和希望，从北部湾农村乡下来到了风景如画、山水甲天下的国际旅游胜地桂林，来到了广西师范学院（现广西师范大学）。

大学四年，是我们人生旅途的第一个重要站点。

在这里，我们有着众多的名师，他们学识渊博，品质高尚，道德文章，堪称师表，能成为他们的弟子，实乃我辈之荣幸。是他们把我们引进历史的殿堂，带领我们翱翔知识的天空，教会我们求知的本领，使我们掌握打开史学宝库的钥匙，广汲人类丰富的文明成果；更重要的是他们启迪我们的思想，指点我们的迷津，教导我们做人的道理，使我们把握住人生旅途的正确方向，以认真积极的心态直面人生。在他们的精心呵护下，我们才得以茁壮成长，学识得到增长，思想得到升华。恩师教诲，受益终身，没齿难忘。

在这里，我们有着亲密无间的同学。当时，我们从八桂大地、四面八方来到靖江王府的81人集结在广西师范学院历史系1977级这个光荣集体的旗下，从此开始了四年同窗共读的大学生涯。课堂上，我们聚精会神听讲；图书馆，我们如饥似渴研读；课堂下，我们交流切磋探讨；学习上，我们一起追赶竞赛；讨论会，我们唇枪舌剑争辩；平日里，我们竞相勉励鼓劲；生活上，我们相互关心照应；有困难，我们共同施予援手；球场上，我们龙腾虎跃竞争；舞台上，我们高歌花儿少年；漓江里，我们搏击风浪畅游；休闲时，我们流连寄情山水。王城府第，独秀峰旁，月牙池畔，桂花树下，桂林山水，处处见证了我们历史系1977级同学之间的情义。由素昧平生而成为亲密同学，是一种缘分。而同学之间的情义是那样的纯洁、那样的真挚、那样的珍贵，让我们永远珍藏。

大学四年，我们正值风华正茂、英姿勃发、慷慨激昂、豪情万丈之时。我们追求真理，我们追求知识；我们指点江山，我们纵论天下；我们畅谈理想，我们放飞希望；我们憧憬未来，我们向往美景。大学美好生活是那样永远值得我们留恋。

大学时光虽然过去了三十年，但它已经深深地烙在了我们每一位同学的心底，难以磨灭，而恩师、同学的音容笑貌，历历在目，终生不能忘怀。

四年的努力拼搏，终于修成正果，得到了毕业。于是，1982年元旦过后不久，作为80年代新一辈大学生的我们，背负着母校和师长的期望，背负着祖国和人民的寄托，背负着自身的理想，依依不舍地告别了母校、师长和同学，如种子般撒向八桂大地，奔赴各自的工作岗位，开始了新一轮的拼搏。

大学毕业，是我们人生旅途的另一个重要节点。

大学毕业三十年来的岁月沧桑，我们经历了许多的风风雨雨、曲曲折折、起起落落、是是非非、喜喜悲悲，但我们没有沮丧，没有迷失，更没有沉沦，而是不断前行。

大学毕业三十年来的岁月如歌。我们书写着人生，贡献着青春，收获着成功，成就着辉煌。同学当中，或硕士、博士；或专家、教授……为师者，辛勤耕耘桃李天下；为学者，著作等身成果斐然；为官者，体察民情造福百姓。尽管我们各自的岗位不同，职务有高低，责任有大小，能力有差异，但我们都能全心投入，恪尽职守，发光发热，在不同的领域、不同的岗位，各领风骚，尽显风流。祖国流光溢彩的画卷，有我们广西师范学院历史系1977级全体同学亲手描绘的笔墨色彩；祖国巍峨耸立的大厦，有我们广西师范学院历史系1977级全体同学亲手增添的砂石砖瓦；祖国日新月异的巨变,也见证了我们广西师范学院历史系1977级全体同学的辛勤汗水。

今天,我们回首毕业三十年的光辉岁月,我们可以无愧地、骄傲地、自豪地宣布:我们——广西师范学院历史系1977级全体同学,没有辜负祖国、人民、时代、母校、师长的期望。我为今天我的同学们取得的辉煌成绩感到由衷的高兴,我更分享着今天我的同学们巨大成功的喜悦。

三十年岁月风霜的侵蚀,我们已不再年轻,但我们的心永远不会老,广西师范学院历史系1977级同学的友情永远不会变。

明天,同学当中的一部分人仍将继续为祖国的建设事业工作着、继续创造着辉煌,而另一部分人将会功成名就地陆续退出工作岗位、颐养天年,许多同学将升级为祖字辈,接力棒将交到了下一辈的手中,希望也寄托在下一辈的身上。

明天,我们的祖国将建设得更加美好,我们的生活将变得更加美好。我们要平平安安、健健康康、快快乐乐地生活着,享受着改革开放现代化建设带来的成果,迎接更加灿烂的未来。

明天,我们——广西师范学院历史系1977级的全体同学,将期待着毕业三十年、四十年、五十年乃至六十年的相聚。

难忘的大学时光

罗慧萍

2010年的某一个夏日，我去广州中山大学参加女儿的大学毕业活动，并兴高采烈地穿上她的学士袍照了相，终于实现了自己当年大学毕业时没有条件实现的愿望，心里乐滋滋的。身处美丽的大学校园，看着风华正茂的年轻学子，我仿佛回到了三十多年前的大学时光，往事历历在目……

一、我的大学

那是1978年的春天，作为"文革"结束后恢复高考的首批大学生中的一员，我满怀豪情来到了风景如画的桂林，就读于当时的广西师院历史系，开始如诗如梦的大学生活。也许是我参加高考时属全国试点考试，比正式的全国高考早一个月的缘故，我的大学学号在广西师院历史系1977级排序第一，即770231。

虽然我是1977年应届高中毕业生，只到农村插队几个月就有幸考上大学，但我从小学到高中整个学习成长阶段（1966—1977年）几乎是在十年"文革"动荡中度过的，所学的知识和技能非常有限。面对大多数学识、阅历比我丰富，当过干部、教师、工人等的同班同学，我觉得自己是多么幼稚和浅薄；我从小学到高中都是优秀生，一直担任班级、年级、校级学生干部，一直有优越感，来到大学，才知道什么是山外有山，不禁开始产生一些自卑感……

回想当年同学们的表现，深深地感到我们1977级大学生是一个十分优秀的群体。大家非常珍惜来之不易的学习机会,从专业课到公共课的学习,每一门课都很重视,从文体活动到公益劳动,每一项都积极参与,热情投入。我很快融入了这个朝气蓬勃、团结奋进的集体,用“勤能补拙”“笨鸟先飞”等警句激励自己努力学习,取长补短。除了认真上好每一门课,尽量阅读老师开出的参考读物外,订阅了《世界知识》《地理知识》《中学历史教学》《历史大观园》《辞海》历史分册等期刊书籍恶补欠缺的知识。大一时,精力特别旺盛,几乎没有睡过午觉。每天吃过午饭后到图书馆阅报室浏览全国各地的报纸一个小时左右(这个习惯坚持了几年,大二以后阅报结束即回宿舍休息),接着回到课室整理当天上午的听课笔记或阅读老师印发的讲义和各种学习资料,包括马、恩、列、斯、毛的原著选读(现在我的同事中有80后的历史专业本科毕业生,他们居然没有读过恩格斯的《劳动在从猿到人转变过程中的作用》《家庭、私有制和国家的起源》、毛泽东的《中国社会各阶级的分析》《中国革命和中国共产党》等经典名著,令我不可思议)。大学四年学习期间,我几乎早上和中午没有睡过懒觉并坚持锻炼身体,以饱满的精力投入学习(这个良好的习惯使我受益至今。调来广东工作近20年,都是实行严格的坐班制,办公时间我一直是精力充沛,连伏案小憩的时候都极少)。勤奋耕耘换来令自己欣慰的回报,我的成绩由60多分、70多分、80多分、90多分逐步提高;特别是教育教学实习的表现得到了教学法任课老师的表扬,回校总结时给我机会到讲台上向全班同学再现一次向初中学生讲述“郑和下西洋”的情景。虽然和同学们相比,我仍是那个成绩一般、幼稚浅薄的“小朋友”,但和自己比,我变得长进了,自信了,实现了自己人生中具有重大意义的转折,成为一个20世纪80年代初走上工作岗位,备受社会重视的新型大学毕业生。

二、我的老师

大学四年,我们同学像新生的树苗沐浴着阳光雨露,老师们像辛勤的园丁培养我们成才。毕业30年了,但给我们上过课的大多数老师仍在我心中留下深刻的印象。给我们讲授专业课的老师中,中国古代史部分有:原始社会史——卢启勋,先秦史——钱忠范,两汉史——徐硕如,三国两晋南北朝史——朱淑瑶,隋唐史——卢启勋,宋元史——何应忠,明清史——覃延欢。中国近代史部分有:马冠武、林茂高,太平天国专题——钟文典。中国现代史部分有:陆恒明、谭肇毅。世界史部分有:上古史——曾度洪,中古史—杨达安,世界近代史——潘香华、杨慧娟,世界现代史——周鸿临。给我们讲授中国历史文献课的老师——张家璠、严沛、许凌云;给我们讲授历史地理课的老师——黄体荣;给我们讲授写作课的老师——刘作义;给我们讲授历史教学法的老师——曹佐治;给我们讲哲学课的老师——何恩钦(当听说他的家庭经济较困难时,班干部曾组织同学们捐些粮票帮助他);给我们讲授政治经济学课的是尹老师(女)。

这么多的老师,他们的音容笑貌、讲课的风格特点我仍记忆犹新。最先听的课是卢老师讲原始社会史,马上令我体会到了上大学的“不简单”。他那带有浓重浙江口音的普通话让很多同学如堕云里雾里,光是一句“原始群”听了N遍才明白过来;更有特色的是他的板书不拘一格,飘忽不定。有时候当我们忙着低头写笔记,耳边听到黑板传来书写的声音,抬头看时却不知他刚才写的字在哪里……

适应了卢老师讲课风格后,再听钱老师讲先秦史,虽然仍是浙江口音的普通话,但我们听起来顺利多了,而且钱老师很细心,估计同学们不易懂的关键字词他会及时写出来,他的板书很规范整洁,字体像他的样貌,很“帅气”。后来听朱淑瑶老师和潘香华老师的课,觉得他们的风格与钱老师相近,都是表情严肃,语速较快,条理清晰,知识容量大。

听曾度洪老师讲世古史,我觉得最轻松愉快。他说学世界史就像坐飞机游览世界,我真的有同感,常常对照世界地图册“想入非非”。曾老师像一位慈祥的爷爷,声音洪亮,举止洒脱,讲课似乎信马由缰,不时脱口而出一两个英文单词或句子,也不时发出爽朗的笑声,很有感染力。

钟文典老师和张家璠老师的课很有学究味,两人同样儒雅却风格各异。张老师语调平缓，慢条斯理，娓娓而谈；钟老师目光炯炯，说话铿锵悦耳，气场很足。

讲课比较另类的老师是覃延欢，他就像老师中的“愤青”。因为“文革”时期“影射史学”泛滥，对不少历史事件和历史人物颠倒黑白，混淆视听。“文革”结束后极需拨乱反正。覃老师这方面的意识很强，讲课中经常结合批判“影射史学”的观点，并且总会非常义愤地迸出一句“覃氏经典句”，也许是我童心未泯，喜欢验证自己的思维是否与老师同步，每当我在心里默念与他大声说出“覃氏经典句”恰好合拍时，真是乐不可支！

严沛、许凌云、何应忠、刘作义几位老师讲课时很陶醉。严老师讲话一板一眼，不时伴有一些令人忍俊不禁的小动作；许老师和刘老师两人喜欢手撑着讲台、眉飞色舞地讲课。我还记得刘老师曾给我们声情并茂地朗诵毛岸青和邵华合写的文章《我们爱韶山的红杜鹃》的情景；何老师讲课时的样子有点像台湾歌手费玉清唱歌，总爱举头向上，陶醉不已。我能想起何老师用贵州话朗诵温庭筠的《菩萨蛮·小山重叠金明灭》（小山重叠金明灭，鬓云欲度香腮雪。懒起画蛾眉，弄妆梳洗迟。照花前后镜，花面交相映，新贴绣罗襦，双双金鹧鸪）时那种独特的声音和神态。

给我们上历史地理课的黄体荣老师，用今天的眼光看他是一位很会享受生活的老师。他衣着讲究，冬天上课时不仅穿着大衣，戴着围巾，手上还拿着一个巴掌大的金属制的手炉暖手。下课时我们有几个好奇的同学叫他打开手炉看个究竟，原来里面有几根像蜡笔一样粗细的炭条。我觉得大开眼界。

还有，说普通话带有湖南口音的女老师徐硕如，她的声音比较清脆，讲课兴奋起来脸会发红。她教给我们记忆西汉世系的口诀“高惠文景武昭宣，元成哀平孺子婴”，我至今不忘。

三、我的同学

我们历史系1977级共有81位同学，由于生活、学习、工作的需要，同学们有多种形式的组合：同宿舍，同饭桌，同学习小组，同社会调查小组，同教育实习小组，等等。三十年时光荏苒,但那流金岁月的点点滴滴,那珍贵无比的同窗情谊永记于心。

印象最深的当然是同一个宿舍、朝夕相处的同伴了。我和黄琦、李露、宋平、刘宏、曹小瑾、陈藻玲七人同住一室。刚入住时,四个上下铺的架床除了留两铺床共用放行李外,另外六铺床已写好各人的名字让大家对号使用。黄琦刚好和我同一架床,住下铺,她是高个子,担心头容易碰到床架提出和我调换住上铺。不久以后,走读生宋平分来我们宿舍,由于只剩一个上铺留给她,可是宋平认为住上铺不方便,希望和我调换住下铺。因此大学四年,我和黄琦成了挨着床的上铺姐妹,而李露则是住我下铺的姐妹。

黄琦和我脾气相投,我俩经常一起自修学习,一起锻炼身体,一起去吃饭、洗澡洗衣服,一起散步闲聊,一起逛街购物看电影,等等。也许别人看到她个高我个矮,两人走在一起不协调,但我俩真的相处得非常和谐,从未闹过别扭。毕业后很长一段时间书信往来不断,直到我调到广东工作。

我和李露虽然性格各异,但是我俩缘分不浅,是同学习小组、同宿舍、同饭桌的“三位一体”朋友。在参加系里 4×100 米和 4×200 米跑的训练和比赛中,我俩是好搭档,我跑第一棒,她跑第二棒,我右手交棒她左手接棒,配合很默契。李露做事很投入,最经典的是有一次在宿舍边吃饭边听收音机播音乐,我坐在她对面,突然看到她嘴巴异常快速地“吧唧吧唧”在嚼动,当我恍然明白她的这一动作恰好和听着的快节奏的乐曲合拍时,不禁哈哈大笑起来——听得太痴迷了!我猜想李露后来之所以能读到博士学位,很重要的原因之一是可以忽略生活中的琐事,专注于执着于她认准的大事。比如她经常忘记买生活用品、写信寄信甚至洗头等,总是让我提醒她今天做这事明天做那事。现在想来,当年李露的这些表现,很有些如今大腕的“范儿”,而我则业余充当了她的“生活助理”。好你个李露,以后见了面我可要讨回当年的“劳务费”哦!毕业多年后,有一次李露的丈夫出差到百色,专门代表她去探望我,记得见面时她丈夫说了类似这样的话:李露吩咐我到百色一定要去看望罗慧萍,这个任务无论如何要完成。令我感动不已。

曹小瑾是我们宿舍的“文艺青年”,喜欢看书写作,言谈中常爱引用典故和成语,透出丝丝文学气息,偶有灵感,会高兴地创作一些小诗并与大家分享。因为晚上十点半宿舍就统一关灯,我们通常都备有蜡烛或煤油灯用于继续看书学习,小瑾喜欢在书桌上点亮蜡烛,放好蚊帐后躺在床上看书,而且常常是最后一个吹灭蜡烛睡觉的,我们曾“警告”她小心点,别让蚊帐烧着了引发火灾。我羡慕小瑾在当时大多数家庭经济都十分拮据的背景下,拥有一套新版的《资治通鉴》,也“嫉妒”她老是躺着看书却没有近视眼。

宋平是我们宿舍的大姐。她活泼开朗,能歌善舞,阅历丰富,不吝与我们分享生活和工作方面的酸甜苦辣;她还喜欢提出一些有争议的话题,发言时慷慨激昂,声音响亮悦耳,高兴时手舞足蹈,给我们带来许多的快乐。

藻玲是我们的舍长,也是打排球的高手,在运动场上拼劲十足。在课室我俩曾是同桌,因为两人碰巧都有一件红色格子的外衣,有时会撞衫,我们就戏称对方为“红色同桌”。我很欣赏藻玲写得一手漂亮流利的钢笔行书,但不赞成她写信时过分追求“完美”的做法,每当她给家人或朋友写信,只要写了几个错字,都会撕下一页信纸重写。看到被她揉成的两三个纸团放在台面,我会心疼那些信纸和随之流逝的时间。如今写信可以不用信纸了,不知藻玲是否常在电脑上“尽善尽美”地写信?

刘宏是我们宿舍的“故事大王”。因为那时大学生的娱乐生活相对比较贫乏,所以晚上熄灯后很多宿舍都有“卧谈会”,大家七嘴八舌海阔天空地尽情笑谈。如果哪间宿舍传出的声音大些,时间长了肯定遭到其他宿舍的抗议。我们宿舍的“卧谈会”不少时候是听刘宏讲故事。她能根据所看的小说或电影剧本绘声绘色地讲述悲剧或喜剧故事,连“定格”“特写”之类的术语也很自然地引用,至于各种笑话、趣闻更是信手拈来。我很佩服刘宏,并自认是她的知音(也许如今流行的“粉丝”一词更恰当),理由是:第一,我是最忠实的听众。通常大家都是边听边提问,或是发出笑声感叹声回应，记得有一次，刘宏发觉似乎很长时间没人回应了，忍不住问道，你们还听不听？结果只有我回答“听！”而其他人大概睡着了。第二，我的“笑点”最低，持续时间最长，不时和刘宏一起再三回味有趣的笑料，而且乐此不疲。记得刚毕业不久，刘宏与我通信时，还特意摘录了侯耀文新相声的片段与我分享，看信时我乐得笑出声来。

……

思绪驰骋，心潮难平，师恩不忘，友情永恒，絮絮叨叨写了这么多仍意犹未尽，等来日同学聚会时再续写新篇章吧！

人生苦短——岂能半途而废

江　淳

师恩难忘,这个话题说起来,心情是沉重的。罗慧萍在她的怀念大学生活的文章里,提到了所有教过我们的老师。过了三十年了,现在回头数一下,曾经的大学老师,再加上我自己读硕读博时的导师,已经离我们而去的,有多少位了? 不忍扳指……

岁月太过无情,茫茫人海里,我们在前行的时候蓦然回首,身后,你已不在。

先说说钟老师吧。

掐指算来,从 1978 年到 2010 年,跟钟老师相识已经有 32 年了。

最早的记忆,就是钟老师给我们上近代史课,我向他请教问题的时候了。当年他给我们讲课,下课时,我问了钟老一个问题(什么问题已经忘记了),谁知他反过来问我:“你怎么看呢?”当时吓得我的心怦怦乱跳——我就是不懂才问的,我要是知道怎么看,干吗还问老师呢? 可是当时被老师问下来了,不答也不行,只好硬着头皮乱诌了一通自己的看法。钟老然后慢慢地为我道来问题的解答。

这件事,给我的印象太深了。它启发了我该怎样去思考问题。以后我才懂了,自己不懂的问题,应该自己先去探讨,形成自己的看法以后再找老师问,这样才能提高自己的水平。自己不动脑,只是依赖老师给现成答案,是不能真正学到东西的。

什么叫“授人以渔”,钟老的言行就是最好的答案。

这一件小事,让我受益终生。

以后的深刻记忆，要属我博士毕业后回广西师大出版社工作的时候。那时我在策划出版一套《抗日战争史丛书》，在北京、桂林等地召开了出版“抗日战争史”丛书的选题策划会，广泛听取专家学者的意见。在桂林的策划会上，钟老师给我们讲了这样一件事：他曾带过日本的留学生，就有日本留学生问过他关于当年中日的那场战争。日本学生说，你们怎么不出一些讲中日战争的书呢。我们日本国内是没有这种书的，你们再不出，我们怎么能知道当时的事情呢？钟老师讲的这件事对我触动极大，是啊，日本自己不会去讲这场他们打败了的战争，我们自己再不讲，年轻人怎么能知道当时发生了什么事？所以我下决心做好这套丛书。在此过程中，因为一些出版业务，我经常需要往桂林王城南区钟老师住的那栋小楼跑。那是多么温馨的小屋啊，钟老师总是笑脸相迎，为我解决实际问题，张老师一定端茶倒水，热情相待。走的时候，钟老师一定送我到楼下。听着钟老师的谆谆话语，我总是心头充满工作的渴望，恨不得立即按照老师的指教去做事。

调回南宁工作以后，见钟老师的机会就少了很多。但是只要钟老师来南宁，只要他有空，我们在南宁的同学总要请钟老师吃饭，我们同学也趁机相聚一会儿。守在钟老师身边的我们，都是喜洋洋的，欢声笑语充满席间，仿佛我们又回到了令人难忘的大学生时代。还有那一年，我跟欧薇薇、李露一起去百色参加广西史学年会，钟老师也出席了会议，我们师生又欢聚一堂，钟老师爽朗的笑声，清晰的思路，诚挚的话语，一点儿都感觉不到钟老师是八十多高龄的老人呢。

你们觉得吗？钟老师的眼睛特别亮，炯炯有神，与你对话时，始终盯着你的眼睛，让对方感到他对你的充分尊重。

什么是“长者风范”？很难言传的，看钟老的一言一行就可以了。

在我的心中，钟老师永远、永远不会老！

再说说许凌云老师。

许凌云老师教历史文献学。我们在校学习期间，他教了我许多东西，怎么读书,怎么收集史料,怎么做科研,怎么写学术论文。我的第一篇关于司马迁的论文就是在他的指导下完成的。说来可笑,那时我交给许老师的论文草稿竟然是用铅笔写的,我认为这样好修改啊。多么幼稚!许老师并未以为忤,只是告诉我,下次要用钢笔写。多宽厚与包容的长者啊。能够跟随许老师学习是我一生的财富。在我心里,许老师始终是一位谦谦君子,待人和蔼,总能给予人激励与信心。

本科毕业,我回到南宁,可是还想考研,考哪里?颇费思量。关键时刻,还是许老师给我意见,让我考山东大学,那是他读研的母校。我进入山东大学读书后,许老师也调回山东,在曲阜师范大学历史系工作。因为近了,许老师每逢去济南,一定抽空到山大校园看我,带我吃一顿饭打打牙祭。见到许老师,真的像见到父辈一样亲。

90年代末,一次参加出版社的会议,我回了山东。会议组织去了泰山、曲阜。在大队伍去参观孔庙的时候,我请假脱队,来到了曲阜师大校园。打通电话以后,是师母出来接的我。我们一通寒暄,就回了许老师的家。那时的我,已经无法跟大学时的苗条比了,生完孩子以后体重总下不来。不一会儿,许老师开门进来了,我激动地对许老师说:"许老师,看看我是谁?"

许老师说(一脸茫然):"不认识!"

我这个郁闷哦,恨不得吐血了——"许老师您再认认,我都不认识了?"

师母在旁边笑个不停。

"我是江淳啊!"我只好自报家门。

"啊?你怎么是江淳?"

直到我们坐定,我滔滔不绝地讲着话,许老师才说:

"嗯,到这会儿,又找到当年那个江淳的样子了。"

这件事成为我决心减肥的动力之一,只不过尚未成功,仍需努力。

2003年的一天早晨,我正准备上班,家里电话响了,是一个男子的声音。他说他是小峰,许老师的儿子。接着,师母接过电话,哽咽着告诉我,许老师心脏病突发，走了。我整个人都懵了，怎么可能？心脏病？为什么没有治疗？师母说，前阵子许老师就感到胸闷，去了院卫生院看，也没有说有什么大事。准备找时间去济南的大医院检查的，但是因为忙，就总是拖，结果一拖，就……

师母说，许老师说过，我是他最喜欢的两个学生之一，所以第一时间要告诉我。我手握电话，泪如泉涌……

思念常在，精神永存。愿天堂里所有的老师们不再辛苦劳累，幸福安康相随！

毕业三十周年了，往事如烟，世事如棋，如梦，更如书。我们每个人的人生经历，我们生命里的喜怒哀乐、酸甜苦辣、悲欢离合、聚聚散散、停停留留，所有存在记忆里的人和事，所有这一切美好的流逝，都是我们自己的一本内容极其丰富的书。

任何时候，心存感恩与希望，幸福感就会永远与你相伴。

心善身健人安乐

杨晓林

大学毕业转眼就过了三十年，当年满头浓密青丝的小伙子变成了双鬓花白的小老头。三十年来，我一直守着三尺讲台，送走了16届高三毕业生。因才疏学浅，没取得什么辉煌业绩，尚能聊以自慰的是，工作能尽心尽责，力求不误人子弟。

在读大学之前，我打过零工，插过队，当过工人。因家境困难，还在读初中时，就已利用课余时间打工，挣零花钱和学费，星期天则上山砍柴割草或到松树岭挖树蔸（又叫柴蔸），补充家里的能源供应。最记得插队时，被抽到水利专业队修补水库，为完成挑沙石的定额，体重不足百斤的我，硬是挑起两百斤的重担，那时每担都是过秤的，且一挑就是半天（当时其他队友也是这样干，只是他们的块头比我大），现在想来还觉得有点不可思议。“艰难困苦，玉汝于成。”此言不虚。自己虽未成什么才，起码成人了。人生百味，苦是其中之一，不吃过苦，这人生就显得不够完整。

幸好当年读书时尽管“学不学，都上学；会不会，都插队”，自己还是努力读书，打下较好的基础，所以打倒“四人帮”后改革高考招生制度，有幸成为改革后第一届通过招生考试进学校的大学生。正因如此，自己才避免了“下岗”的命运。回顾自己的人生历程，尽管不能像孔夫子般知天命，却也有所感悟，其实也谈不上感悟，只是以亲身经历或所见所闻，印证古人总结归纳的处世之道或人生哲理而已。虽属老生常谈，也愿与同学共享。

一、为人要孝。古人云，百善孝为先。父母生我育我，此恩深似海、重如山，终生报答不完。一个人连对自己的父母都不孝敬,他还能对什么人好？羊有跪乳之恩,鸦有反哺之德,为人不孝,禽兽不如！本人虽称不上孝子,但能尽己所能,让父母颐养天年。我是父母的满仔,头上有四哥一姐,因读书较努力,最受父母疼爱,成家后,父母就一直随我生活。母亲因“粮食关”时让老让小,饿伤了身体,落下了疾病,加上“文革”期间受迫害,身体一直较弱,1995 年去世,享年八十。父亲 93 岁那年,为了夫妻事业的发展及儿子的未来,长期以来一直遵循“父母在,不远游”古训的我,抓住最后的机遇(再老点就没单位要了),从家乡柳城调到南宁履新。因刚来时住宿条件较差,只能将老父亲留在家乡由哥姐照看。当我的住宿条件有所改善,正准备将父亲接来南宁时,他却撒手西归,时年九十有五。令我终身愧疚的是:因工作原因,父母走时我都不在身边,他们最想见的人连最后一面都见不着,愧为人子！故为人子女欲尽孝,需及时行动,否则“树欲静而风不止,老欲养而亲不待”,悔之晚矣。或许是上天看到了我的孝心,故让我娶到了上得厅堂、下得厨房、里里外外一把手的妻子,也让我有了个还算可以的儿子,还让我的人生旅程走得比较顺畅。而内子更是个孝顺女儿,岳父母以她为荣为欢,故其事业也是兴旺发达,一帆风顺。

二、人要善良,要与人为善。善良是人性中美好的品质之一,而与人为善,则是以己之善,惠及他人。若人人皆能如此,所在即天堂。古联云:“欲求富贵需行善;要好儿孙靠读书。”行善积德,方有富贵可享。古人对行善如此重视是很有道理的,绝非迷信因果报应。试想,因你善待他人,他人也以善行回报,人人都善待你,你想不成功都难。行善利人利己,何乐而不为？三国时的刘备,天下之枭雄也,他临终前告诫他的儿子:“勿以恶小而为之,勿以善小而不为。”刘玄德正是以其善而得人和,方能以织席贩履的出身与拥有天时的曹操,据有地利的孙权鼎足而立。先父任江公一生为人排忧解纷,恤孤济寡,故能儿孙满堂,寿享遐龄,无疾而终。行善似栽花,作恶如种刺,多种鲜花休种刺,他年免挂子孙衣。

三、人要豁达大度。古人云“量大福大”,诚颠扑不破的真理。我所结交的朋友或认识的人中,那些事业发达者气量都很大。凡事斤斤计较,一切以自我为中心,一点亏都吃不得的人,他的事业做得再好都有限。心胸狭窄、自私自利者,不会有人格魅力,也就不会有好的人缘;没有好的人缘,人气就不旺;人气不旺,事业就不可能兴盛。昔时楚汉相争,要说个人本事,“力拔山兮气盖世”的项羽要比泗水亭长出身的刘邦强多了,而由于刘邦的豁达大度,有容人之量(当然是指在得天下之前),故手下人才济济、汉初三杰之一的韩信,就是从项羽手下跑过来的,最终还是韩信设下十面埋伏,垓下一战,逼死项羽,成就了刘邦的帝王之业。

四、要注重健康。功名利禄、荣华富贵,一切皆身外之物,唯有健康真正属于自己。如果身体不好,纵有万贯家财,也不能很好地享用,祖国的锦绣河山,世界的名胜古迹,也不能亲临领略,岂不遗憾?想当年,诸葛亮为报刘玄德三顾之恩,事必躬亲,以致累垮了身体,最终“出师未捷身先死”,没能实现《隆中对》的终极目标;兰考人民的好儿子焦裕禄,天下大好人,但因身体不好,未能带领兰考人民治好风沙和盐碱地,壮志未酬人已去,长使人民泪满襟;大数学家陈景润,在摘取数学皇冠上的明珠——哥德巴赫猜想的征途中,距终点仅一步之遥,亦因健康状况不佳,英年早逝,攀登的步伐戛然而止,令人扼腕叹息。此类事例,不胜枚举。须知,身体是革命的本钱。我们的身体,不仅属于自己,也属于家人,更属于国家。身体不好,首先自己痛苦,其次家人受累,第三是工作受影响。而积极锻炼保持健康,利国利家利己,一举有三得,何乐而不为?金钱诚可贵,权势价更高,若与健康比,两者皆可抛。我建议大家为了健康:少打牌、多打球;少坐车、多走路;少吃肉、多吃素;少发怒、多微笑;少饮酒、多喝醋。向前人看齐:“兴要阔,皮要顽,五官灵动胜千官,过到六旬犹少。”(郑板桥六十自寿联语。)

五、最好能有一些高雅的志趣,琴棋书画,诗词歌赋等,闲暇习此,好处多多,一可怡情养性,二能医俗增雅,三堪健脑防疾,四是益寿延年。远的不说,南宁就有百岁书画家罗鼎华;著名书法家帅立志,已 87 岁高龄,去年还为广西免费书赠春联活动开笔;今年同我一起赴南丹书赠春联的书法家伍发昌先生,已 75 岁,依然精神矍铄，运笔如飞，因求对联的群众多，他上下午均连写三小时左右，我站在旁边看都觉得有点累，他居然啥事都没有；先父因好吟诗作对，思维一直非常敏捷，94 岁那年，我为朋友乔迁新居撰联请他润色，他看了联稿，马上指出对联的问题所在，然后思考了几分钟，就拿出了修改方案，使对联立马提升不止一个档次，平仄、对仗、意境均无懈可击，直到他仙逝前，头脑都非常清晰。另外，我故乡柳城县的几位诗人如陈善政、何长琴等，他们的身体都不算强健，均有疾病缠身，陈老有哮喘，享年 93 岁；何老患帕金森综合征，享年 82 岁。古人云：腹有诗书气自华。多读唐诗宋词元曲等我国传统文化宝库中的珍品，会使人的气质、风度有较大的提升，对我们的工作也有无形的帮助。

可能会有同学说，我以前从未学过吟诗作对，也未练过书法绘画，现在学还来得及吗？这个担心大可不必。说实话，这些事应看重过程而不是结果，在学习过程中以上所说的好处就能体现了，至于学得怎么样已无关紧要，是所谓老有所学，老有所乐也。我给大家提供一个榜样，这就是陈藻玲同学的母亲，她是在退休以后，受丈夫陈纪文先生的影响，于 2007 年才开始练书法的。那年我因事到融水，专程登门拜访早结诗缘的融水玉融诗社顾问陈先生，看到了她的习作，实话实说，很好谈不上，但字的间架结构，有模有样，反正比我强多了。当时让陈先生拿出来给我们欣赏时，也许是她老人家觉得自己的字不好，拿出来时那种羞涩的表情，就像学生让老师检查自己完成得不好的作业，可爱极了。她的文化程度不高，尚能如此，我们这些堂堂大学生、研究生，有什么不可学的？学这些一举而多得，何乐而不为？

六、对名利、金钱不要看得太重。现在流行的说法是，有钱非万能，没钱万万不能；有什么不能有病，没什么不能没钱。应该说，很有道理。但是，钱要有到什么程度才算有？这个度要把握好。人的欲望是很难满足的，正所谓欲壑难填，人心不足蛇吞象，做了皇帝想成仙；有了一千想一万，有了一万想百万，有了百万想亿万。如果一个人总是为了追求金钱而打拼，那他的人生就没有什么意义了。其实你钱再多，吃不过三餐；房再宽，睡不过六尺，要那么多钱干吗？当然，如果你能有陈光标的境界，大力行善，扶困济贫，那另当别论；如果只是为自己及家人，实在没这个必要。记得《红楼梦》中《好了歌》说："世人都晓神仙好，唯有金银忘不了，终朝只恨聚无多，及到多时眼闭了。"多少贪官污吏为了钱，索贿受贿，贪赃枉法，到头来东窗事发，身败名裂，人财两空，值吗？钱能买得到好床，但买不到好睡眠；能买得到好药，买不到健康；能买到好礼品，买不到真正的友谊；能买到好婚戒，买不到真爱情。所以，钱只要衣食无忧，住行无虑，尚有结余就可以了。钱有多而不用，放在银行，就是一个数字；放在保险柜就是一堆废纸，故老话讲得好：用了才是钱。

钱还有一个功能，它是人品的试金石。从一个人对金钱的态度，可知其人品的优劣。故先贤告诫后人：临财毋苟得。老话也说，钱财分明大丈夫。清朝著名红顶商人胡雪岩，少年穷困，为人牧牛。一天在路边捡到一个包袱，里面有一大笔钱，尽管他很缺钱，但他不取非分之财，守候在路边直到失主来寻，经问证无误后他完璧归赵。失主要拿出一部分银子给他作为酬谢，他也婉言谢绝，施主对他的人品大为赞赏，遂介绍他到杭州一家银号去做学徒，他就由此开始发迹。假如他没有这样好的品德，没了那包银钱，日后最多是多了一个土财主，而绝不会有声名显赫的大商家胡某人了。南宁市有位书法名家，在一般人看来德高望重。可他的一位忘年交就因为30元钱（那是在80年代后期）而与之割席绝交。这30元本是忘年交的撰稿劳务费（不是发表文章的稿费），因撰稿劳务是由书法名家介绍的，忘年交作为后辈，感恩之情欲与他共享，就先不签领，结果这位名人居然全部领走，且以为忘年交不知道而不告知。由此，忘年交看到了这位名人卑劣的心地，觉得此人不可交，遂分道扬镳。仅为了30元钱，失去了一位相交多年且德才兼备的好友，更失去了自己原来在人们心目中的完美形象，太不值了。钱这个东西，生不带来，死不带走。看那么重干什么？人应是钱的主人，而不是钱的奴仆，舍得舍得，有舍才有得。且越舍越得。故李白诗云："天生我才必有用，千金散尽还复来。"大丈夫当如是。

七、人当志存高远。这个问题现在来谈，对我们而言，未免为时太晚，然而对我们的后辈还是有用的。几年前常看到一则电视广告词：心有多大，舞台才有多大。

说得很有道理。想当年我还在读高中时，我的老师大多是“文革”前的大学生，学识、谈吐都很令我钦慕，心想，如果以后我能像他们一样就好了。当时我的心就这么大，所以后来我就成了他们，今天就是个中学老师。在父亲的影响下，从小就喜欢读唐诗宋词以及古典文学作品，对古代的文人墨客，到哪都能吟诗作对、互相唱和、以诗传情，十分歆羡，心想，如果以后我也能这样就好了。经过不断地努力，今天自己基本也能做到了。细细想来，今天自己所达到的高度，就是当年自己心头所希望到达的高度。心是这么大，舞台也就这么大了。所以年轻人应树立远大的理想，并为实现它而不懈努力，日后会能实现的。如果定的目标太低，日后的成就肯定有限，所谓“取乎其上，得乎其中；取乎其中，得乎其下”是也。

八、要懂得感恩、报恩。古人云，滴水之恩，当涌泉相报。有仇不报非君子，知恩不报是小人。当年韩信为一饭之恩，千金酬漂母，传为千古佳话。报恩首先要报父母之恩，这就是孝，这在前面已谈过。这里要谈的是报社会上各种帮助过自己的人，尤其是在人生转折点上于己有恩的人之恩。有恩能报，受报者自然会传扬你的美德，愿意帮助你的人就会越来越多，而你的事业自然就会越来越旺；反之，则会恶评如潮，当你需要帮助时，就不会有人出手相助了。一个篱笆三个桩，一个好汉三个帮。人是社会性的动物，需要群体互助。当一个人因不知报恩而被社会摒弃时，这个人就十分可悲了。拙荆就是一个有恩必报的人。当年慧眼识才把她调到南宁来的单位领导，早已退休多年，单位领导也换了四届，但逢年过节，她都不忘给老领导送去关怀和慰问，做到人走茶不凉。故每任领导对她都很赞赏，对她的工作都很支持，所以她的事业顺风顺水。而我所知道的那些知恩不报的人，没有几个是做得好的。

九、交友要慎重，交益友不交损友。何谓益友？古人标准有三：友直友谅友多闻。友直，说的是这朋友很正直，对你的过失能直言相谏；友谅，是说这朋友能理解、谅解你的所作所为，就像鲍叔理解管仲在分利时多拿钱那样；友多闻，说的是这朋友见多识广，总而言之就是德才兼备。这样的朋友又称畏友。损友就是会让你受损害(不是金钱就是名誉或是事业等方面)的朋友。老话说,不看其人,且观其友。物以类聚,人以群分,你的朋友是什么样的人,你大概也就是什么样的了。老话又说,跟着好人学好样,跟着癞痢做和尚。意即近朱者赤,近墨者黑。回顾自己的人生历程,所交大多是益友,极少数为损友,总的来说还不错。家父生前常说,交友要交比自己强的,自己才能有长进。话说回来,如果人人均按此标准交友,比你强的人谁愿与你为友呢?故应理解为在某些方面胜于自己,这样朋友之间就能取长补短,互相促进。一个人一生如果没有几个好朋友,人生无趣之极。但择友一定要慎重,应以德为先,才干次之。交得好友,终身受益,交到损友,必定受损。酒肉朋友,少交为妙。

十、要讲诚信。古人云,诚信为立身之本,人无信不立。大到为政治国,小到朋友交往,诚信皆不可少。当年商鞅变法之所以成功,取信于民甚为关键。故王安石诗曰:今人未可非商鞅,商鞅能令政必行。汉初的季布,因信守诺言,竟有"得黄金百斤,不如得季布一诺"之美誉,令人钦慕。"一诺千金"的成语就是由此衍生。先父早年经商,亦因恪守诚信,以至凭他一张手迹,亲朋好友可在三江县顺流而下到柳州的沿岸各码头,可解决遇到的资金、货物、食宿等问题;货主信任他,为预防货款回家遇到的不测(如儿子偷去赌、盗贼来抢等),都愿意将货款存放在父亲的店铺里,何时需要何时来取。故父亲的周转资金十分充裕,甚至可以无本经营。鄙人不才,未能继承父亲经商的本事,只学到了讲诚守信的秉性,故尚得到亲友的认可。一般人都说借钱难,而本人因集资建房、房改买房等原因多次借钱,并没感觉到有什么难。不少亲友当我要打借条给他们时,都笑嗔我:打什么条子,信不过你我就不会借给你了。令我感到异常温暖,更感受到讲信用的好处。一个人因无诚信,在急需帮助而借贷无门时,该是多么可悲啊。

以上是回顾自己的人生历程感受最深的十点,愿与同学们交流共勉,在日后的人生旅程上走得更好。

赵氏风格，乐观睿智

——记我的爸爸赵忠诚

见过我和我爸的人都说我俩长得特别像，说实话我一直不太喜欢这个评价，因为我有一个身材苗条得可以媲美十八岁姑娘的妈妈，而自打我有印象起就觉得爸爸属于微胖界。我一直抱怨，为什么我不能遗传妈妈的苗条，而每当这时候爸爸就会安慰我，并诙谐地说你遗传了我的聪明和乐观的心态呀。

爸爸确实是一个很聪明的人，小时候觉得爸爸聪明是因为他懂得好多古诗词，写得一手好文章，还会教我做我不懂的数学题。当时爸爸还是广西宾阳高中的一名历史老师，我们家住在学校里，离我上学的地方要开十分钟左右的摩托车，爸爸每天在接送我上学放学的路上都能充分利用这段时间教上我几句古诗词。李白的诗是最常见的，毕竟作为古诗入门的代表，至今我脑子里还能浮现出这样一幅场景：两边是绿油油茂密的甘蔗叶，长在一望无际的田野里，爸爸开着摩托车迎着暖风，我坐在后面脸贴着他的背，搂着他的腰，听着他豪情万丈地背诵——“日照香炉生紫烟，遥看瀑布挂前川。飞流直下三千尺，疑是银河落九天。”不知道为什么这首诗在我的脑海中留下特别深的印象，现在想想大概是因为当年背这首诗的时候诗中斑斓的色彩和磅礴的气势与身边的大自然相照应，让我不由得浮想联翩从而印象深刻。用现在的话来说，爸爸的这种教育方式叫作寓教于自然的场景式学习，让我身临其境充分感受诗人面对着大自然作诗时的豪迈和浪漫。但当时他肯定没有这个概念，只是单纯地出于自己对诗词的热爱以及路上时间的打发。

除了对诗词的热爱，带着才情和热血来研究和评价历史和政治，是爸爸在他的专业上给我留下的印象。如果说小时候他在这方面对我的影响是我对中国文化的耳濡目染，那么长大以后更多的是他向我讲述我所不知道的中国历史和分析时事政治的角度，而这一切的前提是他的博览群书、善于思考和与时俱进。爸爸这一代人，普通人里大致可以分为两类：一类是经历过从无到有，对于现有的一切更多的是抱以感恩和知足的态度；另一类是经历了从有到无，成为时代的牺牲者，因此更多的是抱以批判的态度。所幸的是爸爸属于第一类，尽管也遭受过“文革”的负面影响，但没有更多的抱怨，而是趁着恢复高考的机会，凭借自己的努力考上大学改变了命运。

爸爸的童年是在农村里度过的，生活虽然不富裕但也无忧无虑自由自在。喜欢看书的他一直有着知识能改变命运的想法。他也关注报纸，对于外国的先进技术也有所了解。有一次他在给学校的投稿中谈及从报纸上看到的一则新闻，说1970年的美国已经有上亿辆汽车，当时他的高中老师竟也不相信，说是胡扯、天方夜谭。但爸爸就特别有自信，并且已经意识到当时的中国和美国已经存在很大差距。上了大学，选择了历史这个专业，爸爸更是有很多机会阅读了不少古今中外的书籍。后来爸爸告诉我，他的历史素养以及分析问题的逻辑框架很大程度是大学期间培养的，当然后续也一直不断地关注时事和多角度思考，但无疑是大学四年的阅读打开了他的视角，这也是为什么他一直鼓励我要充分利用大学时光，尽情地汲取知识，因为这期间决定了你未来要走的方向，并且形成你的人格魅力。

在我的概念里，研究历史的老师应该是刻板保守又不懂得变通的，但是爸爸平易近人，虽然文科出身却有着理性思维，如理科生般天生对数字很敏感。刚刚大学毕业出来担任教师时，他和学生们的关系就特别好，为人正直，性格不失温和幽默，所以他在学生们眼中一直是一个可以信赖的好朋友。至今仍让我惊讶的一件事是，在广西任教的十五年内他曾经为学生们累计保管过上百万元的钱。因为当时学校简陋，学生带来的生活费及学费放在宿舍里容易丢失，所以他们都希望并且愿意让爸爸代为保管,可见学生们对他的信赖。每一笔的收入支出爸爸都有记录下来,十几年从无差错,这让我对学历史的爸爸刮目相看。爸爸自豪地说,他在大学期间就是生活委员,发放了同学们四年的助学金及生活费,有经验。

非但不保守,爸爸还特别勇于冒险,过了不惑之年仍有一腔激情,想到广东珠海特区谋新发展,放弃在广西宾阳高中奋斗十五年打下了的江山。据说当年的辉煌成绩是他所带的班级的高考成绩十多年来都在地区前三,因而他每年考核都被评为优秀,还多次被评为县优秀教师,1993年也评上了高级教师。但也许就是对事业有着更高的追求,对特区也有着向往,所以希望能换个地方再创高峰。落户珠海之前也有不少挫折,首先是爸爸妈妈两个人一起联系调动的事情不能公开进行,毕竟是学校骨干,妈妈还是自治区优秀教师、全国中学百名优秀政治教师之一,担心领导说不安心工作,也怕调动不成功别人笑话。因此只能选择周末、长假,或暑假期间去招聘,我也跟着一起去权当旅游,记得有几次去的时候还赶上台风,这在广西是从来没见过的。路途遥远人生地不熟,坐车的时候还曾被黑心司机在中途扔下。对我来说,那段时间到珠海的旅游确实比较频繁,而且旅途也发生了一些不太顺利的事,但我不知道这些竟是我们要落户珠海的前奏。

随着调动的成功,1997年爸爸妈妈和我三人来到了珠海,从此在这里展开了我们各自人生的新篇章。然而一开始在珠海的工作环境远没有想象中的好,爸爸妈妈所在的金鼎中学虽是特区的一所中学,但其所在的金鼎镇被人戏称为珠海的“西伯利亚”——远离市区,落后偏僻,学校的自来水直到1997年5月才开通,教室都是60年代建的,残旧得外墙都剥落了好大一片。学校根本没有学术的氛围,老师们对成绩没有过多追求,学生更是基础很差。记得刚到珠海的那一两年我常常能听到爸爸妈妈议论,对学校的不适应和对学生的素质低下的无奈。作为小孩子的我当然不懂得人到中年还要面对这种工作上的不如意的艰难,以及原本怀抱着再创一番事业的雄心壮志竟面临如此局面的失落。长大后和爸爸回忆起当年的那段岁月,爸爸说他那段时间养成了每天晚上到操场上跑好几圈的习惯,既锻炼了身体，又缓解了压力。

不过爸爸最让我敬佩的另外一点，便是他的积极乐观的心态，这在刚到珠海的那几年完全体现出来。虽然教初中，没有了教高中的刺激和带来的自我满足感，但是也多了很多闲暇时间，爸爸利用这些闲暇时间找了很多乐子，与我和妈妈享受生活的另一番乐趣。他在学校的操场上教我骑单车，带我去烧烤，还租了很多电视剧的影碟来看。调来珠海之前我们在原单位已住上三房一厅，而现在的住房很小，只有十来平方米，电视就放在离床前很近的地方，我们三人就坐在床头看《康熙微服私访记》，看《天龙八部》等，每天的日子也是过得很简单很快乐。因为落后所以存在着发展空间，金鼎中学渐渐受到上级的重视，不断投入学校建设，教师队伍不断地壮大，这时特区的优势开始越来越明显，收入也在慢慢增加，我们终于从小房间搬到学校外面较大的房子，一切都在慢慢变好。

然而爸爸却不再是一名历史老师了，由于学校历史老师的满员，爸爸教过礼貌礼节、地理、政治、劳技、书法课多门功课，也在教务处、图书馆工作过，现在负责学校的报刊发放。而这也是我佩服爸爸的另外一个地方，那就是工作上听从上级安排，叫干啥就干啥，没有怨言。也许有人会觉得作为一名高级教师，在学校里也算最年长的老教师，却如此大材小用，面子上难免挂不住，但是爸爸常常跟我说，再小的工作也是工作，也需要人去做，只要是学校的安排，而且我拿了高级教师的工资，干什么不都一样？这样乐观的心态连学校里年轻的教师都为之敬佩。

闲暇之余的爸爸继续探索着新鲜好玩的事物，2001 年一次偶然的机会他接触到了股市，怀着试一试的心态爸爸便初战告捷，据妈妈透露他第一次涉足股市便赚了相当于一个月的工资。人们说新手总是受眷顾的，而股票这东西犹如赌博也是会上瘾的，这两条在爸爸身上都得到了体现。2001 年以后的熊市把家里的一大笔钱都套住了，但爸爸没跟我们说这些事，怕我们担忧，另一方面也是相信这股价是由于宏观经济的原因整体都被低估了，于是顶着巨大的心理压力在股市里坚持，一直没有卖掉亏损的股票，终于迎来了 2007 年的牛市。那一年股市疯长，似乎要把之前跌下的股价几倍甚至十几倍地涨回来。爸爸说他是运气好,加上股市赚的钱我们家买了车也买了房,但是我知道能在股市里摸爬滚打十几年的人除了要有头脑,更要有一个强大的内心,从这点说明爸爸就不是一般人,正如我从小就意识到的,他对数字有着天生的敏感,虽然他当年学的是历史且爱好古诗词擅长写作。

然而,爸爸这个身体一直硬朗,连一天病假都没有请过的铁人终于也有让病魔盯上的时候,似乎上天要让他在金钱上的收获用健康来付出代价——2010 年 2 月爸爸确诊患上鼻咽癌。这件事他当时没有告诉我,而是选择自己先面对。他的态度是,自己首先要对自己的疾病进行了解,先让自己平静稳定下来再告诉家人。事实证明,对于鼻咽癌他确实是高估了其严重性,其实早期的鼻咽癌治愈的概率非常大,只要正确接受治疗并且抱着积极乐观的心情,治愈的可能性是 100%,于是他开始请假进行治疗。半年期间爸爸经历过各种检查、放疗、化疗,为了尽可能维持原来的生活模式他还坚持天天自己买菜做饭,每天家里、医院、菜市场三点一线,除了不上班,和正常人的生活没有什么两样。也许是本来身体底子就好,化疗期间他也没有经历别人所说的痛苦、掉头发等副作用,每天都能保持着好心情。半年之后爸爸的病基本痊愈,只是从今往后饮食要注意控制,不能吃辣喝酒,要多喝水,少油少盐,但最明显的一个不同是爸爸现在的身材已经从微胖界过渡到苗条身材。乐观的爸爸开玩笑说,这场病还帮他减肥,真是因祸得福了。现在的爸爸某种程度上比我这女儿还苗条,才意识到能被称赞"长得像爸爸",也可以是一件很幸福的事。

爸爸治病的那段时间,我正在准备美国留学的事宜,并且于 2010 年 8 月正式到美国读研究生。必须承认我对爸爸的病没有过多关注,但也许这也是他所希望的吧,我和妈妈都没有把他这个病看得太严重,也许心理上让爸爸更没有压力,都说病人家属正确的态度应该是不要把病人当病人,我觉得这是有道理的。事实证明,爸爸这半年的治疗过程里一切都进展得非常好,这说明我们任何的担心都是多余的。我去美国留学后,虽然隔着时差,爸爸还常常和我在网上通话,知道我在美国学习很辛苦,他也经常给我鼓励,我觉得我能在美国完成学业首先要感谢爸爸在金钱上的支持，其次是他的精神鼓励，但同样不可缺少的是他对时事的独特观点给了我在美国做学术不少的启发。学了六年西方经济学的我更倾向西方的思维方式和角度，而爸爸更多的是从东方的角度、历史的角度去看待问题。通过对很多事情的讨论，中美思想得以交换和更深入地探讨，这让我们俩都能更加全面地认识问题。我觉得我就是爸爸在西方的眼睛，告诉他我所看到的真实的西方文化，而爸爸就是一个智者，告诉我这个偶尔急躁偶尔也会崇洋媚外的年轻人更多沉淀的东西。在爸爸身上我看到了很多传统的中国人的特点，很多时候这体现出来的是一种大智慧。我希望在我身上能做到中西合璧，如果是这样的话爸爸功不可没。

2012年春，我拿着沉甸甸的行李从美国学成归来准备迈入工作的新阶段，才知道30年前的爸爸也是怀着依依不舍又向往未来的复杂心情离开大学校门，独自一人拿着笨重的行李颠簸回到家乡宾阳的。也许当年包分配的爸爸不能体会如今竞争很大找工作很难的心情，但是即将迈入耳顺之年的爸爸有太多的人生经验可以跟我分享。也许是从搬来珠海之后，我能感觉到爸爸将很大一部分精力都投入到家庭，投入到与我的交流上。曾经年少不懂事的我也会抱怨为什么别的同学的爸爸都能开小轿车去接他们放学，别人家里都是非富即贵，也会对平凡的爸爸有所不理解。而且爸爸也曾经透露过大学毕业时确实是有机会涉足官场，但是他从长远考虑及很多现实的因素最终还是拒绝了。以前的我不明白为什么要放弃权贵，长大之后我才懂得这得需要多大的定力和智慧。记得前些年热播的电视剧《蜗居》里面宋思明有一番话让我对平凡的爸爸有了更多的理解和佩服，他说——如果时光可以倒流，我会带着你们过另一种生活，不要太多的钱，每天去菜场斤斤计较，为发论文、评职称而与人争得面红耳赤，也为女儿考不上好学校而心焦。也许，这样，才是一种幸福的生活，而我以前并没有意识到。

但是爸爸确实让我们家发生了很大的改变，现在我们家有车有大房子，我还能到美国留学，全家人身体健康，生活幸福，亲情浓浓。也许上天很眷顾聪明乐观的老实人，所以在冥冥中安排了我从小所希冀的一切，只是这一切也许来得会比较晚，所以要有耐心慢慢等待。我从爸爸身上学到的是从平凡中创造幸福、感受幸福，这正是这个浮躁的年代里年轻人所缺少的淡定。刚刚毕业出来的时候爸爸任教的宾阳高中是新建学校，地方偏僻，条件艰苦无比，但是他与学校的年轻老师们志趣相投，在紧张教学之余，常常聚在一起，天南地北聊天谈心，或数人成群会餐，尝遍宾阳美食，或游遍八桂大地，欣赏各方美景。爸爸告诉我那样的生活就是平淡而幸福。如今的我是一个刚踏入社会的小毛孩，真的需要像爸爸这样的心态。我很感谢爸爸把他的聪明遗传给了我，我更希望能具有他那"兴之所至，心之所安；尽其在我，顺其自然"的智慧。但是我懂得凡事不能急，慢慢来，做好每一刻，享受每一刻，上天总会安排好一切，这也是我在爸爸身上看到的智慧的结果。

才发现原来五千字是如此的少，还是无法表达尽我眼中丰富而又深刻的爸爸。感谢爸爸为我创造了足够的物质生活环境，更重要的是他深深地影响了我的思想。

1977级，一个时代荣耀的符号

黄乘英

毕业三十年聚会的通知，再次唤起了我本以为淡忘了的记忆片段：那一个个流动的场景、一张张熟悉的面孔不断地在脑海中呈现，逐渐在眼前清晰、放大、扩展……一直以来我都认为自己是一个很被动的人，没有什么人生追求和目标规划，总是被命运之手推着行进，成为1977级的大学生，只不过是上天对我的眷顾而已。为响应林志杰秘书长号召和表示对王熙远同学的敬佩，试着梳理一下自己的生活经历，希望能透过我这样小人物的经历，让后人了解逝去那个时代的一种草根生活，也不枉大学四年的历史学习吧。

一、大学里的人和事

1.我的同学有从“省委”来的

入学教育时，白天军训，晚上分组学习，第一次小组会是每个同学介绍自己，印象最深的是一位看上去很像领导的同学，严肃地介绍自己是从“省尾”来的，当时大家都很诧异：啊！还有省委干部在我们班？等我们诧异的表情凝固了一阵之后，他才慢慢解释，自己来自地处桂滇黔三省区结合部，被称“省尾”的西林县，知道这个故意“丢包袱”的是谁了吧。

2.忽然想起自己是大学生

军训后，虽然我们已经开始大学课程学习，但在校园里看到的多是肩背军挎包、脚穿解放鞋的身影，再加上老师讲课的很多内容是我过去不了解的，每天忙着上课记笔记，下课补笔记，很是被动，怎么都感觉自己是个补课的中学生。五一过后，班里来了十几个比蓝老师还像干部模样的同学，特别是他们夹着皮包穿着皮鞋蹬蹬蹬地走进教室的样子，很有成年人的范（那时我坐在第一张桌子感觉比较震撼），才忽然意识到他们是大学生，是我的同学，原来我也是大学生了唉！尤其是几乎每次上完课后，总有人找老师提问题，而且同学间也经常争论得脸红脖子粗，心想他们怎么那么有内涵、有深度，我什么时候才学得会啊？事实上，我永远都学不来，直到现在，我还是习惯往人群后躲。

3.性格各异的舍友彰显个体的精彩

记得我们是1978年2月24—25号入学报到，刚到学校报到时，我和刘格凌、杨柳三人被安排住一间宿舍，因为年龄相仿玩得来，我们同出同进，俨然一个整体。后来调整宿舍，刘格凌被调到另一个宿舍，我们三个为此纠结了好久（有没有去争取已经不记得了），为了纪念短暂的同舍友谊，我们仨还一起去游芦笛岩并照了张合影留念。

调整后我们宿舍五个常住人口：王国玉、何龙群、施锦美、杨柳和我（郎津晶、徐学莹走读偶尔会住一下）。王国玉是生活很有规律的人，最遵守作息制度，东西摆放得规规整整，读英语、练毛笔字是每天必做之事，从不落事，我们找不到东西和记不起什么事，她随时提供保障（是实际上的舍领导）。何龙群是学习能力、计划性都很强的人，尤其是复习考试时，她总能把我所记得的看似零散的知识片段整合成明晰的线和面，从而帮助我了解到在课堂学习中不甚明了的关联，但个人行动诡秘，有时缺席宿舍统一活动，尤其临近毕业时。施锦美是舍长，认真、善良、勤劳、能吃苦，时不时地告诉我们她发现《增广贤文》中的某条训诫是对的，是我们当时宿舍常住人口中唯一的党员（走读的有郎，后来又发展有何、王），政治觉悟最高。我和杨柳是死党，偶尔会萌发找点小热闹的心思或是忙里偷闲地出去看场电影，然后心惊肉跳地爬围墙回来。清早躺在床上听见雨滴声，是我俩感觉最惬意的事，因为不用出操可以赖床20分钟;宿舍里做值日也是我俩的期待,因为可以有不出操的借口;马阿姨(国玉妈妈)来桂林出差是我们的福音(会有解馋的食物);快到国玉领工资了,我们会适时提醒她某种东西的味道很特别!所以,直到现在,国玉有什么好吃的东西还习惯地捎给我,一辈子的口福,哈哈。

宿舍里,我和杨柳住面对面的上铺,学校晚上十点半统一熄灯,太早了我们睡不着,只能卧聊,何龙群有时会参与,但国玉喜欢安静地思考问题,一般不参加,有时我们也会用点小计谋拉她下水;施锦美因为失眠经常不准我们熄灯后讲话,所以我俩最希望熄灯后听到隔壁宿舍(罗慧萍在"难忘的大学时光"中已述)的大声争论,这样我们也可以趁机讲话,当施锦美大声制止隔壁的时候,我们还趁机烧把火,又可以多说几句。

胡素华、李露是我们的编外舍员,她俩一个住对门,一个住隔壁。那时的大学生宿舍只有睡觉和看书的功能,很有"通铺"的时代感。我们宿舍因人少显得空间略大,"门槛"好像也低,加上她俩都有精湛的表演艺术,学什么都惟妙惟肖,常常带来令我们捧腹大笑的"包袱"。现在想起她俩学严沛老师在台上唱《游击队员之歌》的姿势,我还忍俊不禁,她俩选历史专业真是中国戏剧界一大损失!

如果说胡素华多是来我们这里群聊,那李露则常是从群聊开始,以私聊结束,有时甚至会钻到杨柳被子里窃窃私语,记得有一天中午把睡在杨柳下铺的郎津晶给吓坏了,担心上面床铺散架砸着她!胡素华串门常常是以玩笑开始,貌似以落实"正事"结束,而李露往往是从学术讨论开始,一般以落实"副业"结束。看似闲散的课余生活,也让我们学会了同伴间的相互欣赏,在紧张的学习环境中保持身心的愉悦。

4.从侧面感觉到老师的偏爱

想当年我们最大的幸运还在于,老师把我们看成了他们的传人,毫不保留、倾尽所能教会我们所有知识(罗慧萍同学已述),那种发自内心的偏爱和期望是每个人都感觉得到的。常从1976级学长那种羡慕嫉妒恨的口吻中我们知道哪个老师又给我们“加了餐”；入学教育时覃副院长冷嘲热讽的话语和泰山压顶的气势：“你们不要以为是考进大学的就很了不起。”更让我们知道自己在当时公众眼里就是了不起，老师眼里我们就是他们的精神传人。

5.老师说：学习历史要“顺藤摸瓜”

说实话，当时对历史专业学习我除了记性好点外，没有方法，更没自信，因为老师课堂上介绍的史学理论和发散的历史知识我不了解，也找不到方法，觉得学起来不得劲。经老师提点后才知道“顺藤摸瓜”即以时间为线索掌握历史事件的基本学法，特别是钟老师给我们归纳的六个“W”，即“when/where/who/what/why/how”，让我茅塞顿开。在班里我绝对不是聪明和努力的学生，却因着有老师们教育智慧的熏陶，在我三十年的教师生涯中不至于误人子弟。

我和弟弟黄乘明分别是钟老师和师母张老师的学生，因此在思想上、学业上、生活上我们姐弟得到了两位老师更多的关注，弟弟现在北京中国科学院工作，2007年他主持创建国家动物博物馆，2009年已竣工对外开放，填补了我国历史的一项空白。老师如父如母般的慈爱是我们姐弟俩一生享用不尽的财富，唯有努力工作才能不负师恩！

6.试教也要挑时辰——老师临睡前好过关

记得那时毕业实习每节课都要求试教，指导老师认可了才可以上讲台。我的毕业实习指导老师是唐凌老师和黄荫荣老师，实习学校是平乐中学。记得临出来实习前，老师安排我在系里试讲一节课，于是我准备了大量的资料，十分认真地写好讲稿，扎扎实实地念了50分钟，最后满头大汗地下来，后果可想而知，所以过试教关是我实习时最纠结的事。一天晚上11点多，我硬着头皮向老师申请试教，当时两位老师正准备休息，见到我来，他们说，如果你试讲完我们没了睡意，你就算过关，否则……结果是：我讲完后他俩兴奋得完全没了睡意，还你一言我一语地帮我找亮点，连我什么时候离开了都不知道。哈哈，就这样，闯关成功！

7.往事并不如烟

我现在工作的桂林中学建于1905年，是一所百年名校，也是钟老师的高中母校。钟老师从20世纪90年代开始担任校友理事会理事长，负责联络海内外校友，捐资捐物，扩大学校社会影响，兢兢业业地为母校发展出谋划策，直到2010年9月学校105年庆典前才因身体原因卸任，在桂林中学发展的大部分时期都有着老师忙碌的身影和奉献的足迹。

2010年11月在为钟老师守灵时，一件鲜为人知的往事更令我对钟老师、张老师肃然起敬：

那是新中国成立之初，社会动荡，钟氏家族遭到一场巨大的变故，钟家的小孩四处流落漂泊，钟老师以刚参加工作的微薄收入，毅然担起了赡养和教育这些无依无靠孩子的重担，在以后长达20年里他家先后抚养过14个孩子（自己的孩子不计在内），如今他们都成了对国家对社会有用的人。两位老师这样做绝非仅仅是亲情至上的中国传统美德的传承，更源于对社会的一种责任感。因为每一个孩子，不仅属于某个家庭某个家族，也是属于国家的，是国家的未来。

晚年钟老师出于史学工作者的使命感，曾不辞辛劳地用各种方式扶助民间史料收集工作，就在逝世前夕他还挂念着在他扶助下灵川一个电工即将出版的史料集……

老师将毕生精力致力于关爱后辈、忠诚史学、奉献社会，为我们诠释了名师的风范、生命的真谛。

二、平平淡淡　一站30年

大学毕业30年，我的工作按地理位置划分为11年在临桂中学，20年在桂林中学，两地相距10公里。按工作大类算是中学老师，细分1982至1999年是纯中学历史教师，2000年至今是教师兼学校行政人员，做过教务主任、政教主任、副校长、党总支副书记，事务性工作多一些，写公文多一些，接触人多一些，得罪人多一些，压力大一些,当然眼界也宽一些。

1.困顿中收到的来信感觉了温暖

刚参加工作的半年,我稀里糊涂地被派到了一所乡下中学,工作待遇没落实,诉求没人理会,无论官方还是民间都一样说辞:谁让你赶上了呢?整个人觉得掉进了人生的谷底,经常被悲观失望的情绪左右着。一天意外地收到了钟老师来信,告诉我从“比上不足,比下有余”的角度想事情,会让自己重新达观起来;江淳同学来信说:创立黄氏教学法,何不现在就着手呢。人真的需要“雪中送炭”的关怀。

2.天上掉的“馅饼”砸在我头上

30年教师生涯,我有两件事让中学老师很羡慕:一是2004年到上海华东师大脱产进修(一年);二是2006年评上广西特级教师,每月享有政府补贴300元(终生)。

20世纪90年代末,国家启动了中小学教师培训项目——21世纪园丁工程培训计划,当时我已经获中学高级职称(副高),作为中学教师职称已经到顶,自己也觉得该好好歇歇管管家了。但学校领导却动员我为学校荣誉去争取一下,因为到桂林中学工作后我报有感恩之念,于是就又迈上了漫漫求学路,只是没有学历文凭,得到的是一张张证书。在这当中,徐学莹同学成了我的导师之一,并给予了科研方面的切实帮助,我还有幸再度聆听了唐凌老师的教诲。

2004年9月,我作为广西入选进国家人事部、教育部联合启动的人才培养工程中唯一的高中教师,来到上海华东师大教学与课程论研究所进行为期一年的脱产培训,师从华东师大历史课程教学论专业博士生导师聂幼犁先生。聂老师深厚的课程理论功底和对中学历史课堂的真知灼见,令我这个一直在中学课堂里操刀的熟练工自叹不如,更让我感动的是聂老师对学生严格要求的态度和周到细致的持续帮助,直到现在,他还通过网络引导着我们进行课改的思考和探索。

2006年通过公开竞争选拔评比,我荣幸地获得了“广西特级教师”荣誉称号。

三、中国式的三口之家

像大多数的中国家庭一样，我家三口人。丈夫毕业于解放军徐州空军学院，是北京空军后勤部队原技术干部，1988 年转业到地方，现在是公务员。无论思维方式还是手工活，都应属于现在人称的“工科男”，优点突出，缺点更明显，几十年如一日地支持我的工作。女儿是广西师大外国语学院英语专业本科毕业生，现在北京语言大学对外汉语研究中心读硕士，兴趣随爹，性格开朗，喜欢运动，文笔流畅，跟娘无话不谈。一家人没有大富大贵的生活，倒也简单快乐。

一路走来，收获着点点滴滴的感动，借此，对这些年被我叨扰过、帮助过我、记挂着我、影响过我的老师、同学，道一声：谢谢！你们都是我生命中的贵人！

“莫老爷”散忆

莫世祥

时光真如白驹过隙。转眼间，恢复全国高考而获得第一批录取入学的1977级大学生，如今都已告别35年前的风华正茂，进入或即将进入“耳顺”之年。昔日我辈有幸从当年高考录取率不足5%的筛选中脱颖而出，在桂林王城独秀峰下的广西师范学院（1982年后改学院为大学），汲取改变未来人生命运的能量。喜获爱神丘比特之箭的男女同学，更让美甲天下的桂林青山绿水见证人间爱情的甜蜜、持久或苦涩、哗变。

30多年前的往事，并未如烟般散去。其中难忘的片段，依旧闪现我辈记忆之中。将其记录出来，不仅可以分享彼此的际遇，兴许还会积淀成后人了解中国1977级大学生状况的史料。

一、忆自己

我在独秀峰下度过本科生和硕士研究生合共七年的学习时间。其时的记忆剪影，首推任课老师，尤其是师恩如山的钟文典、陈伟芳两位教授的教诲和帮助。惟基于方便学友乃至后人理解内中情由的考虑，故不揣冒昧，先将本人上大学前后的故事片段叙述如下：

1978年初，我成为广西师院历史系1977级学生。不久，就荣膺“莫老爷”的绰号。当时，“文革”封禁的电影《刘三姐》重新上映，壮族女歌手刘三姐以山歌和智慧斗倒地主莫老爷的民间传说再度脍炙人口。不过,广西莫姓男子从此需要分担“莫老爷”的绰号了。

20世纪60年代初《刘三姐》刚上映时,我在初中的绰号是“莫痴”,起因是年少无知,常发离经叛道之言。上大学后,晋升为褒贬莫测的“莫老爷”,原因可能是:我在班上属于将近“而立”之年的高个子;上大学前我已在家父影响下开始历史专业的学习和写作,上大学后在同学中具有学识先行的优势;更重要的是,偶尔露峥嵘的我行我素的言行颇有老爷自傲不羁之风。

此外,国家政策保障我作为带薪学习的大学生,在大学期间继续领取行政干部25级的月薪41元,相比起一般同学每月享受的师范院校学生补贴19元,我确实享受到老爷般的经济待遇。因此,我是当时同学中极少数拥有皮鞋者之一。记得有同学曾经借穿我的皮鞋去三里店分校见女友,临走时发现我的皮鞋头上居然有一道缝痕,我笑着告诉他:这是时下最时髦的“三节头”。——其实,那不过是补鞋匠在穿破的鞋头上留下的杰作而已。

仅此事例,足可证明“莫老爷”绰号名不副实。更有甚者,“文革”初期过早经历人斗人的闹剧,虽然使我在潜意识里滋生“粪土当年万户侯”的叛逆,却也不时告诫自己韬光养晦,夹着尾巴做人,以免落下政治上的把柄。

坦率地说,我上大学的实际动机,就是改变自己将要一辈子在贫困县城工作的命运。“文革”期间上山下乡的潮流将我辈从城市席卷到农村,“文革”后恢复的高考就成为知青凭借自己实力返回城市的最便捷通道。我有幸走上这条通道之后,才感受到自己掌握自己命运的快意。因此,我憧憬在大学生活中能够不受外来干预地自由设计自己的未来路向。当时,倡导思想解放的报刊反复强调马克思、恩格斯在《共产党宣言》中提出的名言:“每个人的自由发展是一切人的自由发展的条件。”“自由发展”,就成为我和那个时代的众多大学生的共同追求。

然而,当时我认为,系总支和班级干部长期坚持、而今大学校园几乎绝迹的集体出操制度,是学生自由发展的一道障碍。入学后,我曾与同学们一道参加军训,在实弹射击中取得5枪命中45环的优秀成绩。可是，我对此后延续一两年的集体出操制度颇为抵触，最终拒绝参加。我曾向家人直言其因：我都长得三大五粗、老大不小了，不喜欢有人在我面前喊口令，而且还要督促我执行。——如今想来，这应该算是“莫老爷”典型的无组织、无纪律的奇谈怪论了。于是，早上同学们集体出操之际，便是我径自在独秀峰下朗读英语之时。看到积极领导出操的两位班干部相继患上肝炎，当过赤脚医生的我立即将其病因归咎于缺乏营养（借此批评学校食堂的伙食）、体力透支（借此攻击体育锻炼）。经此教训之后，班上的集体出操制度不了了之了。

鉴于初入学时备受“组织”管束，难以自由发展，我本能的反应是逃避：干脆退学，不受这样的“组织”约束。于是，在一年级下学期，我与先前来自区财政厅的周耀全同学密谋两人退学事宜。似乎是他先向班主任做出试探，未获批准；我的退学想法也遭到父母的反对。第二年，我们各自在大学同学中找到心仪的女友，中途退学的念头随之烟消云散。

电影《三笑》演绎的是古代名士唐伯虎追求无意中对其三笑的侍女秋香的故事。此类故事在当今荧屏屡见不鲜，在70年代末却是大学政工领导干部严厉抨击的靶子。记得有位党委副书记在全校师生大会上，义正词严地批判《三笑》宣扬封建主义才子佳人的思想，警告学生不许观看此类影片。这位副书记原在南宁的广西教师进修学院任职，“文革”期间曾与家父同为“牛棚”难友。听到他在台上痛批《三笑》，我和身边的林志杰等同学不禁产生逆反心理，干脆在台下相互示意，秘密策划逃课看《三笑》的行动，会后立即实施。

此后，我还不时在晚自习后上街看电影，回来时学校大门早已紧闭。不过，这一点难不倒晚归的同学们：大门旁边围墙上有一个缺口，缺口上的砖头渐渐被一个个翻墙者的屁股磨得溜滑。

二、忆陈师

在独秀峰下的学习生涯中，我不仅从各位任课老师的上课讲授中获得专业的教益，而且还从我不时登门拜谒、请益良多的陈伟芳、钟文典两教授处，获得父辈世伯般的关怀和帮助。他们对我的传道解惑甚至及时出手相助，不仅拓宽我的学识，丰富我的认知，而且帮助我化解深造的困扰，警醒我做人。

20 世纪 60 年代初，家父在南宁陆续发表研究太平天国等广西历史的文章，并且与在桂林的广西师院陈伟芳、钟文典等老师成为朋友。此后，家父常向我讲述他与陈、钟诸师交往的逸事。其中说到当时陈伟芳老师曾想将他从南宁一中调到广西师院历史系任教，家父调动之事进入政审阶段，因政审不过关而告吹。在“以阶级斗争为纲”的年代，陈师居然冒天下之大不韪，试图将我调到独秀峰下，家父自然感铭在心。上大学前，我在家父处阅读陈、钟诸师的大作，早对他们心存敬意。

陈师早在 50 年代后期就蜚声史坛，代表作是《朝鲜问题与甲午战争》，北京三联书店 1959 年出版。不久后被评为副教授，成为“文革”前最年轻的副教授之一。1981 年，他还完成《台湾乙未战纪》，广西人民出版社同年出版。

我们初上大学时，陈师任历史系主任，钟师为副主任。不久，陈师出任广西师院副院长，钟师接任系主任。因此之故，陈师较少给我们上课。迄今记得的是，陈师出国访问之后，曾专门给历史系师生讲述出国见闻。当时国门初开，陈师的讲座似乎是师院的第一次，因而座无虚席。现在还有印象的是，陈师在演讲中称赞国外图书文献的情报收集工作周全到家，只要在电脑输入姓名，就可以显示其著作目录，他本人的著述目录也可以在电脑检索中展现出来。陈师所讲的电脑与网络检索，在 30 多年后的今天已属普通常识。可是，陈师演讲 10 多年后的 90 年代中期，我才在广州的暨南大学学会应用电脑写作与检索资料——此举在当时的暨大还属于先行。如此比较看来，当年陈师对国外文献检索先进技术的介绍，其实是在习惯于往后看的史坛上，倡导向外看和向前看的风气之先。

我到桂林上学后，最初是承父命，登门拜谢陈师、钟师将我收纳门下之恩；以后遇到难以解决的问题，就酌情分别向两位师长登门请益。想来惭愧的是，我每次拜谒，都空手前往，并未携带表示感激的礼物手信；告辞离去，则因收获教益而心情舒畅。

陈师中等身材，面善目慈，待人和蔼。我每次到陈师家中，他都拿出糖果款待；家中夫人或小女也出来斟茶续水。如此客气，令我坐立不安，不敢过多打扰。

陈师的祖籍在广东宝安。因此他在90年代退休之后，从桂林迁居深圳，与据说在龙岗区工作的公子团聚，其后到澳大利亚悉尼，与女儿及女婿团聚。90年代中，我和在广州的广西师大校友一起，曾在暨南大学西门附近的餐厅，设午宴招待刚从澳洲返国的陈师，以及时在广州的林茂高老师。1999年我到深圳大学任教之后，专程到陈师居住的深圳鹿丹村小区拜访他。他兴致勃勃地向我介绍，准备在悉尼和几位华人朋友创办一份中文报纸，因为他青年时期曾在报界工作。这是我和陈师的最后一次见面，后来就辗转听到他驾鹤仙逝的消息。

三、忆钟师

钟师是我在独秀峰下本科加研究生共七年学习期间请益最多、毕业离校后有幸重逢次数又最多的恩师。他身高略高于陈师，面容清癯，精神矍铄，双目炯炯有神。见过他的人，都会记住他那目光如炬的神情。

记得他带领我们进行社会调查时，多次鼓励我们"东张西望"。我因此将东张西望、眼观六路，视作他传授我辈的一项法宝，进而认为：只要上下左右地顺转、再逆转眼珠子，就可以练就他那双如炬的目光。凭此胡思乱想，我至今仍保持睡醒后就旋转眼球的习惯，虽未练成目光如炬，却将良好的视力延续至今。自然，与钟师相处的片段也不时浮现眼前。

（一）"斗人的人和被斗的人都坐在一起了"

1977级开学之初，"文革"十年内乱方息，大地开始解冻复苏。不过，校园内仍可感受到尚未散尽的"左"的阴霾。当我向钟师忆述家父在"文革"中的遭遇时，他没有向我讲述自己类似的情景，却忍不住告诉我，在开学后召开的历史系教师会议上，他默默打量出席者，发现“斗人的人和被斗的人都坐在一起了”。我听出钟师话中的感慨，两人都沉默下来。此后，我没有问钟师，钟师也没有告诉我“斗人的人和被斗的人”分别是谁。但是，我毕竟已从家父口中以及桂林“文革”传闻中略知其中的往事。我因此告诫自己，注意远避“斗人的人”，同时对在历次政治运动中被批斗过的老师产生天然的好感与共鸣。

（二）以梁氏父子遭遇为戒

梁岵庐（1892—1969）是民国时期著名的广西籍文史学家和书画家，“文革”前任广西通志馆副馆长。其子梁任葆任教于桂林的中学，在其父影响下，从40年代后期起就陆续发表史学研究著述。进入50年代，梁氏父子已在广西文史界引领风骚。不过，1957年的反右运动以及此后的政治运动，却使这对父子、特别是梁任葆过早夭折在史学研究的半途中。

1979年春，《广西日报》理论版几乎以整版篇幅，刊载我写的《石达开并非分裂主义者》一文，提出翼王石达开率部出走西南，并非分裂太平天国，逼走他的洪氏集团才是分裂的罪魁。不久，该报刊出广西民族学院一位老师的反驳文章。为石达开出走翻案，在当时有可能被指责为为张国焘分裂党中央叫屈。家父并不赞成我撰写和发表这篇文章，但我年轻气盛，不听劝告。

此后，家父见我陆续发表习作，渐露锋芒，就向我多次讲述梁岵庐、梁任葆父子招致政治批斗的故事。凑巧的是，不久之后，钟师在和我交谈中，也含蓄地问我知不知道梁任葆及其经历。我立即回答，家父已向我说过梁氏父子的遭遇。钟师于是笑而不语，我则在心中感激他父辈般的关怀。

幸好后来的事态证明：时代不同了，中国改革开放的时代潮流终于让知识分子动辄被斗被整的日子一去不复返了。

（三）钟师让我获得自由发展的空间

在1949年以来的大学历史上，1977级同学自觉、刻苦地学习钻研的精神，可谓空前绝后。当时,广西师院实行严格的晚间熄灯制度——这是军事化管理大学的举措之一。晚自习结束后,教室就熄灯了,不久寝室也一律熄灯。于是,想多用功读书的同学只好在教室、寝室点起蜡烛或油灯。我干脆购置照明度更高的马灯,当作“老爷”特有的用具。

在当过中学英语老师的李绛亮等同学帮助下,我重新捡起“文革”前学过的初中英语,继而购置新出版的大学英语课本,一册一册地自学。我觉得,虽然大学也给历史系学生开设公共英语课,可是进度慢、内容浅,不如自己快学多学。因此,在上过一两次英语课之后,我就不去上课了。不过,在学校举行的公共英语笔试中,我考取三等奖,这就增强我自学英语的信心。后来,我想和同学们一道参加英语课的期末考试,取得相关成绩。这样做,当然违反教学规定。授课老师因此征求系里的意见,钟师居然破格批准。于是,我破例成为不必上课而可以考取英语成绩的学生。

那时,我还利用课余时间扩展知识面,广泛浏览专业与非专业的各种书刊,从中寻找感兴趣的研究课题。大学四年级时,我写成《太平军中的外籍军人》一文,冒昧寄给同属贵县(今贵港市)桑梓的著名历史学家、中国社会科学院近代史所研究员罗尔纲先生,请他赐教。不久,收到他的亲笔回信。信中说,他所知道的相关史料,我几乎都引用了,不过他还可以补充两条史料给我。我将罗尔纲先生的回信报告钟师,钟师立刻说:我向学报推荐发表你的文章。《广西师院学报》1981 年第1 期果然很快发表这篇文章。我不知道这是不是学报首次发表本科生的习作,但看到自己的习作忝列钟师之后,组成学报纪念太平天国起义 130 周年的论文系列,并且被中国人民大学报刊复印资料《中国近代史》全文转载,我至今仍对钟师的推荐心存感激。

钟师的治学特点是在注重研究文献史料之余,长期坚持社会调查(即现在颇为推崇的“田野调查”)。大学四年级时,钟师亲自带领我们十几个同学,到河池地区调查太平天国石达开部活动遗迹。钟师已经上了年纪,仍然不辞辛苦,和我们这些年轻学生一道跋山涉水，对相关石刻碑文进行拓片。记得有一处山寨遗址远在高山峻岭的洞穴中，我们力劝钟师在山下休息，然后奋力上山，果然发现山洞里有十几块小石碑，上面刻着叙述山寨抵御太平军事迹的碑文。我们分头拓片，不料带上山拓片的用水已在爬山路上喝去大半。当时暮色将至，山高路陡，不可能再下山打水。情急之下，我们几个男同学只好朝干巴巴的石碑上撒尿，然后铺上纱纸，再轻轻敲打墨团，将石碑上的字迹拓印下来。下山后，大家笑着将此创举告诉钟师，钟师不以为怪，也随之笑了。这大概是历史系社会调查中出现的最可笑的逸事吧。

1982年春，我成为钟师直接指导的第一届两名硕士研究生之一。钟师和我后来的博士生导师章开沅教授一样，不约而同地放手让我自己处理毕业论文的选题、资料收集、写作、修改和定稿等各项事宜。钟师、章师相继对我“无为而治”，充分锻炼我的独立研究能力，使我在学术上获得自由发展的广阔空间。

钟师对我在研究生期间的放手和宽容，还使我创造出一个学期之内合计请假回家四趟的最高纪录。那时，我不时向钟师请假回南宁，以至于他一见我，就笑着问：又是来请假回家的吧？钟师对我不拘一格，未加管束，这种看似有违研究生管理制度的做法，其实更激励我以学业上的进步来回报导师的关怀。我很快独立完成硕士学位论文的写作，并且顺利通过答辩，相关论文的章节也在广西乃至北京的学术刊物上陆续发表。

（四）从独秀峰到桂子山

1985年春，我顺利考取华中师范大学中国近现代史专业博士研究生，忝列该校校长章开沅教授门下。从此，我在武汉桂子山上度过实现学术新飞跃的三年时光。现在回想起来，如此幸运际遇，其实与钟师、陈师为我们研究生开拓与外界的学术联系密切相关。

1983年春夏，章师的得力助手刘望龄教授路经桂林，做短暂停留。钟师、陈师让我们几位硕士生陪同刘师游览桂林。此外，我还和两位研究生同学一起，通宵在桂林火车站排队，帮刘师购买返回武汉的卧铺票。我因此在桂林独秀峰下，通过认识刘师，逐渐与武汉桂子山的章门学派结缘。

同年底，我将硕士学位论文的一部分内容写成专题论文，提交即将在北京举行的“纪念国民党‘一大’60周年学术讨论会”筹备委员会，随即通过论文遴选，获邀与会。我将此消息告诉钟师，钟师当即批准我动用系里的研究生经费上京赴会。1984年1月，此会在北京人民大会堂举行隆重的开幕式，章开沅、刘望龄等华中师大的多名老师也应邀与会。我有幸聆听章师等人的高论，由此埋下同年底报考章门博士生的契机。这年秋天，我将自己在广西师大图书馆发现的记录武昌起义实况的英文著作《中国革命记》(*China's Revolution*：*1911—1912*)，摘译成九万字的译稿，寄往桂子山，承蒙章门采纳，不久就全部刊登在中华书局出版的《辛亥革命丛刊》上。

1984年秋冬，著名演员和导演孙道临来到桂林了解情况，准备创作和拍摄反映孙中山生平事迹的电影。陈师和钟师叫我等研究生同学一起参加座谈。由于我的硕士论文写的就是《护法运动中的孙中山》，因此我在座谈会上放胆直言，力主集中描述1921—1922年孙中山在广州建立护法政府、西征北伐、桂林整军、陈炯明叛变、孙中山广州蒙难的历史故事。孙道临听了颇感兴趣，接过话题，开始构思一幅幅的电影画面，最后说：结尾就是孙中山乘坐永丰舰，驶向茫茫大海。会后，孙道临、陈师、钟师和我在漓江饭店顶楼合影留念。第二年，我在电影《非常大总统》上再度看见扮演孙中山的孙道临，影片叙述的故事与桂林座谈会的构思基本衔接。

孙道临离开桂林之后，我致力于准备毕业答辩和报考章门博士生。等到这两件大事都顺利完成，钟师才告诉我说：孙道临曾经从广州打来电话，叫你去广州，协助他们收集相关创作资料。不过，我告诉他，你正在准备考博士生，去不了。钟师为我遮挡旁骛，显然是想我专心深造。我完成硕士学业之后，从独秀峰到桂子山的史学深造之路已经开通，我于是循此史学之路，走出广西，走向全国。

（五）“叫令尊一起来深圳聚会吧”

1988年初，我在桂子山完成博士学位的学业，任教于广州暨南大学。不久，钟师来广东参加学术讨论会,我正好也参加该次会议,于是有幸与钟师重逢数日。钟师向我详细介绍广西师大历史系的最新变化,使我知道好些内情。此后,钟师再来广东参加学术会议,我们师生重逢,相聚甚欢。

21世纪初,钟师与夫人张老师来到深圳探亲。当时,我已到深圳大学任教。我和王熙远、盘美昌等在深圳工作的校友,陪同钟师夫妇参观1979级校友朱文彦担任校长的石岩中学,王熙远设晚宴招待。随后,我驾车从宝安送钟师夫妇返回他们女儿居住的彩田村。当时,我初次在夜间开车,忐忑中居然忘记加锁车门。幸好妻子陈红在半路上提醒我,才及时避免车门有可能意外松开的险情。钟师听到陈红责怪我开车不小心,反倒安慰说,我觉得世祥开车还蛮稳的。这番鼓励,增强我驾车陪同钟师夫妇出游的信心。我当即邀请他们第二天到红树林公园游玩。

那天上午,阳光明媚,我和陈红陪同钟师夫妇走在红树林公园的海边大道上,欣赏众多海鸟在波光粼粼的水面上浮游。张老师以其娴熟的动植物学专业知识,介绍所见海鸟与绿树的学名和特性,钟师则微笑着陶醉于与大自然亲密接触的漫步之中。

其间,我问钟师,要不要我先前收集的马君武资料,因为我在编《马君武集(1900—1919)》(华中师范大学出版社1991年出版,2011年再版)的过程中,还收集马君武的其他史料,一直没有加以利用。钟师立即说:我要啊,你交给我带回桂林吧。我问:不怕加重行李负担?钟师答:不怕,拿得动。

随后,钟师问我:令尊有没有来过深圳?我说,家父奉行“七十不留宿,八十不留餐”的养生古训,一直住在南宁家中,不肯远游。他笑了,说:你还是邀令尊来一趟深圳,我们相约在深圳聚会。

第二天,我驾车去到彩田村小区,将沉甸甸的两袋马君武资料,交给小住在那里的钟师。钟师再次叮嘱我说:“叫令尊一起来深圳聚会吧。”

然而,我最终无法完成钟师的嘱托。钟师离开深圳后两年,家父发现患上癌症,延至2009年去世。钟师也在2010年遽然仙逝。陈师、家父和钟师等一代广西学人终于相继会聚天堂,可以继续品茶论道、磋商史学了。

在大学的日子

刘　宏

偶然在网上看到了罗慧萍同学的文章，记忆的闸门一下被打开，往事像潮水般涌来。

最晚报到的人

没想到吧？我是当年历史系 1977 级新生中（走读生除外）最晚报到的一个。当时，不知怎么想的，对报到一事也没什么明确的概念，还有就是当时我没拿齐材料，所以，数次经过报到点（当时王国玉报到还是我陪去的），都没正式报到，但每次都打招呼，人家也知道我是 1977 级新生，但就是没报到。两天的报到时间很快就过去了，我也搬进了宿舍，第二天，我被张晓儒书记派人叫到她办公室，狠批了一顿，说我无组织、无纪律。现在想起来，我顶多是有组织、无纪律，而且无纪律还是无知造成的。

最好的一门成绩

我自认为是一个学习天分不高的人，且又不刻苦，因此在大学里的成绩中不溜儿，打开我的记分册，映入眼帘的都是良好、良好。只有毕业论文一项是优秀。这个优秀为我平庸的成绩添了一抹亮色。

我的毕业论文指导老师是粟冠昌老师。粟老师是教广西地方史的，没给我们上过课，只是为了方便我们做论文选题，系里安排给我们上了一节课，这一节课，促使我和王国玉决定让粟冠昌老师来指导我们的毕业论文，粟老师爽快地答应了。

粟老师很高，约有1.82米的样子，操着浓重的桂柳口音，早在五六十年代，粟老师在广西地方史这个领域已有所建树，粟老师很不幸，老伴早逝，丢下两个孩子，他又当爹又当妈，还要做学问，日子过得很辛苦，当年做我们指导老师时，还不到六十岁，却已是满头华发。

尽管如此，粟老师对工作还是一丝不苟，耐心地指导我们做论文。1981年的那个夏天，我拿着粟老师开的书单，奔波于图书馆与家之间，广西第一图书馆史籍阅览室的所有管理员都认识了我，在粟老师的指导下，几经修改，终于完成了论文。当时我长舒一口气，谢天谢地，别无所求，只求通过。当徐硕茹老师代为宣布论文成绩时读到：刘宏，优秀。我顿时感到全班投来诧异的眼光，我自己也很意外。我的论文不仅得了优秀，还被粟老师推荐到《广西历史研究》上发表，稿酬25元，老师，谢谢您！

如今老师已经逝去，老师，您在天堂还好吗？

最刻苦的同学

我以为，在全班所有同学当中最刻苦的当数施锦美同学——在全班81个同学当中唯一与我同年的同学。

我们1977级有21名女同学，大都来自城市、乡镇，只有施锦美来自农村，并且是为数不多的女党员。

当时施锦美一头短发，衣着朴素，讲一口地方口音很重的普通话，走路姿势很挺拔，像是在走正步，在女生当中有些特别。说实话，经常有人在背后嘲笑她。

很快，这个同学就让我们刮目相看，由于自身条件差，施锦美同学非常努力、刻苦，除了正常的学习时间外，还把别人逛街、看电影的时间用来学习，功夫不负有心人，有一次段考，出题有点偏，班里的大部分同学（其中不乏成绩优秀者）纷纷落马，在为数不多的及格者当中，施锦美名列其中，由于表现突出，施锦美被评为当学期的五好（三好？）学生。毕业实习中，她刻苦练习普通话，在其他同学帮助下，通过毕业实习。毕业后，先是分到宾阳一所乡镇中学，后来凭自己的实力进入宾阳中学（自治区重点高中）执教。

现在，施锦美同学的普通话依然不好，然成绩斐然，桃李满天下。

最惧怕上的课

在大学期间，我最怕上的课是体育课。

我对体育没什么悟性，既无速度，又无爆发力，且协调性差，如此一来，每周两次的体育课就成了我最难跨过去的坎。

体育老师是一个比我们大不了多少的湖北姑娘——于老师，身材娇小，动作敏捷。给我们上的课程大都是一些技巧性很强的科目。什么鱼跃前滚翻了，肩肘倒立了，又是跳马，又是跳箱，跳箱不仅要横着跳，还要直着跳，每次因跳箱不过而坐在箱上的那个人一定是我。

我最佩服的是李露。李露当时是我们班的一个风云人物，学习好，体育强，是院文工团的成员，还担任院学生会工作。李露喜欢穿一条白色的裤子，跳箱时，轻松一跃，白光一闪，犹如凌空飞燕，无论什么科目，她都能轻松完成。每次体育考核，她总是第一批过关。

当然，也有个别科目是我喜欢的，如二十四式陈氏太极拳，终身受益。

最乌龙的达标

大二时，教育部规定在校生必须体育达标。达标验收的项目有：百米跑、跳高、推铅球、负重 8 公里越野。当时规定，跳高/跳远、推铅球/掷手榴弹、8 公里越野/50 米任意泳姿，可以任选。当时，我先是选了 8 公里越野，走到 2 公里时，脚背抽筋，只得作罢。好在会一点狗刨，在漓江中游了 50 米了事；铅球怎么也推不了

6 米，只得改掷手榴弹，不承想无意插柳柳成荫，掷手榴弹的成绩不仅达了标，还让我成了某届系运动会的投掷选手。

所有项目中，只有百米跑是没有可替代的，要求达标成绩为：男子 12″7，女子 16″5。

我跑了一次又一次，总是 16″7，同学们都跟着着急。当时，因需要验收的人多，老师忙不过来，所以，在百米跑的起跑发令和终点掐表的工作都由同学自己担任。有人出主意说，只要发令的一举旗，刘宏你就跑，旗落后，终点的同学再掐表，那 0.2 秒就出来了。我依计行事，终于过了关，咱也达标了。

最“慢”的第一名

系运动会每年举行一次。有一届系运动会规定，不论个人项目还是集体项目，一个选手只能参加两项，这样一来，我们班的女子 4×200 米接力就少了一个人，当时的文体委员黄苹很焦急，离开运动会的日子越来越近了，由于各种原因，还是没能增补到选手。一天吃完了饭，我找到正在水池边洗碗的黄苹，自荐说，我的百米最好成绩是 16″7，如果实在没人上，而又不嫌弃我的成绩，我愿意报名参加 4×200 米接力，以解班忧。黄苹喜出望外。第二天我就开始训练，我估计，当时班里对我也没什么特别的期望，只求不放弃该项比赛，班委对女子 4×200 米接力赛的出场顺序做了安排：胡素华第一棒，黄乘英第二棒，王国玉第三棒，而我跑第四棒。我找到黄苹说，我不能跑第四棒，因为我没速度，安排我在中间吧。黄苹安慰我，不用怕，胡素华她们会在前面帮你把距离跑出来，你只管跑就好了。我很无奈，顶着压力上了，生怕比赛砸在我手里。

我们的对手是 1978 级，她们的出场顺序正好与我们相反，她们把速度一般的放在前三棒，最后一棒冲刺的是当届的系百米冠军。比赛开始了，发令枪一响，胡素华“嗖”的一下就跑出去了，我在候跑区观望，胡素华真不愧是 200 米短跑冠军，一下就把对手远远地甩到后面，第二棒、第三棒都很顺利，我快接棒时，我们已与对手拉开了约50米的距离，我一接棒，撒开脚丫子就跑，班里的同学都在跑道两边给我加油。因为是4×200接力，跑完400米之后可以并道，起跑时我们在外道，到我跑时是在内道上了，同学们一直叫着：刘宏，压道，压道！压道是一个术语，是领先者紧贴内线跑，以免对手超越。可笑的是，我完全听不懂，一直贴着外线跑，我后面跑着的可是1978级的冠军，距离正在缩短，我拼命地跑，当我跑到终点时，对手差我约一米的距离，好险啊，我们赢了，我们班获得了女子4×200接力的第一名。而我为此付出的代价是：双腿肌肉严重拉伤。

最具规模的犯规

一次考完了期终考试，因考试而紧绷的神经一下松弛了下来。其时，市面上正在放映一部新片（片名忘了），大家都想一睹为快。但是考完试的日子不是周末，学校规定不许外出，还要开班会，实在忍受不了新片的诱惑，我们决定散会后再去看电影。我们的电影票是夜场10点的，除了个别人没去外，我记得我们宿舍的同学都去了，去的路上我们还有些忐忑，可是到了电影院，放眼望去，都是师院的同学，心定了许多。看完电影，回到学校大门时已接近深夜12点，大门早已关上，在清冷的月光下，校门口站满了师院的同学，有历史系、政治系、数学系、物理系，但凡在王城的，各系均有学生看这场电影。有人开始摇紧闭的铁门，没有回应，大家都有些许着急，这时有人提议，翻墙进入学校内，得到众人的响应。此时，天之骄子们也顾不得斯文了，大家自觉地排好队，依次进入，我们几个排在队伍的前段，回首望去，少说也有好几十人，场面颇为壮观，师院大门是从阶梯登上一个平台，围墙两边外高内低，上墙头容易，下来约有两米左右，好在男生很绅士，他们在跃下墙头后，主动为女生做保护。我最怕从高处往下跳，此时，豁出去了，不管三七二十一就跳了下去，一位男生扶住了我（是谁记不清了）才不至于摔个跟斗，躺在床上时，我想，明天会不会受到学校批评呢？第二天，风平浪静，没人提及此事。这大概是我四年大学生活中最严重的一次犯规。

最长久的同桌

大学四年，换了好几任同桌，是谁已经记不清了，然唯一记得，最后、最长久的同桌是曹小瑾同学。

曹小瑾比我年轻几岁，聪慧好学，上课时，笔记记得很快，系里的几位老师讲话带有浓重的广西地方口音，这成了我记笔记的一个障碍。但小谨每次都能从中辨出正意，流利地记录下来。记得有一次上世界现代史课，主讲的是杨慧娟老师，她是钦州人氏，地方口音很重，在历数日寇之罪时，讲到“大东亚共圆圈”，我实在不懂是什么意思，悄悄问小谨，小谨略沉吟说，是大东亚共荣圈吧，我这才记录了下来，小瑾见我记笔记有些困难，便经常将记好的笔记给我补笔记，一直到毕业，谢了，小瑾。

最尴尬的一节课

学历史离不开古籍，历史文献（文选）成了我们的必修课，主讲的是严沛老先生。

严老上课总有一个标志性的动作：侧身双手一上一下伸向前上方，双脚一只在前一只在后，在前的那只脚必定是脚尖朝上在打拍子，语速缓慢，态度祥和，是一位慈祥的老先生。

一次在讲东汉末年农民起义，配合讲课，必定要交代历史背景，当严老师说道“东汉汉灵帝刘宏”时，我听到课堂上有一阵小小的骚动，严老师以为同学们没听清楚，为方便大家做笔记，严老师转身用粉笔在黑板上写下大大的“刘宏”二字，全班哄堂大笑，严老师一脸茫然，我好不尴尬，咳，我这么有时代烙印的名字，居然还跟一千多年以前的皇帝重名，真不知说什么好，这堂课后，我就多了一个别称——陛下。

结束语

人生就像坐一列长途火车旅行,途中有许多风景,有些风景是不能忘怀的。三十年过去了,弹指一挥间,当年风华正茂的姑娘、小伙,如今纷纷到了退休、含饴弄孙的年纪,正值毕业三十年聚会之际,真诚地问候一声:同学,你还好吗?

后记:三十年过去了,许多事情也不是记得那么准确。谨以此文纪念我们朝气蓬勃的大学生活;纪念我们逝去的青春;纪念那些为教育事业贡献了毕生精力的老师。

幸运儿

宁崇富

时光流逝，一转眼，大学毕业已经过去整整三十年了。30 多年前的那次高考，不但改变了我们国家的命运，而且也改变了一代人的命运。这是每一个 1977 级人的真切感受。而对于我这个曾经当过四年多“人民公社社员”的农民，更有着刻骨铭心的感受。我今天拥有的一切，完全拜 1977 年的那次高考所赐！

一、由农民成为 1977 级大学生

我出身于一个地地道道的农民家庭，三年困难时期，已依稀记得吃各种野菜充饥，幸好没饿死。上小学后，成绩在班级里一向名列前茅。那时就梦想着，读完小学升初中，读完初中升高中，然后考大学，改变人生，改变命运。可是，这个梦想很快就被史无前例的“文化大革命”无情地击碎了。刚读完小学四年级要升五年级，“文革”就开始了。此后两年，五年级和六年级，基本就不怎么上课了，课本也没有了。上学也不用背书包，就带一个小小的语录袋。后来，发出“复课闹革命”的号召，我们就读的小学也开设了初中班，当时俗称戴帽初中。1969 年，读完六年级，我们就顺理成章地成为戴帽初中的初中生。1971 年初中毕业时，上高中必须由“贫下中农推荐”，首要条件自然是出身好。由于名额有限，我这个“中农”出身的比不过“贫农”、“下中农”出身的，落选了。那一年 15 岁，我就回生产队当了农民。一年后，我才得以社会青年的身份，推荐加考试，上了高中。1974 年，高中毕业后，再

次回到父母所在的生产队当农民。

那时的农村实在是太苦了，一个壮劳力，一个劳动日挣的工分，年终结算时值三五角钱就算是好的，差的一个劳动日只值几分钱。所以，一年365天，日复一日，披星戴月，面朝黄土背朝天，一年下来仍不能果腹，基本上是在半饥饿的状态下活着。

按说，民以食为天，理应千方百计，让人能吃饱饭。但那个疯狂的年代，一切要改变贫穷的努力都是不允许的。比如农民家里养的鸡鸭，自留地里种的菜，房前屋后种的果树，都有数量规定，超过规定，就被视为“资本主义尾巴”而被割掉。

当一个人连生存都成为奢望时，其他所有梦想似乎都化为泡影了。

我看不到希望，也不知道未来会怎样。但凭直觉：种种疯狂之举，逆天道，违背人心，这世道不可能老是这样，肯定要变！

世道真的变了。1976年10月，“四人帮”垮台。一年后，1977年10月21日，恢复高考的消息正式公布，我拿着那天的报纸，把这条消息一个字一个字反复读了几遍，生怕漏掉了什么。抑制不住激动的心情，心中暗暗祈祷，我的大学梦有望实现了！

但短暂的兴奋之后，烦恼来了：离考试只剩不到两个月的时间，我这样的高中生，其实连完整的小学也没有读完，又已经当了四年多的农民，能考上吗？

只有一个多月的时间，也顾不得那么多了，只能背水一战！

于是，从当时村里正在高中读书的学生手中借来课本，开始复习。打开数、理、化，就傻眼了！数学基本忘光，物理、化学的很多内容，我们上中学时，根本没学过。只好放弃理科，选考文科。

幸运的是，小时候，自打从看小人书连环画开始，就养成了读书的爱好。小学三年级起，就开始读小说，而且达到痴迷的程度。成为农民后，日复一日地在半饥饿中干繁重的农活，晚上收工回来，唯一能使我从现实的苦难中暂时获得解脱的，也只有读书。成了农民，不但没有使我放弃阅读的爱好，反而变得近乎疯狂，四处去借书阅读。

在农村，要找书读也不是一件易事。乡下既无图书馆，家有读书人、有藏书的也不多。经过“文革”的多次抄家，剩下来的少之又少。我一般是先从一个熟人那里借到了书，读完了，又经他介绍甚至亲自带我到下一家去借。如此“接力”，我的阅读基本上不会断档。

那时能找到的书，都不是什么做学问的书，大多是一些民间流传的小说，也有讲风水堪舆、术数的杂书。反正只要是书就读，几年下来，读了所有能借到的书。成为我读书最多的时期之一。

凭着那几年胡乱读书学到的知识，复习起来，除数学之外，语文、政治、历史、地理都算得心应手，没有多大困难。

离正式高考一个月左右，浦北县用百色地区恢复高考试点考试的卷子进行了一次测试，其目的之一是选拔成绩优异的民办教师到县城集中复习，由教育局指派有水平的老师进行辅导，以便帮助这些有希望的民办教师考上大学。结果，我的测试成绩是全公社文科第一。因为不是民办教师，我享受不到去县城有老师辅导复习的待遇，但这次测试成绩，使我信心倍增。

1977 年高考，后来被称为中国历史上最特别、最壮观、录取率最低、竞争最激烈的一次高考。通常说“文革”十年，实际上是中断了 11 年。高考是从六六届到七七届共 12 届的学生一起竞争，起初预计报考者有可能达到 2000 多万人，原定计划招生 20.7 万人，录取率是 1%。后来不少省市采取了地区初试进行筛选，最后全国有 570 万考生参加了考试。后来教育部又决定扩大招生，招收走读生和各类大中专班，最后录取了 27 万人。录取率为 4.8%。这是中国高考史上最低的录取率。

我们那个县是在每一个公社设一个考场。我所在公社，总共有二十多个试室，人数过千。因为是落后的农村，后来知道，全公社只有三个人考取了本科。加上后来扩招被大、中专班录取的，总共也就十多个，录取率远低于全国水平。

在这场激烈的竞争中，我有幸脱颖而出，成为 27 万 1977 级大学生中的一员，由一个生活在社会最底层的农民成为大学生。从农村走进了城市，脱下草鞋，穿起了皮鞋，过上了城里人的生活。假如没有这一年高考制度的恢复，我现在可能还是一个在田间劳作的老农。

二、收获爱情

我和妻子黄家芳，是小学和初中的同班同学。上高中，我因没有被“推荐”上，比她晚了一届，由同学降为校友。我们也同一个生产大队，我家到她家的距离也就三四公里的路程。

别以为我们是早恋。现在的初中生甚至小学生“拍拖”，已经是见怪不怪的平常事。但在那个年代，城市怎样我不知道，在乡下，男女同学间是没有什么交流的。单独多说几句话都是避忌的，生怕别人说什么。而且也没有“拍拖”的时间，放了学，都匆匆忙忙赶回家，有永远也干不完的家务和农活等着。所以，从小学到初中，虽是同班同学，我们之间只是认识，单独在一起说话好像都没有过。

高中毕业后，她在我们的小学母校当民办老师，我回生产队当了农民。这时才开始有了两个人之间的交往。那时，或者要传达“最高指示”，或者开“批判批斗大会”，还有各种政治运动，每年全大队集会的次数不少。这种规模的集会都是在小学校园举行。每当有这样的集会，我就躲到她在学校办公兼休息的小房间，读在她那里能找到的报纸杂志、聊聊天，度过这几小时的集会。通过这样的交往，对各自的志趣喜好有了相当的了解，但也仅此而已。因为当时的处境，如前所述，一年到头辛劳，连生计都难以维持。我无法接受就这样过一辈子，也不甘心！还想圆心中的梦。所以那时绝对还没有恋爱的念想。

真正擦出爱的火花，也是从高考开始。

当恢复高考的消息正式公布，是她，第一时间把报纸拿给我看。从那一刻起，我们决定一起报考。此后一个多月，一起复习，一起参加高考。在紧张的复习间隙，自然也谈人生，谈理想。虽然当时全部心思都放在高考上，根本不去想别的事情,但到高考结束时,一种感觉慢慢清晰:对方就是自己的所爱。这爱与财富美貌、出身地位无关,确确实实是志趣相投、心灵相通的结果。

我入学不久,她也被师范学校录取。读书期间,只能鸿雁传情。我们之间的“情书”,虽然不乏思念和牵挂,却没有风花雪月,卿卿我我。在别人看来,这根本就不是情书!只有我们自己清楚,我们已经“心有灵犀一点通”,不需要任何虚幻的华丽语言了。

就这么简单,我们从相识、相知、相恋到相爱。

就这样,自然而然,水到渠成。毕业分配报到以后,我们步入婚姻的殿堂。

没有豪华的婚礼,没有名贵的钻戒,也没有山盟海誓!

给叔叔伯伯、亲戚朋友发一包喜糖,宣布我们结婚。

两个人在学校的铺盖卷搬到一块,便大功告成。

如今,我们爱情的结晶——宝贝女儿,已经是一个公务员,成了家。小外孙女已一岁多,我们也多了一重身份:外公、外婆。

几十年风风雨雨,世事沧桑。要说没有磕磕碰碰,绝不可能。重要的是珍惜与尊重,理解和包容。

至今我们相濡以沫,相依相守。晚饭后一起散步,依然手牵着手,引来路人艳羡的目光。

虽然没有轰轰烈烈,没有五彩缤纷。但却历久弥坚,历久弥新!

我想,这或许就是“平平淡淡才是真”吧!

三、从广西小镇来到珠海特区

毕业后,我到了浦北县张黄中学工作,这是我自己的选择。毕业分配时,许多人希望能留城、留校,以便今后有更好的发展。留城、留校轮不到我,但当时分到地区重点中学或至少在县城,是没有问题的。之所以要选择这个小镇,是这里离父母家和未婚妻工作的地方最近。我不想婚后两地分居,同时方便照顾已古稀之年的父母，让他们安度晚年。

张黄镇地处浦北县南部，交通比县城还要方便，“繁华”也不亚于县城。当时计划经济体制还没有完全打破，无论在哪里，工资都一样，也没感觉有什么不好。所以，也就埋头苦干，为家乡的教育事业做贡献！

但很快随着旧体制被打破，收入除了基本工资外，开始有奖金、各种津贴，并逐渐出现奖金、津贴超过基本工资的现象。随着改革开放的深入，城乡和地区之间经济文化发展水平的差距拉大，城乡之间，发达地区和贫困地区之间，收入的差距也越来越大。像浦北这种经济落后的县，财政只保教师的基本工资，奖金、津贴就免谈了。

记得 1985 年第一次参加高考评卷，评卷的同学和南宁的同学在周耀全曹小瑾家聚会，曹小瑾同学做了一道她最拿手的招牌菜——“寸金肉”。大家吃得齿颊留香，大加赞赏时，小瑾同学更大放豪言：“我现在吃饭是每餐都必须有肉的啦！”听了小瑾同学的豪言，对比自己的生活水平，开始怀疑当初选择回到乡下工作是不是错了。

到了 80 年代末，开始萌生调动的念头，同学们也纷纷帮我想办法。黄苹同学叫我去找他在防城港工作的旧同事，说可以调到防城港；朱杰军同学也说，可以帮我在南宁联系学校。正准备付诸实施时，正好在南宁参加高考评卷，同学聚会时，刚成功调到南宁的谢世湖同学发了这样的感叹：“在中国，要搞调动，实在太不容易了！”我当时心就凉了半截。回到浦北，找到教育局分管人事的副局长正式提出想调动。这个副局长是从我工作的中学升迁的，我们的关系还算比较铁的，他却给了我这样的答复：你们夫妻双方都是浦北人，都在浦北工作，根本没有调动的理由，教育局同意放人没用，还要经组织部人事局，具有中级职称的，还要经过钦州地区批准。你就死了这份心吧！这其实就是当年经济落后地区，为控制人才外流实行的关门政策。于是，这次行动就此打住。

直到 90 年代初，这种控制人才外流的政策，才有所松动。1992 年 9 月，乘邓小平南方会谈的东风，我终于成功调到珠海，成了特区人。

现在，虽不富有，但也有房有车，衣食无忧。

四、当选区人大常委会委员

我有自知之明，不是从政当官的料。毕业前夕，退了团，至今填表，政治面貌一栏可以空着。没想到一心要离政治远一点，但却偏偏颇有“官运”。前后两次任“主任”达12年，还当了一届区人大常委会委员。

参加工作后，我非常现实，自认既然读师范专业，当了老师，也就努力打好这份工。因为所在学校实际就是最低档次的那一类，生源也是最差的。所以要做出成绩，就要付出比别人更多的努力。凭着我们1977级人大学时打下的扎实功底，努力拼搏，功夫不负有心人，高考成绩连年上新台阶，还出了地区状元。于是，1990年第一次被任命为教导主任。

调到珠海后，1993年要申报中学高级职称，我精心准备了材料，学校根本就不给我上送。校长跟我说，你的业绩很突出，但那都是在广西取得的，你现在申报的是广东的高级职称呀！我无语。一切只能从头再来，再干满了五年，用过硬的业绩获得了中学高级职称。1996年，又再一次被任命为教导处副主任。教导处实际上是中学里最辛苦的一个岗位。干了10年后，我以年龄大了精力不足为由，辞掉了。

没有从政，但却参了一回政。2002年，我所在的珠海西部地区，经国务院批准，正式成立县级行政区域——金湾区。我被选为金湾区第一届人民代表大会代表并当选区人大常委会委员。就这样，我成了地方国家权力机关的组成人员。

不知道的以为我当区人大常委会委员，肯定朝中有人，其实我上面一个人也不认识。从来也没想过要去当这个常委会委员。我分析，当选原因主要有三：一是具有中学高级职称，可以代表知识分子；二是学校中层领导，教育教学业绩突出，可以代表教育界；三是无党无派，可以代表党外民主人士。因此成为区人大常委会组成人员广泛性、民主性的较佳人选。

数字30年

谢世湖

大学毕业30年了。我的大学,是场包办婚姻,新郎是我,新娘是历史系历史专业。做主包办婚姻的当然是家长,即学校和当时的教育体制。新娘是从未见过面的陌生人,当然谈不上丝毫的感情。暗恋的梦中情人是中文系中文专业(不是师大的)。填报的三个大专专业都是中文,没被录取,没填报的历史系历史专业,录取了。为了米簿,为了吃米不吃谷,为了穿皮鞋不穿草鞋,对包办婚姻没反抗,拜堂成亲,与新娘相濡以沫,青菜白饭,一晃30年的岁月走过来了。

这场包办婚姻其实无所谓对错,无所谓功过。毕竟它给了自己文凭和混饭吃的工作,更有一大群可亲可爱的相伴一生的老师和同学。

1977年12月,10年动乱后第一次高考。

1982年1月,毕业,分配到广西水电建设公司大化电站职工子弟中学。十年教师。

1992年8月,调入广西民政厅民政处、福利处,八年主任科员。

2000年8月,提拔为广西民政干部培训中心任副主任,工资增加一角,失去后来很多人艳羡的公务员身份和后来丰厚的"阳光工资"。人说我傻蛋。十年副处。

2010年7月至今,提拔为广西荣军康复服务中心主任,为革命荣誉军人服务,筑我长城,固我国防。感恩天地父母领导老师同学乡亲父老,感恩所有关心关爱我的人。

老婆一个。

儿子一个。

两轮摩托车一辆,已到报废期。

单车一辆,曾被偷,派出所追回,来南宁又被偷。

30 年过去,弹指一挥间。30 年,可说的只有几个数字。大学,成名,成家,理想,都已走下神坛。鲁迅对儿子周海婴说过,(大意)如果没有文艺家、科学家的天赋,那就谋份职业,平安活着。这条路我是认真按鲁先生的指引走的。

歌儿唱道:“再过二十年,我们再相会,伟大的祖国,该有多么美,天也新,地也新,春光多明媚,回首往事心中可有愧。啊亲爱的朋友们,创造那奇迹要靠谁,要靠你,要靠我,要靠我们八十年代的新一辈!”20 年后,我们曾经相会;30 年后,7 月 18 日,我们 80 年代的新一辈将相会深圳祖国改革开放前沿,确实,现在伟大的祖国,是多么美,天地新了许多,奇迹也很多。

忆我那大学时光

李 露

毕业30周年，与夫君同回母校追忆大学生活。面对熟悉的校园，大学时光历历在目。

独秀峰·月牙池·桂花树

桂林的山，千奇百态，唯独秀峰，是我最仰。春夏季，一壶水，一本书，悠然自得隐身奇峰浓荫。

……

桂林的水，碧绿秀丽，然月牙池，是我最牵。风乍起，吹皱一池春水，干卿何事？南唐君臣，王城佳丽，正史野史，家花野花，饭后茶余戏说楼台亭阁。

……

桂林的树，种类繁多，而桂花树，是我最爱。林荫道，亭亭玉立；秋风起，细密金黄小花，悄然绽放枝头。幽幽清香，令人心旷神怡。隐隐记得1978级师弟师妹入学，本班以黑板报欢迎，吾奉欧薇薇之命，写就一篇颇为得意之作，乃是以桂花为题。人生若如桂花树，那是一种淡然超脱悠长绵绵的幸福。

图书馆·教室·寝室·食堂

图书馆，是我们跑得最勤的地方。那一排排的书架，一摞摞的书籍，令人流连忘返。千古风流，史海沉浮，尽收眼底。不大的阅览室里，容纳着众多学子，显得格外拥挤。为了抢到一个座位，图书馆尚未开馆，门前早早就排着长队。倘若哪天未能入内，浑身上下不舒服，自嘲贱骨头。只是此种盛况，今日已不再现。

……

历史系 1977 级的教室，宽大、朴素、幽静。这是一块风水宝地，紧邻王城城墙、图书馆、藏书室、阅报室，浅黄色的楼房，掩映在绿树丛中。四年中，多少故事，发生于斯。春天的细雨夏天的蝉鸣，秋天的风花冬天的霜雪，老师们的言谈举止谆谆教导，同学们的喜怒哀乐苦思冥想，无论岁月流淌，历史车轮滚滚向前，始终萦绕于此，挥之不散。

……

“第三世界”，我所在寝室别称。当年本室室友，囊中羞涩，既无羞花闭月之貌，更无显赫背景精英才学，戏称本寝室为“第三世界”。然这小小世界，却是我等幸福宫殿。窗明几净，简朴淡雅，裸窗裸门，乃本寝室之特色；卧谈、查字典、斗智斗勇，乃本寝室之专利；笑话故事样板戏、国语粤语外国语、家事国事天下事，乃本室民之喜好。刘宏的豁达豪放，罗慧萍的温柔体贴；陈藻玲的多愁善感，黄琦的不紧不慢；宋平的好辩诡辩，曹小瑾的伶牙俐齿……七姐妹，弹奏着七彩音乐，过着七彩人生。吾曾信誓旦旦，将来写一纪实小说，书名就叫《我们的“第三世界”》。

……

食堂，是我们的加油站，也是同窗们交友神侃的最佳场所。每逢饭点，饥肠辘辘之众书生顾不了那斯文，目不斜视急急直往食堂冲锋。忘不了，分饭制下，朱伟才与林志杰俩小兄弟周末加菜时对我“特殊关照”的得意之作，陶老班长对我天天享受黑面条“特殊待遇”的愤愤不平，至于谢世胡兄是否往邻桌化学系美眉碗里添菜，纵然我等具有史学专业特长也无从考证了。及饭票制实施，男同胞嗷嗷叫唤吃不饱，于是乎，袁班长利用职权“号召”女同胞赠送余票出手相救。当然，更忘不了，众书生们在此放送了多少“秋天的菠菜”，演绎了多少精彩人生！

老师·同窗·同桌

历史系老师来自五湖四海,博学多才;教书育人,一代风范。系主任钟文典老师,举手投足,大家风范。曾向他请教某学术问题,对曰:尔等针对此问题阅了何文?读了何书?我等羞愧答曰:尚无。钟老莞尔,挥挥手:明日且来罢。及至本人在系里当教师,一日钟老私下传授经验,方才恍然大悟。严沛老师给我们班上课时,我与罗慧萍年少调皮,常为其特色方言与动作相视偷笑,回到宿舍还忘不了再表演一番,惹得满室忍俊不禁。其实,沛公是很乐意调教我们的,我曾经被他训练学写七律,无奈本性愚钝而自动放弃,让沛公很是遗憾了好一阵。卢启勋老师,吴侬软语,入学第一堂课就令众弟子蒙了。课罢,卢老师非常虚心地询问:今日这课如何?结果令其大跌眼镜:我们都听不懂您的话。卢老师也挺可爱的,常到学生宿舍探望。一周末晚,恰逢我与黄琦在宿舍读书,卢老师来了。看见我们在学习大为高兴,忆其当年北大读研时周末如何苦读,并把我俩着实表扬了一番。黄现璠老师,给我们班女生在学校图书馆门前草地上做过讲座。老先生其时年事已高,身体欠佳,从“右派”阴影里走出来,迫切希望传授自己的学问。我是带着崇敬之情来的。非常庆幸自己来了,因为毕业离校前一天晚上,老先生就永远离开了我们及其挚爱的讲台。

许凌云老师、何应忠老师、朱淑瑶老师、徐硕如老师、钱宗范老师、孙劲草老师、庞祖喜老师、覃树冠老师、林茂高老师、马冠武老师、杨达安老师、周鸿临老师、潘香华老师、杨慧娟老师……众师长音容笑貌,并未随着岁月流逝而模糊,反而愈来愈清晰。也许,是我们这些学生也老了吧?

……

毕业照上80位同窗,朝气蓬勃地站在母校大门口。当年活动,多以小组为单位。80张笑脸中,同组同窗印象尤为深刻。活宝黄志开,平日调皮捣蛋,一声“猴儿们!”必定有戏看。军训教官小广东曾被他气得偷偷抹眼泪,结果是全组被教官连长收拾了一番。然而,也就是他,王城大礼堂舞台上一站,双手一抬,俨然中央乐团指挥,《花儿与少年》一曲成为班歌,永远定格在历史系1977级同学心中。元老莫世祥，饱读诗书，满腹经纶，常令我等小女生惭愧不已。莫老爷倒也不摆谱，每逢我等毕恭毕敬请教，均欣然赐教。别看莫老爷与刘三姐独秀峰下对歌热火朝天，恭城中学班上教歌却愁煞了他这实习班主任。幸亏黎国振挺身而出救场，部队文工团歌唱演员假头衔莫老爷竟也编得出。学生雀跃，莫老爷窃喜。组座黄凤阳，一支《唱支山歌给党听》独舞，成为我们班级活动的保留节目。作为组员，我等承担着组座每一次演出的伴唱重任。每逢听到才旦卓玛深情辽阔的女高音在唱这首歌时，我的眼前就会出现组座那翩翩舞姿。但令我等耿耿于怀的是，据男同窗说，组座毕业前夕给每位女同窗赠送了他那美人照，而他竟然遗漏了伴唱美眉们。

……

每当听到老狼《同桌的你》，大学三个同桌就会浮现眼前。何龙群，第一个同桌。入学体检，我俩身高体重一致。何同桌有一句名言，好记性不如烂笔头。无奈，生性不勤快的我，只好认认真真做笔记。某日，收拾家里东西，发现大学课堂笔记，不禁怀疑自己的眼睛。如此娟秀流畅详细之笔记，竟出于自己的手？刘宏，第二个同桌。作为杨晓林俯首称臣的陛下，刘同桌颇有君王之风。毕业宴会上，一仰脖，土碗一翻，干了！那海量直令男同窗们目瞪口呆。吾立旁边，一脸得意，怎么着，与女同胞比试比试？黄苹，第三个同桌。流淌着壮族京族血液的黄同桌，高个子、直腰身，笔挺的海军军服，威武得很是让人羡慕。每次从家乡返校，她必定带上香喷喷的十万大山花生米赠予我等馋猫。对学生头疼的考试，黄同桌总是胸有成竹，仅有一次马失前蹄。世界史杨达安老师的突然袭击，令全班许多同学不及格，成为班级耻辱纪念。我和黄同桌勉强及格，心里略有安慰，没想到她一张口竟是“记住教训”！

……

忘不了，我们美丽的校园，我们亲爱的老师，我们永远的历史系 1977 级同窗，我们难忘的大学时光。

我是“农民工”

秦建德

1977年恢复高考,我有幸考上了大学,圆了我的大学梦。但阴差阳错,毕业后我又回到了农村,当了一名“公社干部”。跟我读书前一样,所有业余时间都在家干农活。直到80年代末,根据当时政策把家属的户口农转非,退掉了四亩多责任田。1991年调到南宁后才真正脱离了农村,成为一名“城里人”。我的经历难道不正是一个“农民工”的经历吗?

我能从一个地道的农民走到今天,靠的是机遇和努力。首先从农民变成农村小学教师,靠的是机遇和努力。在被招收为小学教师前,我就在生产队办夜校,任夜校老师,把生产队的文化活动搞得热火朝天,引起县教育局重视。县教育局曾组织有关人员到我们生产队参观学习。1977年恢复高考时,我已是某小学教导主任,已到了不惑之年,且已成家,有了两个小孩,读不读大学已无所谓了。但一生中不进一下大学门,好像又有点不甘心,于是就报考了,谁知一考就中了。这可是历史上最难得的一次机遇。正是抓住了这次机遇,才让我的后半生更为光彩。大学毕业分配时,学校老师找我谈话,问我愿不愿改行搞行政。这又是一次机遇,我当时抱着“闯一闯”的想法选择了改行。大学毕业后被人事部门以培养锻炼后备干部的目的,分配到乡镇去工作。1984年初,县司法局领导到乡镇下乡,发现我是大学本科毕业且工作不错,就把我调到县司法局从事律师工作。1985年我在广西政法管理干部学院律师培训班学习，结束时学院领导又问我，愿不愿到学校工作，我当时满口答应。1991年初，我才正式调进了这个单位，结束了我“半个农民”的生活。

我的人生道路，每前进一步都付出了辛勤的劳动。我在乡镇工作的两年中，大部分时间是下乡，我到单位报道后不到十天就被分配到离乡政府四五十里的深山老林生产队去蹲点，一去就是三个月。白天跟农民上山劳动，晚上召集村民开会宣传党的政策，深夜两三点钟才休息。我的辛勤劳动换得了广大村民的信赖以及乡政府领导的认可。

我们大学学的是历史，1984年改做律师工作，一切从头学起。一边参加培训，一边报读电大，白天接待当事人，晚上就要拼命啃法律书本。1986年顺利通过全国第一次律师统一考试，成为名副其实的律师。当时有位年轻同事开玩笑地说：老秦，平时不见你看书，怎么考起试来分数都比我们高？我就说：因为我的岁数比你们高啊。以前日本侵略者在中国抓挑夫，不是岁数越大挑得越重吗？

我们历史系1977级是一个前所未有的特殊群体。其特殊性在于是高校停止招生十年后招收的第一届大学生，也是高校停招后第一届通过考试招入的大学生，也是新中国成立后招收大龄青年最多的一届大学生。正是由于这些特殊性，大学期间的学生管理工作也与众不同。我们这一届同学的自律性可以说比任何一届大学生都强，不像现在的大学里面，除了班主任外还要设立辅导员、宿舍管理员、心理咨询员等等。我们历史系1977级基本上是自己管理自己。班干部、团支书、党支部、小组长几乎包揽了全部学生工作，班主任只起了上传下达的作用。难怪我们的“班长”“组长”的形象几十年后仍浮在我们的脑海。

我们历史系1977级，真不愧为一个值得骄傲的群体。别的不说，仅以同学的情谊这一点就会让人感动。我记得还是在学校的那四年中，大家共同学习，互相帮助，亲如兄弟。当时有一个同学不明原因地突然离开了学校，当时不但系里的老师着急，我们班的同学也非常担心，千方百计去打听，寻找；班里哪位同学生病了，不但班干部问寒问暖，同组、同宿舍的同学都关心有加。当时桂林市的一个同学因病未去学校,我们还邀上几个同学去他家看望,其家人深受感动。我们同学之间,无论家境为何,也不管是来自城市,还是来自农村,都亲如兄弟。像我这样一个家境不太好,来自农村的"农民工",大家都一视同仁。我记得跟我同宿舍的刘西平同学,见我穿补丁衣服,他就送我几件衬衣;还有周伟光、杨晓林、白正骝等同学,跟我上街玩时,看电影、吃雪条都不让我掏钱。大学毕业30年来,同学的情谊不但丝毫未减,反而日益加深。不论是自己评职称,调动,还是子女升学,就业,只要找到我们同学,没有一个不是尽力而为。其中对我帮助最多的有黄苹、韦乃扬、杨晓林、周耀全夫妇、欧薇薇、王国玉等。我还记得在我刚调来南宁时,由于还未搬家,没有生活用品,王国玉还送水壶、铁锅等用具给我。我们历史系1977级这个特殊的群体,在大学四年中建立起的友谊,将伴随我们每个同学的今生今世。

一个想抓住时光的人

江活健

一、大学前时光

1955年的一天，我出生在广西平南县一个依山傍水、水旱无忧的村庄里。儿时有许多美好的回忆，但也经历过“大跃进”、人民公社化运动和三年经济困难时期吃野菜、吞谷糠的日子。在农村我锄过田，插过秧，挑过重担。“文革”期间，和一帮同学学习红军长征精神，打起背包，迈开双脚，从平南出发，穿过桂平江口，翻过高高的紫荆山，进入武宣，后又到达柳州、南宁。那时还有憧憬，长大后当教师、作家、画家、科学家。读高中时学习勤奋且几乎每天坚持跑步，这个习惯一直保持到读大学，保持到现在（不好意思，现已改为散步）。艰苦生活的磨炼，使我较能吃苦耐劳，这种精神伴随我进入大学时光。

二、大学时光

使我真正理解“一声春雷”的含义的事件，是1977年高考制度的恢复。凭着高中阶段打下的基础，我荣幸地考上了广西师范学院，实现了儿时的梦想。四年大学，一生受益，其中美好的记忆就像漓江边美丽的石子，数不胜数。桂林的一山一石，一草一木，讲起来都是故事。现先记若干，余下见面再聊。

第一，最给力的老师。钟文典教授在路边树下辅导我写论文，从收集材料到文章结构、文采润色都讲得很到位很仔细，完全忘记了这时他在下班的路上，使我既感动又内疚。卢启勋老师是我写毕业论文的指导老师，具体指导和帮助我写作、修改论文，其中的不厌其烦和谆谆教诲，至今记忆犹新。我们历史系的老师，个个平易近人，德高望重，学富五车。（请看罗慧萍同学和其他同学的美文）2007年师生南宁聚会，在车上，我冒昧地和钱宗范老师开了个玩笑，唱了一首《康定情歌》（其实是我胡编的《桂林情歌》）“余家溜溜的大姐（师母姓余），人才溜溜的好哟，钱家的溜溜大哥，看上溜溜的她哟……”看看著作等身、治学严谨的钱老师有什么反应。不想，钱老竟歌兴大发，立马字正腔圆地唱了一首年轻时爱唱的歌曲，顿时赢得了同学们阵阵掌声。老师的多才多艺，可见一斑。的确，同学们都从心底里佩服老师，老师永远是我们学习的榜样。

第二，最酷的同学。黄志开同学能歌善舞，又是个大牌指挥，是大家的开心果。袁荔生班长铁肩担道义，上得“官”，下得“民”意。李建忠同学和我是零距离接触（同桌），他的正直、认真、勤奋常常感染着我。最犀利的是他学业爱情两手抓的，两手都很硬。“莫老爷”的开山大作《石达开是分裂主义者吗》发表后，学界震动，贵港欢腾，人心快然。我的同学个个都酷毙了，朱杰军、陶士然、韦乃扬、林志杰等一群帅哥，意气风发，才华横溢。女同学也是才女扎堆，美女如云。“莫老爷”还把“魔爪”（魔术的魔）伸到1978级，把其班花“手到擒来”。总之，我的同学积极上进，多才多艺，有爱心，懂生活，美在外表心灵，冇得倾——酷！

第三，我要爆料。当然啰，大学校园也有神秘的一面，事过三十年，我决定解密，因未经当事人同意，在此暂用化名，如有雷同，纯属巧合。那时，学生喝开水要拿水壶到食堂排队去打。有一天，只见本班一个男同胞赵克艾（超可爱）拿水壶一边打开水，一边和女同学聊天，情到深处，竟然不知水满，开水哗啦啦流了一地，后面同学都急了，他还浑然不觉，真是开水浇不灭同学情啊！这是其一。又有一次，钟机（中计）同学因事夜归，宿舍贼静，半推开门，轻身碎步进入，生怕影响同学休息，突然“咣咣咣”门头饭盒铝桶杂物一齐落下，声震夜空。紧接着，电灯大亮，群情欢笑，看着该同学狼狈的样子，大家都为这恶作剧成功演出而喝彩。我的同学，就是那么可爱，又那么无奈，唉！

第四，1977 级的同学学习劲头足，地球人都知道。不要以为大学校园里只有歌声、笑声和恋曲。在教室，在图书馆，台阶上，树荫下，到处都是拼命“吸吮”知识的同学，“把‘四人帮’耽误的时间夺回来”是我们直接的动力。我那时学习也非常勤奋（并非浪得虚名，有室友做证），有一次我患了重感冒，头昏脑涨，现场是一把眼泪一把鼻涕，是一个名副其实的“咳嗽哥”。但病不逢时，正值期考将至，又缺医少药，此时哥只得找来一块毛巾，一手用毛巾按鼻子，擦鼻涕，一手翻书看，做练习，个中尴尬，可想而知。经过努力，终于取得好成绩，感冒也让我跑步跑好了。同学们的勤奋，主要还是表现在平时的一点一滴。我和陶士然、韦乃扬同学在路灯下互相提问、背记历史事件的原因特点意义的情景，至今还历历在目。袁荔生、朱杰军、陶士然、黄志开、黄冲、覃劲忠等室友夏天挥汗温习，冬天冒寒苦读的情形我见得最多。数九隆冬，下自修后若听到卫生间一阵颤音高歌传来，准是那同学在顽强地洗冷水澡，用歌声驱散严寒。条件再艰苦，也难不倒我们班同学，尤其是那黑马一族。莫世祥、梁颖、何龙群、江淳、黄健荣、李露等胸怀抱负，学外语，备考研，拜师问道，攻硕夺博，比书虫还书虫。我的准老乡，一个容县靓仔谢世湖，更是忙了政治忙历史，忙了历史忙书法，床前床后，桌上桌下，到处是他的书法杰作。他用手练不过瘾，又用脚写，用脚写不过瘾，又用嘴咬着笔来写，直搅得脸如包公手如火棍才肯罢休。多年之后，中国教育界才知道用素质教育这个词，可见 1977 级同学不是一般的牛哦。

据敬爱的班主任说，我们历史系 1977 级是出博士生最多、出厅级干部最多的一届。从这些成功人士的经历中，我们可以看到同学们为振兴中华而努力拼搏的身影。

三、大学后时光

大学毕业后我被分配到县内丹竹高中任教，两年后调到平南镇中学任教至今。

生活平静，工作稳定。要说成就也有：娶妻生子，1+1=3；耕耘三十年，桃李近三千，30×100=3000。弹指之间，过五奔六，除了未试过“数钱数到手发酸”外本人也没有太多遗憾。报纸曾云：毛泽东使中国人民站起来，邓小平、江泽民使中国人民富起来，胡锦涛使中国人民幸福起来。可见幸福是我们一切工作的归宿。过了知天命之年，要幸福，首先还要身体好，下面谈谈我的健身之道以期抛砖引玉。

第一，我爱依山傍水而居。选择一个长期居住的住所，最好讲求大环境，有山有水。这样不但能有新鲜的空气，而且有安静的环境，即所谓经商要嘈，居住要静。还可以登山健步，临水漫步，天地人融成一幅美景，倒也心旷神怡。

第二，有条件尽量选择在北回归线附近居住，如广西、广东、云南。两广少地震、强台风、龙卷风、海啸等毁灭性的自然灾害，且山清水秀，四季如春，物产富饶，真是人类宜居的宝地。因此，我常用广西和夏威夷基本处同一纬度来鼓励外省教师安心在平南工作。北回归线是一条宜居线，还是一条长寿线，如巴马寿乡、岑溪市。但以上只是一家之言，故乡情结。其实，不管住哪里，安全、舒适、方便、习惯了就好。

第三，我爱游泳。从儿时至今，我从小河游到珠江、漓江，游到大海。年轻时，一年四季不间断，现在只能限于夏秋两季。游泳的好处一是平等自由，人类的理想首先在水里实现。不论贵贱，不论美丑，不论男女老少，人人赤身露体，回归自然（但我不主张天体浴）。从未见过穿金戴银手握大印去游泳的。因为平等自由，心情也舒畅。二是有利健身，可减肥胖，强筋骨，增肌肉，有效预防老年病。三是可锻炼意志、胆量。

第四，我爱散步。话说读高中时，一年至少跑步1000千米。读大学时，圆满完成了跑到韶山的计划。现虽雄心不减当年，但身体却大不如前，只好改为散步。课间与同事校园漫步，饭后和家人、朋友在江滨散步，谈谈时政，聊聊家事，倒也其乐融融。据洪昭光讲，中老年人最佳的运动方式就是散步。有一次同事和我谈起健身之道，我说送你六个字：“管住嘴，迈开腿。”（其实我是抄人家的）。当然，贵在坚持。

第五，我不排斥年轻人。和同龄人在一起可以说情投意合，和年轻人在一起则可以优势互补。弯下腰，蹲下去和年轻人、小朋友交谈，可以学到许多新东西：电脑、手机、网络、小车甚至观念、理念。“自古英雄出少年”嘛。年轻人的青春活力也会感染你，让你获得心理的年轻。做教师的平时装一下“嫩”，也会得到学生欢迎，填平一些代沟，教者学者都会乐乎其中，对人的身心健康也有益无害。

我抓不住时光，抓不住和老师、同学们在一起的宝贵时光。但我会把这些宝贵时光“复制”在脑海里，“粘贴”在心坎上。同学们，把手再牵紧些，把心再贴近些，让我们都来装“嫩”吧，大家一起数：5201314……

我的大学

郭振彬

上大学之前，我对历史这个专业仅是一知半解，谈不上喜欢，之所以报这个专业，完全是受到当时以为朝夕相处的老三届兄长的影响，我从未听说过二十四史，更没看过《唐书》，但我从那位先知先觉又忧国忧民的兄长那里，听说了名相魏征的《十注疏》中的名言："以铜为镜，可以正衣冠；以古为镜，可以知兴替；以人为镜，可以明得失。"就是这句话，促使我探究"历史"到底为何物。大学四年，我的知识爆炸式地增长，是我一生中积累知识最迅速的时期。当然了，这离不开老师们的培育，离不开学友们的影响。我们的众多德高望重的恩师，健在的越来越少；我们的学友，也有几个英年早逝。但这并不影响我对老师和同学的思念。大学毕业30年，我们都经过了风风雨雨，我平时想起和谈论的，常常少不了大学时代的峥嵘岁月。我们同住一室的老大卢仲维已经远走他乡；老二韦乃扬稳坐厅长位置；还有老三李建忠、老四王熙远、老五盘美昌、老六陈标都事业有成。只有我算不上老几。但是一百种人就有一百种活法，成也好，败也罢，我也有自己53年的人生，有自己的生活轨迹。虽然我没有像众多的师哥师姐那样，或叱咤风云，身居高位；或著作等身，硕果累累，然我也有自己的一些人生感悟。我看了江淳（广西第一个女博士）、王熙远、袁荔生、赵忠诚、盘美昌、罗慧平、杨晓琳、黄明光等学友充满诚挚情感的文章，深为感动，只想把一个真实的自我诚恳地摆在同学的面前，与同学们分享人生的苦乐。

毕业30年了，我一步一步走来。1982年2月毕业后，我们玉林地区的几位同班学友林志杰、江活健、江泉、莫廷桂、刘格凌等一起回到了玉林地区教育局等候工作分配。春季学期开始，我被分回到老家北流中学（我的高中母校）任历史老师。在这里待了将近三年，学校两百多名教师，我是授课课时最多的一个，由于年轻有激情，有冲劲，也有一些功底，很快就得到领导和同人的认可。特别是我的兴趣教学法更为学生所喜欢。三年后，我被调到玉林地区重点高中之一的北流高中，担任文科毕业班和文科补习班的历史教师，挑起了全县输送大学生的大梁。1985年高考，北流高中历史科目考试获得了玉林地区第一名。当了七年教师，谈不上桃李满天下，和我们的一些终身为师的学友相比，那才真叫小巫见大巫，不值一提。虽然我早已离开了教师岗位，但我所教过的几届学生，每当聚会时，总不忘邀请我参加，我与他们也结下了不解之缘。

在当教师的几年里，受师哥师姐们影响，曾经有过梦想，也很想过过戴博士帽的瘾。但努力几年，名落孙山，自觉不是做学问的料。1988年，弃教入仕，调到了县人大常委会办公室。1990年到乡镇任职，先后任副镇长、副书记。十年卧薪，毫无建树。2000年调到北流市委办公室任副主任。2006年调到北流市广播电视局任党组书记。到了今天，已知天命，对项羽江边的长叹“时不利兮骓不逝，骓不逝兮可奈何?”又有了新的感悟。五十多年的人生经历，使我对所谓的天时、地利、人和，有了比较深刻的认识。功名利禄，均为过眼烟云。我又回到了从前一无所有，赤条条无牵挂，仅存一百多斤的身躯的时候。

目前我的工作、生活，是平静的。但愿学友们，愿所有的人今后的日子都充满阳光，充满快乐。

人到暮年，年轻时躁动的心已不复存在。过了50岁之后，视力越来越差，王熙远一再催我写点东西，不知道写什么好。本来力不从心，但经不起师兄的殷切关怀，我还是挂起老花镜写上这几个字。久不执笔，词不达意，望学友们见谅！

一张褪色的高考准考证

江　泉

偶然在抽屉里发现了一张褪色发黄的高考准考证：编号1007811，姓名江泉，性别男，年龄20，考区陆川县，考场良田，试场18。我久久凝视着这张已经褪色发黄的准考证，思绪一下子把我拉回到了那苦涩的童年……

一、考大学的动力

1957年8月，我出生在陆川县一个交通不便、物质匮乏的小山村，儿时正遇上"大跃进"年代，母亲在粮食奇缺、营养不良的情况下，在一个水库工地上参加劳动竞赛积劳成疾而离去。父亲是名乡村医生，经常早出晚归、走村串户为村民治病，有时天黑了还不回家，我带着不到两岁的妹妹坐在家门口木墩上焦虑地等着，眼睛紧紧地瞪着门前的土路，望眼欲穿……10多岁起我就开始参加生产队劳动挣工分，插秧割稻，兴修水利，上山砍柴，下河摸鱼，无所不会。那时家里很穷，经常吃不饱，肚子里灌进去的多是米汤，走起路"咣咣"作响，慢慢地我产生了怕穷怕饿、想跳出"农门"的念头，这也成了我日后勤奋读书考大学的原始动力。

在初、高中阶段，我的学习成绩一直不错，作文经常被老师贴在教室学习园地或拿到班上讲评。高中班主任温桂恒让我当20班的班长，语文老师陈之槐经常辅导我写作，还鼓励我向报刊投稿，于是从高中时代起我就有些"豆腐块"陆续见于报端，处女作是发表在《九洲江文艺》上的《老队长》。高中毕业后，很多同学都卷起背包回家种田，我却被学校推荐到良田公社（即镇政府）搞新闻报道，虽只是合同工，也算初出“农门”，此后我的主要工作是配合公社党委宣传委员黄秀全同志抓好全镇的新闻报道，采访、写稿、登报，争第一，当先进，心中的弦从未放松过，忙忙碌碌干了两年。所有这些，现在回想起来当时是多么的青涩！

二、大学生活片段

1977 年是一个在中国历史上产生重大影响的年份，国家决策恢复高考制度的消息，就像平地一声春雷在我的家乡良田镇成了爆炸性新闻，街头巷尾，很多人都在谈论着这件事，我伸长脖子钻进人堆听着各种各样的议论：“上大学不用推荐啦?”“对，凭考试成绩，谁考得谁上。”“好，这样才公平！”听着大家的议论，我终于明白了我国的高考制度正在发生了根本性改变。几天后我就报名参加了母校良田高中在公社礼堂举办的高考补习班。公社礼堂原是全社（镇）人民开会、看电影的场所，现被补习班临时借用作大课堂。参加补习的是“文革”期间停止高考后的历届高中毕业生，有的已是几个孩子的父亲母亲，有的在田头刚丢下劳动工具，回家拣起几本高中教材，身上的脏衣服来不及脱下，脚上的泥土来不及清洗，骑着一辆旧自行车从偏远的山村赶来上课。一时间，公社礼堂成了人的海洋，自行车的海洋，我用尽吃奶的力气才挤到讲台（即舞台）前，讲课的都是熟识的高中老师，因离 12 月中旬高考时间仅有一个多月，我按老师的要求，争分夺秒抓紧时间复习，绞尽脑汁地背诵着各科的概念、公式、重点、难点，反复做着各种练习题、试题、作文题。全力以赴迎接这次恢复高考制度改革后的首场考试……

1978 年 2 月的一天，我带着录取通知书，带着亲人的嘱托，带着简单的行李，带着对大学生活和美好前途的憧憬，来到了山水甲天下的桂林独秀峰下。我们历史系 1977 级教室就在系办公楼的东侧，宿舍在独秀峰脚下，饭堂在月牙池旁边，附近是我们班女同学宿舍。在这里，我先后认识了钟文典、严沛、唐凌、钱宗范、曾度洪、张家璠、许凌云、谭肇毅、何应忠、马冠武、覃延欢等恩师，也认识了袁荔生、陶荣豪、梁颖、李建忠、何龙群、黄苹、江淳、莫世祥、蒋元发、黄凤阳、林志杰、黄志开等同学。我们从此朝夕相处。冬去春来,花开花落,我们在这里度过了多彩的四年大学生活。四年中,老师和同学们对我的教育、帮助很大,教会了我怎样治学做人,怎样快乐生活,尤其是钟教授严谨的治学精神、严沛扎实的古文字功底、莫世祥同学高歌猛进的进取精神、黄志开同学豁达开朗的人生态度都给我留下了深刻的印象。

随着岁月的流逝,很多事情都已渐渐远去,但有些小事至今仍使我难以忘怀:

记得开学不久,班里组织了一次文艺晚会,我凭一股热情编了一个小节目,并和黄凤阳同学合作表演,节目演得不怎样,只能说"重在参与"。

那时学习比较紧张,每学期有几次考试,每次考试前我多是和蒋元发同学到独秀峰下的读书岩复习,我们既动笔归纳整理,又互相提问,互相启发,加深记忆。累了,就到独秀峰下地洞里(当时作防空洞)走走,洞里阴暗潮湿,但很凉快。如果时间充裕,我们又到叠彩山那边看书,既复习了功课,又放松了神经。

我与黄凤阳同学性格相近,都有点贪玩。一次有个国家级芭蕾舞剧团到漓江剧院演出,我俩早早就去排队购票,每张10元钱,终于得以欣赏到国家级的《天鹅湖》表演。我们还一起去看过电影《小花》、桂剧《一双绣花鞋》等,初识了刘晓庆、郭凯敏……

三、大学毕业之后

风雨30年,弹指一挥间。30年来我调动工作10次,先后到过4所学校、2个乡镇和5个部门共11个单位工作,好在我不管到哪儿工作,都能很快上手,且能做到干一行爱一行、专一行,忠于职守,尽心尽力,成绩突出:

1982—1990年,我先后到玉林市三中、陆川县高中、镇中和县委党校任教,年年当班主任,所教班级成绩居全校前列,所带的班学风纪风好,进步快,教学成绩好,受到领导、师生和家长好评,多次被评为市、县级优秀教师。九年来送走了几届高中生,有的现已成了各行业的栋梁之材。教学之余,喜欢写作,在报刊上发表各种文章近百篇,如名师指导《如何寻找成功的突破口》(见广西《金色年华》1987第9

期)，科学小说《山心村驱“鬼”记》(见广西《科学大观》1987 第 11 期)等。

1990—1993 年，我在县委办公室工作，任副主任，分管文秘、信息工作，主要任务是为县委领导撰写讲话稿、会议材料、理论文章等，这项工作很辛苦，有的领导往往在下午快下班时才交代任务，准备第二天开会的材料，当晚我就别想睡了，怎么也得把稿子赶出来。县委办附近有家歌舞厅生意红火，每晚那边激情嘹亮的歌声阵阵传来，我居然毫无感觉！在陆川，我先后为黄家才、李海峰、郭成球三任县委书记当过秘书，工作上都得到他们的充分肯定。几年来，究竟写了多少稿，熬了多少夜，费了多少神，吃了多少苦，只有天知、地知、我知……

1994—2001 年我先后到米场、古城两镇任副书记、书记兼人大主席，乡镇工作千头万绪，事无巨细，主要领导都要过问、把关，否则出了事谁都担不起。在乡镇除了抓好党建、计生、维稳等工作外，就是发展经济。我在古城镇工作时，经常到浙江、福建等地招商引资，每年新上项目、新办企业 10 多家，增加了财税源，财税收入大幅增长，增加了农民收入，生活过得越来越红火。此外，我还结交了不少基层干部和农民朋友，丰富了人生。

2001—2003 年我任县教育局党组书记、局长，积极推进教育改革，创办文昌中学，重视调动广大教师的积极性，全面提升教育教学水平，使我县高考成绩、危房改造、校舍建设、教师队伍建设、职业教育等均居全区或全市前列，全县教育事业健康、快速发展，使陆川成为名副其实的教育之乡、人才之乡。

……

看着这张已经褪色发黄的高考准考证，我想了很多很多，自认为这一生是忙碌的、充实的，又是无聊的、失败的。今天，我写了那么多，或许很多是废话，让大家枉费眼神了！借此机会，祝健在的老师们生活幸福，健康长寿！祝同学们事业成功、万事如意！

那年，阿三参加高考

黄　权

本来,毕业30周年聚会,写高考似乎不太合适。但是,四年的历史专业教育,形成了一个思维惯性,凡事都追根溯源。因此,在这里谈谈阿三那年高考的故事也未尝不可。

高考的前一年,阿三高中毕业,回小学母校——博学小学做了民办教师,那时才16岁。仅仅四年的时光,他就完成了从小学生到小学老师的转变,昔日的老师变成"同事"。这些"同事"与阿三的父亲很熟悉,"同事"们都不叫他的名字而称他的小名"阿三",因为他排行第三。直到他大学毕业后,"阿三"的称呼才渐渐减少。

忽然传来恢复高考的消息

阿三至今仍清楚记得,1977年10月22日下午,学生放学后,两点半钟,教师们像往常一样到高一班教室(70年代中期,浦北县的部分小学设有高中,校名由某某小学随之改为某某学校,博学小学在1977年办过一届高中,校名一度改为博学学校)进行每天必有的政治(有时是业务)学习。学习开始前,一位名叫庞大坚的民办教师忽然高声说:"阿三,你有机会考大学了!"说完,他拿起邮递员刚送来不久的、21日的《广西日报》,大声读起报纸上那篇恢复高考制度的文章《高等学校招生进行重大改革》。这竟成了那天政治学习的内容。

阿三有些心动,但又有些信心不足,这也是当时大多数青年的想法。阿三小学时代成绩非常好，所以高中一毕业，校长就要他回来做民办教师。但中学四年，竟有三年属于“开门办学”的年代，半工半读。高中时代，连上午甚至晚自习也用于劳动，在教室学习的时间甚少，学到的知识有限。另外，阿三从小就听说，考大学对农村孩子来说，比登天还难。当然，这话有点极端，“文革”前十七年，整个博学大队还是有一个人考上了大专，算是“登了天”，虽然是比较冷门的农学专业。看来，“登天”还是有路的。

没有来得及想清楚，也没有来得及复习，11 月初，“初考”匆匆而来。两天的考试，阿三的感觉不算很好，语文、史地还可以应付，政治也懂一些，数学就不说了。

“师资培训班”

“初考”结束不久，阿三接到了参加县里举办的“师资培训班”的通知。

原来，那年的高考，不但考生参加考试，某些敏感的教育部门感觉到自己也被“高考”。前者考的是知识，后者“考”的可是“政治”。阿三所在的县，曾是“开门办学”的先进典型，这次高考若考砸了，是很难堪的。但教育局的人脑子灵，敢想敢创，决定以“师资培训班”的名义开办补习班。开班后，有关人员还反复向学员强调要保密，对外一定要说是“师资培训班”。教育局很公正，按“初考”的分数高低选拔 60 名民办教师参加学习，时间 25 天（11 月 10 日—12 月 5 日），“师资培训班”设在县教师进修学校。说实在话，大家都感谢教育局，学员们学到了许多中学时代应学的知识。

“师资培训班”文理分科，自由选择。大多数人选文科，阿三在高中时期因“开门办学”，物理、化学被变相取消，也报了文科。

阿三第一次到县城，感觉很新奇。但是，他和大家一样，把全部精力投入到学习中去。

当时，学习非常紧张，上下午都上课，虽无晚自习，但大家都很自觉到教室，消化老师当天讲的课程。名义上是在教师进修学校学习，教室却设在对面的县中学和教育局下属的教研室，上课要走一段路程。那年，时值深秋，即使白天烈日当空，晚上还是会有凉气侵袭，虽然大家衣服单薄，却无缺课现象。

“师资培训班”的师资，当时可谓一流：知识渊博，富有教学技巧，语言深入浅出，对所教学的内容，可以用“倒背如流”来形容。一些有较长教学经历的学员，也赞叹不已。35年过去了，这些老师的名字阿三已经无法记起，但他们的教学片段，却依然历历在目。

语文老师，高高的个子，戴一副眼镜。阿三印象最深的是他的作文评讲课，有一个上午评讲十篇作文，都联系作文的内容讲评，无论是优点还是缺点，一语破的，点中要害，没有废话、套话。那次，阿三的作文是仿照雷锋拾螺丝钉的故事而写，在遣词造句方面，自我感觉还可以。老师却是这样评讲：为什么是一颗螺丝钉？是什么样的螺丝钉？另外，农村可以随时捡到吗？泥路到处是泥尘，那么容易发现？作文有模仿、虚假和例子上的不典型的弊端，遣词造句再好也只能60分以下。从此阿三明白了，写文章仅有好语句是不够的。

数学老师，使阿三的头脑里在不到一个月的时间内增加了解析几何、立体几何的知识。

政治老师，使阿三明白了哲学、世界观、辩证唯物主义、历史唯物主义、政治经济学、剩余价值、科学社会主义等是什么意思。

按说，阿三应该对高考充满信心了。但是，“山外有山”，住在对面床的一个同学姓龙，是泉水公社农中的民办教师，尽管他比阿三年长十岁，却能把政治科目复习题的答案一字不漏地背了下来。在一个县内尚有如此的高人，况全国乎？阿三想，若能考上县师范学校，教师身份变为公办，足矣！

因此，阿三填写高考志愿时，尽量选择偏、冷的专业。当时，本科、大专和中专分别可以填三个志愿。本科的第一、第二志愿分别填了武汉大学的历史、图书馆专业，广西师范学院历史专业是第三志愿；填写大专志愿时，发现只有钦州师专有政史这样的专业，所以以它为第一志愿，第二、第三志愿胡乱填写了桂林师专的两个专业；中专的三个志愿是：四川气象学校、八步师范学校（广西）和浦北师范学校。那年，还没有考试就填写入学志愿，所以，志愿是在“师资培训班”期间填写的。阿三填写的志愿明显高于他的目标，大致有两个原因：一是每个人都必须填完九个志愿；其二，用阿三的话说：“万一考上呢?”

时光匆匆，近一个月的学习很快结束。回来后，照样是上午、中午上课，下午学习，晚上批改完学生的作业后，才有时间复习，每晚都是两点以后休息。

从没见过如此紧张的考试

12 月 15 日如期到来。

这一天，是广西恢复高考的日子。那一年，全国各省、市、自治区各自出考题，在 11 月 28 日至 12 月 25 日的范围内确定考试时间。广西将高考时间定在 15、16 日这两天，15 日考语文、政治，16 日考数学、史地。各科满分 100 分。

阿三记得，15 日这一天不算冷，艳阳高照，气温适中。天刚亮，阿三便骑上自行车，带上笔墨，驮着行李，参加了那场几十年后人们仍无法忘怀的高考。试场设在北通中学，试室刚好是读初中时的教室。

7 点 35 分，预备钟“当！当！……”响起。

考生们立即按照“试场安排表”的安排，走向考场，鱼贯而入。

尽管经历了“初考”，阿三还是明显感到紧张的气氛。每个考场一前一后配两个监考老师，监考老师自踏进考场的那一刻开始，就面无笑容，表情凝重。宣布完考场纪律后，一位发试卷，另一位边巡视边简要地重申、执行纪律“开考前，只能写名字、考号，绝不能答题”；“某某同学，请你停笔”；“啊，你是写名字，对不起”……

发完试卷后，发卷老师的眼睛紧紧地盯着时钟，滴答！滴答！……秒针声敲进每个考生的心里。

“八点整，考试开始！”监考老师话音未落，“沙沙”的写字声马上响起。

试题没有想象中那样难，试题数量也没有想象中那么多，后面考的三个科目也是如此。语文基础知识大部分是初中的，甚至还有拼音这样的小学知识。作文题有两道（任选一题）："我在这战斗的一年里"和"发扬艰苦朴素的作风"。阿三在1977年没有经历过什么"战斗的"的事情，于是选了第二题。因为没有手表，考试就只能突出一个"快"字。刚写完作文，"最后十五分钟"的警示声猛地在耳边响起，阿三只好匆匆检查答案与作文。很快，"起立！停止答题！"颇为严厉的声音钻进耳朵，大家"唰"地站了起来，"文革"后首次高考的第一场考试结束了。虽然是冬天，但因为紧张，阿三浑身冒汗。

政治科目不是很难，特别是时事部分，对于爱看报纸的阿三不算什么。不过，经过一上午的紧张考试，下午感到很累。

第二天上午考完数学后，阿三心里很感谢"师资培训班"的那位数学老师，最后一道二十几分的解析几何应用题，阿三不但能做而且做对了。

最后一科是史地（历史、地理）。出考场后，阿三感慨万千：上高中时，正值"批林批孔"运动，书店里的历史书籍较多。那时，"开门办学"之风正盛，中学生以劳动为主要科目，年迈的奶奶心疼这个孙子，时常多给三五毛钱，叮嘱阿三："肚饥了，就加餐。"她没想到，孙子加的是"文化餐"。阿三喜欢看书，奶奶给的钱都变成了历史书。今天的史地科目考得顺手，都是奶奶所赐啊！

从未见过的考试，从未有过的紧张，每场试考下来，都有大汗淋漓的感觉，阿三消耗了过多的元气，病了一场。不过，这病使阿三有了反思的时间，发现部分题目的答案并不全面，许多还错了，真是的！罢了，罢了，"登天"的本事并不是人人都有的。

于是，阿三没有了那种想知道考试结果，但又怕得到结果的心情。

阿三回到学校，像往常一样继续做他的初一数学老师，白天上课，晚上改作业。有空的时候，继续和棋友进行象棋比赛。

元旦前后，阿三参加高考体检，心里也没有燃起上大学的希望。

放寒假了。

阿三回到生产队劳动。

那场高考,仿佛是很遥远的事情。

皆大欢喜的结局

忽然有一天,阿三正骑自行车回家,他感觉到人们用一种异样但又不是恶意的眼光看着他,还指手画脚地议论。这是怎么啦?

回到村里,刚架好自行车,一个婶婶就走过来说:“阿三,什么时候走啊?”又走?刚刚才回来的嘛?

“还不知道啊? 回家,回家就知道了!”

回到家里,奶奶、父母和弟弟们脸上都挂着笑容。父亲递过一个牛皮纸信封,信封的下方赫然印着“广西师范学院”六个红色草书大字。啊?! 我终于考上了?!

信封早已打开,里面有两张印刷品,一张是录取通知书,另一张是“广西师范学院新生入学注意事项”。

阿三紧盯着录取通知书,它由印刷体和手写的两种文字组成,上面写着:

浦北县北通公社博学大队长坡尾生产队:

你单位一九七七年考生　某某(阿三的名字)　已被　广西师院　校(院)录取入　史地系历史专业　学习,业经我会批准,请通知该生按照学校要求办好有关手续,准时报到。

落款是:广西壮族自治区高等学校招生委员会。

日期为:一九七八年元月二十八日。

阿三记得,是2月3日中午接到通知书的,离“注意事项”规定的报到时间刚好三个星期。

那天,阿三心里欣喜若狂,脸上却是一笑置之。虽说是预料之外,但回头想想,也是情理之中,毕竟,近一个月的“师资培训班”,与别人相比,是一个优势。另外,一年多的民办教师生涯,也沾上一点书香吧。看来,阿三是低估了自己。那年高考没有公布分数，究竟考得多少分，阿三不知道。最近，一位当年考上广西农学院的老兄在报上发表文章，说他上大学后查档案，得知自己的高考总分为240多分，阿三考文科，分数应该比他高一些。

这场高考，不只是阿三高兴，很多人都高兴。

那年，北通公社只有三人考上大学，除阿三外，一位是三合中学的，被广西农学院录取，另一位是阿三的同班同学，叫范蔚铭，考上中南矿冶学院。次年，一个名叫吴海波的同学又考上广西大学。当时，高考被称为“千军万马上独木桥”，难上加难。一个名不见经传的中学，同一个班竟有三个学生被高校录取，况且，这个“高七四(2)班”存在的时间正好是“开门办学”的高峰时期。因为阿三他们三人在初中时也是同一个班，两位班主任因此受到表彰。这两位老师，一个叫陈业邦，是民办教师，身体有病，整天咳嗽不停，瘦得皮包骨头，连领导、老师都戏称他为“哈抽佬”，是阿三他们初中、高一的班主任，他获得转正，变为公办教师。不久，他的病也奇迹般痊愈，变得又白又胖。在教学上他一直很卖力，讲述语文基础知识很有一套。另一位叫庞正思，五十多岁，是一个结实的矮个子，阿三他们高二时的班主任。他在非常有限的教学时间里，言简意赅地传授了写作技巧，极大提高了大家的写作能力。他得到一辆凤凰牌自行车的奖励，后来传闻，准备提拔他当校革委会副主任(副校长)，因年纪大而作罢，云云。

阿三历时三个半月的高考故事，以皆大欢喜的结局结束了。

差点忘记告诉大家：阿三就是我，我就是阿三。

大学生活拾趣

黄　冲

离开大学校园30年了，回想起丰富多彩甚至是离奇古怪的大学生活，有时候情不自禁地偷笑。下面慢慢回味几个“小经典”。

36号军人俱乐部

我们上学时期物质生活还是很艰难的，娱乐性的设施更是少得可怜。我们住在独秀峰脚下学生宿舍楼二楼。我们宿舍七人，以袁荔生班长为首，还有朱杰军、黄志开、陶士然、江活健、覃劲忠和我。袁荔生是班长，有凝聚力，朱杰军是桂林人，他在桂林的很多“狐朋狗友”经常到宿舍玩，黄志开是活跃分子，文艺方面样样来得，我喜欢拉小提琴，因此，每到周末，很多同学都集中到我们宿舍，拉琴、唱歌、下棋、打牌等，热闹非凡。慢慢我们宿舍有了俱乐部的功能。因为我们宿舍序号是36，因此称36号俱乐部。那时候解放军地位很高，“全国学习解放军”嘛，黄志开就把我们36号俱乐部又命名为36号军人俱乐部。我们俱乐部在学生宿舍区里的影响不断扩大，因此，我和黄志开经常得到其他宿舍同学乃至外年级外系同学施舍几根纸烟抽抽，很是知足。

在36号军人俱乐部的艺术氛围熏陶下，我们宿舍涌现出一批又一批艺术家。黄志开指挥我们班合唱《花儿与少年》参加比赛获一等奖；朱杰军读书前还不知道何谓小提琴，大学四年下来，他居然能够把小提琴拉出声音，而且拉成了一首歌曲，并扬言要参加国际小提琴大赛;江活健原来唱歌要人命,可是在我们班庆祝入学30周年同学聚会晚会上,江活健一首独唱不亚于宋祖英在广西举行独唱会所产生的影响,实在敬佩。

钦州光头"四人帮"

我们班同学来自广西各地,其中来自钦州地区(当时的钦州地区辖地包括现在的钦州市、北海市和防城港市)的同学有六七个。1979年寒假,我们钦州地区同学相约留校度假,结果有四名同学响应,周耀全、莫毅、黄志开和我。我们四人在学校度过了一个很独特的假期。为了能在今后对这次假期留校生活留下深刻印象,我们四人干了一件惊天动地的大事:我们四人剃光头过年!同志们啊!现在剃光头真是平常不过的事,甚至可以说是时髦呢。可在当时,这四个光溜溜的圆头吸引了多少惊奇的目光啊!实属稀有动物。有一天,我和黄志开走在街上,居然有几个和尚跟我们套近乎,后来他们感觉到跟我们没有共同语言才慢慢走开。1979年,桂林冬天特别冷,由于剃光了头,我的头被冻坏了。今年,54岁的我去体检,医生说我患了神经性耳鸣,患病原因是,1979年冬天剃光头把头冻坏,进而连累到耳朵。这种后果一般是过30年以后才显现。

1979年寒假,我们这批留校生,得到了党和国家的深切关怀和照顾,我们的伙食得到大大的改善。为了庆祝春节,学校每顿都安排我们吃粉蒸肉,而且每块都是雪白的肥猪肉。谢天谢地呀,一个春节吃下来,离不开肥猪肉了。参加工作后,我在北海市教育局工作16年,我个人以吃肥猪肉著称,曾获北海市教育局吃扣肉比赛冠军,估计就是1979年春节锻炼出来的。

"分工合作制"

说实在话,读大学时,我们文科生比理科生轻松多了。我们班不少同学在考试前一个晚上照样去看电影。有个同学还跟我透露他获取考试信息的宝贵经验。他每次在大考前都找相应科目任教老师聊天,把一学期所教学的内容变成一道道问题跟老师进行交流探讨,学生说这个问题不可能考的,老师不作声,不表态,而且表现出有点紧张的样子,那考试肯定出这一道题;反之,那问题肯定不出了。那同学跟我炫耀,用这种“先进”的方式方法,为他节约了多少劳动力呀!

我和林志杰不仅年龄相仿,而且还同桌四年。当然,我们不可能有梁祝这类流芳千古的故事,没有《同桌的你》歌词里的那种浪漫,但我们俩有一点是绝对值得称道的,那就是我们团结协作、同甘共苦的精神。林志杰记忆力好,学习成绩优秀,我们就相约分工合作制,就是说,我们俩在考试前为了节省劳动力和提高效率,就对考试内容各有侧重地复习,考试时将做好的答案往桌中间靠,资源共享。什么叫兄弟情谊? 知道了吧!

这种分工合作制给我现在的工作造成了巨大的压力。我现在在北海市北海中学任书记,其中一项职责就是做学生的思想政治工作。有时候在做学生思想政治工作时就碰到一些难题。比如:每到期中期末考试前,我在给学生作考风考纪报告时就感觉底气不足,每当教务处和政教处把处罚考试作弊学生的文件给我批复时,我总是把对作弊学生的处分减轻一些,一方面,体现我爱护学生,以教育为主的治校理念,另一方面,有点同病相怜的感觉。

啊! 那些年代那些事,难以忘怀……

大学杂谈

周伟光

人生百味，跟大学的同学谈谈大学，应该是有共同语言的，不过大家是否感兴趣我就当不知道了。

上大学

好像有句名言“不想上大学的学生不是好学生”，我渴望上大学，但是我的上大学之路却一波三折，超乎寻常地曲折。事情是这样的……

1972 年我高中毕业就得到了上大学的机会，我都觉得不可思议。但是，当时我国的外语人才奇缺，从工农兵学员中培养外语人才特别困难，无法满足外交的需要，国家决定从优秀应届高中毕业生中招收一批学生学外语，将来到外交部门工作。由于我在高中时曾经获得我们桂林市统考（只考外语、数学、物理、化学）总分第一名，又是优秀学生干部，还是 1971 年桂林市学习毛泽东思想积极分子代表大会中仅有的两名中学生代表之一，符合当时“又红又专”的标准，于是乎，我被特别推荐并顺利地通过了审核和考核。当我的同学们正在准备上山下乡的时候，我却在等待着随时可能到来的大学入学通知书。说起来意外，其实也没有什么奇怪，事情很快有了变化。有人说，让应届毕业生上大学，是资产阶级教育路线回潮，要坚决反击，结果，我的档案就被从大学里反击出来了。

第一次大学没上成，我被很照顾地分配到桂林市的一家兵工厂当工人，成了当时令人羡慕的工人阶级中的军工战士。在工作中,我发扬了中学时期刻苦钻研的学习精神。工作三年左右,我在我工作的那个工种(也可以说专业)的水平,达到了一般人达不到的高度。这么说吧,在工作中,老师傅解决不了的问题,我能解决,工程师(当时叫技术员)解决不了的问题,我也能解决。有的问题我解决了,跟他们解释,他们都听不懂。1976 年,上大学的机会又来了。大家知道,那个时候工农兵上大学,要指标,要推荐,讲专业对口。那一年,区国防工办给了我们厂一个指标,正好是我干的那个专业。我以为,这是专门给我的指标,因为当时我在专业上已经小有名气了,也许是组织上想培养我呢。我当时想(但绝对没有说),如果我读了那个专业,我一定能成为那个专业的国家级的专家。按照当时的规定,一个指标推荐两个人。我和一位同一年参加工作的女同志被推荐了。在例行的体检、政审、文化测试中,我都具有绝对优势。我们单位的绝大多数人都认为这个机会非我莫属,我觉得按照正常思维也应该是这样。现在剩下的事就是耐心等待了。等啊等,等到了年底,终于等到了入学通知书,可是通知书上不是我的名字。我觉得不可思议,到现在也没明白怎么回事。不过当时我似乎明白了一个问题,那就是我将永远与大学无缘。这样的专业,这样的条件我都没能上大学,我还怎么可能上大学。

第二次大学没上成,我对上大学彻底死了心。正当我对上大学死了心的时候,没想到邓小平再次复出了,更没想到的是那么快就恢复了高考。天不绝我,我终于还是上了大学。

读大学

读大学后不久,我发觉我对所学专业一点兴趣也没有,但不读是不行的,那么就只有混了。混着读肯定是读不好的,所以我在大学的成绩是我学生生涯中最差的成绩。对于我来说,大学学习不堪回首。如果时间能够倒流,我真想好好重读大学,像同学们那样,学好各门功课,谈一次充满小资情调的校园恋爱。好在我大学的同学是我学生生涯中最好的同学,是我的榜样,是我的骄傲,也是我的最重要的人脉，我的大学还是大有收获的。

教大学

命中注定我最后是当老师的。小学一二年级时，我们班有个大个子男同学，学习特别差，典型的傻大个。为了帮助他，老师专门安排他跟我同桌，果然他的成绩大有提高，于是老师在班上表扬我，说我是个小老师，让我受宠若惊，也让我感觉到当老师是很光荣的。

高中毕业，在我被推荐上大学之前，学校首先安排我留校当老师，我婉言谢绝，因为当时老师职业实在不时尚。大学毕业回到原来的工厂，工厂与石油六公司合办的子弟学校强烈要求我去当老师，领导没有同意，他们认为我在工厂发展更合适一些，我也暗自庆幸没有到子弟学校当老师。不久，改革的浪潮越来越高涨，我感觉到我们这样的国有企业未来的日子将是越来越难过的，也不是我所能改变的。于是，我决定改变不了它就改变我自己。改变自己也没有更多的选择，只有当老师。当时的厂领导很照顾我，放我调出工厂当了老师，最后，我居然还当上了大学老师。

到了大学当老师，我的自我定位是比较低的。因为人贵有自知之明，我知道在大学里，跟同龄人比，我的教龄是短的，文凭是低的，职称也是低的，不低调是不行的。刚到大学时，我觉得当教授对于我来说是遥不可及的事，甚至一度放弃过这样的愿望。刚到大学时，我对教育厅职称评委十分敬畏，我觉得他们是超有水平的，而且能对一个人的职称晋升进行评定。刚到大学时，我对教育厅思政巡视组专家是十分崇拜的，我觉得他们也是超有水平的，而且可以对各个学校的思政教学工作进行指导。没想到，在我的努力和同学们的帮助下，随着时间的推移，有点像做梦，现在我也成了教授，也成了教育厅职称评委，还成了教育厅思政巡视组专家。我并不觉得我有什么水平，但是现在想不让别人敬畏都不行，想不让别人崇拜也难（我知道这里有很多虚假的成分）。看看自己，再想想同学们，我真为同学们骄傲。大家想,我都这样了,我的同学们自然就更了不得了(情况确实如此)。我觉得这一切都是历史的必然,因为我们是不同寻常的1977级大学生,是真正的天之骄子。

大学毕业30年有感

韦乃扬

我和我的同学大学毕业，走出校门投身社会，弹指间已过了30年。

1981年底，我们1977级毕业分配方案确定了，我和另外五名同学分配去向是农村基层。我读的是师范院校，意愿是当一名中学教师，系党总支张筱儒副书记连续三次找我谈话动员，最终我决定服从组织安排。

1982年1月离校，2月初即到横县陶圩公社上班，担任宣传干事同时兼任领导秘书。此后直至1988年9月，我在县乡之间几次调动工作，历任党史办专职干部、县委办公室副主任、乡党委书记、县委办公室主任等职。

1988年10月调到大新县担任县委组织部部长，后任县委副书记，分管组织人事工作和宣传思想、教、科、文、卫等工作，先后兼任县委党校校长、县委工业领导小组组长、县委扶贫开发领导小组组长等职。

1993年8月调到自治区司法厅工作，历任厅属广西法制报社副社长、厅政治部副主任兼组织干部处处长、厅办公室主任等职。

2001年7月调任广西政法管理干部学院党委书记。

2008年12月至今在自治区司法厅工作，担任副厅长职务。

我在横县陶圩公社工作期间结婚成家。妻子是右江民族医学院1977级的，与我同时分配工作，一直从事医务工作，经历比较简单，只是跟随着我工作的调动换了几个地方。先后在陶圩中心卫生院、横县防疫站、大新县防疫站工作。1993年随我调到南宁，被安排在广西司法学校当校医。我儿子 1983 年底出生于横县陶圩，不久迁到县城上幼儿园，到大新县读了三年小学，后到南宁读完小学、中学。2002 年考上中央财经大学金融系，现工作单位是中国建设银行总行。今年初结婚，儿媳妇与儿子是大学同学，现供职于英国渣打银行北京分行。

30 年间不同的时期经历不同，脑子里也装着不同的人和事。

然而，从 1978 年 2 月至 1982 年 1 月整整四年大学学习与生活的经历，始终牢固铭记在自己的心中。

是母校为我们提供并不断改善学习环境和条件。高水平的授课教师，负责任的年级主任，优美整洁的校园，宽敞明亮的教室，无须忧虑的食宿条件，等等。正是母校给予了我们这一切，使我们得以顺利完成学业。母校之于我们，德重如山！

是老师尽心尽力给我们"传道、授业、解惑"。我们所学的历史专业有近 30 门必修课，十四五门选修课，给我们授课的老师 30 多位。还有政治、哲学、写作、外语、体育、教育学、心理学等公共基础科目任课老师十几二十位。加上时常给我们上政治思想教育课的系党政领导、年级主任，总共达到五六十位。正是有这样一批学识渊博、德高望重的老师的悉心教诲，使我们学到了专业知识、处事方法和做人道理，为我们后来做工作干事业打下了良好的基础。我和同学们的感受一样：老师之于我们，恩深似海！

同窗之谊，弥足珍贵。历史系 1977 级七八十人来自五湖四海，大家真诚相待、和谐相处，"互相关心、互相爱护、互相帮助"成为班风。在学习中，共析疑义，同赏奇文，互相促进。体育活动，场内队员奋力拼搏，激烈争锋，场外伙伴递茶送水，呐喊助威。文艺表演，形式多样，亦庄亦谐，各显特色。更有《花儿与少年》大合唱节目由班歌而系歌而唱响全校园！我能成为这个集体中的一员，深感荣幸与自豪！无论到什么时候，我都会记住曾经给予我真诚关心和帮助的第八组同学黄苹、曹小瑾、刘格凌、莫毅、江活健、黎国振、陶士然、刘志生、汤少聪、黄辉龙，38 号宿舍舍友唐天禄、颜安光、梁颖、唐奇岭、李绛亮、韦武壮，39 号宿舍舍友卢仲维、李建忠、王熙远、盘美昌、陈标、郭振彬，班级篮球队队友袁荔生、朱杰军、蒋元发、周耀全、莫小统，在《广西日报》发表文章后拿稿费请我和颜安光去大华地羊馆喝酒的莫老爷（世祥），教我学习指书手法的谢世湖，给我们男同学指教过交谊舞步的江淳、李露，曾经和我有同桌之谊的黄凤阳、黄权，日常见面就说家乡话的横县老乡周振，跟我交流过各自治疗胃病体会的黄健荣，与我一起登门接受张一民教授指导毕业论文的施居宾，在露天澡堂宣布成立不带任何政治色彩旨在解决男生"难"题的"青年党"并自任"党主席"、邀我出任"代主席"的黄志开，经常同我深谈各种话题却始终不肯透露其本人曾以红卫兵身份去见自治区领导时谈话点滴内容的吕启翔，与我同时分配到农村基层工作后来同在广西政法管理干部学院共事的秦建德，一向乐于助人、在他母亲病逝的困难时刻接受我和其他几位同学去帮助处理后事、抬棺上山安葬的何同学，对我信任，曾在三更半夜请我陪送他去火车北站登车赶回家奔丧的莫桂廷，1977 级班级党、团组织有关领导人陶荣豪、何龙群、朱伟才，当年在校年少含蓄、毕业后潜能释放、胆大善为、"官"至班级同学会秘书长的林志杰，以及欧薇薇、王缨、胡素华、刘宏、王国玉、宋平、施锦美、杨柳、陈藻玲、徐学莹、黄琦、黄乘英、罗慧萍、郎津晶、王越坚、杨晓林、陆平山、黄明光、李复波、周伟光、唐永康、马守正、赖向东、李培礽、刘西平、李锐文、江泉、覃劲忠、黄冲、赵忠诚、宁崇富、白正骝、李向平、陈献国（休学后随 1978 级毕业）、杨国军（休学）等同学。我衷心感谢同学们，你们之于我，情同手足！

从政不是我的初衷。一直以来，我都在羡慕当老师的同学们，教书育人几十年桃李遍天下，其中不少同学著书立说，经传留名，更显人生成就。但是，我既然走上从政这条路，那就要走好每一步。如果说，大学校园生活常被人们赞誉为岁月如歌，那么，30 年工作实践经历，我的感觉则是往事并不如烟。实践证明，在县乡工作还真是能锻炼人的。记得刚到农村基层，遇到的最大困难是对工作生活环境的严重不适应。一是思想不适应，工作环境比预想的要艰苦得多。因为这里没有了林荫小道、茵茵草坪、明亮路灯，这里有的是广阔的田野、延绵的林海、曲折的山路。

二是生活不适应，作息时间动态化，日常生活无规律。因为这里没有了按部就班、生活规律、张弛有度，这里有的是突发事件多、自然灾害多、紧急任务多。三是休息时间没有保证。这里没有了在固定时间响起提示人们作息的电铃声、广播声，这里有的是天灾人祸的突然发生、不期而至。刚到陶圩公社的头半年，我经历过的几件事至今仍历历在目，印象深刻。

那是1982年4月下旬的一天上午11点左右，突然接到某村村民上山乱砍滥伐林木的报告。公社领导立即指派司法助理员带着我前往十公里外的事发地处理，制止事态发展。当天，烈日高照，我们二人骑着自行车，跋山涉水，大汗淋漓，花了一个半钟头走到目的地，已是正午12点半钟，肚子饿得慌。这个时候，应该是那些在学校或机关工作的人们吃饭或午休的时候了，而我和我的同事却在忙着找村民谈话，讲道理，宣传政策法律，直忙到下午两点才能下山到村边小店买东西填肚子。

同年5月中旬的一天下午5点多，快到吃晚饭时候，天下着大雨，突然接到有两村的村民在赶圩回家路上发生械斗而死伤多人的紧急报告。我们五个干部立即穿上雨衣，带上手电筒，骑上自行车赶往事发地。到达案发现场时，天已漆黑一片，伸手不见五指，村干部已等在那里。当时，周围一片寂静，气氛肃穆。我们打着手电筒，踩着地上带血的雨水，逐一察看被刀棍打死的两具尸体，村干部汇报有三名伤者已送医院抢救，后来得知其中一人当晚死于手术台上。看完现场又立即分头赶往双方村里做工作，稳定村民情绪，防止械斗再次发生。在村干部家里吃完晚饭，回到公社已是半夜12点。第二天才得知我的未婚妻前一天晚上也参与了伤者的手术抢救工作。

同年6月上旬的一天晚上9点左右，办公室值班人员报告，某村一个库容30万立方米的小型水库由于连续几天下雨，拦水大坝出水涵洞突然发生类似管涌现象。险情就是命令，我和其他三位同事在公社分管水利的领导的带领下，骑上自行车赶往出险水库，组织村干部迅速召集起100多名村民进行水库大坝加固除险，搬土运石，围堰垒堤，防止洪水冲坏涵洞危及大坝。经过六七个钟头连续奋战，终于在翌日太阳从东边升起的时分完成了任务。还有一个有趣的情况是，当我们很快将情况上报县委、县政府后，接着县武装部、共青团、妇联都派人下来了解情况，收集材料，分别从青年民兵、共青团员、青年妇女等不同角度整理材料，用于宣传和上报。

人可改变环境，环境也可以改变人。随着时间的推移和工作经验的积累，主动适应农村基层工作的思想意识逐步树立起来了。三年后担任乡党委主要领导时，发展经济压力大，改善民生任务重，维护稳定要求高。需要处理方方面面的事情更多了，人也相应比以前成熟多了。

黄明光访谈

王熙远：你大学毕业后，先后在哪些工作岗位上干过？

黄明光：大学毕业后我于1983年3月—1984年7月在国营广西新兴农场（柳州市郊区）任中学教师，1984年9月—1987年7月在广西师范大学历史系读硕士研究生（1987年9月获广西师大历史学硕士），毕业后留在广西师范大学教育系（1987年9月--2002年8月）任教师，曾任成人教育办公室主任，主讲中国教育史、教育法学、世界教育史等课。1993年在广西师范大学评为副教授；2001年在广西师范大学评为教育学教授。在广西师范大学期间，于2000年参加全国博士生入学考试，被杭州大学（今浙江大学）古籍研究所录取为在职博士生。2005年6月获得浙江大学文学博士学位。2002年8月从广西师范大学调入温州大学教师教育学院，主讲教学论、教育学、教育原理、中外教育史、古典文献学等课程。2006年被选为硕士研究生导师。2008年8月以后，因为工作调动不顺及其他各种原因，在杭州市一个大专院校代课至今。

王熙远：毕业三十年，你认为自己最主要的业绩与亮点是什么？

黄明光：从硕士研究生开始，我从广西民族特点出发，学术研究重点放在“明代民族研究”和“明代科举制度研究”上，曾在中国社会科学院民族研究所主办的《民族研究》杂志上发表《明代南方少数民族地区教育状况探议》《明代译字教育述议》等6篇学术论文；在中国社会科学院历史研究所主办的《历史研究》上发表《明代外国官生在华留学及科考》（1995年第3期）一文，其他学术论文、著作总计80余篇(部)。

王熙远:你觉得这辈子让你最值得怀念的老师与同学有哪些?为什么?

黄明光:这辈子让我最值得怀念的大学老师有广西师范大学历史系张家藩、粟冠昌、严沛、郭道明老师等,因为大学老师让我从一个初中生走上了学术研究的道路。此外,在读博士研究生时,浙江大学博士生导师龚延明教授给了我巨大的支持,在我打算中断学业的为难之际,他让我重新补读。大学同学朱杰军、袁荔生、欧薇薇、黄琦、刘西平、徐学莹、杨晓林、秦建德等对我帮助非常大。

王熙远:可否谈谈你对人生的感悟?

黄明光:我一生最大的遗憾是父母去世时没在他们身边,为他们送终。对人生最大的感悟是敢于离开自己出生的土地,到外地创业。人生没有直路走弯路,善于为一堵墙让道;与千卷书和知心朋友为伍,挺直一根脊梁骨做人;常怀爱心,善待他人;把微笑留给伤害过你的人;不喜欢的人少接触,但背后不要议论他;父母最辛苦,孩子最幸福;要记住父母的生日;要感恩父母,感恩帮助过您的人。

切忌:天上不会掉馅饼;在人之上,视他人为人;在人之下,视自己为人;口齿生香,常怀感恩,不要错过开花,不要吝啬微笑;富日子,简单过;穷日子,开心过;自己不曾拥有,就快乐地欣赏他人拥有。

施居宾访谈

王熙远：你大学毕业后，先后在哪些工作岗位干过？

施居宾：大学毕业后，我先是分配到南宁地区第二师范学校。如果我还在这所学校，那就是大学老师了，现在已更名为广西民族师范学院。两年后为了解决两地分居的问题，我要求调回宾阳中学。这所学校是清末废科举后广西兴办的第一批新式中学堂之一，也是广西十六所重点高中之一。在任教十四年之后，又调到南宁二十六中，一直到现在。这几十年始终没离开中学三尺讲台，我们同学在中学任教的不多了，我是其中之一吧。

王熙远：毕业三十年，你认为自己最主要的业绩与亮点是什么？

施居宾：我不如同学那样在政界、学术界发展，只是一个普通的中学老师。守住三尺讲台，三年一个轮回，当年少的他们步入海阔天空，自己又回到原点，开始新一轮的挥洒。在宾阳中学十四年，我一直在做班主任，包括兼政教处主任时也没例外。那些年，我早出晚归，清晨六点钟出门，督促学生去出操，晚上看学生宿舍安静了才回来。无论寒风下雨，都是如此。高考的训练题，常常是自己编写，自己刻蜡纸，然后去油印。我都刻坏好几块钢板了。但那时并不觉得有多么辛苦。晚自习，我喜欢去教室，学生通常很自觉，在教室里静静地学习，处在这样的氛围中，你感觉是一种享受。

高中学生的精力是旺盛的，喜欢活动，我经常带领他们去郊游。那时没那么多的顾虑，跟学校说一声，然后告诉科任老师“明天我们班去郊游，课不用上了”，就行了。春天，我们上山去寻找杜鹃花，讲杜鹃啼血的典故，"九江三月杜鹃来，一声催得一枝开"。夏天，我们顺着溪流，走进深山密林，在幽谷瀑布下尽情地嬉水。秋天，我们登高望远，摘下一张红透的叶子，感受秋天的气息，期待今日登高，来日高中。冬天，我们到郊外地头垒几个红薯窑，烧出焦香的红薯，美美地品尝。我每带一届学生，都会留下一本活动影集。毕业后的学生，在学校上的课可能忘得差不多了，而这些活动往往刻骨铭心。

高中学生是纯真的，没那么多的人情世故，只要你真情付出，就会有爱心回报。有一位来自农村的学生，家里比较困难，我平时给她一些照顾，也给过她一件文化衫，这些她一直记在心中。大学毕业后，她给我和妻子每人买了一件呢大衣，还让我们去旅游，如同女儿般的孝敬。我用的手机、数码相机都是她给买的。"滴水之恩，以涌泉相报"，此情让我深感温暖和慰藉。

我所带的班级都挺优秀的，高考成绩往往很出色。在宾阳中学，我先后有两名学生获得广西高考文科第一名。有一个班，广西高考的前五名中就占了两名。到了南宁二十六中，我带的第一个班，高考也是创纪录的。学校给我班高考上十二人的指标，而高考上线却达到三十一人，其中还有高分考取复旦大学的。这在普通高中里很少见，连校长都觉得不可思议，因为我从来没抓过学生的补课。其实，我更注重他们平时的素质养成，培养自主意识。为了励志，我带他们去过宾阳中学，体验同龄人的勤奋；带他们去过上林状元村，感受那里重教兴学的民风；带他们去过广西大学，参观科技成果展览。我们开展的班级活动，有的还上过电视和报刊呢。素质教育上去了，高考成绩自然是水到渠成。这些，算是我的亮点吧。

可是，我觉得最重要的还不是高考成绩，而是你曾经陪伴着他们，走过人生一段重要的路程。当岁月悄然流逝，那些熟悉的身影渐行渐远时，你依然可以留下一些美好的东西，依然可以注视着他们，惦记着他们。

王熙远：你觉得这辈子让你最值得怀念的老师与同学有哪些？

施居宾：大学时，我挺佩服张家璠老师的，他讲课明白通晓，娓娓道来，往往最后一句话音刚落，下课铃就响了，真惊异他能把课上得如此精致。潘香华老师给我的印象很深，有次义务劳动，我们一起在系办公室搬资料，潘老师干得最卖力，每次都扛着一大沓，来回跑，乐呵呵的，毫无教授的架子。钟文典老师是我最敬重的师长，他学问高又平易近人，都那么多年了，他不假思索就能叫出你的名字来，可见学生在他心中的分量。那年大学三十周年同学聚会，钟教授也来了。去宾阳活动那一天，一路上，有的同学在戏说宾阳"假货"，而钟教授却说：宾阳制作的毛笔挺好的。这话令我很惊喜，的确，宾阳制作的毛笔历史悠久，质量上乘，过去是闻名远近，钟教授见多识广，应该是知道的。为此，我曾经到制作毛笔的地方去，想定做一套精制毛笔送给钟教授，但终未成行，留下遗憾。

至于同学，在停止高考十年后，我们一起考进大学，春兰秋菊，四年同窗，是一种缘分。古人说："羁旅曾堪醉，相留畏晓钟。"况且我们四年朝夕相处呢，值得珍惜。赵忠诚与我同龄、同乡、同学，毕业后我们还经常在一起；黄凤阳、莫小统与我同一个宿舍，朝夕相处，我们一起游遍了桂林山水；郭振彬是我到校后认识的第一位同学，那天我们一起去了叠彩山，那情景仿佛还在昨天；我的第一双皮鞋还是盘美昌帮买的，我们在独秀峰下的合影还收藏着；女同学中，杨柳与我实习时同在一个班，我们合作得挺好的。

王熙远：请谈谈你对人生的感悟。

施居宾：人生易老天难老。如果说有感悟的话，就是要做有根、有心、有情的人。

有根，这个根在什么地方呢？一个是在大自然，一个是在家庭。大自然是人类生命根源，我们久居都市，常常疏远了大自然，人往往也变得浮躁。有句话说，带着你功名利禄的思想和越来越发福的肚子，走到大自然中去，好好地反省反省吧。"春有百花秋有月，夏有凉风冬有雪。"聆听大自然的律动，脚踏大地，仰看星空，也是人一种理想的生存状态。家庭也是人的一个根，人是智能动物，需要互相关怀，互相肯定，互相照顾，这些在家庭里往往都可以得到。有的人虽然有财富，但是缺乏亲情,往往也会感到人生没多大的意义。

有心,心代表内心世界。人一向生活在两个世界里,一个属于外在工作的世界,另一个则是内心世界。外在的世界是变化的,你可以升迁,可以发展,最后还是要退休。而内心世界永远是属于自己,永远不会退休。在物质社会里,人们对物质的追求往往是无限的,而人的需求其实很有限的。在物质基本需求满足的前提下,我们还应多在精神层面发展,培养一个丰富多彩的内心世界。

有情,现代人似乎多了些隔膜戒备。我住在四楼,有次衣服从阳台掉下三楼,我敲敲楼下的门,有人隔门问是谁。我告诉来意,他说我不认得你,等主人回来再说,就不再理睬了。也有一次,我带历史组老师到宾阳乡下考察古瓷窑。我们坐船进入一座水库,靠岸后走进一个村子,这时大家有点饿了。走进一户人家,门开着,但不见人,我径直进到厨房,揭开锅盖,满满的一锅粥。这时,女主人回来了,见我们这些不速之客,没有责怪,也没问我们从何来,而是热情邀请我们在她家里吃粥。一会儿,她炒来一盘青菜,夹一碟酸嘢,我们不客气就吃了,吃得挺有味。临走时,我放了十元钱压在饭桌上,刚走到村头,那位大嫂就赶来了,把钱塞还我们。有意思的是,只要路上碰到当地人,都是异口同声邀我们到家里去吃粥。一位同事感慨地说:尽管你不认识,但你可以随便进那一家。人家没有一点戒意,还请你吃,在城里能吗?大家都有同感。纯朴的乡情,让人如沐春风,获得一次心灵的洗涤。

现在,人们过于功利,属于生活本质中的那份人情,渐渐地被扭曲而变得模糊了。因此,要多珍惜人间之情,懂得感恩的人会更有幸福感的。

杨柳访谈

王熙远：你大学毕业后，先后在哪些工作岗位上干过？

杨柳：大学毕业后，我先是在柳州地区档案局、柳州地区外事侨务办公室工作（其间，1986 年至 1992 年临时抽调到柳州地区组织史资料编辑组工作。1996 年至 1997 年到自治区党校中青班脱产学习一年）。2002 年撤销柳州地区，成立地级来宾市以后，先后在来宾市外事侨务办公室、来宾市驻柳州管理处工作。

王熙远：毕业 30 年，你认为自己最主要的业绩与亮点是什么？请详细谈谈。

杨柳：大学毕业后我一直在机关从事着一份平凡的工作，和同学们相比，没有什么骄人的业绩。但秉持着一份热爱和执着，自认为在任外侨办主任期间还是做了几件较有意义的事。

一是积极探索后发展地区的友好城市工作。友好城市工作是地方外事工作的一个亮点，也是地方与外交往的一个重要渠道和平台，它在促进地方对外交流与合作方面起着独特的不可替代的作用。与国外建立的友好城市越多，“走出去”的途径就越广，外事资源也就越丰富。为拓展与外交往渠道，实现我市友城工作零的突破，我在上任外侨办主任后，即将友城工作列入工作重点，充分利用各种机会寻找和物色一些在经济结构和资源条件等方面与来宾市互补性较强的外国城市缔结友好城市。如利用参加外国驻穗总领事馆国庆活动的机会宣传新来宾。专程拜访或以市政府名义照会部分外国驻穗总领事馆请求帮助物色结好城市。利用市领导出访的机会安排与对方城市市长会面，商谈有关建立友好城市事宜等等。经过努力，我市在2003年与法国敦刻尔克市建立了友好交往城市。2005年6月与美国艾梅里维尔市签订了经济合作伙伴城市协议。2005年11月与菲律宾拉瓦格市缔结为友好城市。在此基础上,根据合作协议,我市与结交的友好城市在经济、科技、文化、教育、卫生、旅游等方面开展了广泛的实质性交流与合作,并取得了较好的成绩。我市积极推进友城工作的做法,得到了自治区外办领导的充分肯定。2006年4月,自治区外办主任率队到我市专题调研友好城市工作,认为我市作为新建城市,能够从自身实际出发,积极开展友城工作,在建市不久的时间内就实现了友城工作"零的突破",具有现实意义,值得推介。在2006年广西外事工作简报上总结推广了我市友城工作的做法。

二是成功举办三届中国来宾·法国敦刻尔克狂欢节。为构建与外交往平台,提高我市的知名度,结合每年的中国东盟博览会和"中法文化年"活动,我市与友好城市——法国敦刻尔克市共同举办了三届中国来宾·法国敦刻尔克狂欢节。我办作为狂欢节活动的主要承办单位之一,负责整个狂欢节活动的组织策划、对外联络和礼宾接待工作。我们的目标是要努力将其办成中法文化交流的盛会,办成来宾市的一个知名品牌。经过双方城市的共同努力,中国来宾·法国敦刻尔克狂欢节办得非常成功。不仅活动规模和参与人数一届超过一届,而且还逐年增加了外事、招商、旅游、美食、商品展销和文化交流等方面的内容。中国来宾·法国敦刻尔克狂欢节这种把西方传统节日、把异域文化嫁接到本土来结合搞节庆活动的方式,在全国为数不多,在广西也是仅此一家,它以其丰富的中法文化内涵和独特的魅力,受到了人们的普遍欢迎和认可,引起了国内外媒体的极大兴趣和关注。狂欢节活动期间,包括新华社、人民日报、法国电视台、香港大公报在内的国内外20多家新闻媒体的几十名记者到活动现场全程报道了狂欢节活动盛况。由于大众和媒体的积极参与,使狂欢节活动产生了良好的轰动效应,大大提高了来宾市的知名度和影响力,同时也有效地促进了来宾市与国内外城市的经济文化交流与合作。

三是利用外侨渠道努力争取各种形式的无偿援助,在全市实施了一批教育、医疗援助项目和扶贫项目。我在外侨办工作期间,除主动配合市委市政府及有关部门开展各类招商引资活动外,还通过驻外使领馆、海外华侨华人社团和驻我市的外资企业、外援组织等外侨渠道,积极组织申报"利民工程"、"侨心工程"等无偿援助项目。经过努力,共有25个项目获得援助,共获项目无偿援助资金620万元。这25个项目覆盖了原柳州地区和来宾市的8个县(市、区),如三江县同乐乡卫生院;金秀县忠良乡卫生院、六巷乡卫生院、罗香乡山茶小学、忠良乡古兰屯供电项目、长垌乡道江村人畜饮水项目;忻城县宁江乡江平小学、遂意乡板桐小学;象州县百丈乡中心小学、马坪乡新庆小学;武宣县禄新乡思龙小学;兴宾区福隆小学等都是我们争取的无偿援助项目。我们还争取澳大利亚"光明之行"医疗队到柳州,为柳州地区32名贫困白内障患者免费施行复明手术。同时邀请结好的河北省侨办、湛江市侨办组织医疗队和爱心人士到来宾市华侨农场及特教学校,为归侨侨眷送医送药和资助残疾贫困学生等等。上述项目的实施,为改善受援地群众的教育、卫生条件,促进受援地经济社会的发展做出了贡献,受到了当地群众的欢迎和好评。

四是积极推进华侨农场的改革与发展。按照"体制融入地方、管理融入社会,经济融入市场"的改革总体要求和"一场一策、宜工则工、宜农则农"的改革发展战略,我们创新推进了华侨农场的改革与发展。根据各个华侨农场的实际,成功实施了打造城市现代化核心城区的"来华模式";整体回收农场土地、安置失地归侨的"迁华模式";优化农业产业结构、发展特色农业的"凤华模式"的华侨农场体制改革,华侨农场的面貌发生了很大的改变,进一步激发了归侨侨眷干事创业的活力,进一步保障和改善了归侨侨眷民生。国务院侨办调研组和自治区侨办调研组到我市调研时,对我市的华侨农场体制改革工作和归侨侨眷扶贫救助工作均给予了充分的肯定。

王熙远:你觉得这辈子让你最值得怀念的老师与同学有哪些?为什么?

杨柳:打开珍藏多年的记忆,我觉得这辈子最值得我怀念的是时任广西师院历史系主任的钟文典老师。钟老师作为著名的太平天国史专家,在广西甚至在全国都享有盛名并深受尊敬。他为人正直诚恳，治学态度严谨，无论是在传授道理、教授学业还是在解答学生困惑等方面都非常尽职。他以自己的博学多才和人格魅力教育和影响着我们一个又一个学生，给了我们许多能够终身受益的启迪，这是我十分钦佩钟老师的地方。同时钟老师还是一位儒雅谦逊和蔼可亲对学生关心入微的好老师，记忆中一份来自细微处的关怀让我对钟老师的敬佩更加深了一层。

那还是在 1981 年 4 月底，我们第二、第三学习小组在荔浦镇中实习时，由于水土不服，我和胡素华相继病倒了。当时刚到荔浦实习点巡视检查的钟老师得知此事后，不顾旅途劳顿当天就在杨达安、徐硕如老师及镇中三位正副校长的陪同下，到宿舍看望我和胡素华，给我们送来了慰问品，并反复叮嘱我们不要着急，要好好养好病，要注意劳逸结合，要注意身体健康。之后还把我们生病的事告知了其他实习组的同学们，让他们给我们写信慰问。此后没几天，我们就相继接到了平乐实习组和恭城实习组由黄乘英、李露、何龙群、江淳、王缨、欧薇薇等同学联合执笔写的慰问信，让我们很是感动。钟老师作为当时的历史系主任，行政教学事务都非常繁忙，还能将我们这些普普通通的学生的健康状况牵挂于心，时至今日每每回想起这份关爱，仍还会被一种感动所萦绕。希望已在天堂的钟老师仍能感受到我们的这份深深怀念和感激。

同窗四载，我的大学同学，特别是同一寝室的同学也给我留下了非常深刻的印象：王国玉温文尔雅、成熟稳重、大姐风范。何龙群天资聪颖、勤奋好学、志趣不凡。黄乘英思维敏捷、热情坦诚、待人友善。施锦美朴实敦厚、勤奋踏实、兴味盎然。郎津晶嗓音甜美、真实随性、兴趣广泛。徐学莹谦和平易、善解人意、大方自然。胡素华（编外舍员）活泼机智、伶牙俐齿、生性乐观。回忆里，她们是一道道亮丽的风景，她们的资历经验、学识见识以及一如既往的刻苦学习态度都是我无法比拟的。我很幸运能结识这样一群出类拔萃的人，生活在她们中间我得到了她们很多的关心、帮助和呵护。还有隔壁女生宿舍及同一学习小组、实习小组的黄琦、李露、宋平、陈藻玲、施居宾、梁颖、李向平、朱伟才、王熙远等同学，他们在平时的学习生活和实习期间也给了我很多的无私指导和帮助，我虽然不能一一列举他们的名字，但他们给予的关心与支持，我将永远铭记于心。

王熙远：请谈谈你对人生的感悟。

杨柳：我很欣赏“宠辱不惊，看庭前花开花落；去留无意，望天上云卷云舒”这句名言中的境界。一副对联，寥寥数语，却深刻道出了人生对事对物、对名对利应有的态度：得之不喜、失之不悲、宠辱不惊、去留无意。人生不可能总是一帆风顺，有顺境也有逆境，有开心也有失落。如果我们把生活中的这些起起落落看得太重，那么生活对于我们来说就永远都不会坦然，就永远都没有欢笑。只有努力做到宠辱不惊、去留无意，方能心态平和，淡泊名利，方能达观进取，笑看人生。尽管这种境界很难企及，但我仍希望自己能坚持走在追求这种境界的路上，去努力追求一份平淡、超脱与豁达！

刘格凌访谈

王熙远:我们历史系1977级同学告别母校、走出社会、参加工作已30年了。你大学毕业后一直坚守中学教师岗位,请问你为什么会选择这个职业而且自始至终?

刘格凌:我出生在一个教师家庭,我爷爷新中国成立前曾在广西隆安中学任教,我的父母当了一辈子教师。我是在校园里长大的,上小学以前,我母亲在讲台上给学生讲课,我常常就坐在教室后排边听边玩。从小耳濡目染,我身上打的是教师的烙印。1977年恢复高考,考试前先报志愿,只能填三个,最初我第一志愿是武汉大学历史系,第二志愿是广西大学,第三志愿是广西师院历史系。考完后觉得发挥不好,担心落榜,便央求父亲想办法改志愿。鬼使神差,我将第一志愿和第三志愿调换了,结果就被广西师院历史系录取了。如果当年我不改志愿,说不定就去了武汉大学或广西大学了呢,我想这就是命运的安排吧。80年代末,我也动过跳槽的念头,但经过反复考虑,觉得自己没有别的专长,还是教师这个职业比较合适我,老老实实地当好一个教师吧。其实教师也有教师的好,工作稳定,收入稳定,虽说不是"金饭碗",但也算是个"金属饭碗",在子女的就读、教育问题上还能得到一些好处。

王熙远:你大学毕业后,先后在哪些单位任教?能否谈谈你的工作经历?

刘格凌:大学毕业,我被分配到我曾经就读的高中——广西陆川县高中任教,并且和父母同在一所学校。得到昔日老师的悉心指导和父母的关怀帮助,我很快就适应了教学工作。我父亲是一个刻意追求完美的人,对我寄予厚望,从小对我的要求很严格,即便是我大学毕业参加了工作,父亲也不放松对我的管束,不论是在工作方面还是生活方面,常对我提出这样那样的批评或建议,我知道他是在为我着想,但常常听他用那种教导人的语气和我说话,使我觉得自己仍然是一个没长大的孩子。我渴望真正自立,更渴望跳出这个小圈子到更广阔的天地去。1984 年春节过后,我又回到离别两年的桂林,在逸仙中学任教。

我在逸仙中学工作了 19 年。其间,由于各种原因,大部分时间是从事初中地理教学工作,我原来并没有学过地理,只能恶补地理知识,晚上自学,白天就把学到的知识教给学生,现炒现卖,虽然很忙,但也学到了不少东西,两年下来,我已能胜任这份工作了。我辅导学生参加桂林市地理知识竞赛,得过不少奖,我还几次被评为优秀辅导员。感谢这段经历,它让我填补了地理知识的空白。

2003 年,我调到广州市第九十一中学(现在叫“广州科学城中学”),我的人生旅途又开始了一个新起点。快奔 50 岁的人了,要在一个新环境中立足生存真不容易,我付出了前所未有的努力,也有了新的收获。2005 年、2006 年我连续两年带高三,高考历史成绩大大超过同生源组学校的平均成绩(广州市依据高一新生的入学成绩将学校划分为六类),在我校所有高考科目中,历史成绩也是最好的,我为学校超额完成高考任务做出了贡献。2009 年我校高考取得新突破,首次获得广州市高考一等奖,综合排名在全市一百多所学校中位居第 25 名,这里面有我的一份功劳。我继续留任高三,2010 年我校高考再上新台阶,综合排名上升到全市第 22 名,再次获得广州市高考一等奖。我的工作得到了学校领导和同事们的认可,也得到了相应的荣誉和奖励。在其他方面,我也努力跟上潮流。为适应这里的工作环境,原来不会使用电脑的我,从练习打字开始,学会了电脑的基本操作,能比较熟练地运用多媒体平台进行教学,制作的多媒体课件还获得过区级奖励。我家离学校较远,上下班要辗转倒车两次,每天来回要耗掉近 3 个小时。在一次下班途中被暴雨淋成落汤鸡而感冒发烧后,我壮着胆子、忍受着教练的责骂学习驾驶,在我 48 岁的时候拿到了驾照，在我周围像我这把年纪敢开车的女子还真不算多，为此我还自豪了好一阵子。我觉得来广州后，我比过去自信、开朗了。

王熙远：毕业三十年，你认为自己最主要的业绩与亮点是什么？

刘格凌：说到业绩，我真是愧对母校、愧对恩师和同学了，我们1977级有那么多成功人士，有政绩颇丰的各级领导干部，有著作等身的学术界精英。我只是一个普普通通的教师，每天忙完讲台忙灶台，碌碌无为，没有耀眼之处，但不说点什么，不好向大家交代，那我就厚着脸皮、拿着放大镜搜寻一遍：本人最高职务——广州市第九十一中学历史科组长；最高学术奖——广州市高考突出贡献奖；最高荣誉称号——广州市骨干教师(哦，还是首批的)，再仔细瞧瞧，就没什么值得提的了。就这点业绩？这也叫业绩？让同学们见笑了。如果说有什么亮点的话，那就是三十年的坚守。三十年风风雨雨，不论时代发生怎样的变化，不管人们对教师如何评价，我不改初衷，坚守三尺讲台，履行了当初我们作为师范生立下的誓言：忠诚于党的教育事业，为培养祖国的接班人奋斗终生。三十年了，目送一届又一届的学生走出校门，走向新的天地，而我的满头青丝也逐渐变成花白。每当节假日，电话里传来远方的问候，手机里收到祝福的短信时，我就会觉得我这一生没有白白坚守。

王熙远：你觉得这辈子让你最值得怀念的老师与同学有哪些？

刘格凌：钟文典老师是我最敬重的师长，无论是学识还是人品都堪称楷模，每当我在课堂上给我的学生讲述太平天国这段历史的时候，我都会想起钟老师，他永远活在我们心中。张家璠老师气质儒雅，一看就知道是一位资深学者，他是我的毕业论文指导教师，那时我把写论文看作像移大山那么难，不知从何下手，张老师教我怎么收集材料，论文结构是怎样的，如何去写等，各方面都指导得很到位，使我的毕业论文得以顺利通过。潘香华老师讲课给我的印象很深，他给我们讲世界近代史，很有大将风度，好像把整个世界都装入了胸怀，不看讲义，张口就来，节奏很快，条理清晰。我教历史这么长时间了，对那几本教材也很熟悉了，可就是达不到潘老师那样的境界。

我们1977级同学，一起度过四个春秋，每一位的名字都已经印在我的脑海里，同窗情谊，我永远珍藏。四年中，和我关系最密切的是黄苹和王越坚。黄苹阅历丰富，知识面广，有能力有魄力，热情大方，乐于助人，在当时的我看来，她就是我的偶像。我从小在父母的细心呵护下长大，没见过世面，幼稚浅薄，一下子离开父母在外求学，显得懵懵懂懂无所适从，是黄苹给了我姐姐般的关怀，无论是在学习上、生活上还是做人方面，对我帮助很大，我很感激她，在我的心中她就是我的姐姐。王越坚和我是同一个寝室四年的室友，她温柔、善良、文静，就像一朵小小的桂花，在花朵簇拥的枝条上，没有人注意其中的一小朵，但它却在幽静中散发着清香。她的家乡和我的老家是邻县，平时我们都用客家话交谈，在生活上相互关照，和她在一起，有一种亲切感。不知远在异国他乡的她现在可好。还有王国玉同学，也给我留下了很深刻的印象，她温和大度，很有大姐风范。入学之初，我和她在同一个寝室待过一段时间，军训时编在一个小组，一次我们用木杆枪练习动作，我不慎蹭伤了她的手指，流出了血，我吓坏了，她忍着疼，笑了笑说："没关系！"令我很感动。她是带薪上学的，平时她外出回来，常常带回一些板栗或油堆之类的零食，让寝室的同学享享口福。她有一台120照相机，这在当时是很稀罕的，有时候她用这台相机给我们拍照，把我们高兴坏了。

王熙远：请你谈谈你对人生的感悟。

刘格凌：我是一个普通平凡的人，没有远大的理想和崇高的目标，我的追求很世俗，就是过好柴米油盐的生活，所以我认为：

一、心态要平和。一个人要清楚地知道自己的角色和位置，没有做官的才能和机遇，没有做富豪的命，做个平民又何妨？平民也有平民的快乐，柴米油盐，方显生活的真实，恬淡朴实，让人轻松愉快。

二、善待自己，享受生活。我们辛辛苦苦，不就是为了活得好一点？我们早已年过半百，剩下的日子还有多少？是我们享受生活的时候了，吃好穿好早已不是问题，我现在就是尽可能地用好玩好，比如买车，我和老公就一人一台，有个人的专车，想上哪儿就上哪儿，想啥时候去就啥时候去。比如旅游，我不仅要游览祖国的大好河山，也要去看看别人祖国的大好河山，我打算趁我还能走得动时候，多出去走一走看一看，不给自己留下遗憾。

三、健康是最大的财富。如果用“1”代表健康，后面再写“0”一串，代表事业、金钱、地位、车子、房子、理想、向往……少一个“0”无所谓，少两三个“0”又何妨？但若把“1”去掉，岂不什么都没了？所以，要适当锻炼、按时体检，把不利于健康的苗头统统扼杀在萌芽之中。

四、珍惜左手牵右手的幸福。黄志开同学说得好，现今的世界，什么都有可能是假的，只有老公（老婆）是真的，是真正为你好、真心为你好的，所以你也要真正为他（她）好、真心为他（她）好。孩子长大要离家，你和他（她）要左手牵右手走完后半生，如果少了一只手，将无依无靠。

王熙远——海纳百川的情怀

（宝安区委宣传部王盛菲对王熙远的采访稿）

人物简介

王熙远，1957年9月生。祖籍广西桂林，出生于广西田林浪平，广西师范大学历史系本科毕业。曾当过民工、民办教师、大学历史系副主任、副教授。现任深圳市宝安区政协提案委员会主任、政协常委，广东省作家协会会员，深圳市宝安区作协原主席。

已发表文艺作品100余篇，出版个人专著十几部。散文集《真水无香》《滴水藏海》《神巫毛拜陀》《春种秋收》《独秀擎天情》《文心灵动》，诗集《北大诗绪》《粤桂诗情》，历史学专著《桂史拾遗》《中国历代丑文化》《中国历代上流社会丑闻大观》，教育文论《教育印记》，宗教专著《桂西民间秘密宗教》。主编著作有《宝安崛起》《中小学教育文化研究》《宝安民办教育》《宝安社区教育》，与人合编著作、辞典、大学教材5部，如《历代权谋要览》（与何平合编）。与濮文起等合编《中国民间秘密宗教辞典》，为220万字的《新编中国民间宗教辞典》撰写了20万字的词条。

总计发表作品300余万字。论文、著作曾多次获得国家、省、地市级奖。2013年10月，30万字的散文集《神巫毛拜陀》荣获广东省第二届“九江龙”散文唯一金奖，获5万元奖金。53万字的专著《桂西民间秘密宗教》在美国、加拿大、澳洲、日本学界获得好评，哥伦比亚大学藏有此书。一些论文被译介到美国。

“海纳百川”是王熙远很喜欢的四个字，他的办公室就挂着他自己写的这幅作品，而且其写法是他自己独创的，参悟了一些哲学理念于其中，体现了阴阳结合、刚柔融合的特点。王熙远身兼多职，平易近人，待人和蔼。身为作协主席没有一点架子，与普通文友也能平等交流，总让人感到朴实亲切。可以说海纳百川的这种情怀无论在他写作、做人、从政中都能得到体现。

一、毛拜陀滋养了他

王熙远生于广西田林县一个叫毛拜陀的石山垌子，毛拜陀是他的人生炼炉和文学金矿，也是他的精神支柱和精神家园。

生于20世纪50年代的人，经历过生活的困难和艰辛，也对“文革”动乱有所感受，但无论生活多么艰难，王熙远并不怨天尤人，而是把之当作人生的磨炼，逆境铸就了他刚强的品质，他甚至在非常时期还替父亲承担着家庭的责任。

毛拜陀地处云贵高原边的凌云、乐业、田林三县交界的大石山区，这一带大部分是明清时期外来移民聚居地，居民来自四川、湖北、湖南、江西等地，他们保存了驳杂的原始古朴的民间宗教文化。他们一代又一代地保存了移民时代先辈们从各地传承来的民间宗教经卷，一代又一代地添加了一些宗教实践中总结的口诀密旨，形成了自己的体系，如各类吟唱诵念、文书抄本、科书残牒、佛道经卷、约条会簿、契据图章等。麽公教、天地会、古文经典、民间传说融汇一体，形成独具特色的毛拜陀地方文化。王熙远的父亲是老师，订有《人民文学》《雨花》《作品》和《中国青年》等杂志，母亲的祖父是晚清的乡村小秀才，留下一些诸如《金铃记》《八仙图》之类的文学唱本，王熙远的文学启蒙和人文教育就是通过这些神巫文化的文本和父亲的杂志开始的。初中受“文革”的影响，王熙远的出身成分也给他带来了不少负面影响，出于少年的自尊心和心高气傲，他辍学了一年，由于深受高尔基《我的大学》的浸染，他还萌生过“没有上学也能成为伟大的作家”的想法。

恢复高考前，在王熙远的青少年生涯里，他做过民工、民办教师，回忆起这段岁月，他倒没有如同代人的义愤填膺或慨叹蹉跎岁月。他认为“历史的一个重要作用就是用它来作为镜子，反观现实，以它作为标尺，衡量社会进步程度”。为此，他感激今日中国的国泰民安，“社会稳定来之不易，放在战乱多于和平的历史长河里，这是值得珍惜和维护的”。而作为个体，如果“老是看不到历史的进步，老是在怨天尤人，哀叹生不逢时、命运不济，这是缺乏历史辩证法思想。不能正确看待社会与人生，这样的人一辈子都活得痛苦”。

王熙远把自己宽容的性格特征归为与从小成长于毛拜陀耳濡目染的宗教氛围相关。而且他外婆也常教他“在外多栽花少栽刺，多做好事少得罪人，与人为善”。这般教诲所浸染出来的“天性”随着岁月的不断佐证，根深蒂固，对王熙远影响深远，让他对生活更懂得珍惜和感恩。

二、原生态写作

王熙远勤于写作，他创作了大量的作品，其作品创作特色均接地气。他博览群书，功底深厚，文化素养很高，在历史学、宗教学、民俗民族学、文学等方面均有造诣，更重要的是他关注现实人生。无论修史还是创作，都立足社会现实，力求第一手资料，他的写作贴近生活现场和精神现场。

其代表作《神巫毛拜陀》被誉为是1949年以后第一部散文体人类学著作，显示了他扎实的文学、历史、宗教三学功底。王熙远通过祖传遗赠、借阅笔记、耳濡目染、亲身体验、田野考察、历史考察等各种方式，获得许多原生态的几近消亡的一手资料，这些资料都与他发生过种种联系，他的作品不是冷冰冰的学术资料的堆积，而是带着他的体温，承载着他的热情和深情。此书出版后人民网发了多篇评论，被多家媒体转载，学者黄兴林写的一篇评论被国内11家大型网站转载，中国散文协会原副会长张振金研究员认为王熙远散文的艺术力量在于：一是取材体贴人生，二是心态澄明率真，三是文本朴实自然，是实实在在的原生态的写作。原生态写作的写作者懂得对写作事物的尊重和理解，以一种平等的写作姿态，不主观凌驾，不委曲求全，更不为达到某种书面效果而修正或篡改，尊重规律，尊重所写本身。不仅如此，还得具备融会贯通，识见中外，开阔自由，宽容大度，心怀悲悯的智识和精神境界，要具备博爱宽容的情怀。与其说王熙远是借助乡土资源写作，不如说他是一种随性的自由写作。王熙远是一个崇尚自由的人，他曾经说他的一切写作以抒发内心感受为目的。

三、文人相亲，抱团取暖

宝安是打工文学的发源地和大本营，影响力遍及整个珠三角地区，辐射到全国。宝安是打工文学的沃土。很多写作者因为喜欢宝安而留在了宝安，为什么是宝安而不是别的地方，当然是因为宝安是打工文学的策源地，创作氛围好。

作为宝安区作协主席的王熙远经常说的一句话就是“文人相亲，抱团取暖”，他说历来都是“文人相轻”，但我们要提倡“文人相亲”，搞写作的人本来就生存不容易，如果自己人还相互轻视，那么这个群体在社会上就更没人看重。唯有抱团取暖，相互勉励，才能让我们的生活多一点色彩。写作上没有最好，只有更好，我们不怕作品写得不好，只怕不能更好。朋友间需要互相批评，更需要互相鼓励，每个人只要追求比自己写得更好，写作本身就很有意义……王熙远倡导的这种态度正是他海纳百川情怀的具体体现，他的包容鼓励着无数的作家。他关爱打工作家，关注草根写作者，经常和打工作家打成一片，参与各种文学活动，正是这种良好的创作氛围，宝安这块土地上吸引和聚集了更多的写作者。

海纳百川，是一种人格魅力，也是一种情怀！王熙远以这种情怀做人、做事，他潜移默化地影响着周围的人……

后　记

为了编写这本《聚是一团火 散是满天星》，我花了三个假期：2011 年的国庆节和 2012 年的五一劳动节，以及 2015 年国庆节。用 21 天的时间，完成了本书，全书共分上、下两编，上编为火，下编为星，取义广西师大历史系 1977 级同学聚是一团火，散是满天星。在“同窗情缘”中，由于毕业至今已 30 多年，离开广西 20 多年，许多往事记忆难免有错，希望得到相关同学理解，如有失误，还望海涵。

我喜欢从社会学的角度去观察一个群体，尤其喜欢写身边的人，这样的文章亲切真实，过了几十年回头看，是难得的时代标本。因为我敬重我生命中遇到过的同学，我愿意为这些人做点事。

遗憾的是到现在为止，我还与下列同学联系不上：赖向东、唐永康、李培礽、施锦美、刘志生、陆平山、莫小统、吕启翔、韦武壮、黎国振、莫桂廷、陶荣豪、王越坚，还有从我们班留级到 1978 级的杨国军、陈献国。我请林志杰同学也多方打听，仍不见回音，我只好向这些同学致歉，不是未想到你们，是真的无法联系上你们。

不管以后同学们各自的结局如何，这本书见证了广西师大历史系 1977 级同学的友谊，我们虽然不是叱咤风云的人物，但我们无愧于 1977 级的称号，在我看来，这是一个光荣的称号，它属于“文革”后第一届高考入学的大学生。

在我眼里，富贵固然重要，但毕竟是过眼云烟，我更看重友谊与健康，这本书就是友谊之树，我愿它长青不老。最后让我给全班同学一个祝福：让快乐、健康和幸福跟随着你们，直到永远！

王熙远

2015年10月7日凌晨于深圳宝安

2015年10月10日定稿于广西黄姚